Sibel Hodge
Hinterlist

EDITION M

Das Buch

Jede Geschichte hat drei Seiten: Deine. Meine. Und die Wahrheit ...

Max und Alissa führen ein Bilderbuchleben. Sie sind frisch verheiratet, wahnsinnig ineinander verliebt und beneidenswert reich. Dann wird Max in ihrem Haus brutal ermordet. Wie durch ein Wunder entkommt Alissa dem Mörder. Die Jagd nach dem Killer beginnt und es gibt viele Spuren: War Max' unglaublicher Reichtum das Motiv? Hatten ihn seine zweifelhaften Geschäftspraktiken eingeholt, denen er unerbittliche Feinde verdankte? Oder war es ein obsessiver Stalker, der dem Paar jahrelang auflauerte? Viele Freunde versammeln sich um die schöne Alissa, während sie den Tod ihres Mannes betrauert und die Scherben ihres Lebens aufliest. Aber nicht jeder ist der, der er zu sein scheint ... Tiefverwurzelter Neid, böse Geheimnisse und gefährliche Liebe brodeln unter der Oberfläche und nicht alle Märchen haben ein Happy End.

Die Autorin

Sibel Hodges Bestseller »Sei auf der Hut« wurde bis heute über 250.000 Mal verkauft. Ihre Romane sind internationale Bestseller in Deutschland, Großbritannien, USA, Australien und Frankreich. Sie ist in den verschiedensten Genres zu Hause und setzt sich leidenschaftlich für Menschen- und Tierrechte ein. Ihre Romane wurden bereits für viele Preise nominiert, darunter der Harry Bowling Prize und der Yeovil Literary Prize. Ihre Erzählung »Trafficked: Das Tagebuch einer Sex-Sklavin« wird von anerkannten Onlineschulen als eins der 40 besten Bücher zu Menschenrechten gelistet. Mehr über Sibel Hodges neueste Veröffentlichungen erfährt man unter: www.sibelhodge.com.

SIBEL
HODGE

HIN
TER
LIST

THRILLER

Aus dem Englischen von Claudia Hahn

EDITION M

Die englische Ausgabe erschien 2016 unter dem Titel »Duplicity« bei Thomas & Mercer, Seattle.

Deutsche Erstveröffentlichung bei
Edition M, Amazon E.U. S.à r.l.
5 Rue Plaetis, L-2338, Luxembourg
Oktober 2017

Die Übersetzung dieses Buches wurde durch AmazonCrossing ermöglicht.

Umschlaggestaltung: semper smile, München, www.sempersmile.de
Umschlagmotiv: Mads Perch / Getty; arigato / Shutterstock; pashabo / Shutterstock
Lektorat: Media-Agentur Gaby Hoffmann, www.profi-lektorat.com
Printed in Germany
By Amazon Distribution GmbH
Amazonstraße 1
04347 Leipzig, Germany

ISBN: 978-1-542-04989-4

www.edtion-m-verlag.de

Teil 1

Obsession

Kapitel 1

Die Andere

Viele Leute jammern gern über ihre Kindheit: *Meine Mum hat mir keinerlei Freiheiten gelassen. Mein Dad hat mich nicht die neuesten Sachen kaufen lassen. Meine Schwester wurde mir immer vorgezogen.*

Ganz ehrlich, die wissen einen Scheiß, wie schlimm es wirklich sein kann.

Ich bin auf einer Viehfarm mitten im Nirgendwo aufgewachsen. Mein Dad war so ein großer, fleischiger Kerl. Immer wütend. Immer auf der Suche nach einem besseren Leben, aber gleichzeitig nie bereit, irgendetwas zu ändern. Und immer ließ er seinen Frust an meiner kleinen grauen Maus von Mum aus. Er war bitter und grausam. Aber es war niemals seine Schuld. Oh nein, natürlich nicht. Warum auch? Es gab ja jedes Mal jemand anderen, dem er die Schuld in die Schuhe schieben konnte. Er war verrückt. Aber meine Mum war es ebenso, sonst wäre sie nicht bei ihm geblieben und hätte das alles mitgemacht. Ich hingegen hatte damals keine Wahl – und Mum war nicht die Einzige, die Dad gern bestrafte.

Vielleicht waren ein paar der Dinge, die ich getan habe, falsch. Schlecht. Doch die Sache ist, wenn man ohne Liebe aufwächst, weiß man nicht, was das ist. Ich fühle nicht dasselbe wie andere Leute. Ich fühle mich nicht schuldig. Meistens fühle ich gar nichts. Jedenfalls nicht, wenn es Menschen betrifft. So, wie ich das sehe, sind sie alle eine Verschwendung von Sauerstoff. Ich würde ein Tier jederzeit einem Menschen vorziehen. Tiere sind viel mehr wert. Sie sind unkompliziert, durchschaubar. Was man sieht, bekommt man auch. Sie säugen ihre Babys. Tun, was sie können, um sie zu beschützen. Ganz anders als Menschen. Bei allem, was Tiere machen, geht es ums Überleben, nicht um Hässlichkeit oder Boshaftigkeit. Nicht darum, zu leiden. Sie greifen nur an, um ihre Jungen, ihr Gebiet oder ihre Nahrung zu verteidigen. Nicht einfach bloß, weil sie es können.

Es hat daher niemand das Recht, über mich zu urteilen. Nicht, ohne das durchgemacht zu haben, was ich durchgemacht habe. Nicht, ohne zu wissen, was das mit einem tut. Und um ehrlich zu sein, ist es mir längst nicht mehr wichtig, was andere denken. Nur so habe ich das alles überlebt.

Meine früheste Erinnerung habe ich an die Zeit, als ich ungefähr vier war. Die Kühe waren dauerhaft schwanger, damit sie Milch produzierten, aber das habe ich damals noch nicht verstanden. Ich wusste nur, dass eine von ihnen ein Baby bekommen würde. Dad gab den Kühen keine Namen. Sie waren nicht wichtig genug für Namen. Für ihn waren sie lediglich Dinge. Eine Ware, die er benutzen konnte – ein bisschen so wie mich und Mum. Sie hatten eine Ohrmarke, damit man sie identifizieren konnte, und das war's. Aber ich hatte die trächtige Kuh Jennifer genannt. Keine Ahnung, warum. Als Jennifer kurz vor der Niederkunft stand, wurde sie von den anderen Kühen getrennt und in einen Pferch mit Betonboden gesteckt, in dem sie ihr Kalb bekam.

Ich sah wie gebannt zu, als dieses neue kleine Leben auf die Welt kam. Abgesehen von dem Blut überall war das Kalb einfach wunderschön. Und es würde mein neues Haustier sein. Ich stellte mir vor, wie ich es füttern würde. Es würde mir auf der Farm überallhin folgen. Die nächsten Nachbarn waren sechzehn Kilometer entfernt und ich hatte keine Freunde. Ich ging damals auch noch nicht in die Schule. Aber das Kalb würde mein neuer Freund werden. Vielleicht konnte es sogar bei mir mit im Bett schlafen. Und wenn Mum und Dad dann wieder anfingen zu schreien, könnte ich meinen Kopf an sein warmes Fell pressen und seinem Herzschlag lauschen, anstatt alles auszublenden. Und dann wäre alles in Ordnung. Ich würde das Kalb lieben und das Kalb mich.

Ich hörte, wie Jennifer nach ihrem Neugeborenen rief. Sah zu, wie sie es auf dem Boden anstupste, auf dem es lag, unsicher und verwundert. Ich spürte ihr Glücksgefühl in der Luft wie eine warme Brise. Ich steckte meine Finger durch die Metallstangen, berührte das Kalb und überlegte, wie ich es nennen würde.

Mein Staunen wurde jäh durchbrochen. Dad riss die Metalltür zum Pferch auf und schleifte das Kalb an seinen Hinterbeinen in eine Schubkarre. Sein Gesicht war vor Ärger verzogen. Er fluchte vor sich hin, während er das Kalb herauskarrte und die Tür zum Pferch zuschlug.

Jennifer schlug gegen die Stangen, warf sich mit ihrem ganzen Körper dagegen und schrie nach ihrem Baby. Das Kalb drehte seinen wackligen kleinen Kopf in Richtung des Rufens und versuchte, seine Mutter zu finden.

»Daddy, was machst du denn da? Jennifer will ihr Baby!«, weinte ich.

»Es hat keinen Nutzen für mich. Es ist ein Junge«, gab er unwirsch zurück.

Ich beeilte mich, mit ihm Schritt zu halten, während er davoneilte. »Aber wohin bringst du es?«

»Das geht dich nichts an.«

»Kann *ich* es denn nicht stattdessen haben?«

»Kühe sind keine Haustiere!«

»Aber … warum nicht?« Meine kleinen Beine mussten sich sehr anstrengen, neben ihm Schritt zu halten. Ich streckte eine Hand aus, um das Kalb zu streicheln und zu beruhigen, das klägliche Geräusche von sich gab. »Daddy, *bitte* lass es mich haben. Ich werde gut darauf aufpassen, versprochen.«

Er ergriff mich am Arm und schleuderte mich so hart von sich, dass ich auf den betonierten Weg stürzte und mir den Ellbogen aufschlug.

Ich brach in Tränen aus.

Er hielt an und starrte mit hasserfülltem Blick auf mich herunter. »Na, fantastisch! Jetzt hab ich hier noch einen blutverschmierten Schreihals. Du bist genau wie deine nutzlose Schlampe von Mutter!« Er ließ mich liegen, wo ich war, und schob das Kalb in der Schubkarre davon.

Jennifers Schreie hallten in meinen Ohren wider. Ich kann sie noch immer hören. Und auch all die anderen Schreie, die danach kamen und sich mit meinen eigenen vermischten.

Das war nur der Anfang all der verfluchten Dinge in meinem Leben.

Kapitel 2

Der Detective

Ich hatte nicht geschlafen, als der Anruf um 1:25 Uhr nachts kam. Seit der Sache mit Denise fand ich nur noch selten in den Schlaf, und jetzt, wo Spencer fort war, war es noch schlimmer. Noch eine Dosis Richard Wilmott dazu, und diese Mischung genügte, um jeden anständigen Ermittler vom Schlafen abzuhalten. *Acting Detective Inspector Richard Wilmott*, hörte ich den Detective Superintendent noch einmal in unserem Meeting am Freitag verkünden. Acting DI, meine Fresse! Ich hätte derjenige sein sollen, der befördert wird. Ich war nicht verbittert und empört oder so etwas, aber, na ja … ADI Wilmott war ein Trottel. Eigentlich hätte es mich nicht überraschen sollen. Wilmott war ein Arschkriecher, der seine Karriere durch politische Winkelzüge vorangetrieben hatte, während ich Dinge hinterfragte, die ich vermutlich besser ruhen lassen sollte. Trotzdem – ich hatte mehr Erfahrung, mehr im Job geleistet, war mit mehr Leidenschaft dabei. Die einzige Leidenschaft, die Wilmott hatte, betraf sein Spiegelbild.

Der Mackenzie-Fall hatte die Waage zu Wilmotts Gunsten kippen lassen. Das war mir klar. Trotzdem grübelte ich nach wie vor über diese Ungerechtigkeit nach, als ich an mein Handy ging. »DS Carter«, verkündete ich, dabei hätte es doch eigentlich *Acting DI Carter* heißen sollen!

»Hallo, die Leitstelle hier. Sie haben doch heute Rufbereitschaft, richtig?«

»Ja.« Ich setzte mich auf.

»Inspector Pritchard befindet sich an einem Tatort in Waverly und fordert Hilfe vom CID an, Sarge.«

»Geht klar. Was ist passiert?« Ich schwang meine Beine über den Bettrand.

»Jemand ist in ein Haus eingedrungen und hat einen der Bewohner erstochen.«

Ich kritzelte die Adresse in ein Notizbuch auf meiner Kommode, während die Frau von der Leitstelle weiterredete.

»Der Verstorbene ist der Eigentümer des Hauses, Max Burbeck. Seine Frau Alissa konnte vom Tatort fliehen und befindet sich aktuell im Krankenhaus. Sie hat eine kurze Aussage gemacht, war allerdings hysterisch und stand unter Schock, daher hat man ihr ein Beruhigungsmittel verabreicht.«

»Kannte sie den Angreifer?«

»Nein. Er hat eine Skimaske getragen. Sie konnte ihn nur kurz sehen, hat sich dann im Bad eingeschlossen und ist durch das Fenster entkommen.«

»Wer ist im Krankenhaus?«

»PC Glover.«

»Gut, sagen Sie ihm, dass er sie nicht aus den Augen lassen soll, während sie dort ist.«

Ich hörte, wie sie auf der Tastatur tippte und jede Anweisung für das Protokoll aufzeichnete.

»Wird erledigt.«

Ich stand auf. »Wurden die Tatortermittler gerufen?«

»Ja, sie sind gerade angekommen. Einer von ihnen ist allerdings gleich ins Krankenhaus gefahren, um mögliche

Beweise von Mrs Burbeck zu sammeln. Der Pathologe ist auch unterwegs.«

»Gut. Ich bin in ungefähr einer halben Stunde vor Ort.« Ich legte auf, zog mich eilig an, putzte die Zähne und verließ meine Wohnung.

Waverly war ein kleines Dorf im County Hertfordshire. An einem Ende befanden sich verschiedene Reihenhäuser, dahinter wurden die Straßen breiter, mit größeren Grundstücken und Häusern, die von der Straße zurückgesetzt waren, geschützt vor neugierigen Blicken hinter hohen Mauern und Zäunen. Es gab ein Dorfpub namens Cross Keys, einen kleinen Laden und sonst nicht viel mehr. Während ich durch die verlassenen Straßen fuhr, zuckte ein Blitz über den Himmel. Donner rollte laut über mir. Wind peitschte durch die Bäume, die zu beiden Seiten der Straße standen, und eine Plastiktüte wehte über die Straße. Sie blieb an meinem Scheibenwischer hängen. Der Sturm, den sie im Wetterbericht angekündigt hatten, war einen Tag zu früh dran. So viel zum Indian Summer, den sie noch Anfang der Woche versprochen hatten.

Das Anwesen der Burbecks, The Orchard genannt, befand sich im Zentrum des Dorfs, war aber von der Hauptstraße aus nicht zu sehen. Ich fuhr die lange, asphaltierte Einfahrt entlang. Kurze Zeit später erhob sich das Haus vor mir, groß, imposant und protzig. Der Vorgarten bestand aus Rasen, mit einem Rondell direkt vor dem Haus, das mit verschiedensten Formschnitthecken versehen war. In der Mitte plätscherte ein Springbrunnen. Zwei Polizeiwagen sowie der Transporter der Tatortermittler parkten vor der Tür. Ein einsamer Constable wartete draußen vor der Eingangstreppe.

Ich rief die Leitstelle per Funk, um meine Ankunft am Tatort zu melden, und öffnete die Wagentür. Sofort drückte der Wind sie wieder zu. Ich versuchte es erneut, stemmte meine Schulter gegen die Tür und endlich gelang es mir, auszusteigen. Einer

Box im Kofferraum entnahm ich einen weißen Schutzanzug – einen forensischen Einteiler – und streifte ihn über. Ich war gerade dabei, mir eine Maske übers Gesicht zu ziehen, als ich bemerkte, wie Inspector Pritchard das Haus verließ und mit ernstem Gesichtsausdruck auf mich zusteuerte.

»Sir«, nickte ich ihm zu und ging ihm entgegen.

»Hi, Warren«, grüßte er. Bei diesem Austausch von Höflichkeiten beließ er es dann auch und kam stattdessen gleich zur Sache. »Der Eigentümer des Hauses, Max Burbeck, wurde in einem Zimmer im oberen Stock gefunden, das als Büro dient. Anscheinend wurde ihm ins Genick gestochen. Wir sind von einer Nachbarin gerufen worden, nachdem Max' Frau Alissa aus dem Haus geflohen ist und panisch an ihre Haustür gehämmert hat. Gemäß dem Wenigen, das PC Glover von Mrs Burbeck in Erfahrung bringen konnte, bevor sie ruhiggestellt wurde, war sie zum Zeitpunkt des Angriffs im Bad. Sie hat nichts gehört, weil Mr Burbeck laute Musik anhatte und sie eingeschlafen war. Aber als sie aufwachte, ging sie durch das Schlafzimmer und entdeckte einen Eindringling, der eine Skimaske trug und ein Messer in der Hand hielt. Es ist ihr gelungen, in das ans Schlafzimmer angrenzende Bad zurückzulaufen und die Tür zu verschließen. Danach ist sie aus dem Fenster geklettert und zum Haus ihrer Nachbarin gerannt.«

Ich machte mir ein paar Notizen.

»Die Tatortermittler haben den Tatort abgefilmt und sind gerade dabei, Fotos zu machen. Der forensische Pathologe ist unterwegs. Das Büro befindet sich oben links.«

»Gut. Danke, Sir.« Ich begab mich ins Haus.

Das Haus war ein georgianisches Herrenhaus mit je einem Schornstein an beiden Enden des Gebäudes, bedeckt von Efeu. Zwei weiße Säulen über der Vordertür stützten einen Balkon im ersten Stock.

Ich marschierte die elegante Wendeltreppe in der Mitte der Eingangshalle nach oben. Das obere Stockwerk verzweigte sich über einen Flur nach links und rechts. Ich blickte nach rechts, wo ich eine offene Tür auf jeder Seite zählte und noch eine weitere direkt vor mir, die wohl zum Schlafzimmer führte. Von da, wo ich stand, konnte ich den Rand eines großen Betts erblicken und dahinter ein angeschlossenes Badezimmer. Die Abdrücke von vermutlich feuchten Fußabdrücken hatten dunklere Flecken auf dem cremefarbenen Flurteppich hinterlassen. Sie kamen vom Schlafzimmer und endeten direkt vor mir. Markierungen mit gelben Zahlen waren neben den Fußabdrücken platziert worden, die man als Beweis fotografiert hatte.

Eine Tatortermittlerin, die über eine Wanne mit Klauenfüßen mitten im Badezimmer gebeugt war, schaute zu mir herüber. Obwohl sie ebenfalls in Anzug und Maske war, erkannte ich Emma Bolton, die leitende Ermittlerin. Ihre rot gefärbten Haare blitzten unverkennbar unter der Kapuze hervor.

»Die Leiche ist da drüben, Sarge.« Sie nickte mit dem Kopf in Richtung Flur.

»Ist die Wanne voll, Emma?« Ich ging durch das Schlafzimmer, wobei ich darauf achtete, die nassen Fußabdrücke zu umgehen.

»Nein. Leer.«

Ich lehnte einfach nur im Türrahmen und nahm den Raum in mich auf. Eine ebenerdige Dusche erstreckte sich über die gesamte Wand rechts von mir. Ich blickte nach links zur Toilette und dem doppelten Waschbecken aus cremefarbenem Marmor.

Emma stand auf. Sie zeigte auf das Fenster über der Badewanne. Eine goldfarbene Jalousie war nach unten gezogen, aber oben am Rand abgerissen. »Sieht aus, als hätte sie die Jalousie heruntergezerrt in ihrer Hast, wegzukommen.« Sie zog sie weiter zu sich und öffnete dadurch einen Spalt, sodass ich das breite Fenster betrachten konnte, durch das man bei Tageslicht sicherlich einen

Blick auf das große Waldgebiet hatte, das hinten an das Anwesen angrenzte. Das Fenster bestand aus zwei Öffnungen aus weißem PVC im georgianischen Stil, groß genug, dass jemand hindurchklettern konnte. Die rechte Seite war weit geöffnet, ein braunes Handtuch hing unten über dem Rahmen.

»Sie war nackt, als sie beim Haus der Nachbarin ankam. Vermutlich hat sie das Handtuch verloren, als sie aus dem Fenster geklettert ist.«

Ich beugte mich aus dem Fenster. Sofort blies mir eisige Luft ins Gesicht. Ich schaute nach unten und erblickte ein flaches Dach ungefähr drei Meter unter mir.

»Das da unten ist die Orangerie«, erklärte Emma.

»Orangerie?«

Ein paar Fältchen bildeten sich in ihren Augenwinkeln, als sie lächelte. »Ein prätentiöser Name für einen Wintergarten.«

»Mrs Burbeck ist also durch das Fenster geflohen, auf das Dach der Orangerie und dann auf den Boden gesprungen?«

»Wahrscheinlich. Es sind noch mal ungefähr vier Meter vom Dach der Orangerie bis nach unten.«

Mit einem Mal öffneten sich sämtliche Himmelsschleusen. Dicke Regentropfen platschten herab und trommelten laut auf das Dach. Der Wind peitschte sie mir ins Gesicht. Ich trat vom Fenster zurück.

»Na super!«, seufzte Emma. »Das Wetter wird uns nicht helfen, wenn wir die Ermittlungen draußen fortsetzen.«

Ich ging zurück zur Badtür und untersuchte sie. Sie war am Rahmen gesplittert. Aus der Art des Schadens war ersichtlich, dass sie von der Schlafzimmerseite aus gewaltsam geöffnet worden war. »War das einer von uns oder der Eindringling?«

»Einer von uns. Die Tür war von innen verschlossen, als die Polizisten ankamen, also haben sie sie aufgebrochen.«

Ich überließ Emma ihrer Arbeit, wich erneut den Fußabdrücken aus und marschierte den Flur hinunter, wobei ich noch einen kurzen Blick in die zwei Zimmer auf dieser Seite des Hauses warf. Offensichtlich unbenutzte Gästezimmer.

Hinter der ersten Tür vorbei an der Treppe, die ich vorhin heraufgekommen war, befand sich ein Zimmer, das als Büro diente. In dem Ledersessel hing ein Leichnam zusammengesackt über dem antiken Mahagoni-Schreibtisch vor ihm, als würde er bloß schlafen. Die Messerwunde in seinem Genick war deutlich erkennbar. Nur wenig Blut war aus der Wunde ausgetreten und soweit ich das erkennen konnte, gab es keine Blutspritzer. Keine Zeichen eines Kampfes. Ein weiterer Tatortermittler beugte sich über den Leichnam und machte Fotos.

Ich trat näher und begutachtete den Tatort genauer. Ordentlich aufgestapelt auf dem Schreibtisch lag ein Stapel Dokumente, daneben befand sich ein offener Laptop, auf dem der Bildschirmschoner lief und das Foto eines Paars an seinem Hochzeitstag zeigte. Außerdem waren da noch ein Drucker, ein Handy, ein Stifthalter und ein Taschenrechner. »Wurde der Laptop so gefunden?«

»Alles ist so, wie es war. Ich habe nur den Sound stummgeschaltet. Der Laptop hat Musik abgespielt, die wirklich laut war. Dabei konnte man nicht klar denken.«

Ich musterte das Foto auf dem Bildschirm. Die Frau war atemberaubend schön – ihr langes, gewelltes, dunkles Haar, darin eingeflochten zarte weiße Blümchen, fiel offen über eine Schulter. Große, mandelförmige, braune Augen, lange Wimpern – Augen, in denen man sich leicht verlieren konnte. Eine edle Nase und volle Lippen. Sie hielt Händchen mit einem Mann, der einen perfekt geschnittenen, weißen Anzug trug. Er hatte blonde Haare, seine dazu im Kontrast stehenden braunen Augen tanzten vor Glück und in ihnen spiegelte sich die Erwartung einer wundervollen Zukunft, während er seine Braut anblickte.

Ich schaute zurück zu der Leiche. Diese Zukunft war wohl gegessen.

Kapitel 3

Der Detective

Ich hockte auf der Kante meines Schreibtischs im Büro des CID, als das Briefing begann. Detective Superintendent Greene stand vorn und nippte an seinem Kaffee. Neben ihm spreizte sich der *Acting* Detective Inspector Wilmott, perfekt zurechtgemacht in einem lila Hemd und navyblauen Anzug, der ebenso maßgeschneidert aussah wie Max Burbecks Hochzeitsoutfit auf dem Foto. Er erinnerte mich an einen eitlen Pfau, der mit einem hochmütigen Gesichtsausdruck herumstolziert. Sogar seine Krawatte war in den Pfaufarben lilablau gehalten. Ja, ich weiß, ich sollte mich einfach zusammenreißen.

DC Becky Harris saß an ihrem Schreibtisch in der Ecke. Ihr Blick traf meinen und ich registrierte, wie sie unauffällig mit den Augen rollte, was sich auf Wilmott bezog, der gerade seine manikürten Nägel einer genauen Prüfung unterzog. DC Ronnie Pickering setzte sich in seinem Stuhl gerade hin, die Finger vor sich verschränkt, wie immer geduldig und bereit wie ein Welpe, der nach Bestätigung sucht.

»Nun denn.« Greene stellte seine Tasse ab und wandte sich an uns alle. »Wie Sie wissen, sind wir im Augenblick ziemlich unterbesetzt. DCI Tiller leitet die Ermittlungen in einem großen Betrugsfall, und bis DI Nash zurück ist, wird Acting DI Wilmott die Leitung in diesem Fall übernehmen.«

Wilmott sah von seinen Nägeln auf und grinste selbstgefällig in meine Richtung. »Danke, Sir.«

Greene trat zurück und überließ Wilmott die Bühne.

»Okay, Leute. Die Polizei ist heute Nacht um 1:20 Uhr am Tatort eingetroffen, nachdem ein Anruf eingegangen war von einer Mrs …« Er schielte auf einen Ausdruck des Protokolls. »… Mrs Downes um 0:58 Uhr. Ihre Nachbarin, Alissa Burbeck, hatte sie durch lautes Klopfen an ihrer Hintertür geweckt und ihr gesagt, dass ein bewaffneter Eindringling in ihrem eigenen Haus sei. Mrs Burbeck war es gelungen, durch ein Badfenster zu fliehen und nackt in den Wald zu rennen, der hinten an ihr Grundstück angrenzt. Dieser Wald verläuft an der Rückseite des gesamten Dorfs. Nachdem sie am Tatort angekommen waren, haben PC Brightman und PC Summers das Haus durchsucht, aber keinen Eindringling vorgefunden.« Wilmott ging den Rest der Details durch, die wir bisher kannten, und endete mit: »Alissa Burbeck wurde ins Krankenhaus gebracht; zu ihrer Sicherheit wurde ein Beamter vor ihrer Tür postiert. Sie stand unter Schock, und nachdem sie gehört hatte, dass ihr Mann ermordet worden war, musste man ihr Beruhigungsmittel verabreichen.« Er warf einen Blick auf seine teure Uhr. »Sie dürfte hoffentlich bald wach genug sein, um uns mehr erzählen zu können.«

»War es ein Einbruch, Chef?«, fragte Ronnie.

»DS Carter, Sie waren am Tatort, vielleicht würden Sie übernehmen«, wandte sich ADI Wilmott an mich.

»Es gibt keine Anzeichen für ein gewaltsames Eindringen in das Anwesen«, berichtete ich. »Das Haus verfügt über eine gute Alarmanlage, die allerdings nicht aktiviert war. Entweder hatte der Täter einen Schlüssel oder er ist durch eine unverschlossene Tür hereingekommen. Es ist unwahrscheinlich, dass der Täter von Max Burbeck hereingelassen wurde, da der wohl im offenen Büro an seinem Schreibtisch gearbeitet hat. Er hat laute Musik gehört, daher also vermutlich nicht bemerkt, wie sich ihm der Angreifer von hinten näherte. Es existieren im Moment auch keine Anzeichen dafür, dass etwas gestohlen wurde, aber wir müssen erst noch mit Mrs Burbeck klären, ob etwas fehlt, sobald sie wieder dazu in der Lage ist. Und natürlich warten wir noch auf die Forensik, was etwas dauern wird. Es ist ein großes Haus und aufgrund des flutartigen Regens und Hagels, den wir gerade hatten, finden die Tatortermittler eventuell keine hilfreichen Beweise auf dem Grundstück. Ich bezweifle allerdings sehr, dass es sich hier um eine zufällige Attacke gehandelt hat. Bisher konnte die Mordwaffe am Tatort nicht gesichtet werden. Wir wissen noch nicht, ob irgendwelche Messer aus dem Haus fehlen. Es ist also unklar, ob der Täter es selbst mitgebracht hat. Aber wenn wir davon ausgehen, dass es sich nicht um einen Einbruch handelt, dann ist das ziemlich wahrscheinlich, was wiederum auf einen gezielten Angriff schließen lassen würde.«

»Haben wir irgendetwas, woraus sich ableiten lässt, warum Mr und Mrs Burbeck angegriffen wurden?«, forschte Detective Superintendent Greene.

»Bisher noch nicht«, erwiderte Wilmott. »Es sind keine weiteren Vorfälle unter dieser Adresse vorhanden, auch eine Überprüfung unserer Datenbanken hat nichts ergeben. Aber der Tatort sieht so aus, als wäre der Täter nicht an all den wertvollen Dingen im Haus interessiert gewesen.« Er schnipste mit dem Finger zu Becky. »DC Harris, ich möchte, dass Sie überprüfen, ob irgendwelche der benachbarten Anwesen Überwachungskameras haben. Es gibt im Dorf keine öffentlichen Kameras, aber es handelt sich hier um eine wohlhabende

Gegend. Die Häuser rund um das der Burbecks sind exklusiv und teuer, ich wäre also nicht überrascht, wenn einige Besitzer ihre eigenen Sicherheitsinstallationen hätten.«

Becky notierte sich das.

»Die Tatortermittler haben zwei Laptops sichergestellt: einen, an dem Max wohl vor dem Überfall gearbeitet hat, und einen anderen, der vermutlich Alissa gehört, aus der Küche. Ebenso wurden ein Handy auf Max' Schreibtisch sowie ein weiteres auf dem Nachttisch im Schlafzimmer, vermutlich von Mrs Burbeck, sichergestellt. Das technische Forensikerteam wird sie überprüfen und gucken, ob dort etwas Relevantes drauf ist. Die Tatortermittler werden Ihnen außerdem die Unterlagen von Max' Schreibtisch bringen, damit Sie sie durchgehen können.« Wilmott nickte Becky zu. »Und recherchieren Sie mal Mr und Mrs Burbecks Hintergrund genauer, ob Sie da vielleicht fündig werden.«

Becky schrieb weiter. »Wissen wir, womit sie ihren Lebensunterhalt verdienen?«

»Ich glaube, DS Carter hat dazu bereits ein paar vorläufige Ermittlungen angestellt.« Wilmott überließ mir wieder das Wort.

»Ich habe online ein paar Artikel über sie entdeckt. Max Burbeck war der Besitzer eines großen Immobilienunternehmens, *Burbeck Developments*, welches als eins der sechs größten Unternehmen im Land gelistet ist. Wobei ich nicht weiß, ob das aktuell überhaupt von Relevanz ist.« Ich reichte den Ausdruck eines Artikels mit einem Foto des glücklichen Paares herum, in dem ihre Verlobung vor sechs Monaten verkündet worden war.

»Muss ein Vermögen wert sein!«, schaltete sich Ronnie ein, als er das Exemplar nahm.

»Das ist Alissa Burbeck?« Becky starrte das Foto an. »Ist sie Model?«

»Soweit ich weiß, nicht. Sie hat einen Kurs in kreativem Schreiben absolviert und arbeitet anscheinend gerade an ihrem ersten Roman«, ergänzte ich.

»Wie groß ist der Altersunterschied zwischen ihnen?«, erkundigte sich ADI Wilmott, der seinen Blick nicht von dem Foto lösen konnte.

»Alissa ist vierundzwanzig, Max fünfunddreißig.«

»Glückspilz!«, urteilte ADI Wilmott.

»Jetzt doch wohl nicht mehr, oder?«, gab ich zurück. »Sie haben anscheinend vor zwei Monaten in Australien geheiratet und nach ihrer Rückkehr vor ein paar Wochen einen großen Empfang im Haus gegeben. Deshalb werden die forensischen Beweise vermutlich ein ziemliches Chaos sein. Das ist alles, was ich bisher über die beiden weiß.«

»Vor zwei Monaten geheiratet und er ist stinkreich?« Ronnie zog die Nase kraus. »Ich wette, die Frau war's.«

»Wir stellen im Moment noch keine Mutmaßungen an. Wir gehen den Beweisen nach und schauen, wohin sie uns führen«, sagte Detective Superintendent Greene streng, wobei er mich anvisierte.

Leichter Unmut machte sich in mir breit. Ich musste ein sarkastisches Schnauben unterdrücken. Greene war derjenige gewesen, der mich davon abgehalten hatte, den Beweisen im Mackenzie-Fall zu folgen. Er hätte seine Anweisungen anders formulieren sollen: *Wir gehen den Beweisen nach, solange sie nicht zu jemand Reichem und Mächtigem führen und wir uns gezwungen sehen, die Ermittlungen einzustellen.*

»Nein, Sir, natürlich nicht, Sir.« Ronnie rutschte wie ein gescholtener Schuljunge auf seinem Stuhl hin und her.

Ich blickte hinüber zu ADI Wilmott, der noch immer das Bild von Alissa Burbeck anzustarren schien. Es gab eine kleine Pause, erst durchbrochen von Detective Superintendent Greene, der sich räusperte und dadurch ADI Wilmotts Aufmerksamkeit von dem Foto löste.

»DC Pickering, ich möchte, dass Sie eine Aussage von Mrs Downes aufnehmen, und dann von Haus zu Haus gehen und fragen, ob irgendeiner der anderen Nachbarn etwas Verdächtiges beobachtet hat«, bestimmte ADI Wilmott.

Ronnie nickte lebhaft. Guter Junge! Er war vor sechs Monaten zum Detective Constable befördert worden und etwas übereifrig. Darauf erpicht, Eindruck zu machen. Er war so aufgeregt, wie ich es vor fünfundzwanzig Jahren gewesen war, als man mich zum DC befördert hatte. In diesen Jahren war viel passiert, um meiner Begeisterung einen starken Dämpfer zu verpassen. Vielleicht wurde ich langsam zu alt und zynisch für all den Mist, der mit der Position einherging. Besonders, da es jetzt den Anschein hatte, als würde ich es vor meiner Pensionierung nicht mehr bis zum DI schaffen.

»Becky, ich will außerdem, dass Sie die Telefon- und Finanzunterlagen anfragen, wie üblich.« ADI Wilmott drehte sich zu ihr um.

»Ja, Chef.«

»DS Carter und ich fahren ins Krankenhaus zu Alissa Burbeck.« ADI Wilmott hielt inne und betrachtete nacheinander jeden von uns. »Das war's fürs Erste. Halten Sie mich auf dem Laufenden.«

♦ ♦ ♦

Im wahren Leben war Alissa Burbeck ebenso schön wie auf dem Foto. Vielleicht wurde der Ausdruck »schön« ihr nicht mal gerecht. Sie war die Art Frau, die man als hypnotisierend beschreiben konnte. Jedes kleine Detail an ihr war so perfekt, dass man nicht wegschauen konnte und unentwegt denken musste: *Ist sie wirklich echt?* Sicherlich konnte das niemand sein, der so aussah. Zum Teil erinnerte sie mich an eine Puppe – die Vorstellung eines Herstellers von makelloser Perfektion. Große Augen, lange Wimpern, geschwungene Lippen, glänzendes, schokobraunes Haar, abgerundet durch einen zarten, feingliedrigen Körper. Die Art Frau, die dafür sorgte, dass Männer sie besitzen und Frauen wie sie sein wollten.

Sie lag auf der Seite, das Gesicht zur Tür ihres privaten Krankenzimmers gewandt, das wir gerade betreten hatten. Die Bettdecke hielt sie mit den Händen umklammert. Obwohl klar zu erkennen war, dass sie geweint hatte, sah sie dennoch atemberaubend aus.

»Mrs Burbeck, ich bin Detective Inspector Wilmott und das ist Detective Sergeant Carter.«

Ich unterdrückte den Drang, *Acting*! zu ergänzen.

Alissa schob sich in eine aufrechte Position im Bett, während sie die Bettdecke weiterhin umklammerte. Frische Tränen liefen ihre hohen Wangenknochen herunter. »Man hat es mir gesagt … letzte Nacht … der Polizist vor meiner Tür da draußen …« Sie atmete keuchend ein. »Max ist tot, nicht wahr? Er ist wirklich tot?« Sie blinzelte schnell; ihre Wimpern glänzten feucht im trüben Krankenzimmerlicht.

Wilmott zog einen Plastikstuhl neben ihr Bett und setzte sich.

Ich blieb am Bettende stehen.

»Ihr Verlust tut mir sehr leid«, bedauerte Wilmott.

Ich erwartete schon fast von ihm, dass er ihre Hand ergreifen und sie streicheln würde. Er hatte einen Gesichtsausdruck, der normalerweise für die Augenblicke reserviert war, in denen er seine Reflektion in Spiegeln oder Fenstern erblickte.

Sie zog ihre Knie unter der Bettdecke an, ließ den Kopf darauf sinken und schluchzte. Ihre Schultern bebten, während sie um Atem rang.

»Ich weiß, dass das alles sehr schwer für Sie ist, aber wir müssen Ihnen wirklich ein paar Fragen wegen letzter Nacht stellen«, sagte ich. »Je schneller wir wissen, was passiert ist, desto eher können wir den Schuldigen finden.«

»Oh Gott.« Sie hob den Kopf und wischte sich mit den Fingern über ihre Wangen. Sie schluckte heftig. »Ich bin nur ...« Sie schüttelte den Kopf. »Ich ...« Erneut atmete sie keuchend ein.

DI Wilmott neigte den Kopf. »Soll ich den Arzt rufen?« Er beugte sich weiter vor und bedachte sie mit einem fast schon fürsorglichen Blick.

Sie schloss die Augen und biss sich auf die Unterlippe. »Es tut mir leid.« Ihre Stimme war ein zittriges Flüstern, als sie ihre Augen öffnete und Wilmott anblinzelte. »Ich ... ich will helfen, aber ... das ist alles so schrecklich. Ich kann einfach nicht glauben, dass jemand so etwas tun würde.« Ihr Gesicht schien in sich zusammenzufallen.

»Kann ich Ihnen etwas holen? Vielleicht Wasser?«, bot DI Wilmott an. Bevor sie antworten konnte, klingelte Wilmotts Handy. Er schaute darauf. »Tut mir leid, da muss ich rangehen.« Er stand auf, stolzierte zur Tür und raunzte mich über seine Schulter an: »Holen Sie Mrs Burbeck etwas Wasser.«

»Vielen Dank.« Alissa hielt mir eine leere Kanne hin, die auf ihrem Nachttisch neben dem Bett gestanden hatte.

Wilmott verließ das Zimmer und eilte den Flur hinunter.

Ich füllte die Kanne am Waschbecken in dem kleinen angeschlossenen Bad in einer Ecke des Zimmers.

Als ich zurück zu ihrem Bett trat, setzte sich Alissa richtig auf, griff nach einem Taschentuch von einem Päckchen oben auf dem Nachttisch neben einem leeren Glas und wischte sich damit die Augen.

»Hier, bitte.« Ich goss etwas Wasser in das Glas.

Sie nahm einen Schluck.

Ich positionierte mich wieder am Bettende.

»Danke.« Sie stellte das Glas ab und hielt mit einer zarten Hand die Bettdecke umklammert, während sie sich mit der anderen erneut über die Wangen wischte. »Fragen Sie mich, was Sie wissen müssen. Ich will auch, dass Sie den Täter erwischen. Dieser Polizist vor meiner Tür … er hat gesagt, Max wäre …« Sie sprach nicht weiter, blinzelte und fing sich dann wieder.

Wilmott kam zurück ins Zimmer und setzte sich hin. »Das war der Pathologe«, erklärte er Alissa. »Die Obduktion wird in Kürze durchgeführt, also warten wir noch auf die finalen Ergebnisse, aber im Moment sieht es so aus, als wäre Ihr Mann durch einen Stich in den Nacken gestorben.«

Alissa atmete scharf ein und ließ sich zurück in die Kissen sinken. Ihr Kopf wackelte leicht hin und her, als wolle sie die Worte damit abwehren.

Ich zog ein digitales Aufnahmegerät aus meiner Tasche. »Wir müssen dieses Gespräch aufzeichnen, Mrs Burbeck.«

»In Ordnung«, nickte sie, ohne mich anzusehen, und erteilte ihr Einverständnis mit einer vagen Handbewegung.

Ich drückte auf »Aufnahme« und gab dann an, wer sich im Zimmer befand sowie Datum, Zeit und Ort.

»Können Sie uns erzählen, was passiert ist?«, fragte DI Wilmott.

Kapitel 4

Die Andere

In der Schule war von Anfang an klar, dass ich das merkwürdige Kind war. Als die Lehrerin die Klasse aufforderte, das zu zeichnen, was wir am Wochenende so taten, malten die anderen bunte Bilder von Mums und Dads und aufgeweckten kleinen Kindern mit einem übergroßen Lächeln im Gesicht. Bilder von Eiscreme und strahlend schönen Tagen, bei denen eine riesige Sonne auf die perfekten und glücklichen Familien herabschien.

Meine zeigten wütende rote Gesichter, Reißzähne, Blut. Eine Mum und einen Dad, deren Gesichter schwarze Striche waren. Finstere Himmel, aus denen es Blitze regnete.

Unsere Lehrerin, Mrs Fuller, war uralt. Zumindest wirkte sie auf mich so. Rückblickend war sie vermutlich Ende vierzig. Bei den Bildern der anderen Kinder reagierte sie verzückt, nur bei meinen runzelte sie die Stirn, ein Gesichtsausdruck, der bei ihr immer zum Vorschein kam, wenn es um mich ging. Sie sagte mir, ich müsste alles etwas fröhlicher darstellen, dass meine Bilder zu dramatisch und unsinnig wären. Ich wollte ihr erklären, dass das mein Leben war, aber natürlich tat ich das nicht. Mum sagte, ich dürfte niemandem erzählen, was zu Hause geschah. Die Dinge, die hinter geschlossenen Türen passierten, wären privat, meinte sie. Jedes Mal, wenn ich nachts wach wurde, weil Schreie und lautes Krachen aus dem Zimmer meiner Eltern drangen, waren das nur »Mummy und Daddy, die eine Meinungsverschiedenheit haben«. Wie oft kam ich in ihr Zimmer gelaufen und schrie und weinte, damit meine Stimme über den Lärm hinweg Gehör fand. Ich flehte meinen Dad an, dass er Mummy nicht mehr wehtun sollte. Wie oft klammerte ich mich an Dads Beine, um ihn davon abzuhalten, ihr zu nahe zu kommen, nur um grob wie eins der Kälber beiseitegestoßen zu werden. Wie oft zerrte er mich nach unten und hielt meinen Arm so fest umklammert, dass ich dachte, er würde gleich brechen, und meine Füße berührten dabei kaum den Boden. Und dann sperrte er mich in der Abstellkammer unter der Treppe ein und ließ den Bolzen mit einem übelkeitserregenden Klicken einrasten! Er sagte, es wäre meine Schuld. Ich wäre respektlos. Ich wäre böse. Ich würde niemals zuhören. Und er würde mir Disziplin einbläuen, denn Gott hätte gesagt, ich wäre ein mieses kleines Bastardkind und müsste eine Lektion erteilt bekommen. Ich wusste nicht, wer diese Gott-Person sein sollte, aber Dad redete oft von ihr, besonders wenn Mum oder ich irgendetwas falsch machten und bestraft werden mussten.

Anfangs hatte ich Angst vor der Kammer. Ich schlug mit Händen und Füßen gegen die Tür, schrie, weinte, brach mir Fingernägel ab beim Versuch, die Scharniere abzukratzen, aber es half alles nichts. Dad ließ mich erst wieder raus, wenn er dazu bereit war, und Mum wagte es nie, sich ihm zu widersetzen. Ich verstand damals nicht viel von dem, was eigentlich vorging, aber das zumindest wusste ich. Mum verteidigte Dad die ganze Zeit: »Er ist nur erschöpft«, »Er ist bloß gestresst«, »Es ist sehr anstrengend für ihn, sich um uns zu kümmern«, »Er macht sich Sorgen wegen des Geldes«. Bla, bla, bla. Rückblickend war es keins dieser Dinge. Er war einfach nur ein furchtbarer Mensch, dem es Spaß bereitete, uns Schmerzen zuzufügen, genau wie er es bei den Tieren tat. Ein schwacher, egozentrischer, psychopathischer Tyrann. Ein ignoranter, böser Mann. Er war der Bastard, nicht ich.

Nachdem es zur Regelmäßigkeit wurde, begann ich, die Dunkelheit und Einsamkeit der Kammer zu schätzen. Sie wurde mein Freund, mein Ruhepol in all dem Wahnsinn, meine kleine Zuflucht. Ich hatte sogar meine eigene Hausspinne dort, die ich Freddie nannte. Freddie war klein und schwarz, und als er mir das erste Mal über meinen Fuß huschte, schrie und kreischte ich. Ich wich in eine Ecke zurück. Ich wusste ja nicht, was das war. Aber dann sah ich ihn einmal in der Ecke sitzen, als Dad die Tür öffnete und das Licht vom Flur die Innenwand der Kammer beleuchtete. Und so leistete Freddie mir da drinnen Gesellschaft. Ich redete viel mit ihm. Er war ein toller Zuhörer. Ich schlief dort ein, während ich mit meinem Freund plauderte, dem einzigen auf der Welt, mit dem ich wirklich reden konnte. Die Kinder in der Schule mieden mich wie die Pest. Ich wusste nicht, wie ich mich mit ihnen unterhalten sollte. Ich war nie im Kindergarten gewesen und wir wohnten nicht in der Nähe von anderen Leuten, also hatte ich vorher keinen Kontakt zu anderen Kindern gehabt. Ich dachte, Menschen anzuschreien wäre die normale Art der Kommunikation, aber das schien den anderen nicht zu gefallen. Ich brachte die Mädchen zum Weinen und die Jungs dazu, mich schlagen zu wollen, was sie dann auch taten. Nur zu häufig. Sie dachten, sie würden mir wehtun, aber dem war nicht so. Sie konnten längst nicht so hart zuschlagen wie Dad. Die schäbigen Secondhandklamotten, die ich tragen musste, unterschieden mich ebenfalls von den anderen. Ich hatte Löcher in meinen Schuhsohlen, durch die mein großer Zeh guckte. Ich sah nicht aus, als würde ich dazugehören. Ich fühlte mich auch nicht so.

Ich weiß nicht, wie oft ich von Mrs Fuller angewiesen wurde, mit dem Schreien aufzuhören. Aber ich konnte nicht. Ich wusste, sie rief meine Eltern an, um ihnen von meinem aggressiven Verhalten zu berichten, was natürlich dazu führte, dass Dad mich wiederum beschimpfte, ich wäre ein undankbarer, kleiner Bastard und Gott müsste mir Vernunft einbläuen. Also hatte ich dann Dad *und* Gott *und* Mrs Fuller auf dem Hals.

Aber trotz alledem war die Schule für mich ebenfalls so etwas wie die Kammer. Sie war sicher, ein Ort, an dem ich den dunklen Tagen zu Hause entkommen konnte. Ich stand allein am Rand des Spielplatzes, während die anderen Kinder über mich kicherten und mir Spottnamen zuriefen wie jeden Tag. Sie dachten, es würde mich ärgern, aber das tat es nicht, denn was machte das schon? Was sie mir antun konnten, war *nichts* im Vergleich zu dem, was zu Hause ablief. Sie dachten, sie wären clever, aber sie hatten ja keine Ahnung. Die Schule war für mich wie Urlaub. Da war ich also, blendete den Spott aus und lachte mir ins Fäustchen, weil sie dachten, sie könnten mir etwas anhaben, als mir plötzlich ein kleiner Junge auffiel, der seinen ersten Tag an der Schule hatte. Ich beobachtete, wie er sich an die Beine seiner Mutter klammerte, wie ich es bei Dad versuchte, wenn ich diese Gott-Person davon abhalten wollte, zu toben und zu rasen und böse Worte aus dem Mund meines Dads zu speien, und wenn ich versuchte, ihn vom Treten abzuhalten. Ich dachte, dieser kleine Junge wäre dumm. Warum wollte er denn *nicht* weg von zu Hause und ein paar Stunden *ohne* all das verbringen? Warum wollte er *keine* Bilder malen und frei sein? Aber je länger ich die Szene betrachtete, desto mehr wurde mir klar, dass seine Mum nicht wie meine Mum war. Sie blaffte ihn nicht an: »Hör sofort damit auf, sonst wird Daddy böse.« Es gab kein »Tu, was Dad sagt« oder »Wenn du dich benehmen würdest, wäre er nicht so schlecht gelaunt! Das ist alles deine Schuld!«. Nein, diese Mum hockte sich vor ihren weinenden kleinen Jungen hin und wischte ihm die Tränen ab. Sie drückte ihn fest an sich, küsste seine Wangen und strich ihm über die

Haare. Bei diesem Anblick durchzuckte mich auf einmal etwas Heißes und Pulsierendes: *Ich will er sein. Ich will diese Mum.*

Er hieß George und kam in meine Klasse. Ich beobachtete ihn die ganze Zeit und imitierte das, was er tat. Wie er seinen Stift hielt. Wie er sein eingepacktes Mittagessen aß. Wie er sprach. Die Art, wie er seinen Kopf nach links neigte und die Zunge leicht aus dem Mund streckte, wenn er sich darauf konzentrierte, zu buchstabieren. Die Art, wie er lachte. Wenn ich wirklich George *sein* könnte, würde seine Mum mich mitnehmen und ich hätte ein neues Zuhause. Also beobachtete ich und lernte immer weiter.

Eines Tages war ich das erste Kind, das aus der Schule gerannt kam. Ich lief mit einem aufgeregten Grinsen über den Spielplatz und tat so, als wäre ich ein Flugzeug, wie George es immer machte. Das Bild, das ich vorhin gemalt hatte, flatterte in meiner Hand. Ich hatte es von George abgemalt, indem ich ihm über die Schulter geschaut hatte. Ich glaube, das Bild sollte George darstellen, aber er hatte einen großen runden Kopf und keine Haare und Augen, die den Großteil seines Gesichts einnahmen. Neben ihm stand seine reizende Mum, die leuchtend roten Lippen zu einem Lächeln verzogen, und sein Dad, der Georges Hand hielt und einen Aktenkoffer trug. Ich lief auf Georges Mum zu, stürzte mich auf sie, umklammerte ihre Beine, sah auf in ihr überraschtes Gesicht und sagte ihr, wie sehr ich sie vermisst hätte.

»Aber, aber.« Sie hockte sich vor mich hin. »Was hast du denn da?« Sie meinte mein Bild, das ich ihr stolz hinhielt.

»Das ist ein Bild von dir und Daddy und mir!«

In ihrem Gesicht zuckte es leicht, aber sie lächelte weiter. »Und wer bist du?«

»Ich bin euer neuer George!«, erklärte ich strahlend.

Da verschwand das Lächeln.

Sie fanden George eine Weile später eingesperrt im Wandschrank hinten in einem der Klassenzimmer. Wie sehr ich auch schwor, dass ich es nicht gewesen war, sie glaubten mir nicht.

Kapitel 5

Der Detective

»Es war ungefähr Mitternacht«, erinnerte sich Alissa. »Max hat in seinem Büro gearbeitet und Musik auf seinem Laptop gehört und ich habe ein Bad im Badezimmer genommen, das an unser Schlafzimmer angrenzt.«

»Hat er oft während des Arbeitens Musik gehört?«, wollte ich wissen.

Sie schniefte und nickte. »Ja, immer. Ich bin in der Wanne eingeschlafen, und als ich aufwachte, war das Wasser kalt, ich weiß also nicht genau, wie lange ich darin lag, aber …« Sie atmete wieder zitternd ein. »Ich stieg heraus, trocknete mich ab, wickelte mich in ein Handtuch und ging ins Schlafzimmer. Aber Max war immer noch nicht im Bett, also bin ich …« Sie umklammerte die Bettdecke.

»Schon gut. Nehmen Sie sich Zeit«, beruhigte DI Wilmott sie.

»Ich … Ich wollte nur kurz ins Büro schauen und ihm sagen, dass es spät wäre und ich ins Bett gehen würde, aber als ich in den Flur kam, sah ich …« Ihre Augen weiteten sich, dunkle Wimpern trafen auf gebräunte Haut. Ihr Gesicht verzerrte sich vor Trauer.

»Was haben Sie gesehen?«, hakte ich nach.

»Einen Mann. Er kam aus Max' Büro und direkt auf … auf mich zu! Ich habe geschrien, bin zurück ins Bad gerannt und habe die Tür verschlossen. Anschließend bin ich durch das Fenster im Bad und hinunter auf das Dach der Orangerie geklettert. Von dort bin ich auf den Boden gesprungen. Dann bin ich einfach nur noch gerannt. Durch den Garten in den Wald, bis zu unseren nächsten Nachbarn, damit sie die Polizei rufen konnten.« Mit zittrigen Fingern strich sie über ihre Wange, um die Tränen wegzuwischen. »Wenn ich geblieben wäre … wenn ich doch nur … vielleicht wäre Max noch …« Mit einem Hickser holte sie Luft.

»Sie haben genau das Richtige getan, um für Ihre eigene Sicherheit zu sorgen.« DI Wilmott hob eine Hand, als wolle er sie auf ihre legen, änderte seine Meinung im letzten Augenblick jedoch noch und strich sich stattdessen damit durch die Haare.

»Konnten Sie den Eindringling gut sehen?«, fragte ich.

Sie schluckte und blinzelte schnell. »Er hat schwarz getragen. Und er hatte diese …«, sie zeigte auf ihr Gesicht, »diese Skimaske auf, die bis auf die Augen sein ganzes Gesicht verdeckte. Ich dachte, ich würde st-sterben. Ich dachte … Er hatte ein Messer in der Hand, wissen Sie.«

»Konnten Sie erkennen, ob das Messer aus Ihrem Haus stammt?«, bohrte DI Wilmott.

Sie schüttelte den Kopf. »Nein, es ging zu schnell.«

»Ist Ihnen sonst etwas an ihm aufgefallen?«, nahm ich meine Befragung wieder auf. »Größe, Gewicht, Augenfarbe? Hat er irgendetwas gesagt?«

»Äh … es ging alles so schnell, aber ich glaube, er war ungefähr so groß wie ich … vielleicht eins achtundsiebzig oder neunundsiebzig. Ich weiß nicht, was für eine Statur er hatte … das ist schwer zu sagen, denn er hatte eine schwarze Daunenjacke an. Er hat nicht geredet.«

»Er war also durchschnittlich groß?«, folgerte ich.

Sie biss sich auf die Unterlippe und nickte. Sie presste die Augen zu, als wolle sie das Bild ausblenden, das sich für immer in ihren Geist eingebrannt hatte.

»Ist Ihnen noch etwas aufgefallen?«

»Äh … ja. Er hat Handschuhe getragen. Schwarze. Und er hatte diese Dinger an seinen Füßen, wie Plastikschuhe. Sie waren dunkelblau. Sie haben geraschelt, als er lief.«

»Plastiküberschuhe?«

Sie nickte.

»Noch etwas?« DI Wilmott sah sie mitfühlend an.

Sie schlug die Augen auf und erneut war ich von ihrer Schönheit wie geblendet.

»Nein. Wie gesagt, es ging alles so schnell und ich habe ja versucht, von ihm wegzukommen.«

»Wir glauben, der Eindringling ist durch die hintere Küchentür ins Haus gekommen, die unverschlossen war, als die Polizei am Tatort eintraf«, berichtete Wilmott. »Die Alarmanlage war nicht aktiviert. Ist es ungewöhnlich, dass diese Tür nicht abgeschlossen war?«

»Nein. Max hat draußen geraucht. Ich mochte es nicht, wenn er im Haus rauchte, und jetzt … na ja, jetzt ist das alles … vielleicht hätte ich ihn lassen sollen. Vielleicht wäre dieser Mann dann nicht reingekommen! Max hat die Tür meist erst abgeschlossen, wenn er ins Bett ging.« Sie hielt einen Augenblick inne. »In unserem kleinen Dorf passiert nie etwas. Es ist ruhig und … na ja, es *war* ruhig.«

»Und was ist mit der Alarmanlage? Wann wurde die normalerweise angeschaltet?«, fragte ich.

»Auch wenn Max ins Bett ging. Er stellte sie an, wenn er abgeschlossen hatte.«

»Im Moment sieht es nicht nach einem Einbruch aus. Sie müssen mich allerdings zum Haus begleiten, wenn unsere

Tatortermittler fertig sind, um zu überprüfen, ob irgendetwas gestohlen wurde«, sagte DI Wilmott. »Es scheint, als wäre Max an seinem Schreibtisch sitzend angegriffen worden, womit er keine Gefahr für einen Eindringling darstellte. Und keins der anderen Zimmer scheint durchsucht worden zu sein. Wenn er zu dem Zeitpunkt Musik gehört hat, hat er vermutlich erst mitbekommen, dass jemand im Haus war, als es schon zu spät war.«

Sie keuchte. »Muss ich … Ich glaube nicht, dass ich noch mal dorthin zurückkann!«

»Ich weiß, dass es schwer wird, aber wir müssen in alle Richtungen ermitteln, und das sobald wie möglich. Keine Sorge, ich werde bei Ihnen sein«, versicherte ihr DI Wilmott.

Sie biss sich wieder auf die Lippe. »Natürlich. Tut mir leid, es ist bloß …« Sie griff nach einem weiteren Taschentuch aus der Box auf dem Nachttisch neben ihrem Bett, schnäuzte sich, ballte es in der Hand zusammen und hielt es fest. »Es ist wirklich schwer.« Ihre Stimme brach.

»Das wissen wir, Mrs Burbeck«, stimmte ich ihr zu. »Sie halten sich sehr gut.«

»Alissa. Bitte nennen Sie mich einfach Alissa.« Sie schaute DI Wilmott an. »Wenn es kein Einbruch war, dann was … warum …« Sie brach ab, als wäre sie nicht sicher, wie sie die Frage formulieren sollte.

»Es ist möglich, dass Sie und Max gezielt ausgesucht worden sind. Fällt Ihnen ein möglicher Grund dafür ein? Irgendwelche Feinde oder verärgerte Angestellte?«

»Um Gottes willen, nein!« Ihr blieb der Mund offen stehen.

»Haben Sie in letzter Zeit irgendwelche Drohungen erhalten?«, gab ich zu bedenken. »Ist Ihnen irgendjemand aufgefallen, der sich in der Nähe des Anwesens aufgehalten hat? Hatten Sie Streit mit irgendwelchen Leuten?«

»Oh nein.« Sie ließ den Kopf in die Hände sinken.

»Was ist denn?«, forschte DI Wilmott.

»Es gab da ein paar Dinge, aber …« Sie schüttelte den Kopf. »Ich habe etwas erfahren, was in Max' Unternehmen geschah, kurz nachdem wir aus Australien zurück waren.«

»Australien?«, erkundigte sich Wilmott.

»Ja. Sozusagen Arbeitsurlaub und Flitterwochen in einem. Wir sind erst …« Sie blickte auf ihren Ehering und den Verlobungsring und schluckte heftig. »Wir haben erst vor acht Wochen geheiratet, in Australien. Wir wollten eine ruhige Zeremonie, nur wir beide. Wir hatten keine Lust auf den Trubel oder den Stress einer großen Hochzeit. Also hatten wir die Idee, einfach wegzufahren und es in Australien zu machen. Max wollte dort ebenfalls ins Immobiliengeschäft einsteigen, insofern war das die perfekte Lösung. Wir haben zuerst geheiratet, sind dann herumgereist und er hatte zwischendurch ein paar geschäftliche Treffen, wodurch ich Zeit hatte, mich zu sonnen und verwöhnen zu lassen. Wir waren einen Monat dort. Zwei Wochen, nachdem wir zurückgekehrt sind, haben wir eine Party im Haus gefeiert.«

»Ihrem Mann gehört *Burbeck Developments*, richtig?«, warf ich ein.

»Ja. Die Firma hat ursprünglich seinem Dad gehört, aber seine Eltern sind vor ein paar Jahren bei einem Bootsunfall ums Leben gekommen und haben Max die Firma hinterlassen. Er hat für sie gearbeitet, seit er die Uni verlassen hatte, und … na ja, egal, ich schätze, das ist jetzt nicht wirklich wichtig.«

»Und was ging denn bei der Firma vor sich?« DI Wilmott witterte hier anscheinend eine Spur.

»Ich bin mir nicht ganz sicher. Er hat es mir nicht genau erklärt. Er wollte nicht, dass ich mir Sorgen mache, und vermutlich hätte ich es sowieso nicht verstanden. Ich bin nicht besonders gut mit Finanzen und dem Planen von Sachen. Und es war … Sie wissen schon, es war sein Geschäft und ich hatte nie damit zu tun gehabt. Aber er hat gemeint, ein paar Kunden wären unzufrieden wegen eines Bauprojekts, das er vor einigen Jahren geleitet hatte. Sie haben sich über irgendetwas beschwert. Er sagte, es wäre keine große Sache, aber er wirkte deswegen ziemlich gestresst.«

Ich notierte das. »Und Sie sind Schriftstellerin?«

»Ja.«

»Haben Sie irgendetwas geschrieben, an dem jemand Anstoß nehmen könnte oder das unerwünschte Aufmerksamkeit erregt hat?«

»Nein. Ich arbeite im Moment an meinem Erstlingswerk. Ich habe sonst noch nichts veröffentlicht.«

Erneut strich sich DI Wilmott mit einer Hand durch sein gegeltes sandblondes Haar, das sofort wieder an Ort und Stelle sprang. »Sie haben gemeint, es gäbe ein paar Dinge? Was fällt Ihnen noch ein?«

»Na ja, mein Exfreund, aber er … Gott, nie im Leben hätte er so etwas tun können.« Sie trank einen Schluck Wasser und hielt sich das Glas an ihre Brust.

»Erzählen Sie uns von ihm«, forderte DI Wilmott sie auf.

»Äh … Russell war mein erster Freund. Wir sind uns in der Grundschule begegnet und haben uns aus den Augen verloren, als wir danach auf verschiedene Schulen gegangen sind. Aber wir haben uns bei einer Party wiedergetroffen, als ich siebzehn war, und begonnen, miteinander auszugehen. Er war am College und hat Gartenbau studiert und ich habe einen Kurs in kreativem Schreiben absolviert.

Wir waren vier Jahre zusammen, aber dann … ich weiß nicht … Es war wohl nur eine junge Liebe, die irgendwann wieder abflaute. Zumindest, was mich betraf. Ich … äh … ich habe Max eines Nachts in einem Club kennengelernt und, na ja, zwischen uns ist nichts gelaufen, aber Max war hartnäckig und er …« Ihre Lippen verzogen sich zu einem Lächeln, als sie sich an ihren Mann erinnerte. Trotz ihrer Trauer war es ein betörendes Lächeln. »Er hat mich immer wieder gebeten, mit ihm auszugehen, und mir Blumen und andere Dinge geschickt. Na ja, um die Erklärung abzukürzen, ich habe die Sache mit Russell beendet und begonnen, Max zu treffen. Russell war zu dem Zeitpunkt für mich bereits nur noch ein Freund gewesen, nicht viel mehr. Ich wollte ihm nicht wehtun, aber ich wusste, dass es zwischen uns aus war.«

»Wie hat Russell das aufgenommen?«, erkundigte sich DI Wilmott.

»Anfangs nicht allzu gut. Er konnte nicht akzeptieren, dass es vorbei war. Er ist dauernd zum Haus meiner Mum gekommen, wo ich zu dem Zeitpunkt noch gewohnt habe, bevor sie ins Pflegeheim kam. Und er hat mir ständig SMS und Briefe geschrieben, wollte, dass wir wieder zusammenkommen. Es wurde etwas, äh …, seltsam zwischenzeitlich. Aber dann haben wir uns eines Tages getroffen und ich habe ihm mitgeteilt, dass das aufhören muss. Ich habe ihm erklärt, dass ich jetzt mit Max zusammen sei und es mir leidtue, mit ihm Schluss gemacht zu haben, aber dass wir uns auseinanderentwickelt hätten. Er schien langsam mit sich ins Reine zu kommen und die SMS hörten auf, als er begann, herumzureisen – ein Jahr als Rucksacktourist durch Australien.«

»Wie lange ist das her?«

Sie neigte den Kopf und überlegte. »Ich bin jetzt seit drei Jahren mit Max zusammen. Russell hat diese SMS bis ungefähr sechs Monate nach meiner Trennung von ihm geschrieben. Er wohnt mittlerweile auch hier im Dorf, am anderen Ende, also sehe ich ihn gelegentlich. Wenn wir gleichzeitig im Dorfpub sind, grüßen wir einander, aber bis vor Kurzem hatte ich nicht mehr wirklich von ihm gehört. Er wusste, dass Max und ich heiraten würden, und schrieb mir wieder, fragte, ob es mir gut ginge, ob ich sicher wäre, das Richtige zu tun und all so etwas.« Sie sah mich an, und Schuld stand ihr ins Gesicht geschrieben.

»Ich wollte mit Russell befreundet sein. Er war damals ein wichtiger Teil meines Lebens gewesen. Es machte mir nichts aus, dass er mir wieder schrieb. Ich dachte anfangs, es wäre alles unschuldig und harmlos, aber …«

»Aber?«, lieferte DI Wilmott ihr das Stichwort.

»Er ist ungeladen bei unserem Hochzeitsempfang aufgetaucht. Er war ziemlich betrunken und hat eine Szene gemacht.« Sie hielt inne und nestelte wieder an der Bettdecke herum. »Er hat mich draußen auf dem Rasen abgefangen und mir gesagt, ich würde einen großen Fehler machen und dass er mich immer noch liebe und mich zurückhaben wolle.« Sie blickte zu DI Wilmott auf. »Ich bat ihn zu gehen, aber er hörte nicht auf zu reden und zu betteln, dann hat Max ihn gesehen und ist rübergekommen. Russell wurde sehr emotional und hat Max angeschrien, dass er nicht gut genug für mich wäre und dass unsere Beziehung nicht halten würde und … Gott, das Letzte, was Russell brüllte, war, dass Max alles verdient hätte, was ihm blühen würde, und dass er sich vorsehen solle.«

»Was hat er Ihrer Meinung nach damit gemeint?«, forschte ich nach.

»Ich weiß es nicht. Zu dem Zeitpunkt dachte ich, es wären nur Worte in der Hitze des Gefechts, aber jetzt … bei dem, was passiert ist, vielleicht hat er gemeint, dass …« Sie holte hicksend Luft. »Es könnte eine verschleierte Drohung an Max gewesen sein, dass er ihn umbringen würde.«

»Ist Russell jemals gewalttätig gewesen?«

»Ja«, antwortete sie leise. »Aber nur einmal. Er hat einen Mann in einem Pub geschlagen, weil der abfällig über mich geredet hatte. Aber mir gegenüber war er nie gewalttätig. Max hat ihn gebeten zu gehen, nachdem Russell das geäußert hatte, und das hat Russell dann auch getan. Ich dachte, damit hätte die Sache ein Ende. Ich habe seitdem auch nichts mehr von Russell gehört. Aber es erscheint mir verrückt. Russell kann das doch nicht gewesen sein, oder?« Bei dem Gedanken schien hinter ihren Augen Angst aufzuflammen. »Oder glauben Sie …« Sie warf den Kopf zurück und ihr schokobraunes Haar ergoss sich über das Kissen. »War dieser Mann hinter uns beiden her?«

»Wir sind uns nicht sicher«, erwiderte DI Wilmott. »Es könnte sein, dass Max das Ziel war und Sie ihn nur gestört haben, aber ich will ehrlich zu Ihnen sein: Bis wir diese Person haben, ist Ihre Sicherheit von größter Wichtigkeit. Man hat mir mitgeteilt, dass Sie heute noch entlassen werden, und wir müssen Sie für den Augenblick an einen Ort bringen, von dem niemand weiß.«

Ihre Lippen bebten. Sie wirkte wie ein verlorenes, verängstigtes Kind, das man einfach in die Arme nehmen wollte. »Aber wohin? Ich habe niemanden, zu dem ich gehen kann.«

Kapitel 6

Der Detective

DC Becky Harris war als Einzige im Büro, als ich zurückkam. Sie hing über ihrem Laptop, das Telefon zwischen Hals und Kopf geklemmt, redete und tippte sie gleichzeitig.

Ich rieb mir über das Gesicht und kämpfte gegen die Müdigkeit an. Ich war erst seit sechs Stunden wach, aber eigentlich war es länger, wenn man die schlaflose Nacht dazuzählte. Oder die vielen Nächte davor.

Kaffee. Ich brauchte unbedingt Koffein in meinen Adern.

Ich schaltete den Wasserkocher in der Ecke des Raums an und betrachtete die Tafel, die in meiner Abwesenheit eingerichtet worden war. Ein Foto von Max und Alissa nahm die Mitte ein. Darunter hing eine Karte vom Haus der Burbecks sowie der Umgebung und eine Liste in Beckys Handschrift mit den Hauptpunkten, die wir bereits wussten. Alissas Augen schienen jeder meiner Bewegungen zu folgen, während ich den Kaffee kochte.

Ich brachte eine Tasse Kaffee an Beckys Schreibtisch, setzte mich dann an meinen eigenen und trank einen Schluck.

Sie legte das Telefon ab. »Willst du einen Schokoriegel dazu?«

»Wie könnte ich so ein Angebot ausschlagen? Du bist bestimmt eine tolle Ehefrau.«

»So was darfst du heutzutage nicht mehr sagen. Das ist politisch nicht korrekt.«

»Blödsinn«, widersprach ich. »Ich bin eben altmodisch.« Ich rollte die Schultern und bewegte den Kopf hin und her, als wäre ich ein Boxer beim Aufwärmtraining. »So ticke ich nun mal.«

Sie grinste und stöberte in ihrer Schublade. »Ich melde dich *Acting DI* Wilmott.« Sie schwenkte einen Schokoriegel vor meiner Nase.

Ich zuckte mit den Schultern.

»*Du* solltest Acting DI sein.«

Na bitte. Nicht nur ich dachte das. Erneut zuckte ich mit den Schultern, diesmal, um das Thema abzuschütteln. Ich würde mich später damit befassen. Oder es vielleicht in meinem Kopf einfach in einer Schachtel ablegen, zusammen mit dem Rest der Dinge, die ich am liebsten ausblenden wollte. Funktionierte allerdings bisher nicht wirklich gut. »Niemand sollte Acting DI sein. Spencer hätte nicht ermordet werden sollen und DI Nash sollte noch hier sein.« Ich hatte acht Jahre lang mit Ellie Nash gearbeitet. Sie war nicht nur ein herausragender DI; sie war ein guter Mensch. Eine der wenigen Personen, auf die man sich in einer Krise verlassen konnte. Einer dieser Freunde, die alles stehen und liegen ließen, um herbeigeeilt zu kommen, wenn man sie brauchte. Sie war standhaft. Oder war es gewesen. Jetzt war sie am Boden zerstört.

»Du hast recht. Tut mir leid. Wo ist DI Wilmott überhaupt?«

»Er hat Alissa zum Haus zurückgebracht, damit sie nachsehen kann, ob etwas fehlt, und ein paar persönliche Dinge holen kann. Dann bringt er sie in ein Hotel.«

»Ja, ich wette, er wird nur zu gern den Babysitter für sie spielen.«

Jeder wusste, dass Wilmott ein Schleimer war, wenn es sich um Frauen drehte. Vielleicht war Schleimer zu hart. Schmeichler traf es besser. Das Problem war, dass er zu sehr in sein eigenes Spiegelbild verliebt war, als dass er sich jemals in jemand anderen verlieben konnte. Für ihn ging es lediglich um die Eroberung. Und den Sex.

Becky öffnete den Mund, als wollte sie noch etwas sagen, schloss ihn dann aber wieder und warf mir stattdessen den Schokoriegel zu.

Ich fing ihn auf und wickelte ihn aus. »Wie kommst du voran?«

»Im Moment gibt's nichts zu vermelden, fürchte ich.« Sie tauchte ein Stück des Riegels in ihren Kaffee und biss davon ab. »Im Dorf sind keine Überwachungskameras vorhanden. Ich konnte ein paar der Grundstückseigentümer in der Nähe erreichen, um nachzufragen, ob sie private Kamerasysteme betreiben, aber bisher nichts Hilfreiches. Ronnie geht Klinken putzen.« Sie aß den Rest des Riegels und fuhr fort: »Die Telefon- und Finanzunterlagen der Burbecks müssten bald reinkommen. Ich war gerade unten bei der Technik, um zu hören, ob sie schon irgendetwas Interessantes auf den Laptops oder Handys gesichtet haben. Es wird noch eine Weile dauern, aber sie haben mir zumindest schon mal berichten können, dass es eine Menge SMS auf Alissas Handy von einem Kerl namens Russell gibt, der sie gestalkt zu haben scheint.«

Ich klärte sie über das auf, was Alissa über Russell erzählt hatte. »Was stand in den SMS?«

»Ich habe nur ein paar gelesen, sie werden für uns noch ausgedruckt. Aber was ich sehen konnte, bestätigt das, was du mir gerade geschildert hast. Er wollte sie nach der Trennung zurück. Schien kein Nein akzeptieren zu können.«

»Passt zu dem, was Alissa uns gesagt hat. Sie hat gemeint, er hätte bei ihrem Hochzeitsempfang eine verschleierte Drohung gegen Max geäußert.«

»Interessant.« Sie hob eine Augenbraue.

»Und Alissa zufolge gab es ein paar Kunden von Max' Firma, die sich wegen etwas beschwert hatten, das mit einem seiner Bauprojekte zu tun hatte. Ich muss zum Hauptsitz seiner Firma, um mehr herauszufinden. Abgesehen davon existieren keine Drohungen oder Verdächtigen. Finde heraus, ob Max und Alissa die sozialen Medien genutzt haben – Facebook, Twitter, Instagram und so weiter. Versuche, ein Profil von ihnen zu erstellen, oder herauszufinden, ob es da irgendetwas von Interesse gibt.«

»Wird erledigt.«

Ich nahm noch einen Schluck Kaffee und klickte mit der Maus, um den Laptop auf meinem Schreibtisch aufzuwecken. Anschließend gab ich Russell Stiles' Namen in unsere Datenbank ein.

Es waren keine Meldungen unter seiner Adresse vorhanden, aber er war der Polizei bekannt. Mit achtzehn war er wegen Störung des öffentlichen Friedens angezeigt worden, gefolgt von einer gewalttätigen Streitigkeit in einem Pub mit einem anderen Mann, wie Alissa gesagt hatte. Er war zu einem Jahr Sozialstunden verurteilt worden, hatte also nicht im Gefängnis gesessen. Fünf Jahre später hatte man ihn beim Wildern von Kaninchen erwischt und zu einer Geldstrafe von dreihundert Pfund verdonnert.

Ich kaute auf meinem Stift herum und merkte, wie Stiles' Name auf meiner geistigen Liste der Verdächtigen immer höher rückte. Er hatte eine Vorgeschichte, was Gewaltvergehen betraf. Aufgrund des Wilderns wusste er vermutlich, wie man Tiere häutete und zerlegte, was darauf hinwies, dass er mit einem Messer umgehen konnte. Er hatte Alissa nach ihrer Trennung belästigt und erneut damit begonnen, als er von ihrer Hochzeit erfahren hatte. Er schien sie noch immer zu lieben und etwas gegen Max Burbeck zu haben. Aber genügte das, um Russell zum Mörder werden zu lassen?

Kapitel 7

Die Andere

Es gab zwei Dads. Der eine, den ich für den Teufel hielt, und der andere, der freundlich mit den Kunden und Lieferanten scherzte, der sonntags zur Kirche ging, lächelte und Hymnen sang und Mums Hand hielt, während er mit dem Vikar plauderte, als wäre er nicht in Wahrheit ein rasender Irrer.

Aber sobald wir zurück zur Farm kamen, erschien der fiese Dad wieder, als hätte man in seinem Kopf einen unsichtbaren Knopf gedrückt. Ich musste ihm bei den Tieren helfen, während Mum seinen Lieblingsbraten zubereitete. Ich hatte keine Freizeit. Nicht, dass das eine Rolle spielte. Ich hatte keine Freunde, und selbst wenn ich welche gehabt hätte, hätten sie nicht ins Haus kommen dürfen. Dad hasste Kinder. Und er hätte mich niemals bei ihnen spielen lassen, weil ich jede freie Minute für ihn arbeiten musste. Sein Lieblingsspruch war: *Müßiggang ist des Teufels Ruhebank.*

Anfangs mochte ich es, die Kühe zu streicheln und Dad bei den Melkmaschinen zu helfen. Aber mit der Zeit sah ich, wie er sie trat und schlug und den Großteil ihres Lebens in winzige Pferche einsperrte, in denen sie in ihren Fäkalien leben mussten und sich kaum bewegen konnten. Und ich blickte in ihre riesigen, wässrig-braunen Augen und sah mich selbst aus ihnen zurückschauen. Sie waren gefangen. Sie hatten Angst. Sie litten Schmerzen. Genau wie ich.

Ich redete mit ihnen, küsste das Fell zwischen ihren Augen, rieb ihnen den Rücken – versuchte, ihnen zu zeigen, dass sie nicht allein waren. Selbst in diesem Alter verstand ich, was sie fühlten und dachten, weil ich es ebenfalls fühlte. Wenn ich wegen der Kühe weinte, lachte Dad mich aus und nannte mich einen »nutzlosen, schniefenden Bastard«.

Sobald ich in der Kammer eingesperrt war, grübelte ich darüber nach, wie ich sie alle befreien könnte. Dann könnten sie fliehen. Fliehen vor all dem Elend, das mein Dad ihnen zufügte. Fliehen vor diesem vergifteten Geist, der auf die Schwachen einprügelte, die sich ihm nicht widersetzen konnten.

Wenn Dad mich erwischte, wie ich mit den Kühen sprach, brachte er mich mit einem Blick zum Schweigen oder drohte mir mit den Fäusten, also arbeiteten wir schweigend. Aber in Gedanken redete ich mit ihnen. Ich wusste, sie konnten mich auch so hören, und das war mein heimlicher Akt des Ungehorsams.

Einmal, nachdem die Kühe gemolken waren, gingen wir zurück ins Haus und ich roch etwas Verbranntes, was mit jedem Schritt in Richtung Küche durchdringender wurde. Mum sah verstört und nervös aus, der Dutt, den sie in der Kirche getragen hatte, saß jetzt nur noch locker. Haarsträhnen klebten auf ihrer verschwitzten Stirn. Sie holte ein sehr kross aussehendes Stück Fleisch aus dem Ofen. Rauch verbreitete sich im ganzen Zimmer. Dad drehte durch.

»Was hast du da verdammt noch mal angestellt?«, wütete er hasserfüllt, als sie das Blech auf dem Küchentresen abstellte. »Unser Geld wächst nicht auf Bäumen, das ist dir doch wohl klar, und du hast hier gerade ein gutes Stück Fleisch ruiniert!

Wie soll ich diesen Dreck denn bitte essen? Es ist vollkommen verbrannt!«

Mum blinzelte die Tränen weg und kauerte vor ihm. »Es tut mir leid, Liebster, ich … ich weiß nicht, was passiert ist. Ich war abgelenkt, als ich den Apfelkuchen gemacht habe.«

»Warum kannst du eigentlich nichts richtig machen?«, fauchte er sie an, und etwas Spucke landete auf ihrer Wange und ließ sie zusammenzucken.

Ich versteckte mich unter dem Tisch und rollte mich zu einem Ball zusammen. Ich wusste, dass etwas Schlimmes passieren würde.

Ich sah, wie das Bratblech über den Boden schlitterte und überall Fleisch und Bratensaft verspritzte. Hörte die Schläge und das Weinen und Flehen und Wimmern. Dann beobachtete ich, wie Dad eine Flasche Speiseöl von der Arbeitsfläche nahm und Mum über den Kopf schüttete.

Kapitel 8

Der Detective

Ich saß im Vernehmungsraum am Tisch gegenüber Russell Stiles. Er hatte kurze braune Haare, einen Stecker im rechten Ohr, war an beiden Armen tätowiert und hatte grüblerische dunkle Augen. Er trug eine eingerissene beigefarbene Cargohose und ein altes, ausgebleichtes T-Shirt. Er war so sehr das Gegenteil von Max, wie es nur möglich war.

»Danke, dass Sie gekommen sind, Mr Stiles.«

Er runzelte die Stirn und stützte sich mit den Ellbogen auf dem Tisch ab. »Hören Sie, ich weiß ja, dass ich Ihnen ein paar Knöllchen schulde, aber das ist doch etwas übertrieben, oder? Ich bin einfach noch nicht dazu gekommen, sie zu bezahlen.«

»Als Erstes muss ich Sie darüber informieren, dass dieses Gespräch in Ton und Bild aufgezeichnet wird. Anwesend sind Russell Stiles und DS Carter. Die Uhrzeit ist …« Ich sah auf die Uhr und ergänzte dann Zeit sowie Datum für die Aufnahme.

RUSSELL STILES: Was ist los?

DS CARTER: Letzte Nacht hat es einen ernsten Vorfall auf dem Anwesen The Orchard gegeben und wir glauben, Sie könnten uns bei den Ermittlungen behilflich sein.

RUSSELL STILES: Was? Das ist … Geht's Alissa gut?

DS CARTER: Jemand ist in das Haus von Max und Alissa Burbeck eingedrungen und hat Max erstochen.

RUSSELL STILES: *Waaas?!*

DS CARTER: Bitte setzen Sie sich hin, Mr Stiles.

RUSSELL STILES: Scheiße … Ich … Geht es Alissa gut? Wo ist sie? Ich muss sie sehen!

DS CARTER: Alissa hat erwähnt, dass Sie bei ihrem Hochzeitsempfang vor zwei Wochen eine Auseinandersetzung hatten. Stimmt das?

RUSSELL STILES: (*unhörbar*)

DS CARTER: Für die Aufnahme, Mr Stiles, stimmt das?

RUSSELL STILES: Na ja, ja, aber das war … Was ist denn los? Geht's ihr gut?

DS CARTER: Würden Sie mir erzählen, was an jenem Tag vorgefallen ist?

RUSSEL STILES: Ich habe nichts getan! Warum fragen Sie mich das? Bitte, sagen Sie mir, ob es ihr gut geht.

DS CARTER: Bitte antworten Sie nur auf die Fragen.

RUSSELL STILES: Bin ich verhaftet oder so?

DS CARTER: Nein. Sie sind aus freien Stücken hier und können jederzeit gehen. Aber wir glauben, Sie könnten Informationen haben, die uns helfen könnten.

RUSSELL STILES: Ähh … Ich weiß nicht, was ich sagen soll.

DS CARTER: Fangen Sie doch damit an, indem Sie mir erzählen, was auf der Party vorgefallen ist. Haben Sie Max oder Alissa bedroht?

RUSSELL STILES: Natürlich nicht! Ich … Hören Sie, ich war ein bisschen angepisst. Na gut, mehr als ein bisschen. Ich erinnere mich nicht mehr an viel. Ich war … wütend, dass sie ihn geheiratet hat. Und ja, es war dumm, aber ich bin bei ihrem

Haus aufgekreuzt und dann … Scheiße, ist er wirklich tot? Ich kann das nicht glauben. (*Unhörbar*)

DS CARTER: Was ist auf der Party vorgefallen?

RUSSELL STILES: Ich bin einfach zu ihrem Haus gegangen und … das ist völlig überzogen. Es war nichts. Ich gebe zu, ich hätte nicht da sein sollen, aber ich wollte sicher sein, dass sie weiß, was sie da tut.

DS CARTER: Wie sind Sie auf das Grundstück gelangt?

RUSSELL STILES: Ihr Haus grenzt an den Wald an, wie die meisten im Dorf, und sie haben nur einen Weidezaun dort. Ich war … das klingt vielleicht …

DS CARTER: Klingt wonach?

RUSSELL STILES: Na ja, das klingt, als wäre ich ein Stalker, aber das bin ich nicht. Definitiv nicht!

DS CARTER: Okay, reden Sie weiter.

RUSSELL STILES: Na ja, ich saß da im Wald und hab eine Flasche Jack Daniel's getrunken, und nur … äh … zugeschaut. Ich hab das Festzelt im Garten gesehen und das alles und ich … Hören Sie, das war ein dummer Schnellschuss. Ich wollte nur sicherstellen, dass es ihr gut geht. Er ist nicht so ein Saubermann, wie er scheint, wissen Sie?

DS CARTER: Wer? Max Burbeck?

RUSSELL STILES: Ja.

DS CARTER: Was meinen Sie damit? Gibt es etwas, das wir über Max Burbeck wissen sollten?

RUSSELL STILES: Ich hab da nur was gehört.

DS CARTER: Und was genau?

RUSSELL STILES: Anscheinend hat Max vor ein paar Jahren Land gekauft und mit Häusern bebaut, aber vor Kurzem haben die Eigentümer herausgefunden, dass der Boden mit Asbest von Industrieabfällen verseucht ist. Und dieses Zeug verursacht Krebs, wissen Sie?

DS CARTER: Und wo haben Sie das gehört?

RUSSELL STILES: Weiß ich nicht mehr. Aber Max wusste die ganze Zeit, dass das Land verseucht ist, doch es hätte zu viel gekostet, es dekontaminieren zu lassen. Also hat er die Berichte dazu verschwinden lassen und ein Unternehmen dafür bezahlt, einen gefälschten Bericht zu erstellen, der das alles vertuscht. Und jetzt sind die Eigentümer ordentlich angepisst und machen sich Sorgen. Er hat sich geweigert, sie zu entschädigen. Er war also nicht so ganz Mr Nice Guy. Ich wette, mit solchem Kram hat er sich so einige Feinde gemacht.

DS CARTER: Wo befindet sich dieses Land?

RUSSELL STILES: Weiß ich nicht.

DS CARTER: Wissen Sie, welche Unternehmen am Erstellen dieser Berichte beteiligt waren?

RUSSELL STILES: Nein. Ich glaube, das Land ist irgendwo im Norden.

DS CARTER: Erinnern Sie sich in Bezug auf diese Angelegenheit an sonst noch etwas?

RUSSELL STILES: Nein.

DS CARTER: Aber Sie haben diese Informationen so ganz zufällig herausgefunden?

RUSSELL STILES: Hören Sie, ich hab mir Sorgen gemacht, dass Alissa nicht weiß, wie er wirklich ist. Ich wollte sie warnen, was für ein mieser Bastard er unter dieser charmanten Fassade wirklich war.

DS CARTER: Und Sie dachten, sie wäre ohne ihn besser dran, richtig? Also haben Sie Sachen über Max hervorgekramt, um Alissa zu überzeugen, ihn zu verlassen?

RUSSELL STILES: (*unhörbar*)

DS CARTER: Also, was ist passiert, als es Ihnen nicht gelungen ist, sie zu überzeugen? Haben Sie überlegt, Max irgendwie anders aus der Gleichung zu nehmen?

RUSSELL STILES: Ich habe ihm nichts getan! Ich habe ihn nicht umgebracht!

DS CARTER: Für jemanden, der kein Stalker ist, scheinen Sie eine Menge über Max Burbeck zu wissen.

RUSSELL STILES: Ich bin kein Stalker!

DS CARTER: Okay, reden wir wieder über den Hochzeitsempfang. Sie haben also aus dem Wald heraus alles beobachtet und getrunken. Was ist dann passiert?

RUSSELL STILES: Ich konnte Alissa im Garten sehen. Sie hat am Teichrand Champagner oder so etwas getrunken. Als ich über den Zaun geklettert bin, bin ich drübergestürzt. Ich war zu dem Zeitpunkt schon ziemlich hinüber. Dann bin ich wieder aufgestanden und … na ja, ich hab sie nur gefragt, ob es ihr gut geht und alles, und … ich wollte einfach sicherstellen, dass sie glücklich ist.

DS CARTER: Was ist dann passiert?

RUSSELL STILES: Max ist rübergekommen und hat mich aufgefordert zu verschwinden.

DS CARTER: Und was haben Sie getan?

RUSSELL STILES: Ich bin abgehauen.

DS CARTER: Haben Sie irgendetwas zu Max gesagt?

RUSSELL STILES: Ich hab etwas gesagt, aber ich kann mich nicht mehr erinnern, was es war. Ich war wirklich betrunken.

DS CARTER: Sie erinnern sich also nicht mehr daran, dass Sie gesagt haben, er bekäme, was er verdient, und solle sich vorsehen?

RUSSELL STILES: Nein! Ich bin mir sicher, dass ich das nicht gesagt habe.

DS CARTER: Sie haben gerade behauptet, Sie könnten sich nicht erinnern, weil Sie betrunken waren. Wie können Sie also überzeugt davon sein, dass Sie das nicht gesagt haben?

RUSSELL STILES: (*unhörbar*)

DS CARTER: War noch jemand Zeuge dieses Austauschs?

RUSSELL STILES: Ich weiß nicht. Vielleicht. Ich war an niemand anderem interessiert.

DS CARTER: Wurde das Gespräch hitziger?

RUSSELL STILES: Na ja. Vielleicht.

DS CARTER: Vielleicht? Was soll das heißen? Waren Sie wütend? Haben geschrien?

RUSSELL STILES: Okay, ich bin vielleicht etwas lauter geworden. Ich weiß nicht mehr genau, was ich gesagt habe. Ich kann mir denken, wie das jetzt klingt, aber ich hatte nicht vor …

DS CARTER: Was genau?

RUSSELL STILES: Ich hatte nicht vor, zurückzukommen und ihn umzubringen, denn ich weiß, dass es das ist, was Sie denken.

DS CARTER: Was hatten Sie dann vor?

RUSSELL STILES: Ich weiß es nicht. Das war alles bloß aus der Hitze des Gefechts heraus. Ich war wütend, ja, und aufgebracht. Ich hätte gar nicht hingehen sollen. Das ist mir jetzt klar. Wenn ich das geäußert habe, habe ich vermutlich an dieses Baugrundstück gedacht, von dem ich Ihnen erzählt habe. Ich habe gehört, die Eigentümer würden sein Unternehmen verklagen. Und ich hoffe, sie werden gewinnen. Man darf nicht einfach so mit dem Leben anderer Menschen spielen.

DS CARTER: Aber Sie dachten, Sie könnten mit dem Leben von Max und Alissa Burbeck spielen, richtig? Sie haben sie gestalkt und ihn bedroht. Schauen Sie sich mal diese SMS an. Für die Aufzeichnung, ich zeige Russell Stiles Kopien von SMS, die von Alissa Burbecks Handy stammen. Bitte lesen Sie die Nachrichten vor, Mr Stiles.

RUSSELL STILES: Muss ich?

DS CARTER: Dann lese ich sie vor, in Ordnung? »Ich hab gehört, du heiratest ihn. Du weißt nicht, wie er wirklich ist!

Er ist ein verlogener Bastard.« Hier ist noch eine: »Was machst du mit so einem wie dem? Ich weiß, ich hab's versaut, aber ich werde dich immer lieben.« Und noch eine: »Ich will nur sichergehen, dass es dir gut geht und du weißt, was du tust. Er ist nicht gut für dich. Komm zu mir zurück. Wir können reden.« Und dann werden die Nachrichten etwas bettelnder, nicht wahr? »Bitte triff dich mit mir, nur auf ein Gespräch.« Und: »Warum willst du mich nicht treffen? Nur fünf Minuten. Bloß auf einen Kaffee. Ich weiß, dass wir es wieder hinbekommen können.« Und: »Ich liebe dich. Bitte triff dich mit mir!« Und da sind noch eine Menge mehr, die so ähnlich sind.

RUSSELL STILES: Na und?

DS CARTER: Das ist Belästigung. Ihre Antworten sind sehr höflich, aber drücken eigentlich auch immer dasselbe aus – dass sie glücklich ist und nicht zu Ihnen zurückkommt – aber Sie haben trotzdem weitergemacht. Sie haben sie auf ihrem Hochzeitsempfang gestalkt. Sie haben Max Burbeck bedroht. Ihnen ist klar, wie das wirkt, oder?

RUSSELL STILES: Ich hab nichts Falsches getan.

DS CARTER: Aber Sie haben eine Vorgeschichte, was Tätlichkeiten betrifft. Sie wurden vor sechs Jahren wegen Störung des öffentlichen Friedens verurteilt.

RUSSELL STILES: Oh, verflucht! Das war eine Pubschlägerei. Nichts Ernstes.

DS CARTER: Erzählen Sie mir davon.

RUSSELL STILES: Da war so ein betrunkener Kerl im Pub, als ich mit Alissa dort war. Er hat alle möglichen unangebrachten Sachen zu ihr gesagt. Ich wurde wütend und hab ihm erklärt, er solle die Klappe halten. Hat er nicht, also habe ich ihn geschlagen. Das war's.

DS CARTER: Sie haben sie also beschützt?

RUSSELL STILES: Ja.

DS CARTER: Und haben Sie sie jetzt erneut beschützt, indem Sie jemanden ermordet haben, von dem Sie glaubten, sie sollte nicht mit ihm verheiratet sein?

RUSSELL STILES: Nein!

DS CARTER: Sie wurden auch wegen Wilderei angezeigt.

RUSSELL STILES: Das mache ich nicht mehr.

DS CARTER: Was haben Sie mit den erbeuteten Kaninchen getan?

RUSSELL STILES: Ich hab sie meinen Eltern gegeben, damit sie sie verkaufen konnten.

DS CARTER: Ihren Eltern?

RUSSELL STILES: Sie haben einen Hofladen, in dem sie Fleisch und so verkaufen.

DS CARTER: Seit wann haben sie den?

RUSSELL STILES: Seit ich ein Kind war.

DS CARTER: Haben Sie jemals dort gearbeitet?

RUSSELL STILES: Als ich jünger war, hab ich ausgeholfen. Bevor ich aufs College bin. Nur an den Wochenenden und in den Ferien und so.

DS CARTER: Haben Sie das Fleisch geschlachtet?

RUSSELL STILES: Ja, Dad hat mir das beigebracht.

DS CARTER: Sie kennen sich also im Umgang mit dem Messer aus. Und Max Burbeck wurde durchs Genick erstochen.

RUSSELL STILES: Ein Stück Fleisch zu zerlegen, ist schon etwas anderes, als einen Menschen zu töten!

DS CARTER: Hat Alissa Burbeck Sie gebeten, ihren Mann für sie zu ermorden?

RUSSELL STILES: Das ist doch Bullshit. Natürlich nicht! Warum sollte sie das tun? Und ich hab ihn nicht umgebracht. Wie oft muss ich Ihnen das noch erklären?

DS CARTER: Nach den Drohungen, die Sie gegenüber Max Burbeck auf der Party ausgestoßen haben, haben sie einen von beiden noch mal kontaktiert?

RUSSELL STILES: Ich werde nicht behaupten, dass ich Drohungen geäußert habe. Ich kann mich nicht erinnern, was ich gesagt habe.

DS CARTER: Es ist schon sehr praktisch für Sie, dass Sie sich nicht erinnern.

RUSSELL STILES: Sieht für mich gerade nicht so aus.

DS CARTER: Haben Sie sie noch mal kontaktiert?

RUSSELL STILES: Äh … Ich hab Alissa geschrieben, um mich dafür zu entschuldigen, solch eine Szene gemacht zu haben. Diese SMS ist nicht in Ihrem Papierstapel enthalten. Warum nicht?

DS CARTER: Hat sie zurückgeschrieben?

RUSSELL STILES: Nein.

DS CARTER: Sind Sie nach dem Vorfall noch mal beim Haus gewesen?

RUSSELL STILES: Nein.

DS CARTER: Aber Sie waren nach wie vor in Alissa Burbeck verliebt?

RUSSELL STILES: (*unhörbar*)

DS CARTER: Mr Stiles?

RUSSELL STILES: *Ja!* Aber das bedeutet nicht, dass ich … so etwas tun würde! Das ist lächerlich!

DS CARTER: Sie waren wütend und aufgebracht, dass Alissa Max geheiratet hatte?

RUSSELL STILES: Ich war … aufgebracht. Und hab mir Sorgen um sie gemacht.

DS CARTER: Waren Sie wütend und aufgebracht genug, um Max zu töten? Oder um zu versuchen, Alissa zu töten?

RUSSELL STILES: Natürlich war ich das nicht, zur Hölle noch mal! Wie können Sie so etwas behaupten?

DS CARTER: Sind Sie damit einverstanden, dass wir Fingerabdrücke und eine Speichelprobe von Ihnen nehmen?

RUSSELL STILES: Ja, doch, wenn es dabei hilft, mich zu entlasten.

DS CARTER: Gut. Darum kümmern wir uns nach dem Gespräch. Also, wo waren Sie letzte Nacht und heute Morgen?

RUSSELL STILES: Wie bitte?! Sie können doch nicht ernsthaft glauben, dass ich ihn umgebracht habe.

DS CARTER: Bitte beantworten Sie die Frage.

RUSSELL STILES: Ich … äh … ich war zum Nachtangeln.

DS CARTER: Nachtangeln?

RUSSELL STILES: Ja. Das mache ich jeden Sonntag in der Nacht, weil es dann ruhiger ist. Es ist anstrengend, wenn zu viele andere Nachtangler da sind. Ich mag es friedlich.

DS CARTER: Wo?

RUSSELL STILES: Twyford Lakes. Ich war von ungefähr zweiundzwanzig Uhr bis gegen vier Uhr morgens da.

DS CARTER: War jemand bei Ihnen?

RUSSELL STILES: Nein.

DS CARTER: Haben Sie dort noch jemanden gesehen?

RUSSELL STILES: Nein. Es war leer. Aber ich habe nichts getan! Können Sie mir nicht einfach sagen, wie es Alissa geht?

Kapitel 9

Der Detective

Die Büros von *Burbeck Developments* waren genauso exklusiv und protzig, wie man es sich vorstellen würde. Ein Gebäude mit Glasfronten, durch die viel Licht fiel. Ein gläserner Lift in der Mitte. Und ein großer, offener und minimalistischer Empfangsbereich.

Eine adrette Rezeptionistin in ihren Dreißigern war damit beschäftigt, Anrufe entgegenzunehmen, als ich mich ihrem Tresen näherte. Sie schenkte mir ein einstudiertes Lächeln und fragte, ob sie mir helfen könne.

»Ich würde gern mit Adam Gillmore sprechen.« Ich zeigte ihr meine Marke.

Zwei perfekt gebogene Augenbrauen hoben sich überrascht. »Darf ich fragen, worum es geht?«

»Es hat einen ernsten Vorfall gegeben, über den ich mit ihm reden muss.«

»Oh. Okay.« Sie nahm den Hörer ab, murmelte etwas hinein und legte dann wieder auf. »Er kommt gleich. Bitte setzen Sie sich doch.« Sie wies mit der Hand in Richtung einiger samtüberzogener Sofas.

»Danke.« Ich ignorierte die Sofas. Wenn ich mich jetzt hinsetzte, würde ich vermutlich nicht mehr aufstehen. Stattdessen ging ich in Richtung einiger Fotos in A4-Größe, die an der Wand hingen und frühere Bauprojekte des Unternehmens zeigten. Es gab moderne Apartmentgebäude, die ich hässlich fand, große Geschäftshäuser, ein Einkaufszentrum. Ich nahm mir eine Hochglanzbroschüre und blätterte sie durch. Das Motto von *Burbeck Developments* lautete: *Wir bauen besser!* Das würde sich noch herausstellen.

»Hallo? Sie wollten mich sprechen?« Ein Mann im Anzug Anfang fünfzig tauchte hinter mir auf. Auf seiner Nase balancierte eine quadratische Brille.

»Sind Sie Adam Gillmore?«, fragte ich.

»Ja.« Er hatte die Stirn verwirrt gerunzelt.

»Ich bin Detective Sergeant Carter. Gibt es hier einen Ort, an dem wir ungestört reden können?«

Die Stirn glättete sich und er begann, interessiert auszusehen. »Ja, mein Büro. Bitte folgen Sie mir.«

Wir stiegen in einen Lift und fuhren bis ins oberste Stockwerk. Adam Gillmores Büro hatte eher die Größe eines Einzimmer-Apartments, und der Schreibtisch wirkte in diesem riesigen Zimmer verloren. Er setzte sich und bedeutete mir, es ihm im gegenüberliegenden Stuhl gleichzutun.

»Tut mir leid, dass ich Ihnen schlechte Nachrichten überbringen muss, aber letzte Nacht wurde Max Burbeck in seinem Haus ermordet.«

Ihm blieb der Mund offen stehen. »Max? Wie bitte? Oh … wie schrecklich. Was ist passiert? Und Alissa?«

»Anscheinend ist jemand eingebrochen und hat ihn erstochen. Alissa konnte aus dem Haus fliehen und befindet sich an einem sicheren Ort.«

»Ich fand es schon merkwürdig, dass er nicht auf meine Anrufe reagiert hat. Ich habe Nachrichten für ihn hinterlassen.

Er hätte heute ein Meeting gehabt und es ist sehr untypisch von ihm, nicht erreichbar zu sein.« Er nahm die Brille ab, rieb sich mit den Händen übers Gesicht und schüttelte den Kopf. »Tut mir leid, ich brauche einen Moment.«

»Nehmen Sie sich Zeit.« Ich blickte mich im Zimmer um, während Adam versuchte, die Fassung zurückzugewinnen, und betrachtete mehrere Modellgebäude auf einem Tisch in der Ecke.

»Ich weiß nicht, wie ich Ihnen helfen kann, Detective Sergeant. Ich habe Max das letzte Mal gestern Nachmittag gesehen, gegen halb sechs, bevor er nach Hause gegangen ist.«

»Arbeiten Sie immer sonntags?«

»Nein, normalerweise nicht. Aber es sind da ein paar Dinge vorgefallen, über die wir reden mussten.«

»War er gestern den ganzen Tag hier?«

»Ja, seit ungefähr zehn Uhr morgens.«

»Sie sind der Projektmanager von *Burbeck Developments*, ist das richtig?«

»Ja, bin ich.«

»Im Augenblick wissen wir noch nicht, ob Max aus einem bestimmten Grund angegriffen wurde, aber wir glauben, dass er gezielt von jemandem ermordet wurde, dass das kein zufälliger Angriff war. Gab es hier irgendwelche unzufriedenen Angestellten?«

»Nein.«

»Wissen Sie, ob er Drohungen im Zusammenhang mit seiner Arbeit bekommen hat? Ich habe gehört, dass es irgendein Problem mit einem Ihrer Bauprojekte gab, und wir haben dieses Dokument in seinem Büro gefunden.« Ich schob ihm die Kopie eines Briefs zu. Er war von einer Anwaltsfirma namens Browning & Co., die bestätigten, dass sie für sämtliche künftigen Rechtsstreitigkeiten bezüglich eines Grundstücks namens The Goldings für *Burbeck Developments* tätig sein würden.

»Ah.« Er schob seine Brille weiter die Nase nach oben und verzog die Lippen. »Ja, wir hatten ein paar … Probleme mit einem unserer alten Standorte. Darüber haben wir gestern auch gesprochen, aber ich kann mir nicht vorstellen, dass jemand … ihn deswegen *umbringen* würde.«

»Um was für Probleme ging es?«

»Vor ungefähr zwölf Jahren hat die Firma ein Bauprojekt übernommen – zwanzig hochwertige Häuser. Jetzt scheint sich herauszustellen, dass der Standort durch Asbest verseucht ist, verursacht von den Industrieanlagen, die dort vorher gestanden hatten.« Er schluckte und sein Adamsapfel hüpfte auf und ab.

»Wussten Sie, dass das Land kontaminiert war, als die Häuser gebaut wurden?«

»Also, *ich* wusste es sicher nicht. Ich kam erst ins Unternehmen, kurz nachdem dieses Projekt abgeschlossen war.«

»Aber Max hat zu der Zeit hier gearbeitet?«

»Ja. Sein Vater hat die Firma gegründet und Max hat nach seinem Uni-Abschluss begonnen, hier zu arbeiten. The Goldings war Max' erstes großes Projekt. Ich habe versucht, in den Unterlagen die Umweltberichte zu finden, die eigentlich hätten erstellt werden müssen, aber sie schienen zu … äh … fehlen. Tatsächlich wollte ich heute ein weiteres Treffen mit Max deswegen ansetzen, weil er mir gesagt hat, er hätte die Berichte zu Hause und würde sie mitbringen. Er hat mir versichert, die Berichte würden uns entlasten. Dass darin angeblich stehen würde, dass das Land nicht kontaminiert sei.«

»Wie ernst ist die Kontamination?«

»Dort hat vorher eine Asbestfabrik gestanden, die Belastung dürfte also hoch sein.«

»Also, lassen Sie mich das klarstellen: Die Erde könnte Krebs und andere Krankheiten auslösen?« Bestürzt schüttelte ich den Kopf.

»Ja.« Er wich meinem Blick aus und starrte hinunter auf den Schreibtisch. »Eine tragische Angelegenheit.«

»Wann haben Sie davon erfahren?«

»Vor ungefähr vier Wochen, als Max noch in Australien war. Anscheinend hatten ein paar der Eigentümer die Entnahme von Bodenproben angefordert, nachdem mehrere von ihnen krank wurden. Max und ich hatten deswegen eine Meinungsverschiedenheit.«

»Was meinen Sie damit?«

»Ich war der Meinung, die Häuser sollten zum Schutz der Eigentümer abgerissen und das Land auf unsere Kosten dekontaminiert werden. Rechtlich gesehen trägt derjenige die Verantwortung für das Reinigen von verseuchtem Land, der die Kontamination verursacht hat. Also wollte Max dem Unternehmen, dessen Fabrik dort vorher gestanden hatte, bevor wir den Platz gekauft haben, den schwarzen Peter zuschieben. Er meinte, er hätte nicht mal gewusst, dass die Fabrik Asbest produziert hatte. Ich habe versucht, das Unternehmen aufzuspüren, aber anscheinend gibt es die Firma nicht mehr und der Geschäftsführer ist verstorben.«

»Wer muss in einem solchen Fall die Kosten übernehmen?«

»Nun, wenn die Person nicht gefunden werden kann oder nicht in der Lage ist, die Sanierung durchzuführen, ist die Person, der das Land im Moment gehört, dafür verantwortlich. Ich fand, dass wir dennoch die moralische Verpflichtung hätten, aber Max war anderer Meinung, sagte, dass er zum Zeitpunkt des Baus nichts davon gewusst hätte und dass seine Umweltberichte uns entlasten würden. Er hatte seinen Anwalt angewiesen, sämtliche Klagen gegen unser Unternehmen abzuschmettern.« Er runzelte die Stirn. »Aber diese Leute werden ihre Grundstücke nicht verkaufen können. Dabei sollten sie zum Wohle ihrer Gesundheit wirklich ausziehen. Einige der Eigentümer sind ältere Leute oder haben Kinder. Es ist nicht überraschend, dass wir tatsächlich sehr harsche Beschwerden von den Eigentümern bekommen haben.«

»Wusste denn der Stadtrat nichts von der früheren Fabrik dort, als das Gelände freigegeben wurde?«

Er rutschte auf seinem Sessel hin und her. »Wie gesagt, ich war damals noch nicht hier, aber das ist etwas, das ich Max auch gefragt habe. Ich denke, es ist möglich, dass er …« Er starrte einen Augenblick auf den Schreibtisch, bevor er mich wieder ansah. »Es ist möglich, dass er mit dem Stadtrat zu einer Übereinkunft gekommen ist.«

»Sie meinen, er hat jemanden im Planungsbüro bestochen, damit der nicht so genau hinsieht?«

»Das ist ziemlich wahrscheinlich. Auch wenn er es abgestritten hat.«

Ungläubig schüttelte ich den Kopf. »Auf welchem Weg sind die Beschwerden zu Ihnen gelangt? Per Telefon, Brief oder E-Mail?«

»Es gab ein paar Anrufe, aber hauptsächlich per E-Mail.«

»Von allen Hausbesitzern?«

»Ja.«

»Wie viel sind die Anwesen wert?«

»Auf dem heutigen Markt und ohne diese Art von Problemen wären sie locker ungefähr fünfhunderttausend wert. Jetzt natürlich gar nichts mehr.«

Ich atmete tief aus und dachte an das viele Geld, das die Eigentümer in diese Grundstücke gesteckt hatten. Nicht nur Geld – ihre gesamten Ersparnisse.

»Max war unnachgiebig. Er wollte nicht, dass *Burbeck Developments* für den Abriss, die Dekontaminierung und den Wiederaufbau der Häuser bezahlt.«

»Das würde also letztlich bedeuten, dass diese Menschen alles verloren haben? Sie können ihr Eigentum nicht verkaufen und vermutlich wären die Kosten für die Dekontaminierung astronomisch?«

»Ja«, nickte er traurig. »Es würde mehrere Millionen kosten, das Land zu dekontaminieren, die Häuser abzureißen und neu zu bauen, und er war nicht bereit ...« Er atmete tief durch und schaute sich um, als würde er nach den richtigen Worten suchen. »Max wollte die Profite des Unternehmens nicht schmälern.«

»Hatte das Unternehmen finanzielle Probleme?«

»Nun ja, natürlich läuft es seit der Rezession nicht mehr ganz so gut, aber letztes Jahr hatten wir einen Vorsteuergewinn von 8,5 Millionen.«

»8,5 Millionen? Und Mr Burbeck war nicht bereit, etwas davon als Entschädigungssumme zu verwenden?« Ich stellte mir vor, einer dieser Hauseigentümer zu sein, und hatte das Gefühl, Max selbst umbringen zu wollen.

Adam schluckte wieder. »Nein.«

»Ich muss die Kopien dieser E-Mails sehen, die Sie von den Eigentümern erhalten haben. Und eine Liste mit allen Namen.«

♦ ♦ ♦

DI Wilmott rief an, als ich gerade in eine Tankstelle eingebogen war, und beorderte mich für einen kurzen Zwischenbericht zur Wache. Ich schnappte mir irgendein Sandwich aus dem Kühlregal, was angeblich Käse und Schinken beinhalten sollte, bei näherem Betrachten aber genauso gut Plastik hätte sein können. Tja, aber Not kannte nun mal kein Gebot. Mein Magen knurrte und es sah nicht so aus, als würde ich in den nächsten Stunden nach Hause kommen.

Als ich ins Büro zurückkehrte, war DI Wilmott bereits da, trank gemütlich aus einem *Starbucks*-Becher und sah aus, als wäre er gerade einer *GQ*-Werbung entstiegen, während er ein

Dokument las. Ich blickte mich im Raum um und hielt nach weiteren *Starbucks*-Bechern Ausschau, mit denen er sein Team vielleicht versorgt hatte, aber leider war das nur Wunschdenken. Wir mussten uns wohl mit dem schrecklichen Instantkaffee zufriedengeben. Ich setzte mich an meinen Schreibtisch, packte mein Sandwich aus und beäugte es misstrauisch, bevor ich einen Bissen nahm. Ja, vermutlich wirklich Plastik.

Ronnie stürzte ins Büro und wirkte ganz durcheinander.

»Wir haben die vorläufigen Ergebnisse der Obduktion, allerdings warten wir natürlich noch auf die Toxikologie-Gutachten.« Wilmott schwenkte sein Blatt Papier in der Luft. »Die Todesursache von Max Burbeck war die Durchtrennung des Rückenmarks durch eine Verletzung mit einem scharfen Gegenstand. Der Stich durch das Genick ging zwischen zwei Halswirbeln hindurch und durchtrennte das Rückenmark. Anscheinend erleidet das Opfer einen sofortigen spinalen Schock, wenn das Rückenmark in diesem Bereich beschädigt wird. Sein Blutdruck ist auf null gefallen und sein Herz hat schnell aufgehört zu schlagen, was erklärt, warum nur wenig Blut aus der Wunde ausgetreten ist. Er muss innerhalb weniger Sekunden das Bewusstsein verloren haben und bereits nach einer Minute gestorben sein. Es gab keine Abwehrwunden und wir wissen, dass keine Anzeichen für einen Kampf existieren, es scheint also, als hätte er nicht gemerkt, wie sich ihm der Mörder von hinten näherte. Der Pathologe glaubt, die Mordwaffe sei etwas sehr Scharfes mit einer schmalen Klinge. Der geschätzte Zeitpunkt des Todes liegt zwischen dreiundzwanzig und ein Uhr nachts.« Er sah sich im Raum um. »Die Tatortermittler sind wahrscheinlich noch bis morgen vor Ort beschäftigt, aber im Augenblick scheint es so, als gäbe es zu viele Beweise *und* nicht genug.«

Ronnie runzelte die Stirn. »Was meinen Sie damit, Chef?«

»Vor ein paar Wochen hat im Haus ein Hochzeitsempfang stattgefunden. Überall gibt es Fingerabdrücke. Nach dem, was sie bisher gefunden haben und Alissa in ihrer ersten Aussage erklärt hat, hat der Mörder Handschuhe und Plastiküberschuhe getragen, also haben wir bisher noch nichts Nützliches. Und natürlich hat das Wetter letzte Nacht auch nicht geholfen.« Er hielt inne. »Ich bin mit Alissa durch das Anwesen gegangen und sie hat bestätigt, dass es nicht den Anschein hat, als wäre etwas aus dem Haus gestohlen worden. Wir gehen also von der Vermutung aus, dass dies kein Einbruch war, sondern ein spezifischer Angriff, bei dem der Mörder die Mordwaffe selbst mitgebracht hat. Also, irgendwelche Motive?« Er blickte sich erwartungsvoll um.

Ich kaute heftig an meinem Sandwichbissen und schluckte ihn mit dem restlichen kalten Kaffee von vorhin runter. »Mehrere«, entgegnete ich. »Der Exfreund, Russell Stiles, scheint von Alissa besessen gewesen zu sein. Er hat sie mit SMS belästigt, ist ungebeten auf ihrem Hochzeitsempfang aufgetaucht und als er von Max zum Gehen aufgefordert wurde, hat er ihn im Grunde bedroht, auch wenn er behauptet, sich an nicht mehr viel erinnern zu können, weil er betrunken war. Er ist schon mal auffällig geworden – wurde vor sechs Jahren nach einer Pubschlägerei wegen Störung des öffentlichen Friedens verurteilt, bei der er anscheinend Alissas Ehre verteidigt hatte.«

Ich dachte darüber nach, wie präzise der Stich gewesen sein musste, um so zwischen die zwei Wirbel zu gelangen. Entweder der Mörder hatte gewusst, was er tat, oder es war ein ziemlicher Glückstreffer.

»Russell hat außerdem Erfahrung im Umgang mit Messern. Er wurde wegen Wilderei verhaftet und hat im Hofladen seiner Eltern gearbeitet.« Ich teilte Kopien der SMS aus, die Stiles Alissa geschickt hatte, sowie von Stiles' Polizeiakten. »Er hat für letzte Nacht kein Alibi. Erzählt, er wäre zum Nachtangeln gewesen. Er ist von mittlerer Größe, wie Alissa auch den Täter beschrieben hat.

Zusätzlich hat Max Burbeck ein paar Drohungen von Besitzern einer Wohnsiedlung erhalten, die er vor zwölf Jahren gebaut hat.« Ich klärte die anderen über die Fakten auf. »Es ist möglich, dass er den Stadtrat bestochen hat, die vorher bestehende Asbestfabrik am Standort einfach zu übersehen. Oder vielleicht haben sie weggeschaut, weil sie unter Druck von der Regierung standen, mehr Wohnraum zur Verfügung zur stellen, oder sie waren einfach nur völlig inkompetent. Aber ich glaube nicht, dass die Taten des Stadtrats irgendeine Relevanz für den Mord an Max haben. Ich habe hier allerdings eine Liste der Hauseigentümer, mit denen wir reden müssen. Besonders einen …« Ich studierte die Kopie einer E-Mail, die mir Adam Gillmore zur Verfügung gestellt hatte. »Ein Mr Porter. Er hat in einer E-Mail an Max geschrieben: ›Für das, was Sie uns angetan haben, verdienen Sie den Tod!‹«

»Diese armen Leute standen kurz davor, alles zu verlieren?«, mischte sich Becky ein.

»Sieht so aus, also ist das ein weiteres starkes Motiv«, fand ich. »Und lasst uns nicht vergessen, dass Max eine Menge Geld wert war. Alissa ist seine Erbin, auch das ist ein großes Motiv.«

»Ich bin mir sicher, dass Alissa nichts damit zu tun hat«, winkte DI Wilmott ab. »Sie ist ganz klar traumatisiert von dem, was vorgefallen ist, und konnte gerade noch rechtzeitig aus dem Haus fliehen, um nicht auch ermordet zu werden. Auf diesen Aspekt müssen wir also keine Zeit verschwenden. Ist das klar, Detective *Sergeant*? Ich weiß, dass es Ihnen schwerfällt, Befehlen Folge zu leisten, und ich will unter meiner Aufsicht keine Wiederholung der Lord-Mackenzie-Saga.« Er funkelte mich an.

Wut stieg in mir hoch. Wir waren auf Lord Mackenzies großem Anwesen erschienen, nachdem er uns angerufen hatte, um zu melden, dass seine Kollektion Oldtimer aus einem mit einer Alarmanlage ausgestatteten Außengebäude gestohlen worden war. Dreißig Fahrzeuge waren weg, die mehr als fünfundzwanzig Millionen wert waren, einschließlich Bentleys, Ferraris, Aston Martins und Bugattis. Das Alarmsystem war manipuliert worden und die Täter waren mit allem entkommen, während Mackenzie praktischerweise mit Politikern und Adel bei einem Wohltätigkeitsdinner in London weilte. Von Anfang an war mir klar gewesen, dass er in die Sache involviert war. Er hatte Schulden aus schlechten Investitionsgeschäften und seit Jahren über seine Verhältnisse gelebt. Einer meiner Informanten hatte mir von einem Oldtimer-Verkäufer erzählt, der sich Gerüchten zufolge in den Wochen vor dem Diebstahl mit Mackenzie getroffen hatte, um den gefälschten Diebstahl zu planen. Und wäre es mir erlaubt gewesen, noch tiefer zu graben, hätte ich meine Theorie auch beweisen können. Aber sobald Detective Superintendent Greene wusste, dass ich Mackenzies Beteiligung an der Sache verfolgte, wurde ich von dem Fall abgezogen und mir wurde eine Suspendierung angedroht. Die Ermittlungen in Bezug auf Mackenzie waren eingestellt worden. Mackenzie hatte sich aufgeplustert, die Wache wegen Belästigung verklagen zu wollen, und ich war seitdem das schwarze Schaf.

Was für einen Sinn hatte es, Kriminalbeamter zu sein, wenn man nur bei bestimmten Verbrechen vernünftig ermitteln durfte? Wenn Ermittlungen bei den oberen Zehntausend einfach unter den Tisch gekehrt wurden? Das verhöhnte alles, weswegen ich zur Truppe gekommen war, und ich hatte noch immer schwer daran zu schlucken. Es ging mir nicht einmal um die Tatsache, dass man mir mit Suspendierung gedroht hatte, wenn ich nicht aufhörte, oder dass ich jeden Tag den Preis dafür zahlte, indem man den verdammten Wilmott befördert hatte anstatt mich. Es war die Ungerechtigkeit, die mich ankotzte, die korrupte Polizeipolitik, die sich von außen diktieren ließ, wie und wann Ermittlungen stattfinden durften. Lord Mackenzie war schuldig – so einfach war das. Hätte ich mehr Zeit bekommen, hätte ich das auch beweisen können. Wäre er ein Normalo aus einer Plattenbausiedlung gewesen, hätte man dann auch von oben in die Ermittlungen eingegriffen? Die Frage war natürlich rein rhetorisch.

»Mackenzie war verdammt noch mal schuldig und das wissen Sie auch«, beharrte ich.

»*Lord* Mackenzie«, korrigierte Wilmott mich.

»Genau. Weswegen er auch mit der Sache davongekommen ist. Bin ich der Einzige, der da den Fehler sieht?«

Ronnie vermied es, in meine Richtung zu blicken. Er kritzelte auf seinem Notizblock herum.

Becky lächelte mich mitfühlend an.

»Wen interessiert es, ob er Golf mit dem Chief Constable spielt und Tee mit den Mitgliedern des Königshauses trinkt? Er ist ein Betrüger. Und ein Lügner. Und er sollte im Knast sein.«

»Sorry, Leute, aber ich glaube, DS Carter und ich sollten diese Unterhaltung privat weiterführen.« Ungeduldig deutete DI Wilmott mit dem Kopf in Richtung seiner Bürotür in der Ecke des Raums.

Ich stand auf, folgte ihm hinein und schloss die Tür hinter mir.

Wilmott verschränkte die Arme und grinste mich frech an. »Ich denke, Detective Superintendent Greene hat sich damals klar ausgedrückt, oder? Schließlich wurden Sie *beinahe* suspendiert. Sie wandeln schon auf dünnem Eis und ich bin mir sicher, es braucht nicht viel, um Ihre Suspendierung durchzuziehen, wenn Sie aus der Reihe tanzen. Sogar eine Degradierung wäre nicht unmöglich.« Seine Augen funkelten vor Freude. Das würde ihm gefallen. »Ich weiß ja nicht, was schlimmer wäre – wieder gezwungen zu sein, in Uniform zu patrouillieren, oder zu Hause zu sitzen und Däumchen zu drehen.« Er triefte nur so vor Sarkasmus. »Also hören Sie auf, Ihre und unsere Zeit zu verschwenden, und vergessen Sie den Fall von Lord Mackenzie. Und da ich der SIO bei *diesem* Fall bin, machen Sie gefälligst das, was Ihnen aufgetragen wurde. Ist das klar?«

»Glasklar.« Ich biss mir auf die Zunge.

»Gut. Ich bin froh, dass wir das geklärt haben.« Wilmott stolzierte zurück ins Büro und setzte sich auf den Rand eines Schreibtischs.

Ich setzte mich an meinen und biss in mein Sandwich, wohl wissend, dass ich daran eine Weile zu kauen hätte. Das würde immerhin verhindern, dass ich mit noch etwas herausplatzte, das ich nicht äußern sollte.

»Die Ansätze hinsichtlich Russell Stiles und des Goldings-Grundstücks sehen vielversprechend aus«, machte Wilmott weiter. »Bis wir sicher sein können, dass Alissas Sicherheit nicht gefährdet ist, habe ich sie ins Hotel Berkely gebracht. Sie bleibt dort in einer Suite und ich schlafe auf der Couch, aber diese Information darf diesen Raum nicht verlassen. Ich bleibe über Nacht bei ihr, bis wir einen Polizisten bei ihr stationiert bekommen, die sind im Augenblick jedoch genauso unterbesetzt wie wir. So, gibt es noch etwas?«

Ronnie hob die Hand, als wäre er in der Schule. »Sir, das Befragen der Leute in der Gegend hat nichts Neues für letzte Nacht erbracht. Ich habe mit Mrs Downes gesprochen, der Nachbarin, zu der Alissa nach dem Angriff gelaufen ist, und sie berichtete, sie kannte die beiden nicht sonderlich gut, aber sie hätten wie ein sehr süßes Pärchen gewirkt. Sie hat immer ihre Katze gefüttert, wenn die beiden weg waren. Die anderen Nachbarn im Dorf meinten, die Burbecks blieben unter sich, sie kannten sich also nur vom Grüßen.«

»War letzte Nacht eine Katze im Haus?«, fiel Becky ein.

»Nein«, antwortete ich. »Vielleicht hat sie sich erschreckt und ist weggelaufen. Ich habe auch keine Futternäpfe oder

Katzenklos irgendwo wahrgenommen. Aber ich rufe die Tatortermittler im Haus an, um sicherzugehen, dass etwas Futter hingestellt wird, falls sie zurückkommt.«

»Gut. Irgendwelche Aufzeichnungen von Sicherheitskameras in der Umgebung?«, fragte Wilmott Becky.

»Nein. Der Eindringling hätte aber durch den Wald hinter dem Grundstück kommen können und wäre dann sowieso nicht entdeckt worden. Ich habe gerade in den sozialen Medien über die Burbecks geforscht.«

»Wer hat Ihnen gesagt, dass Sie das tun sollen?« Wilmott runzelte die Stirn.

»Äh …«

»Das war ich«, gestand ich. »Sie waren nicht hier, also …« Ich zuckte mit den Schultern. »Man erfährt viel über einen Menschen in den sozialen Medien. Außerdem müssen wir ein Profil der Burbecks erstellen.«

»Ja, nun ja, das wäre auch meine nächste Anweisung für Sie gewesen, Becky«, murmelte Wilmott.

Anweisung? Mann, die Macht steigt ihm jetzt schon zu Kopf.

»Was haben Sie denn herausgefunden?«, fragte Wilmott Becky.

»Max Burbeck ist in den sozialen Medien nicht vertreten. Alissa Burbeck ist nur auf Facebook und hat dort einundfünfzig Freunde. Sie postet nicht viel, üblicherweise Fotos von sich und Max, oder niedliche Tierfotos. Und sie hat die höchsten Sicherheitseinstellungen, sodass lediglich Freunde ihre Seite sehen können. Das letzte Mal hat sie etwas vor der Reise nach Australien gepostet, ein Status-Update, dass sie beim Flughafen einchecken.«

»Ist sie auf Facebook mit Stiles befreundet?«, wollte ich wissen.

»Nein.«

»Okay.« Wilmott klatschte in die Hände. »Die Tatortermittler durchsuchen auch den Wald hinter dem Haus, aber es wird bald dunkel. Morgen früh halte ich eine Pressekonferenz ab und bitte etwaige Zeugen, sich zu melden. Alissa ist natürlich viel zu traumatisiert, um dabei zu sein.« Er gab mir eine kopierte Liste mit Namen und Adressen. »Dies ist ein Ausdruck von Alissas Laptop mit allen Leuten, die zum Hochzeitsempfang auf The Orchard eingeladen waren. Die Liste beinhaltet auch die Catering- und Festzeltfirma, die vor Ort gewesen ist. Wir müssen mit allen reden, die anwesend waren, und checken, ob jemand diesen Vorfall mit Russell Stiles miterlebt hat.«

Ich überflog die Liste und zählte ungefähr hundert Leute. Neben den Namen war ihre Beziehung zu Max oder Alissa aufgeführt – Freund, Kollege, usw. »Da ist niemand als Familie aufgelistet.«

»Max Burbeck war ein Einzelkind und seine Eltern sind tot. Er hat auch sonst keine lebenden Verwandten. Alissas Mutter ist krank in einem Pflegeheim und konnte daher nicht zur Hochzeit kommen. Ihr Vater ist gestorben, als sie noch klein war, und auch sie hat sonst keine weitere Familie«, erläuterte Wilmott.

Ich sah die Liste weiter durch. »Wir sollten das aufteilen. Es stehen eine Menge Leute drauf. Außerdem muss ich zu den Hauseigentümern auf diesem Baugrundstück.«

Wilmott schwenkte wegwerfend eine Hand in der Luft. »Sie können das delegieren. Ich muss zurück zu Alissa.«

Also war es okay für mich, zu delegieren, wenn es ihm gerade passte. Das war typisch Wilmott – er war faul, leicht gelangweilt von kleineren Details, vermied es stets, selbst irgendwelche Arbeit zu erledigen, und heimste nur den Ruhm ein, wenn es Ergebnisse gab.

»Sonst noch was?« Wilmott hatte es plötzlich eilig.

Alle schüttelten den Kopf.

Wilmott strich sich mit einer Hand durchs Haar, glättete seine Augenbrauen mit den Fingerspitzen und rauschte von dannen.

Ich nahm noch einen Bissen von meinem Sandwich und fragte mich, was es wohl mit meinen Eingeweiden anstellen würde. »Na gut. Becky, fang an, diese Leute anzurufen, und finde heraus, ob sie mitbekommen haben, was beim Hochzeitsempfang zwischen Russell Stiles, Alissa und Max vorgefallen ist. Ruf die Catering- und Festzeltfirma an und kläre, welche ihrer Angestellten an dem Tag auf The Orchard gearbeitet haben – von denen brauchen wir auch eine Liste.« Ich reichte ihr die Liste. »Ich denke, wir sollten allen Möglichkeiten nachgehen, versuch also bitte Alissas Beziehung zu Max zu durchleuchten. Ich weiß, dass sie erst kurze Zeit verheiratet waren, vermutlich waren sie noch im Flitterwochenstadium. Aber es schadet nicht zu prüfen, ob es irgendwelche Probleme zwischen ihnen gab. Alissa hätte immerhin ein Motiv. Max war Millionen wert.«

»Äh … Sarge«, stammelte Ronnie. »DI Wilmott hat verlangt, dass wir diesen Ermittlungsansatz nicht weiterverfolgen.«

»Tja, DI Wilmott ist aber nicht hier und ich delegiere.« Ich lächelte ihn an.

»Ja, Sarge«, erwiderte er hastig.

Ich drehte mich wieder zu Becky um. »Okay?«

»Jepp.«

»Du kommst mit mir«, sagte ich zu Ronnie und warf den Rest des unappetitlichen Sandwichs in den Mülleimer.

Kapitel 10

Die Andere

Ich glaube, abends war es immer am schlimmsten. Dann saß Dad in seinem Lieblingssessel, in dem es Mum und mir verboten war zu sitzen, und trank. Bevorzugt Whisky. Es ergab für mich keinen Sinn, dass er Mum erklärte, sie könne keine neue Kleidung für sich oder mich kaufen, wenn ich doch wusste, wie viel eine Flasche Whisky kostete. Das stand nämlich auf dem Etikett. Eines Tages rechnete ich zusammen, wie viel er in einem Jahr dafür ausgab, und wusste danach, dass wir eine Menge neuer Dinge haben könnten, wenn er das Geld für uns verwenden würde. Stattdessen mussten wir so zurechtkommen. Mum stopfte Socken, nähte Flicken auf die abgewetzten Knie meiner Jeans, machte Shorts aus abgetragenen Hosen. Wenn ich aus meiner Kleidung herauswuchs, musste ich sie trotzdem tragen, obwohl die Ärmel nur noch dreiviertellang waren und mir der Hosenbund in den Bauch kniff, weil die Hosen zu klein waren.

Doch so lange Dad seinen Whisky hatte, durften wir uns nicht beschweren.

Allerdings machte der Drink ihn noch wütender als üblich. Manchmal lag ich in meinem Schlafzimmer wach und konnte nicht einschlafen, weil ich nur darauf wartete, dass das Schreien und Scheppern losging.

Zu jener Zeit war Winter und ein Sturm war aufgezogen, der sintflutartigen Regen gegen das Haus peitschen ließ. Der Wind heulte durch die Ritzen im Fenster meines Schlafzimmers und flüsterte mir Dinge zu, die ich zu verstehen versuchte, was mir jedoch nicht gelang.

Und dann hörte ich es, wie üblich. Die vertrauten Geräusche von Dads Wutausbrüchen und Misshandlungen.

Ich zog mir die Bettdecke über den Kopf, aber auch das konnte die Geräusche nicht abblocken. Selbst wenn es mal eine Nacht nicht passierte, konnte ich die Echos davon in meinem Kopf hören. Sogar, wenn ich versuchte, sie mit meinen eigenen Gedanken zu ersticken, waren sie immer da und nagten an mir.

Aber jetzt machten mich diese Geräusche auch wütend. Warum konnte meine Mum nicht einfach mit mir weggehen? Warum widersetzte sie sich ihm nicht? Warum ließ sie zu, dass ich bestraft wurde, ohne etwas falsch gemacht zu haben? Und dann wurde mir klar, dass sie genauso verrückt war wie er. Dennoch kam jedes Mal wieder mein Instinkt hoch, ihn davon abzuhalten, ihr wehzutun. Was machte es schon, wenn ich einen Schlag oder Tritt abbekam, oder ohne Abendessen in die Kammer gesperrt wurde? Mittlerweile kümmerte mich das alles nicht mehr.

Ich rannte zu ihrem Schlafzimmer und schlug gegen die Tür. »Hör auf, ihr wehzutun! Hör auf!«

Drinnen ertönte ein weiteres lautes Geräusch, Mums Schrei, dann schwang die Tür auf und Dad ragte drohend über mir auf. Bevor ich wusste, was geschah, war ich in seinen Klauen. Er schleppte mich nach unten. Ich zappelte und versuchte, zu entkommen, aber er war zu stark für mich. Er öffnete die Vordertür und ließ mich auf der eiskalten Stufe fallen. Dann schloss sich die Tür und der Schlüssel drehte sich im Schloss.

Der Wind zerrte heftig an meinem dünnen Schlafanzug, stechender Regen ergoss sich über mich und durchnässte mich sofort komplett, während ich gegen die Tür schlug und flehte, hineingelassen zu werden. Ich sprang auf meinen nackten Füßen auf und ab und versuchte zu verhindern, dass die Kälte in meine Haut kroch, weinte nach meiner Mum, bettelte, dass sie mich reinließ. Weinte, weil ich wünschte, ich wäre niemals geboren worden.

Ich weiß nicht, wie lange ich gegen die Tür schlug, aber es kam niemand. Tränen traten mir in die Augen und vermischten sich mit dem Regen, während ich mit den Händen zitternd und zähneklappernd meine Arme rieb. Ich fürchtete mich nicht vor der Dunkelheit. Das hatte ich der Kammer zu verdanken. Aber die Kälte – das war etwas anderes.

Ich rannte zum Kuhstall. Meine Füße knirschten auf dem uringetränkten Heu, der Gestank brannte sich in meine Nase und meine Kehle. Hier drin war es wärmer, das Gebäude erfüllt von der Hitze, die die Körper der Kühe abgaben. Die Kuh im ersten Stall war Lulabelle. Zumindest hatte ich sie so genannt. Ich hatte Namen für sie alle, auch wenn Dad das nicht passte. Ihr Seil war so eng an die Metallstange vor ihrem Pferch gebunden, dass sie sich kaum hinlegen konnte, was sie dazu zwang, in einer unbequemen Position zu schlafen. Ich kroch in ihren Stall, legte mich neben sie und streichelte ihr den Kopf, während sie mich mit ihrer feuchten Nase anstupste und an meinem Schlafanzug saugte.

Ich lauschte ihrem Schnauben und Schnüffeln und schlief ein in dem Wissen, dass sie die Einzige war, die mich liebte, und dass ich die Einzige war, die sie liebte.

Kapitel 11

Der Detective

Ich parkte den Wagen in der Siedlung The Goldings und schaute mich um. Die Häuser standen auf großen Grundstücken, aber die meisten von ihnen wirkten heruntergekommen. Ich starrte die Vorgärten an und dachte an den im Boden versteckten Asbest. Ein verborgener Mörder, von dem niemand von ihnen gewusst hatte, als ihnen dieser Traum verkauft worden war.

Ronnie begann am anderen Ende der Siedlung, während ich als Erstes zu Mr und Mrs Porters Haus ging. Sie waren beide Mitte sechzig. Mrs Porter war nur Haut und Knochen und ihre Kleidung hing zu locker an ihrem Körper. Sie hatte eingesunkene Augen und hervorstehende Wangenknochen. Ihre grauen Haare waren an ihrem Hinterkopf ziemlich ausgedünnt. Mr Porter sah ebenfalls nicht viel gesünder aus, er saß zusammengesunken in einem geblümten Sessel mit einer Sauerstoffflasche auf dem Boden neben sich, die mit einer Maske verbunden war, welche auf der Sessellehne lag. Im Gegensatz zu ihrem abgemagerten Körper war er stark übergewichtig und sein Bauch quoll über den Gürtel.

»Es tut mir leid, Sie zu stören, aber ich muss ein paar Fragen zu einem Mord letzte Nacht stellen«, sagte ich, als ich mich in ihrem Wohnzimmer gesetzt hatte.

»Ein Mord?«, keuchte Mrs Porter.

»Max Burbeck wurde in seinem Haus erstochen.«

Mrs Porter warf ihrem Mann einen kurzen Blick zu.

»Gut«, kommentierte Mr Porter.

»Gut?«, wiederholte ich.

»Er war …« Er wurde durch einen Hustenanfall unterbrochen.

Mrs Porter schoss mit erstaunlicher Geschwindigkeit von ihrem Sessel hoch, setzte sich auf seine Armlehne und rieb ihm über den Rücken.

Schließlich ebbte das Husten zu einem pfeifenden Atmen ab.

»Dieser Mann war ein Mistkerl.« Mrs Porter hob ihr Kinn, als wolle sie mich herausfordern, ihr zu widersprechen. »Wissen Sie, was er uns angetan hat? Und all den anderen Leuten in dieser Siedlung?«

»Ich habe gehört, die Häuser wurden auf kontaminiertem Land errichtet.«

»Ja, und er wusste das ganz genau!«, fauchte sie.

Mr Porter hustete erneut.

»Nimm den Vernebler!« Mrs Porter griff nach der Maske.

Mr Porter schob ihre Hand weg. »Nein, noch nicht. Ich will erst etwas sagen.«

Ich sah zu Mr Porter. Seine Stimme klang rau, er sprach langsam, mit Pausen zwischen jedem Wort, in denen er nach Luft rang.

»Wir haben dieses Haus komplett neu gekauft«, erzählte er. »Es sollte eine Investition sein. Unsere Altersvorsorge. Wir wollten es verkaufen, wenn wir zu alt sind, und in eine kleine altersgerechte Wohnung ziehen mit etwas zusätzlichem Eigenkapital zu unserer Rente. Aber jetzt, dank dieses Mannes, haben wir nichts. Wir können nicht verkaufen. Wir haben kein Erbe, das wir unseren Kindern hinterlassen oder als Sicherheit im Alter nutzen können. Und sehen Sie mich an.« Er griff nach der Sauerstoffmaske und nahm ein paar Atemzüge.

»Mein Mann war ein begeisterter Gärtner«, fiel Mrs Porter ein. »Bei jeder Gelegenheit war er draußen. Er hat Gemüse angebaut, das wir die letzten zwölf Jahre gegessen haben! Und jetzt wissen wir … wir wissen ganz einfach, dass seine gesundheitlichen Probleme durch den Asbest verursacht wurden, der die ganze Zeit im Boden war!« Tränen traten ihr in die Augen.

»Es tut mir sehr leid zu hören, was passiert ist. Haben Sie sich rechtlichen Beistand geholt?«

»Ja. Wenn wir gegen *Burbeck Developments* vor Gericht ziehen, könnten wir verlieren. Sie behaupten, sie hätten Unterlagen, die sie von jeglichem Wissen über die Kontamination freisprechen, und das Unternehmen, das diesen Abfall hier abgeladen hat, existiert nicht mehr. Wir könnten vielleicht versuchen, sie zu verklagen, oder sogar den Stadtrat, aber wahrscheinlich würden wir nicht gewinnen. Und vermutlich sind wir bis dahin sowieso tot! Sie würden es über Jahre ausdehnen.«

Mr Porter atmete tief den Sauerstoff ein.

»Sie haben Max Burbeck eine Drohmail geschickt, in der steht, dass er den Tod verdient hat?«, wandte ich mich an Mr Porter.

»Und?«

»Todesdrohungen sind ein schweres Vergehen.«

Mr Porter schnaubte. »Er hat über uns das Todesurteil gesprochen, oder? Warum tun Sie nichts dagegen?«

»War die E-Mail alles, was Sie unternommen haben?«

Mr Porter riss die Augen auf und keuchte schwer. »Schauen Sie uns doch an! Sehen wir so aus, als könnten wir jemanden umbringen? Ich hab vielleicht daran gedacht, aber ich bin in keinem Zustand, um so etwas in die Tat umzusetzen.«

♦ ♦ ♦

Ein kleines Mädchen, ungefähr sieben Jahre alt, öffnete die Tür von Nummer 5, dicht gefolgt von einer Frau Ende dreißig.

»Ich hab dir doch gesagt, dass du nicht an die Tür gehen sollst!«, schimpfte die Frau mit ihrer Tochter und trat vor sie.

»Mrs Cox?«, fragte ich.

»Ja. Sind Sie vom Stadtrat? Sie hätten nämlich auch Bodenproben von meinem Haus nehmen sollen, wir wurden letztes Mal übergangen.«

»Nein, tut mir leid. Ich bin Detective Sergeant Carter. Darf ich reinkommen und Ihnen ein paar Fragen stellen?«

»Oh.« Sie ergriff die Hand ihrer Tochter und trat einen Schritt zurück. »Ja.« Sie sah auf ihre Tochter herab und bestimmte: »Geh ins Wohnzimmer und schau Fernsehen mit deinem Bruder. Und geh nicht wieder raus.«

Ihre Tochter schenkte mir ein Zahnlückenlächeln und verschwand.

Mrs Cox führte mich in die Küche am anderen Ende des Hauses, die den Blick auf einen großen, unordentlichen Garten freigab. Unkraut wuchs durch das, was früher mal ein richtiger Rasen gewesen war, und schob sich durch Risse auf dem Weg. Die Büsche sahen schäbig aus und waren voller toter Blumen. »Ist das dann jetzt schon eine Angelegenheit für die Polizei? Man hat mir mitgeteilt, es wäre eine zivilrechtliche Angelegenheit. Aber die Polizei sollte sich darum kümmern! Die bringen uns hier langsam um.«

»Ich bin nicht wegen der Kontamination hier. Nun, jedenfalls nicht direkt.«

Sie stemmte eine Hand in die Hüfte. »Was ist es dann?« Ein plötzlicher Gedanke stieg in ihr hoch und sie hob die Hand an ihre Kehle. »Es geht doch nicht um Jim, oder? Ist irgendetwas passiert?«

»Jim ist Ihr Mann, ja?«

»Ja.«

»Eigentlich dreht es sich um Max Burbeck.«

Sie kniff die Augen zusammen. »Was ist mit ihm?«

»Er wurde letzte Nacht in seinem Haus ermordet.«

»Was? Und Sie denken, ich hätte das getan?« Sie lachte bellend. »Schön wär's.«

»Wenn ich es richtig verstehe, ist seine Firma verantwortlich dafür, dass diese Grundstücke auf kontaminiertem Land errichtet wurden.«

»Nicht seine Firma. *Er*. Ich mache ihn dafür verantwortlich.« Sie nahm ein Foto vom Fensterbrett, auf dem sie und ihre drei Kinder abgebildet waren, und hielt es mir hin. »Das ist meine Familie! Meine Kinder haben jahrelang auf und in dieser Erde gespielt. Und jetzt erfahren wir, wie giftig sie ist. Wir wissen vielleicht erst in einigen Jahren, ob sie irgendwelche Krankheiten entwickeln. Dieses Gift kann Krebs verursachen, wissen Sie, alle möglichen Dinge. Und dieser … *Mann* war dafür verantwortlich! Der Stadtrat war ebenfalls völlig nutzlos! Ich bin mir sicher, die versuchen, ihre Beteiligung an der ganzen Sache zu vertuschen. Sind doch alle einfach nur korrupt. Diese Siedlung hätte niemals entstehen dürfen. Haben Sie schon mit Mr Porter gesprochen? Er hat ein Emphysem und Lungenkrebs, weil er hier lebt! Über uns allen schwebt bereits das Damoklesschwert.«

»Es tut mir wirklich sehr leid, was passiert ist, Mrs Cox. Ich kann verstehen, dass Sie aufgebracht sind.«

»Aufgebracht?! *Aufgebracht?* Ich bin verdammt geladen. Ich bin so wütend, ich könnte …«

»Sie könnten was?«

»Glauben Sie im Ernst, ich hätte ihn umbringen können? Ich bin nicht unbedingt traurig, dass er tot ist. Das nennt sich Karma, wissen Sie. Aber ich hatte nichts damit zu tun.«

»Wo ist Jim?«

»Er ist in Paris, auf einer Konferenz, die mit seiner Arbeit zu tun hat.«

»Und wann ist er dorthin gereist?«

»Vor zwei Tagen. Er kommt heute Abend wieder. Warum?«

»Ich muss diese Fragen stellen, Mrs Cox. Ganz offensichtlich ist die Situation, in der Sie sich befinden, ein hochemotionales Thema.«

»Jim hat Max auch nicht umgebracht, das ist lächerlich!«

»Ich sage nicht, dass er es getan hat, aber ich muss ihn erst von der Liste streichen können.«

»Wann ist es denn passiert?«

»Heute in den frühen Morgenstunden.«

Sie stellte das Foto ab und kritzelte eine Nummer auf eine Haftnotiz. »Hier, das ist seine Handynummer. Er war nicht mal hier, als das passiert ist.«

♦ ♦ ♦

Der Vorgarten von Nummer 6 war ebenfalls überwuchert und heruntergekommen. Ich war auch nicht überrascht, dass die Bewohner aufgehört hatten, sich unter diesen Umständen um ihre Gärten zu kümmern. Wer wollte schon diese verseuchte Erde anfassen, in dem Wissen, dass dort möglicherweise eine tickende Zeitbombe lauerte?

Mr Knowles war älter als die Porters, vielleicht Anfang siebzig. Er hatte wässrige Augen, seine Haut war schlaff und bleich. Der Stress dieser Situation hatte wohl auch bei ihm Spuren hinterlassen.

»Ich führe eine Ermittlung durch und muss Ihnen ein paar Fragen stellen«, erklärte ich, nachdem ich mich vorgestellt hatte.

Er seufzte. »Dann kommen Sie mal lieber rein.« Er schlurfte den Flur entlang, der ebenso heruntergekommen wirkte wie das Außengrundstück. Die einst blassen apricotfarbenen Teppiche hatten an manchen Stellen dunklere Flecken. Die Tapete rollte sich an den Wandecken zusammen.

»Ich bin wegen Max Burbeck hier«, erklärte ich, nachdem ich mich an ein Ende des Sofas gesetzt hatte. »Er wurde in den frühen Morgenstunden ermordet.«

»Wie bitte? Und soll ich da jetzt etwa Mitleid empfinden?«

»Ich weiß von der Angelegenheit um diese Grundstücke.«

Er starrte auf seine Oberschenkel herab und rieb mit seinen arthritischen, knotigen Fingern darüber. Erneut seufzte er. »Es ist gut, dass meine Frau nicht mehr am Leben ist, um das alles mitzubekommen. Sie ist vor ein paar Jahren an Darmkrebs gestorben, wissen Sie? Obwohl ich es nicht beweisen kann, weiß ich einfach, dass dieses Haus dafür verantwortlich ist. Und es war meine Idee gewesen, hierherzuziehen.« Er zeigte mit dem Finger auf seine Brust. »Meine! Sie wollte unser altes Haus gar nicht verlassen. Ich dachte, es wäre ein guter Ort für unseren Lebensabend. Aber jetzt? Sie ist fort und ich stecke ganz allein in diesem großen Haus fest und kann es nicht mal verkaufen.« Er fixierte mich mit seinen wässrigen Augen. »Ich habe nichts mehr. Nichts. Also nein, ich habe kein Mitleid mit diesem Verbrecher, nachdem er mir alles genommen hat.«

Kapitel 12

Der Detective

Es war bereits achtzehn Uhr, als Ronnie und ich ins Büro zurückkehrten. Unterwegs hatten wir die Notizen aus unseren Befragungen verglichen. Alle Besitzer waren wütend, und das mit Recht, aber niemand passte zur Beschreibung des Täters, die wir von Alissa Burbeck erhalten hatten. Und die meisten schienen nicht in der Verfassung zu sein, jemanden umzubringen. Es existierten noch ein paar Dinge, die überprüft werden mussten: Leute, die nicht zu Hause gewesen waren, und Kinder der Besitzer, die vielleicht einen Groll hegten. Und es gab ein paar Alibis, die kontrolliert werden mussten, worum ich Ronnie gebeten hatte. Aber ich war mir eigentlich recht sicher, dass sich das als Sackgasse erweisen würde. Theoretisch hätte einer von ihnen einen Auftragskiller anheuern können, aber in meinen achtundzwanzig Jahren im Dienst war das noch niemals vorgekommen. In Filmen, klar. Aber im echten Leben? Nein. Und das hier waren Familien oder ältere Leute, keine Gangmitglieder oder Menschen, die mit der Verbrecherwelt zu tun hatten. Außerdem würde ein Auftragskiller Geld kosten, und ich bezweifelte doch sehr, dass diese Leute ihr nicht vorhandenes Geld dafür ausgeben würden, Max Burbeck umzubringen. Schließlich würden sie es brauchen, um ihr Land zu dekontaminieren (oder vielleicht sogar ein neues Grundstück zu kaufen), für ein Gerichtsverfahren oder mögliche Arztrechnungen aufgrund der toxischen Chemikalien im Boden. Es war eine Sache, jemandem den Tod zu wünschen, aber auch danach zu handeln – das war etwas völlig anderes. Ihre scheinbar ausweglose Situation machte mir schwer zu schaffen, aber niemand von ihnen wirkte auf mich wie ein Mörder.

Becky war am Telefon beschäftigt, als ich mich hinsetzte. Ronnie machte sich daran, Kaffee zu kochen, und summte dabei fröhlich vor sich hin. Er reichte mir meine Tasse mit einem erwartungsvollen Blick, als hoffte er darauf, den Kopf getätschelt zu bekommen.

»Danke.« Ich studierte die Liste mit den Gästen der Hochzeitsfeier der Burbecks, während ich darauf wartete, dass Becky ihr Telefonat beendete, damit sie mir mitteilen konnte, wen sie bereits angerufen hatte. Als das Gespräch kein Ende zu finden schien, ging ich in Gedanken noch einmal den Tag bisher durch und starrte die Fotos von Max und Alissa auf der Tafel an.

»Sarge?« Beckys Stimme riss mich ein paar Minuten später aus meinen Gedanken. »Einige der Gäste auf dieser Liste waren gar nicht auf dem Empfang. Die meisten, mit denen ich gesprochen habe, haben den Vorfall im hinteren Garten nicht miterlebt, da sie sich im Zelt oder in der Lounge vor dem Haus aufgehalten haben. Sie alle haben die Burbecks als glückliches Paar beschrieben; dass es eine wunderschöne Zeremonie und ein toller Tag war – der übliche Hochzeitsempfang-Kram eben. Aber ich habe gerade mit einer Vicky Saunders gesprochen, die mit Alissa befreundet ist, und sie hat den Streit mitbekommen.«

»Gut, ich spreche mit ihr«, entschied ich. »Ronnie und du könnt euch den Rest der Liste teilen. Wenn ihr mit jemandem redet, der etwas gesehen hat, ruft mich an.«

Ronnie trat zu Beckys Schreibtisch und sie reichte ihm eine Kopie der Liste.

»Welche hast du schon durch?«, erkundigte sich Ronnie.

»Alle auf den letzten zwei Seiten. Ungefähr die Hälfte der Gäste.«

»Du arbeitest von hinten?«

Sie zuckte mit den Schultern. »Ist vielleicht die Chinesin in mir. Die schreiben doch rückwärts, oder?«

»Du bist doch gar nicht chinesisch.« Verwirrt runzelte Ronnie die Stirn.

»Aber wo wir schon von Chinesisch reden, wer hat Lust darauf?« Becky grinste. Sie konnte sich vollstopfen, ohne jemals zuzunehmen. Ich hatte seit Denises Tod einige Kilo zugelegt. So altmodisch das auch klang, sie war in unserer Beziehung diejenige gewesen, die gekocht hatte. Jetzt musste ich mich mit Mikrowellengerichten und Lieferdiensten begnügen. Ich war zu einem wandelnden Klischee mutiert.

»Ich lasse es nach vorn liefern. Ich bin am Verhungern und es sieht so aus, als würden wir Überstunden machen.«

»Ich nehme Hühnchen Chow Mein mit Barbecue-Sauce«, beschloss ich. »Ich hole es mir später ab. Ach, mach gleich zwei Portionen draus.«

»Zwei?«, staunte Becky und versuchte dabei, meinen Bauch nicht zu offensichtlich zu beäugen, was ihr allerdings nicht gelang. »Die Portionen sind riesig!«

Ich zog den Bauch ein. »Ich bring auf meinem Nachhauseweg eine bei DI Nash vorbei.«

»Ah. Gut mitgedacht.« Becky schrieb meine Bestellung auf. »Das weiß sie sicher zu schätzen.«

Da hatte ich meine Zweifel. Sie hatte nicht mal den Hörer abgenommen oder mich zurückgerufen. Es ging ihr nicht gut. So, wie es mir ergangen war, nachdem Denise an Brustkrebs gestorben war. So, wie es mir noch immer die meiste Zeit ging. Ich vermisste meine Frau mehr, als ich es je in Worte fassen könnte.

»Ronnie? Was nimmst du?«, rief Becky zu ihm herüber.

»Bratreis.«

Becky wartete mit gezücktem Stift auf den Rest seiner Bestellung. Als er wieder zu seinem Laptop ging, sagte sie: »Und was noch?«

»Das war's.«

»Du willst nur Bratreis?!« Sie verzog das Gesicht, als hätte sie gerade einen Schluck Essig getrunken.

Ronnie rieb sich den Magen. »Chinesisch ist mir zu fettig.«

»Du kannst auch was anderes bestellen, wenn du magst.«

Er war schon abgelenkt am Tippen. »Nein, Bratreis ist okay.«

Ich verließ das Büro und fuhr zu Vicky Saunders' Wohnung. Diese befand sich in einem neuen, modernen Gebäude im Altstadtviertel von Stevenage, zehn Kilometer von Waverly entfernt, und hatte eine Türsprechanlage. Mit gerötetem Gesicht und tränenverschmierten Wangen öffnete sie die Tür. Ihre Frisur war sehr modern geschnitten, kinnlang vorn auf einer Seite, kürzer auf der anderen. Sie erinnerte mich an ein Pferd, mit langen Gliedmaßen und einer langen Nase.

Ich stellte mich vor und sie fing an zu weinen.

»Das ist ja so schrecklich. Ich kann es einfach nicht glauben! Wie geht es Alissa?«

»Sie ist natürlich sehr verstört. Darf ich reinkommen?«

Sie schniefte und trat einen Schritt zurück. »Tut mir leid. Ich stehe völlig neben mir, seit mir die Polizistin am Telefon davon erzählt hat.« Sie führte mich in ein kleines, aber ordentliches Wohnzimmer mit einem schwarzen Sofa, das von rosafarbenen Plüschkissen übersät war. Sie ließ sich auf das Sofa fallen, schnappte sich eins der Kissen und drückte es sich gegen den Bauch. »Wo ist Alissa? Und warum hat sie mich nicht angerufen? Ich habe versucht, sie per Handy zu erreichen, aber das leitet gleich zum Anrufbeantworter um. Ich bin ihre beste Freundin! Sie muss zu mir kommen!«

»Keine Sorge, Alissa ist in Sicherheit, aber wir glauben nicht, dass es sich um einen zufälligen Angriff gehandelt hat, daher halten wir ihren Aufenthaltsort geheim, bis wir mehr wissen. Ich bin mir sicher, sie wird sich mit Ihnen in Verbindung setzen, sobald sie kann.«

»Oh Gott, ich wette, sie ist am Boden zerstört. Sie waren doch gerade mal zwei Monate verheiratet! Das ist einfach schrecklich. Schrecklich!«

»Genau darüber wollte ich mit Ihnen reden. Sie haben gegenüber DC Harris erwähnt, dass Sie beim Hochzeitsempfang eine Auseinandersetzung zwischen Max und Alissa und Russell Stiles mitangehört haben?«

»Ja. Also, geheiratet haben die beiden ja in Australien. Sie wollten eine einfache Zeremonie, nur sie beide, barfuß am Strand – so romantisch – und mit ein paar Trauzeugen, die für sie arrangiert wurden. Alissa stand nicht gern im Mittelpunkt, was allerdings manchmal schwierig ist, wenn man so aussieht wie sie.« Sie sagte es ohne eine Spur von Bosheit. »Aber sie haben diese Party einige Wochen nach ihrer Rückkehr organisiert.« Sie holte tief Luft, die Augen weit aufgerissen. »Glauben Sie denn, dass Russell Max getötet hat?«

»Im Moment stellen wir noch keine Mutmaßungen an, aber wir müssen allen Spuren nachgehen, und anscheinend hatte es eine Art von Streit zwischen ihnen gegeben.«

»Ich … Ich würde sagen, Russell ist ein Raubein, aber … jemanden umbringen? Ich kenne Alissa und Russell seit der

Grundschule. Wir sind nämlich alle drei auf die gleiche Schule gegangen, wissen Sie?« Sie zupfte einen langen Fussel vom Kissen und rollte ihn zwischen Zeigefinger und Daumen, während sie mich ansah.

»Wie ist Russell so?«

»Äh … Er ist jetzt Landschaftsgärtner. Er ist ein bisschen extrem. Irgendwie grüblerisch. Er ist ein Einzelgänger und hatte nie viele Freunde. Aber er war immer nett zu mir und Alissa.«

»Können Sie mir erzählen, was auf dem Empfang passiert ist?«

»Also, ein paar Stunden, nachdem die Feier begonnen hatte, wollte Alissa aus dem Zelt raus, um etwas frische Luft im Garten zu schnappen. Ich habe mich mit einer anderen Freundin unterhalten, und als ich mich nach einer Weile nach ihr umsah, war sie immer noch nicht zurück, also bin ich sie suchen gegangen. Jedenfalls stand sie am Zaun unten im Garten und sprach mit Russell. Ich bin vor dem Zelt stehen geblieben und habe sie beobachtet, falls sie Hilfe bräuchte.«

»Warum? Dachten Sie, Russell könnte gewalttätig werden?«

»Nein. Nein, nichts in der Art. Er hat mal jemanden geschlagen, der unhöflich zu Alissa war, aber soweit ich es gehört habe, hatte dieser Kerl es auch verdient. Und Russell würde ihr niemals wehtun, da bin ich sicher. Aber … na ja, Russell war ein bisschen von ihr besessen. Sie sind vier Jahre lang zusammen gewesen und er ist noch immer in sie verliebt. Und … es ist schwer, Alissa nicht zu lieben. Ich meine, natürlich sieht sie fantastisch aus, aber sie ist auch ein wirklich netter Mensch. Sie ist loyal und witzig, rücksichtsvoll und lieb. Das, was passiert ist, ist ja so tragisch.« Der Fussel, an dem sie herumgespielt hatte, löste sich vom Kissen und fiel auf den Teppich. Sie glättete das Material des Kissens wiederholt mit ihren Fingern, als würde ihr das etwas Trost bereiten.

»Haben Sie gehört, worüber die beiden geredet haben?«

»Nein. Ich war zu weit weg. Ich habe Alissa ein paar Male lächeln gesehen, also dachte ich nicht, dass es irgendetwas wirklich Ernstes war. Aber er war natürlich nicht eingeladen gewesen und Max wäre sauer geworden, ihn dort vorzufinden, also habe ich gehofft, dass es nicht noch eskalieren würde. Auf jeden Fall …« Sie brach ab und schniefte laut. »Tut mir leid. Das ist einfach der Schock. Wer würde so etwas nur tun? Ich kann das nicht fassen.«

»Ich verstehe, dass das schwer ist, aber wir müssen wirklich so viel wie möglich erfahren, damit wir denjenigen finden, der dafür verantwortlich ist.«

Sie schniefte erneut. »Ich weiß. Tut mir leid.« Sie atmete tief durch. »Äh … Russell schwankte ein wenig, er wirkte ziemlich betrunken, und dann hat er ihren Arm gegriffen und es sah so aus, als würde er sie anflehen. Sie hat versucht, ihn abzuschütteln, aber das funktionierte nicht. Dann ist plötzlich Max aus der Küche in den Garten gestürmt. Und ich habe etwas von dem gehört, was er gesagt hat, weil er geschrien hat. Er brüllte Russell an, er solle verschwinden, dass er nicht willkommen und nicht eingeladen wäre, und wenn er Alissa nicht in Ruhe lassen würde, würde er die Polizei rufen.«

»Was ist danach passiert?«

»Max hat mit den Händen in der Luft herumgefuchtelt und Russell aufgefordert, von ihrem Grundstück zu verschwinden. Russell hat etwas geäußert, das ich nicht hören konnte, aber was es auch war, es hat Max in Rage gebracht: Er ist auf Russell zugestürmt, als wolle er ihn schlagen. Alissa hat sich vor Max gestellt, um die Situation zu entschärfen, und Russell ist wieder über den Zaun geklettert und in den Wald gestolpert. Anschließend hatten Max und Alissa einen kleinen Streit deswegen und Leo ist aus dem Haus gekommen, um mit ihnen zu reden. Leo ist über den Zaun geklettert, um Russell nachzugehen. Ich bin wieder ins Zelt gegangen, um ihnen etwas Privatsphäre zu lassen, da ja nun alles unter Kontrolle war.«

»Leo?« Ich nahm die Gästeliste aus meiner Tasche und suchte darauf nach dem Namen.

»Leo Smithers. Er ist Max' bester Freund.«

»Und wie war die Beziehung zwischen Max und Alissa?«

Vicky schien von der Frage überrascht. »Was meinen Sie damit? Die beiden hatten doch gerade erst geheiratet.«

»War er eifersüchtig auf sie, war sie eifersüchtig auf ihn?«

»Nein, sie waren wirklich glücklich. Und ... und so verliebt.«

»Hat es irgendwelche finanziellen Probleme gegeben. Schulden vielleicht?«

Vom Mackenzie-Fall wusste ich, dass der Schein trügen konnte. Von außen konnten die Leute protzig und reich wirken, aber hinter ihren geleasten Wagen und bis zur Oberkante mit Hypotheken belasteten Anwesen konnten sie Schulden und Darlehen verstecken.

»Nein, absolut nicht. Max war steinreich.«

»Irgendwelche anderen Probleme, die Ihnen einfallen?«

»Nein, überhaupt keine.«

»Wie lang waren Max und Alissa zusammen?«

»Ungefähr drei Jahre. Ich war dabei, als sie sich kennengelernt haben. Alissa und ich waren in einem Club und Max hat eine Flasche Champagner zu uns rübergeschickt. Dann ist er mit Leo zu uns gekommen und wir haben alle miteinander geredet.«

»Aber Alissa war zu diesem Zeitpunkt noch mit Russell zusammen?«

»Ja. Aber ich glaube, Max hat ihr Herz im Sturm erobert. Er war natürlich um einiges älter als sie, das hat ihr jedoch gefallen. Ich glaube, bei ihm hat sie sich beschützt gefühlt. Sie hat ihrem

Vater sehr nahegestanden, der ist gestorben, als sie vierzehn war, und ich glaube, sie … na ja, sie dachte, Max wäre reifer als Russell. Also hat sie die Beziehung zu Russell beendet, bevor sie wirklich begann, sich mit Max zu treffen.«

»Und wie hat Russell das aufgenommen?«

»Er ist dauernd bei ihr zu Hause aufgetaucht, wo sie mit ihrer Mum gewohnt hat, bevor die ins Heim gekommen ist. Und er hat ihr ständig SMS geschrieben und so. Manchmal ist er an denselben Orten aufgetaucht, an denen sie war, als würde er sie verfolgen, aber schließlich fand das alles ein Ende, als er für ein Jahr auf Reisen gegangen ist. Als er dann aber gehört hat, dass sie heiraten würde, gingen die SMS wieder los. Sie hat mir ein paar gezeigt, aber die waren nicht bedrohlich oder so etwas. Eher flehentlich. Er wollte sie treffen, um mit ihr zu reden, behauptete, Max wäre nicht der Richtige für sie, dass sie einen Fehler begehen würde und dass er sie zurückwollte und sie noch immer liebte. Alissa ist einfach ein sehr lieber Mensch und sie wollte nicht, dass Russell verletzt wird oder sich aufregt. Sie wollte weiter mit ihm befreundet bleiben – schließlich ist er ihre erste Liebe gewesen. Also blieb sie weiterhin höflich und kühl, hat Russell aber nicht ermutigt. Max wollte, dass sie Russell der Polizei meldet, aber sie hat das abgelehnt. Sie hat sich schuldig gefühlt, Russell das Herz gebrochen zu haben.«

»Sie denken also, Alissa und Max waren glücklich zusammen?«

»Natürlich! Sie haben sich auch nie gestritten.«

Das bezweifelte ich doch sehr. Selbst die glücklichsten Paare stritten sich. Ich konnte mich an einige Krisen zwischen Denise und mir über die Jahre erinnern, bei denen wir tagelang nicht miteinander geredet hatten. Man wird mit seinem Partner niemals die ganze Zeit zu hundert Prozent übereinstimmen. Außer, man gehört zu den Stepford-Frauen oder -Männern.

»Fällt Ihnen abgesehen von Russell jemand ein, der eifersüchtig auf Alissa oder Max gewesen sein könnte? Oder wegen irgendetwas wütend auf sie?«

Es war still, während sie darüber nachdachte. »Vielleicht waren ein paar Leute neidisch. Sie ist schließlich atemberaubend. Man sollte meinen, es wäre leicht für jemanden, der so hübsch ist wie sie, aber sie hatte eine schwere Zeit hinter sich. Während der gesamten Schulzeit waren die anderen Mädchen eifersüchtig auf sie, weil sie so gut aussieht. Sie wurde gemobbt, dadurch wurde sie ziemlich introvertiert und schüchtern, hatte nicht allzu viel Selbstbewusstsein. Deswegen hatte sie nie wirklich viel mit anderen Frauen zu tun. Ich war und bin ihre engste Freundin. Die beiden hatten eine Romanze wie aus dem Märchen. Sie waren absolut ineinander verliebt. Er war reich. Und das gefällt einigen Leuten nicht, nicht wahr? Sasha war ein bisschen komisch zu Alissa. Ich bin mir sicher, dass sie neidisch war.« Sie drückte das Kissen fester an sich.

»Wer ist Sasha?«

»Sasha Smithers. Sie ist Leos Schwester. Leo und Max kennen einander seit der Uni, also war Sasha mit Max befreundet, schon lange, bevor Alissa aufgetaucht ist. Sasha glaubt, sie wäre besser als alle anderen, und sie ist manchmal etwas boshaft. Sie hat Alissa gern runtergeputzt, abfällige Bemerkungen über sie losgelassen und so, aber Alissa war zu friedvoll, um deswegen eine Szene zu machen. Man weiß nie, was aus Sashas Mund kommen wird. Weil Sasha Max' Freundin war, hat Alissa sich damit abgefunden, aber mich hat es wütend gemacht, also habe ich Alissa verteidigt. Sasha sagt Dinge absichtlich, um die Leute aufzuregen, und wenn man sie darauf anspricht, tut sie so, als wäre das alles nur ein Scherz. Sie liebt es, im Mittelpunkt zu stehen, selbst wenn sie einen dafür mit unangemessenen Kommentaren schockieren muss.« Sie hielt einen Augenblick inne. »Ich bin mir ziemlich sicher, dass Sasha auf Max steht und es furchtbar fand, als Alissa und er miteinander ausgegangen sind.«

»Und wie war Max?«

»Charmant. Großzügig. Immer für einen Spaß zu haben. Er war ein netter Kerl.«

Ich dachte an die Hausbesitzer von The Goldings und bezweifelte, dass sie ihn genauso beschreiben würden. Ich grübelte über die verschiedenen Seiten unserer Persönlichkeit, die wir den Leuten zeigen. »Wissen Sie etwas über *Burbeck Developments*? Oder Probleme dort? Irgendwelchen Beschwerden gegen die Firma?«

»Nein. Alissa hatte nichts mit seinen Geschäften zu tun, also hat sie mir auch nie davon erzählt.«

»Hat Alissa Ihnen von irgendwelchen Problemen berichtet, die die beiden hatten?«

»Nein, ich sage doch, sie waren völlig glücklich. Sie hatten überhaupt keine Probleme.«

Bis jetzt. Jetzt gab es ein großes Problem.

♦ ♦ ♦

Ich parkte vor Leo Smithers' millionenschwerem Scheunenumbau im Dorf Benington, nicht weit entfernt von Waverly. Dabei fiel mir der Aston Martin DB5 Jahrgang 1964 vor der Tür auf, mit dem persönlichen Nummernschild »Money1«. Er schien ganz offensichtlich gut zurechtzukommen.

Ich klopfte an der Tür, wartete und betrachtete dabei sein Auto. Es war eines von den Modellen, die Lord Mackenzie als von seiner Villa gestohlen gemeldet hatte, mit einem Preisschild von ungefähr siebenhunderttausend Riesen. Das bekannte Gefühl der Wut flammte in mir auf, als ich daran dachte, dass Mackenzie damit durchkommen würde.

Ein großer Mann in den Dreißigern öffnete die Tür. Er trug eine perfekt gebügelte Nadelstreifenhose, ein weißes Hemd, das am Hals geöffnet war, und glänzende Schuhe.

»Leo Smithers?«

»Ja.«

»DS Warren Carter. Sie haben vielleicht schon in den Nachrichten von einem Vorfall auf The Orchard letzte Nacht gehört? Ich muss mit Ihnen darüber sprechen. Sie können uns eventuell helfen.«

»Ein Vorfall? In Max' und Alissas Haus?«, erkundigte er sich mit leicht australischem Akzent. Besorgt sah er mich mit hochgezogenen Augenbrauen an. »Ich war den ganzen Tag in London in Meetings, also habe ich keine Nachrichten gesehen. Was für eine Art von Vorfall? Ist alles in Ordnung?«

»Ich glaube, es wäre am besten, wenn wir im Haus weiterreden.«

»Natürlich.« Er führte mich durch ein großes offenes Wohnzimmer mit Holzbalken in den Küchenbereich am hinteren Ende, der mit hochwertigen Gerätschaften ausgestattet war. Eine stark zurechtgemachte, dürre Frau mit einem schwarzen Bob saß auf einem Stuhl an der Inseltheke mitten im Zimmer, schwang mit ihrem lila Stiefel vor und zurück und trank Rotwein.

»Das ist meine Schwester Sasha.«

»Hi.« Sie hob eine Hand zum Gruß und starrte Leo fragend an.

»Das ist Detective … tut mir leid, ich hab Ihren Namen vergessen.«

»DS Carter.« Ich erzählte den beiden, was Max und Alissa letzte Nacht zugestoßen war.

»Oh mein Gott! Ich bin heute mit Leo nach London gefahren, um mir ein paar Kunstgalerien anzusehen, und der Akku meines Handys hatte keinen Saft mehr, also habe ich gar nichts davon gehört.« Sashas australischer Akzent war ausgeprägter als bei ihrem Bruder. »Wie schrecklich.« Ihr blieb der Mund offen stehen.

Leo ließ sich auf einen Stuhl neben seiner Schwester fallen und stierte mit leeren Augen zu Boden. »Der arme Max.«

»Ich habe gerade mit Vicky Saunders gesprochen und sie hat gemeint, Sie wären Max' bester Freund.«

»Ja, ja.« Leo rieb sich die Stirn. Der Schock stand ihm ins Gesicht geschrieben. Er stand auf, nahm sich ein Weinglas aus einem der Küchenschränke, setzte sich wieder und griff nach der offenen Flasche Rotwein auf der Inseltheke vor Sasha. Er goss sich ein Glas ein, bevor er weitersprach. »Wir, äh … haben uns seit der Uni gekannt. Er hat Architektur studiert und ich Wirtschaftswissenschaften.«

»Ich bin auch mit Max befreundet. Na ja, und Alissa«, warf Sasha ein. »Wie geht's ihr?«

»Sie ist traumatisiert, aber in Sicherheit.«

»Ist sie in der Verfassung, jemanden zu sehen? Ich schätze, ich sollte nach ihr sehen. Sie ist doch nicht … Gott, sie ist doch nicht noch im Haus, oder?« Sasha verzog das Gesicht. Sie hatte sehr kantige Gesichtszüge, eine spitze Nase sowie ein spitzes Kinn und Wangenknochen, mit denen man Brot hätte schneiden können.

Ich antwortete, dass Alissas Aufenthaltsort für den Augenblick geheim gehalten werden würde, bis wir geklärt hätten, ob sie noch immer ein Ziel sei.

»Fällt einem von Ihnen jemand ein, der Max und Alissa schaden wollen würde?«

Leo und Sasha tauschten einen Blick aus.

»Nur dieser Russell-Typ«, überlegte Leo laut.

»Alissas Exfreund«, ergänzte Sasha. »Er ist ein Psycho.«

Ich musterte Leo, dessen Gesicht jetzt trotz der Hitze in der Küche, in der augenscheinlich etwas im Ofen briet, bleich war.

»Anscheinend ist er uneingeladen auf ihrem Hochzeitsempfang aufgetaucht und hat Max gedroht. Vicky hat gesagt, Sie wären Russell nach dem Vorfall gefolgt.«

»Ja, ich bin in die Küche gekommen und habe den Rest durch das Fenster mitbekommen. Russell hat versucht, sich Max vorzuknöpfen, und Alissa hat sich zwischen die beiden gestellt. Ich bin runter in den Garten gelaufen, um zu sehen, ob sie Hilfe bräuchten, aber als ich da war, ist Russell bereits fortgegangen. Ich habe kurz mit Alissa und Max geredet, dann hat Max mich gebeten, ihm zu folgen und sicherzustellen, dass er wirklich verschwindet und sich nicht irgendwo im Wald rumtreibt.«

»Und war er weg?«

»Als ich in den Wald kam, hatte er sich aus dem Staub gemacht.«

»Sie haben also nicht gehört, was Russell zu Max gesagt hat?«

»Nein. Max hat mir erzählt, er hätte etwas in der Art geäußert, dass er auf sich aufpassen solle. Er war sehr sauer, dass der Kerl aufgetaucht war und Ärger machte.«

»Wirkte Russell betrunken?«

»Gott, ja, er war total zu. Ist die ganze Zeit getorkelt.«

»Okay, was ist danach passiert? Hat Max Ihnen mitgeteilt, dass er noch mehr Drohungen von Russell erhalten hat? Oder gab es weitere Vorfälle zwischen den beiden, von denen Sie wissen?«

Leo kippte den Rest seines Weins hinunter und goss sich ein weiteres Glas ein, bevor er Sashas nachfüllte. »Tut mir leid, ich bin ja so unhöflich. Wollen Sie etwas trinken?«

»Nein, alles gut, danke.«

Leo gönnte sich noch mehr von dem Wein, trank ihn, als wäre er Wasser. »Max hat gehofft, dass die Sache damit beendet ist.«

»Wussten Sie, dass Russell Alissa wieder gestalkt hat? Ihr SMS geschrieben hat und so?«, mischte sich Sasha ein. »Er war von ihr besessen.«

»Ja.«

Sasha schüttelte den Kopf. »Ich hab Alissa immer wieder gesagt, sie solle Beschwerde bei der Polizei einreichen und eine einstweilige Verfügung gegen ihn erwirken oder so etwas, aber sie wollte nicht. Sie dachte, es wäre alles harmlos. Sie ist einfach zu lieb für diese Welt. Und jetzt sehen Sie, was passiert ist.« Sie hob die Augenbrauen in einer Art *Ich-hab's-ja-geahnt*-Geste.

»Hat Max gewusst, dass Russell Alissa erneut mit SMS belästigt hat, nachdem er herausgefunden hatte, dass sie heiraten würden?«, fragte ich.

»Nein. Alissa hat es ihm verschwiegen«, fiel Sasha ein. »Sie wollte ihn nicht aufregen. Sie dachte, Russell würde wieder damit aufhören, wie beim letzten Mal.«

»Warum hast du mir nichts davon erzählt?« Leo funkelte seine Schwester an. »Ich hätte Max warnen können. Dann wäre das alles vielleicht nicht passiert.«

»Weil Alissa es für sich behalten wollte. Wir Mädels haben nun mal gern unsere Geheimnisse, klar? Und woher hätte ich wissen sollen, dass er durchdreht?«, fuhr sie ihn an und drehte sich dann mir zu. »Glauben Sie denn, dass er es getan hat? Max umgebracht? Ich wäre jedenfalls nicht überrascht, wenn es so wäre.« Sasha rang nach Luft, aber in ihren Augen blitzte eine leichte Schadenfreude auf, als würde sie dieses Drama genießen.

»Wer könnte es sonst gewesen sein?«, fauchte Leo. »Dieser Bastard!«

Ich konterte mit einer Gegenfrage. »Sie haben beide einen australischen Akzent. Wurden Sie dort geboren?«

»Was hat das denn mit der ganzen Angelegenheit zu tun?«, knurrte Sasha.

»Ist nur eine Beobachtung.« Ich lächelte sie an.

»Beachten Sie meine Schwester nicht. Sie ist manchmal sehr unhöflich.« Leo starrte Sasha böse an.

Sie starrte ebenso böse zurück.

»Nein«, antwortete Leo mir. »Unsere Eltern sind nach Australien ausgewandert, als wir klein waren. Sie sind ungefähr zwölf Jahre dortgeblieben, aber dann sind sie bei einem Autounfall gestorben, also sind wir zurückgekommen, um hier bei unserer Tante zu leben. Ich war damals achtzehn und Sasha sechzehn. Ich hab einen Platz an der Uni bekommen und dort Max kennengelernt. Wir haben uns sofort gut verstanden und …«

»Wir haben zusammen Zeit verbracht, wir drei«, unterbrach Sasha ihn. »Dann hat Max angefangen, sich mit Alissa zu treffen und … na ja, jetzt ist Max tot.« Sie zuckte mit den Schultern.

»Sasha!« Leo warf ihr einen mörderischen Blick zu.

»Was meinen Sie damit?«, bohrte ich nach. »Wollen Sie damit andeuten, dass Alissa etwas mit dem Mord an Max zu tun haben könnte?«

»Ich will gar nichts andeuten. Ich nenne hier lediglich Fakten.«

Leo schüttelte den Kopf und glotzte auf die Theke vor sich.

»Gibt es eine Mrs Smithers, die auf der Party etwas gesehen haben könnte?«, fragte ich Leo.

»Nein, ich bin im Moment in keiner Beziehung.«

»Was ist mit Ihnen, Sasha? Sind Sie verheiratet?«

»Wollen Sie mir einen Antrag machen?« Sie neigte den Kopf, ein kokettes Lächeln auf den Lippen.

So unangemessen, wie ihr Kommentar war, fiel es mir schwer, nicht die Stirn zu runzeln. Das war wohl kaum etwas, das man als Reaktion auf den Tod eines Freundes sagte, aber nun ja, jeder ging eben anders mit Schock und Trauer um. Es gab keine Standardreaktion. Ich beäugte ihr Weinglas und fragte mich, wie viel sie wohl schon vor meiner Ankunft gehabt hatte. War sie betrunken? Auf Drogen?

»Verflucht noch mal, Sash! Max ist tot, hör auf, dich so herzlos aufzuführen«, spie Leo.

Sasha setzte sich aufrecht hin; ihr koketter Ausdruck verwandelte sich in den Versuch, beschämt auszusehen, was jedoch völlig unaufrichtig wirkte. »Tut mir leid. Ich neige dazu, gedankenlose Dinge von mir zu geben, wenn ich gestresst bin. Ein Nervenleiden. Muss der Schock sein.«

Ich sah Sasha einen Augenblick scharf an, während Vickys Beschreibung von ihr in meinem Kopf widerhallte. Ich versuchte zu ergründen, ob sie arrogant, aufmerksamkeitsheischend, kindisch oder etwas Bösartigeres war, oder ob sie psychische Probleme hatte. Ich hatte mich noch immer nicht ganz entschieden, als ich meine nächste Frage stellte. »Ich habe gehört, Max hatte vor, sein Geschäft auch auf Australien auszudehnen.«

Leo sah so aus, als hätte er mich gar nicht gehört.

»Mr Smithers?«

»Wie bitte?« Er sah auf. »Tut mir leid, ich versuche noch, das alles zu begreifen. Können Sie die Frage wiederholen?«

Das tat ich und behielt dabei Sasha im Auge. Sie wirkte, als wollte sie etwas sagen, änderte ihre Meinung jedoch wieder.

»Ja, als Max sich für ein paar Projekte in Australien zu interessieren begann, habe ich ihn in Kontakt mit einem der alten Freunde meines Dads gebracht, der dasselbe macht. Sie haben darüber nachgedacht, zusammenzuarbeiten. Sie haben sich mehrere Male geschäftlich getroffen, als Alissa und Max dort waren.«

»Hat Max Ihnen von irgendwelchen Problemen bei *Burbeck Developments* erzählt?«

»Sie meinen die Sache mit The Goldings?« Leo rollte mit den Augen. »Sie waren nicht dafür verantwortlich. Er hat nichts

Falsches getan. Er hatte Beweise dafür, dass er nichts über die Kontaminierung wusste.«

»Worum geht es hier eigentlich?«, wandte sich Sasha an Leo.

»Ich bin mir sicher, die Hausbesitzer sehen das anders.« Ich hob eine Augenbraue. »Profit über Leben?«

»Glauben Sie, er wurde deswegen umgebracht?« Leo runzelte die Stirn.

»Er hatte ein paar Drohungen deshalb erhalten, unsere Ermittlungen laufen noch, aber im Moment scheint das unwahrscheinlich.«

»Was? Erzähl mir davon!« Argwöhnisch kniff Sasha die Augen zusammen und stupste Leo an.

»Ich erzähl dir das später. Es ist nicht wichtig.«

»Wie war die Beziehung zwischen Alissa und Max?«

»Was ist das denn für eine Frage?«, beschwerte sich Leo. »Sie glauben doch sicher nicht, dass Alissa etwas damit zu tun hatte?«

»Ich versuche nur, mir ein Bild von ihrem gemeinsamen Leben zu machen.«

»Aber Sie haben gesagt, der Killer war auch hinter ihr her«, entgegnete Leo.

»Ich habe gesagt, Alissa ist aus dem Haus entkommen. Und wenn wir den Angreifer erwischen wollen, müssen wir jedes kleine Detail wissen. Selbst wenn es unwichtig scheint. Also, wie war ihre Beziehung? Gab es irgendwelche Probleme zwischen ihnen, irgendwelche Streitigkeiten in letzter Zeit, Diskussionen über irgendetwas?«

Leo sprang von seinem Stuhl. »Diese Frage ist beleidigend. Natürlich gab es keine Streitigkeiten oder Probleme. Sie hatten gerade erst geheiratet! Sie haben eine tolle Beziehung geführt. Sie waren glücklich und verliebt. Ich glaube, es war Liebe auf den ersten Blick zwischen den beiden. Sie hatten die perfekte

Beziehung. Und Alissa würde Max niemals wehtun. Auf keinen Fall.« Er schritt auf und ab, dabei trank er noch mehr Wein. »Als sie aus Australien zurück waren, sind Max und ich etwas trinken gegangen und er hat mir gestanden, er sei noch nie glücklicher gewesen. Er meinte, die Heirat hätte ihre Beziehung auf eine neue Ebene gehoben, die er nicht einmal für möglich gehalten hätte.«

Ich spähte zu Sasha herüber. Sie schien der Typ zu sein, der Klatsch und Tratsch zu schätzen wusste, vermutlich sogar selbst Gerüchte in die Welt setzte.

»Tja, so etwas wie perfekt gibt es nicht wirklich, oder?«, unkte sie und ich war mir sicher, einen Hauch Bitterkeit oder Eifersucht aus ihrer Stimme herauszuhören. Sie blickte nach unten in ihr Glas und ließ den Wein darin strudeln. »Und man sagt doch immer, dass niemand weiß, was hinter geschlossenen Türen so vorgeht, nicht wahr?« Sie lugte durch ihren Pony zu mir auf.

♦ ♦ ♦

Es war bereits nach zweiundzwanzig Uhr, als ich das Büro verließ. Becky und Ronnie waren die gesamte Liste der Partygäste durchgegangen, aber niemand hatte etwas zu dem hinzuzufügen, was Vicky, Leo und Sasha mir berichtet hatten: Alissa und Max waren sehr glücklich und verliebt gewesen. Niemandem fiel ein Grund ein, warum Max oder Alissa angegriffen werden sollten. Keiner wusste von irgendwelchen Drohungen. Niemand wusste von den Problemen bei *Burbeck Developments*. Niemand hatte aus erster Hand gehört, was Russell während des Empfangs zu Max gesagt hatte, oder den Streit gesehen.

Niemand wusste irgendetwas.

Ich machte einen Umweg zu DI Nashs Haus. Wie üblich war es dunkel. Ich stellte mir vor, wie sie im Wohn- oder

Schlafzimmer saß, ins Leere starrte, weinte, versuchte, einen Sinn in dem Ganzen zu finden, alles infrage stellte. Das hatte ich alles auch durch. Ellie Nash war in den dunklen Tagen nach Denises Tod stets für mich dagewesen. Es war Zeit für mich, den Gefallen zu erwidern. Ich wünschte nur, dass es nicht nötig wäre.

Ich parkte draußen auf der Straße und klopfte an ihre Tür. Keine Antwort. Ich hatte auch nicht wirklich eine erwartet, aber langsam machte ich mir Sorgen. Es war sechs Wochen her, seit ihr Mann, Spencer, von einem verrückten Ehemann getötet worden war, der seine psychotischen Frustrationen an seiner Frau und seinem Kind ausgelassen und sie als Geiseln in ihrem eigenen Zuhause gehalten hatte. Dazu kam ein Police Sergeant, der als Erster am Tatort war und keine Ahnung hatte, dass der Mann ein Jagdgewehr besaß, eine schiefgelaufene Geiselnahme und bumm! Wieder ein Polizist tot. Und Ellie blieb zurück und musste damit klarkommen. Allerdings kam sie nicht klar, aber das hatte ich auch nicht erwartet. Die Zeit würde helfen. Zumindest hoffte ich das. Bei mir war es noch nicht so weit, dabei war es bereits ein Jahr her. Ich war mir nicht sicher, ob es je so weit sein würde. Noch immer hörte ich Denises Stimme. Noch immer dachte ich, *das muss ich Denise erzählen, wenn ich nach Hause komme*, nur, um von einer neuen Welle der Trauer übermannt zu werden. Noch immer erwartete ich, dass sie mit ihrem strahlenden Lächeln im Gesicht um die Ecke biegen würde. Nachts war es am schlimmsten. Ich hatte Angst, schlafen zu gehen, weil ich von ihr träumte. Aber die Träume bestanden nie aus guten Erinnerungen. Es ging jedes Mal darum, dass sie starb, die Haut von ihrem Gesicht schmolz, Blut aus ihrer Nase tropfte, sich ihre Knochen durch das Gewebe bohrten. Ihr Haar aufgrund der giftigen Chemo in Büscheln ausfiel. Und immer endeten sie gleich: damit, dass sie ihren Mund öffnete und schrie, und dabei Maden und Fliegen auswürgte. Zu dem

Zeitpunkt erwachte ich dann üblicherweise, schwitzend, mit klopfendem Herzen, und versuchte, das Bild aus meinem Kopf zu vertreiben und durch ein anderes zu ersetzen. Ein fröhlicheres. Gott, ich hatte so viele zur Auswahl. Wir hatten uns kennengelernt, als wir beide fünfzehn waren und als Samstagsjob in einem Supermarkt arbeiteten. Ich wusste alles über Liebe auf den ersten Blick. Ich hatte sie mit ihr erlebt. Sechsunddreißig Jahre waren wir zusammen gewesen. Wir waren nicht nur Partner und Geliebte gewesen – wir waren beste Freunde. Und jetzt blieben mir bloß noch Erinnerungen und Albträume.

Erneut klopfte ich an Ellies Tür, aber nichts rührte sich. Ich rüttelte am Briefkastenschlitz und wartete. Dann öffnete ich ihn und rief hindurch.

»Ellie, ich bin's. Ich hoffe, du …« Was? Ich hielt inne und bemühte mich, das richtige Wort zu finden: *Bist okay? Bist in Ordnung?* Das klang viel zu unbedeutend und banal. *Versuchst nicht, dir die Pulsadern aufzuschneiden? Willst nicht die Person umbringen, die Spencer getötet hat? Gibst die Hoffnung nicht auf?* Aus meiner eigenen Erfahrung heraus war das passender. Ich war nicht sonderlich gut, was diese emotionalen Sachen betraf, und manchmal gab es auch einfach keine richtigen Worte. »Ich hab dir etwas zu essen mitgebracht. Vielleicht fühlst du dich nicht danach, aber … na ja, hier ist es trotzdem. Ruf mich an, okay? Wenn du so weit bist.«

Ich ließ das chinesische Essen in einer Tüte vor ihrer Tür stehen und fuhr nach Hause. Ein weiterer Tag, den ich von der Liste leerer, endloser Tage in einem Leben ohne meine Frau streichen konnte.

Kapitel 13

Die Andere

Ich war zehn Jahre alt, als er mich dazu zwang, einen Mord zu begehen. Eine der Kühe hatte ein männliches Kalb geboren, und im Gegensatz zum ersten Mal, bei dem ich mich gefragt hatte, wohin Dad es brachte, wusste ich es diesmal. Bullen waren auf einer Milchfarm nutzlos. Es gab keine Kalbfleischindustrie in unserer Gegend, also mussten die männlichen Kälber sofort getötet werden. Es würde Dad mehr kosten, sie zu füttern, als sie beim Verkauf als billiges Fleisch wert wären, sagte er. Und er wollte kein Geld dafür ausgeben, sie zum Schlachter zu schicken, also tat er es selbst.

Es handelte sich um Lulabelles Baby. Lulabelle schrie panisch, als Dad ihr das Kalb wegnahm und auf seine rote Plastikschubkarre warf. Er brachte es in einen kleinen Stall, den er gebaut hatte, mit weißen Fliesen an der Wand und einem Abfluss im Boden. Die Fliesen waren jedoch längst nicht mehr weiß und die Fugen waren von einem dunklen Rotbraun befleckt.

»Du kannst jetzt damit anfangen, das selbst zu erledigen. Du musst dich nützlich machen«, sagte Dad, als er das Ende der Schubkarre anhob und das Kalb auf den Boden klatschen ließ. Es konnte noch nicht einmal gehen. Seine Beine waren schwach und krumm, nicht in der Lage, sein Gewicht zu halten.

Ich hielt mir die Hände vor die Ohren, um seine jämmerlichen Schreie auszublenden, und sah, wie das arme Ding, das nie darum gebeten hatte, geboren zu werden, mich voller Hoffnung aus seinen dunklen, wässrig-braunen Augen ansah und darauf wartete, dass ich es retten würde.

»Halt die Schnauze!« Dad trat dem Kalb gegen die Hinterbeine, sodass es über den Boden schlitterte.

»Nein, bitte!«, schrie ich. »Bitte tu es nicht.«

Er lachte mich aus. »Du bist erbärmlich. Erbärmlich und schwach. Was habe ich nur getan, um dich zu verdienen?«

Ich wischte mir den Schnodder ab, der mein Kinn herunterlief, und flehte Dad weiter an. Ich konnte kein unschuldiges Tier umbringen. Aber ich konnte ihn nicht davon abhalten, es zu tun. Das Einzige, was ich tun konnte, war zu gehen.

Ich rannte zur Tür am Ende des Stalls. Die Finger hatte ich schon am Riegel, als ich spürte, wie ich an meinen Haaren zurückgezogen wurde.

»Sei nicht so ein Jammerlappen! Was glaubst du, worum es bei der Viehwirtschaft geht? Du musst das hier machen, wenn ich nicht mehr da bin. Ich bringe dir eine wichtige Lektion bei.«

Ich schüttelte den Kopf; mein Wimmern glich dem des Kalbs. Ich wusste genau, wenn Dad nicht mehr wäre, würde ich diesen Ort abfackeln und darüber jubeln.

»Wenn du nicht zusiehst und lernst, töte ich einfach die, die du Lulabelle nennst.«

Meine Kehle brannte von den Tränen, die in ihr herunterliefen, und der Galle, die nach oben stieg. »Ich kann es nicht umbringen. Du darfst es nicht umbringen. *Bitte*, Dad. *Bitte* tu es nicht.«

Wieder lachte er. »Gott hat diese Tiere für uns auf die Erde gebracht. Es ist *Sein* Gesetz. Wer bist du, dass du das hinterfragst? Also, wer soll es sein? Du oder das Kalb? Denn das hier funktioniert bei Kindern ebenso gut.« Er grinste mich höhnisch an, in seinen Augen lauerte ein eisiger und böser Blick. »Du hast die Wahl.«

Aber wie konnte ich diese Entscheidung treffen? Wie konnte ich irgendetwas tun? Ich war ebenso hilflos wie dieses Kalb. Und ich wusste, er würde es sowieso umbringen.

Er ergriff meine Hand, legte den Messergriff hinein und wickelte meine Finger darum, seine Hand über meiner, damit ich es nicht fallen lassen konnte. »Komm schon!« Er zog mich an derselben Hand in Richtung des Kalbs.

Ich presste meine Augen zu und weinte, ein zitterndes Knäuel aus Furcht und Hass und Schmerzen.

»Ein Stich in den Hals direkt ins Rückenmark und alles ist vorbei. Macht nicht so viel Dreck, wie wenn man die Kehle aufschlitzt.«

»Nein.« Ich versuchte, meine Hand seinem starken Griff zu entziehen.

Er führte meine Hand zu meiner Kehle, die Spitze der Klinge berührte meine Haut. »Soll ich dann stattdessen dich töten?«

Ich starrte in seine grotesken, dämonischen Augen und erkannte dahinter keinen Menschen. Speichel hatte sich an einem Mundwinkel gesammelt. Wie konnte jemand nur so grausam sein?

Er presste das Messer stärker gegen meinen Hals. Ich spürte einen heißen Schmerz und fühlte, wie Flüssigkeit meine Haut herablief. Dann riss er meine Hand weg und kniete sich neben das Kalb, wobei er mich mit sich nach unten zog.

Ich versuchte erneut, ihm meine Hand zu entziehen, aber er war zu stark für mich. Stattdessen hob er meine Hand in die Luft und stieß das Messer von hinten in den Hals des Kalbs.

Ich kniff die Augen zusammen und schrie und schrie, bis ich durch die Luft geschleudert wurde und das Messer auf den Fliesenboden schepperte. Heftig knallte ich mit dem Rücken gegen eine Wand des Stalls. Ich rollte mich zu einem Ball zusammen, hielt mir die Hände vors Gesicht und versuchte, den Schmerz zu ignorieren. Am liebsten hätte ich die Augen nie wieder geöffnet, nie wieder die Realität meiner Welt gesehen. Mein Schmerz war nichts im Vergleich zu dem des Kalbs und ich konnte es nicht ertragen, seinen toten Körper zu sehen.

Zu jener Zeit fantasierte ich das erste Mal davon, meinen Dad umzubringen.

Kapitel 14

Der Detective

Ich zögerte das Schlafengehen wieder heraus. Ich wusste, irgendwann würde mich das einholen, mich an einen Ort zerren, an dem ich nicht sein wollte, mich mit schrecklichen Bildern von Denise peinigen. Die meiste Zeit saß ich in einem Sessel im Wohnzimmer, sah fern, ohne das Fernsehprogramm wirklich wahrzunehmen, und fühlte, wie mich die Einsamkeit in ihren Klauen hielt, während ich versuchte, den Moment hinauszuzögern, in dem sie mich verschlingen würde. Kein Wunder, dass mir der Rücken wehtat, als ich aufwachte, so krumm, wie ich in dem Sessel gehockt hatte. Ich war erschöpft. Ich konnte so nicht weitermachen, aber was war die Alternative?

Heute Abend hatte ich immerhin etwas Besseres als den Fernseher, um mich vom Schlafen abzuhalten: Ich verbrachte Stunden damit, die SMS von Max' und Alissas Handys durchzugehen sowie die Dokumente und E-Mails von ihren Laptops, die die forensische Abteilung hatte sichern können. Die einzigen Dokumente auf Alissas Laptop waren ihr Roman, eine Zusammenfassung der Handlung, ein paar PDF-Dateien zu kreativem Schreiben und dieselbe Liste mit Partygästen, die Wilmott uns gegeben hatte. Max' Unterlagen waren komplexer: Es gab Tabellen zu den Firmenkonten, Kopien von Planungsdateien und Bewerbungen, Vorlagen für Landoptionsvereinbarungen, verschiedene rechtliche Akten und Scans des Umweltberichts, den *Burbeck Developments* vor der Bebauung der The-Goldings-Grundstücke in Auftrag gegeben hatte. Er stammte von einer Firma namens DBT Engineers. Darin stand tatsächlich, dass das Land nicht kontaminiert wäre. Ich überprüfte die Firma und stellte fest, dass sie vor mehreren Jahren bankrottgegangen war. Abgesehen von diesem Gelände fand ich nichts, das als Motiv für den Mord an Max herhalten konnte. Doch sämtliche Alibis der Hausbesitzer waren mittlerweile überprüft worden, daher war ich ziemlich sicher, dass das eine Sackgasse war.

Die E-Mails von Alissa waren nicht sehr zahlreich – PayPal-Quittungen für Dinge, die sie gekauft hatte, ein paar Nachrichten zwischen ihr und ihrem Tutor des Kurses für kreatives Schreiben, in denen sie um Rat fragte, und ein paar Spam-Mails. Ihren Telefonunterlagen zufolge bevorzugte sie es, ihren Freunden zu simsen, und die Nachrichten waren immer freundlich: *Hi, wie geht's dir? … Hast du Lust, am Samstag shoppen zu gehen? … Wollen wir uns auf einen Kaffee treffen?* Die zwischen Alissa und Max waren so, wie man es von einem frisch verheirateten Paar erwarten würde: *Wann kommst du nach Hause? Ich vermisse dich schon! xx … Wenn du in die Stadt fährst, kannst du etwas Schlagsahne mitbringen, LOL! … Kann's kaum erwarten, dich zu sehen!* und das immer wieder vorkommende *Ich liebe dich! <3 xx.*

Abgesehen von den SMS, die Russell Alissa geschickt hatte, war nichts Interessantes dabei.

Am nächsten Morgen war ich um sieben der Erste im Büro. Wilmott brachte Alissa aufs Revier für eine genauere Aussage, die per Video aufgezeichnet werden würde, während er sich um die Pressekonferenz kümmerte, herumstolzierte und dabei versuchte, nützlich und beeindruckend auszusehen.

Zehn vor acht kam Becky herein, legte ihre Jacke auf ihrer Sessellehne ab. »Warst du die ganze Nacht hier?«

»Das könnte man fast glauben.«

»Du siehst furchtbar aus«, meinte sie besorgt.

»Danke. Jetzt weiß ich, an wen ich mich wenden muss, wenn ich einen Schub für mein Selbstbewusstsein will.«

»So habe ich das nicht gemeint – und das weißt du auch.«

Ich seufzte. »Ich hab Schlafprobleme.«

»Immer noch? Warum nimmst du keine Schlaftabletten?«

Ich schüttelte den Kopf. Als würde das irgendwie helfen.

Kurze Zeit später kam Ronnie hereingestürmt, energiegeladen und erpicht darauf, dass die Arbeit losging. »Will jemand Tee?«

»Ich nehme einen.« DI Wilmott tauchte im Türrahmen auf. In seinem Haar war so viel Haargel, dass nicht mal eine Atombombe seine Frisur durcheinanderbringen konnte.

»Haben Sie gestern noch irgendwelche Informationen von Alissa bekommen?«, wollte ich wissen.

»Nicht viel«, antwortete Wilmott. »Sie war viel zu aufgebracht. Meine Hauptaufgabe war es, für ihre Sicherheit zu sorgen.«

Und nicht, als Detective zu agieren? Aber das war typisch Wilmott. Die Feinheiten der Polizeiarbeit waren ihm fremd. Er wollte nur gut aussehen für die Kamera, Ärsche küssen, Papierstapel herumschieben und die ganze Alltagsarbeit unter den Teppich kehren, mit der man Verbrechen tatsächlich aufdeckte.

»Wie geht es ihr heute, Sir?«, erkundigte sich Ronnie.

»Sie ist noch immer sehr labil, aber ihr ist klar, dass wir so viele Informationen wie möglich von ihr bekommen müssen.«

»Haben Sie schon gehört, ob ein Polizist für Sie im Hotel übernehmen kann?«, fragte ich, was in etwa hieß: *Falls es Ihnen noch nicht aufgefallen ist, wir könnten ein zusätzliches Paar Hände gebrauchen.*

»Die haben zu wenig Leute«, fauchte er.

»Was ist mit einem Verbindungsbeamten?«, schlug ich vor.

»Die sind alle mit anderen Sachen beschäftigt. Also, wo stehen wir? Ich will Detective Superintendent Greene berichten können, dass wir Fortschritte machen.«

Ich lieferte ihm ein Update.

Er legte seine zwei Zeigefinger aneinander und presste sie gegen seine Nasenspitze. »Der Ermittlungsansatz mit *Burbeck Developments* wirkt also nicht vielversprechend?«

»Sieht nicht so aus, nein. Russell Stiles scheint noch immer unser Hauptverdächtiger zu sein. Ich bin letzte Nacht die Informationen aus den Handys und Laptops durchgegangen. Da gibt es bis auf Russells SMS an Alissa nichts Besonderes. Er hat keine spezifischen Drohungen gegen sie oder Max ausgestoßen, aber sie bestätigen das Muster, dass er zu viel Interesse an ihr hat.«

»Hat Alissa auf Russells SMS geantwortet?«, wandte sich Ronnie an mich.

»Ja. Ihre Antworten waren immer freundlich und höflich. Laut ihrer Freundin Vicky wollte Alissa mit Russell befreundet bleiben und die Sache nicht noch weiter hochschaukeln. Aber ihre Antworten waren nicht ermutigend, keine Nachrichten von der *Kannst-du-meinen-Mann-umbringen*-Art.«

»Wie ich bereits gestern betont habe, ist Alissa *keine* Verdächtige. Sie ist ein *Opfer.*« Wilmott funkelte mich böse an. Für meinen Geschmack schien er die Sache mit Alissa langsam etwas zu persönlich zu nehmen.

»Sasha wirkte auf mich allerdings etwas seltsam, und so hat Vicky Saunders sie auch beschrieben«, sagte ich. »Ich bin mir nicht sicher, ob sie sauer oder high war, aber ich glaube, sie ist möglicherweise eifersüchtig auf Alissa. Es schien, als würde es unter ihrer Oberfläche brodeln.«

»Die meisten Mädchen wären auf irgendeine Weise auf Alissa eifersüchtig«, gab Becky zu bedenken. »So, wie sie aussieht, und dann heiratet sie noch jemanden, der reich ist. Warum sollte eine Frau alles bekommen und sie nicht mal einen Bruchteil davon? Manchen Leuten gefällt es, zu sehen, wie ihre sogenannten Freunde fallen. Dadurch fühlen sie sich besser, was ihr eigenes Leben angeht.«

»Das stimmt«, bestätigte ich.

»Was wissen wir sonst noch über Stiles' Hintergrund?«, wechselte Wilmott das Thema.

»Er hat für ein paar Landschaftsgärtnereien gearbeitet, bevor er seine eigene Firma gründete«, berichtete ich. »Er hat seit achtzehn Monaten, nachdem er von seiner Rucksackreise durch Australien wieder zurück nach England gekommen ist, ein Haus in Waverly gemietet, nicht weit weg von den Burbecks.«

»Um besser ein Auge auf sie haben zu können«, tippte Wilmott und sah uns dann alle erwartungsvoll an. »Gibt es noch etwas, das ich wissen sollte?«

Alle verneinten das.

Er starrte mich an. »Sie führen das Gespräch mit Alissa, während ich mich um die Presse kümmere.«

Ich nickte. Es wäre ja auch zu viel verlangt, wenn er mal richtig arbeiten müsste.

»Sie wartet in Befragungsraum zwei und ich will das so schnell wie möglich abschließen. Ich möchte ihr das unnötige Trauma einer langen Ermittlung ersparen. Emma Bolton von den Tatortermittlern müsste gleich hier sein, um uns zu berichten, welche Beweise sie bisher finden konnten. Danach fährt sie ein letztes Mal zum Tatort, um dort alles abzuschließen. So, und wo bleibt jetzt dieser Tee?« Wilmott hob eine Augenbraue in Richtung Ronnie, der von seinem Sitz hochschoss, um der Aufforderung Folge zu leisten.

Wilmott ging zur Tafel, gaffte Alissas Foto an, trank seinen Tee und tat ganz allgemein nichts Hilfreiches, bis Emma erschien.

»Guten Morgen, Sir.« Sie nickte Wilmott zu.

Er drehte sich zu ihr um, schenkte ihr ein Lächeln und fuhr sich mit der Hand durchs Haar. »Danke, dass Sie gekommen sind. Bitte sagen Sie mir, dass Sie etwas Nützliches entdeckt haben.«

Ronnie setzte sich aufrecht in seinem Sessel hin, um aufmerksam zuzuhören.

Ich nahm einen Stift in die Hand, um Notizen machen zu können.

»Okay, der Tatort entspricht dem, was Alissa Burbeck beschrieben hat. Unten gibt es viele Fingerabdrücke, vermutlich vom Hochzeitsempfang, und wir sind immer noch dabei, welche zu nehmen. Es wird etwas Zeit dauern, die von Max auszuschließen. Und natürlich werden auch Alissas Fingerabdrücke und DNS überall im Haus aufzufinden sein. Oben im Büro haben wir vier verschiedene Sätze von Fingerabdrücken gefunden. Ein Experte für Fingerabdrücke hat bestätigt, dass ein Satz zu Max gehört. Ein weiterer passt zu Alissas Abdrücken, die wir gestern im Krankenhaus genommen haben. Zwei sind noch nicht zugeordnet und passen zu niemandem in den Aufzeichnungen. Wir sind noch dabei, Fingerabdrücke von allen zu nehmen, die beim Hochzeitsempfang waren, einschließlich des Catering-Personals und derjenigen, die das Zelt aufgestellt haben, um zu prüfen, ob sie zu jemandem passen.«

»Mit denen von Russell Stiles stimmen sie also nicht überein?«, fragte Ronnie sie.

»Nein. Aber der Angreifer hat Handschuhe getragen. Wir haben auch ein paar kurze schwarze Haare auf Max' Körper gefunden, die weder Max noch Alissa zugeordnet werden können. Die Follikel zeigen, dass sie erst kürzlich ausgefallen sind.«

»Welche Haarfarbe hat Russell Stiles?«, drehte sich Wilmott zu mir um.

»Schwarz.«

Er warf Emma ein charmantes Lächeln zu und bat sie, fortzufahren.

»Ich habe darum gebeten, dass die DNS-Tests so schnell wie möglich durchgeführt werden, aber ...« Sie zuckte mit den Schultern. »Die sind unterbesetzt und unterbezahlt, wie wir alle, also weiß ich nicht genau, wie lange es dauern wird. Wir haben keine hilfreichen Fußabdrücke im Haus oder auf dem Gelände gefunden. Alissa hat gemeint, der Angreifer hätte außerdem Plastiküberschuhe getragen, also ist das nicht überraschend. Und das Wetter hat uns auch nicht geholfen. Die einzigen Abdrücke von Bedeutung, die wir gefunden haben, waren die nassen Fußabdrücke, die mit Alissas übereinstimmen, als sie aus dem Bad gekommen ist. Wir haben außerdem weiße Haare rund um das Haus entdeckt, die nicht menschlich zu sein scheinen. Möglicherweise Hund oder Katze.«

»Ich habe Alissa nach der Katze gefragt, von der Mrs Downes erzählt hat, sie hätte sie gefüttert, wenn die beiden weg waren«, erwähnte Wilmott. »Alissa meinte, sie wäre seit dem Hochzeitsempfang im Haus nicht mehr aufgetaucht. Hat sich wohl wegen all der Leute erschreckt und ist fortgelaufen.«

Typisch. Er hat sie wegen einer Katze gefragt, aber keine wichtigeren Fragen gestellt? Von welchem Planeten kommt der eigentlich?

»Tja, als wir die Suche auf den Wald hinter dem Garten ausgedehnt haben, haben wir eine tote weiße Katze gefunden. Sieht aus, als hätte man ihr das Genick gebrochen. In der

Nähe haben wir eine leere Flasche Jack Daniel's und ein paar Zigarettenstummel sichergestellt.«

»Vielleicht vom Tag des Empfangs«, schlug ich vor. »Stiles wurde gesehen, wie er den Garten vom Wald aus betreten hat, anscheinend war er ziemlich betrunken gewesen.«

»Von dem Platz, an dem wir sie aufgelesen haben, hätte er einen guten Blick auf das Haus und den Garten gehabt, er hätte also dort sitzen und beobachten können.«

Ronnie hob die Hand.

Wilmott rollte mit den Augen. »Sie müssen sich nicht melden. Wir sind hier nicht in der Schule.«

Ronnies Wangen flammten rot; er senkte seine Hand wieder. »Wenn der Mörder eine Skimaske getragen hat, wie könnten dann seine Haare auf Max' Körper gelandet sein?«

»Skimasken sind meistens doppelseitig«, erklärte Emma. »Wenn er sie schon mal getragen hatte, könnte sich ein Haar drinnen abgesetzt haben, und als er sie dann wieder trug, hat er sie umgestülpt. Oder es hätte sich außen ein Haar festsetzen können, als er sie aufsetzte, das dann auf der Leiche gelandet ist.«

Erneut hob Ronnie die Hand.

»Was?«, fragte ihn Wilmott gelangweilt.

»Mörder beginnen oft mit der Misshandlung von Tieren. Also … äh … vielleicht hat Stiles zuerst die Katze getötet.«

Wilmott funkelte Ronnie an. »Dazu wollte ich gerade kommen. Es ist sehr wahrscheinlich, dass das Töten der Katze ein Vorzeichen für Stiles' eskalierende Gewalt war.« Wilmott schenkte Emma wieder seine ganze Aufmerksamkeit. »Noch etwas?«

»Im Moment nichts von Bedeutung. Wir suchen weiter. Das Haus ist groß.«

Wilmott klatschte in die Hände. »Na gut. An die Arbeit, Leute!«

Kapitel 15

Der Detective

Ich sprach Alissa erneut mein Beileid aus, als ich mich im Befragungsraum ihr gegenüber an den Schreibtisch setzte. Ich bemerkte ihre fleckigen Wagen und die geschwollenen, rot geränderten Augen.

Sie blickte hinab auf ihre Hände, die sie im Schoß geballt hatte, biss sich auf die Lippe und schüttelte den Kopf. »Ich kann das alles noch immer nicht glauben.«

»Ich weiß, dass es sehr schwer ist, die Dinge erneut durchzugehen, aber wir brauchen eine detailliertere Aussage von Ihnen, damit wir ein genaues Bild davon erhalten, was passiert ist.«

Sie hob ihr Kinn und sah mir in die Augen. »Ich weiß. Ich weiß, dass Sie viele Dinge fragen müssen. Ich will Ihnen helfen, ihn zu erwischen.«

»Brauchen Sie noch etwas, bevor wir anfangen? Tee? Kaffee? Wasser?«

»Nein, danke.«

Ich schaltete den Kassettenrekorder und die Kamera ein und sprach die einleitenden Worte – Datum, Zeit, wer anwesend war.

»Als Erstes möchte ich ein paar Hintergrundinformationen von Ihnen, Alissa. Das könnte uns mehr Einblick in den Fall verschaffen. Einige meiner Fragen mögen seltsam klingen, aber bei einem Fall wie diesem hilft jedes kleine bisschen.«

Sie nickte.

»Können Sie für die Aufnahme bitte hörbare Antworten geben?«

»Tut mir leid. Ja.«

»Wie lang wohnen Sie schon auf The Orchard?«

»Etwas über ein Jahr. Das Haus gehörte Max' Eltern. Er ist wieder dort eingezogen, als sie vor mehreren Jahren gestorben sind und dann … ja, dann bin ich bei ihm eingezogen.«

»Wer hat Zugang zum Büro?«

»Äh … M-Max hat Zugang.« Sie hielt inne. »Hatte.« Sie blinzelte die Tränen weg. »Und ich natürlich. Und die Putzfrau.«

»Wer ist die Putzfrau?«

»Brenda Johnson.«

»Wie lange putzt sie schon für Sie?«

»Sie hat bereits für Max gearbeitet, bevor ich eingezogen bin, und auch schon für seine Eltern. Also, seit Jahren.«

»Hat noch jemand Zugang zum Büro?«

Sie rang die Hände. »Nein. Sonst hat niemand Zugang zum oberen Stockwerk. Dort muss auch sonst niemand hin.«

»Also war niemand in diesem Büro, abgesehen von Ihnen und Max sowie Brenda Johnson?«

»Nicht, dass ich wüsste.«

»Haben Sie noch mehr Personal, das für Sie arbeitet?«

»Ja, da ist noch Malcolm Briggs, der Gärtner. Er ist auch bereits seit Jahren für Max' Familie tätig.«

»Haben Sie eine weiße Katze?«

»Ich hatte sie seit fünf Jahren. Ich dachte, sie wäre gut für Mum, als sie krank war, wissen Sie, nach ihrem ersten Schlaganfall. Man sagt doch, Tiere hätten therapeutische

Wirkung. Sie war eine wirklich offenherzige Katze und ist auf jeden zugegangen. Ich habe sie sehr lieb. Als ich auf The Orchard eingezogen bin, hat es ihr dort gut gefallen und sie hat den Wald hinten erkundet. Aber vor ein paar Wochen ist sie plötzlich verschwunden.«

»Ungefähr zur Zeit des Hochzeitsempfangs?«

»Ja. Warum? Ist sie zum Haus zurückgekommen?«

»Ich fürchte, die Katze wurde im Wald hinter dem Anwesen gefunden. Ihr wurde wohl das Genick gebrochen.«

Sie hob die Hände an ihren Mund. »Oh nein! Was ist mit ihr passiert?«

»Das ist unmöglich zu sagen. Ist sie jemals auf Bäume geklettert?«

»Ich habe sie das nie tun sehen, aber es könnte sein. Oder ...« Ihre Augen weiteten sich. »Glauben Sie, dass das etwas mit Max zu tun hat? Wurde sie von derselben Person getötet?«

»Das wissen wir im Augenblick noch nicht. Die Katze wurde in einem Gebiet gefunden, von dem wir glauben, dass Russell Stiles von dort den Hochzeitsempfang beobachtet hat. Wir haben außerdem eine Flasche Jack Daniel's und ein paar Zigarettenstummel am selben Ort entdeckt.«

Sie keuchte. »Sie glauben, Russell hat Buttons umgebracht?«

»Es ist möglich. Das Töten von Tieren ist ihm nicht fremd. Wussten Sie von seiner Verhaftung wegen Wilderei?«

»Wilderei?! Oh Gott, nein. Das hat er mir nie erzählt. Ich wusste, dass er gern Wild isst, aber ich wusste nicht, dass er so etwas getan hat.« Sie starrte ins Leere, ihr Gesicht war bleich. »Max hat Buttons auch geliebt. Und jetzt sind sie beide fort.« Frische Tränen liefen ihr die Wangen herunter.

Ich schob ihr eine Packung Taschentücher zu. Sie nahm eins und betupfte sich damit anmutig das Gesicht.

Ich sichtete meine Notizen. »Okay. Ihre Beziehung zu Max bestand seit drei Jahren, ist das richtig?«

Sie antwortete nicht, sondern starrte nur mit zitternder Unterlippe auf einen Punkt am Boden.

»Fühlen Sie sich gut genug, um weiterzumachen?«

Sie fächelte sich das Gesicht. »Mir ist ein bisschen heiß. Hier drin gibt es keine Luft.« Sie fächelte sich noch etwas mehr zu und bedeckte ihr Gesicht dann mit den Händen. »Tut mir leid«, brachte sie heraus. »Ich brauche bloß eine Minute.«

»Das ist okay. Ich weiß, wie schwer das ist.«

Als sie sich wieder aufrecht hingesetzt und die Fassung zurückgewonnen hatte, sagte sie: »Tut mir leid.«

»Wann haben Sie beschlossen, zu heiraten?«

Ihre Wangen hoben sich zu einem flüchtigen Lächeln, als würde sie sich an ihren Mann erinnern. »Er hat mir immer wieder einen Antrag gemacht. Ich glaube, das erste Mal war ungefähr sechs Monate, nachdem wir begonnen hatten, miteinander auszugehen. Aber meine Mum war krank, sie hatte den Schlaganfall gehabt und ich habe mich um sie gekümmert und … es war eine schwierige Zeit, also habe ich Nein gesagt. Dann hat er immer wieder gefragt, alle sechs Monate oder so. Meiner Mum ging es nicht besser. Sie hatte noch einen Schlaganfall und kam in ein Pflegeheim, wo sie sich richtig um sie kümmern konnten. Und dann … na ja, ich war noch immer nicht bereit. Ich war erst zweiundzwanzig zu der Zeit, habe mich um meine Mum gesorgt und war dabei, meinen Kurs im kreativen Schreiben abzuschließen, den ich unterbrochen hatte, als Mum noch zu Hause war. Ich wollte mir seinetwegen sicher sein.«

»Sie waren nicht sicher?«

»Doch, war ich, aber ich war jung und er war älter und … er war erst der zweite Mann, mit dem ich ausgegangen bin. Ich wusste, dass ich ihn liebe, aber … ich dachte, wir sollten erst zusammenwohnen, also bin ich bei ihm eingezogen. Wie gesagt, ich habe ungefähr ein Jahr dort gelebt. Als er dann das letzte Mal wieder um meine Hand angehalten hat, habe ich Ja gesagt.«

»Wo haben Sie geheiratet?«

»In Sydney. Am Bondi Beach.« Sie blinzelte schnell und sah zu Boden.

»Sind Sie extra nach Australien geflogen, um zu heiraten, oder war das eigentlich ein Urlaub?«

»Max hatte sich überlegt, dort geschäftlich tätig zu werden, also war das für ihn sowieso schon als Geschäftsreise geplant gewesen, und wir haben beschlossen, das mit einem Urlaub zu verbinden und dann … einer Hochzeit. Leo, Max' Freund, hat dort früher gelebt, wissen Sie, und es gab da einen alten Familienfreund von Leos Dad in Australien, der auch Bauunternehmer ist. Er hat die beiden miteinander in Kontakt gebracht. Sie hatten eine Menge geschäftlicher Treffen, während wir dort waren.«

»Ist in Australien irgendetwas Seltsames vorgefallen?«

»Seltsames?«

»Irgendetwas, das Ihre Aufmerksamkeit erregt hat. Schien jemand böse auf Max zu sein? Ist Ihnen jemand Verdächtiges aufgefallen? Haben Sie irgendwelche Drohungen erhalten?«

»Nein. Ich war nicht bei seinen Meetings dabei, aber er hat mir erzählt, dass alles nach Plan verlaufen würde. Der Rest der Zeit waren unsere Flitterwochen. Wir sind zur Ostküste gereist, haben verschiedene Orte besucht, aber da war nichts Seltsames.«

»Okay. Und als Sie zurückgekommen sind, haben Sie den Hochzeitsempfang gegeben?«

»Tut mir leid, kann ich etwas Wasser bekommen? Ich fühle mich etwas … schwach.« Ihre Stimme brach.

»Natürlich.«

Die Befragung wurde unterbrochen, während ich etwas Wasser holte. Alissas Gesichtsfarbe unter ihrer Sonnenbräune war bleich geworden.

»Sie halten sich wirklich gut, Alissa.«

Mit zittriger Hand hob sie das Glas an ihre Lippen und verschüttete dabei etwas Wasser auf dem Schreibtisch, was sie jedoch nicht zu bemerken schien. »Ich will tun, was ich kann, um zu helfen.«

»Können Sie Ihre Beziehung zu Max beschreiben? Gab es irgendwelche Probleme zwischen Ihnen?«

»Nein! Natürlich nicht. Ich hätte ihn nicht geheiratet, wenn es Probleme gegeben hätte. Wir waren sehr glücklich.«

»Sie haben gesagt, Russell Stiles wäre uneingeladen auf dem Empfang aufgetaucht. Können Sie mir noch einmal detailliert schildern, was passiert ist?«

Sie erzählte mir, wie sie am Teich unten im Garten gestanden und etwas Luft geschnappt hatte, weil ihr so warm war, und sich eine kurze Auszeit von der Party gegönnt hatte, als Stiles erschien. Als sie ihn bemerkte, war er bereits über den Zaun geklettert und kam auf sie zu.

»Was hat er an diesem Tag getragen?«

Sie schüttelte leicht den Kopf. »Äh … ich glaube, er hatte Jeans und ein T-Shirt an.«

»Erinnern Sie sich an das exakte Gespräch zwischen Ihnen beiden?«

Sie trank noch einen Schluck Wasser. »Er hat gefragt, ob ich mir sicher bin, dass ich weiß, was ich tue. Er hat behauptet, man könne Max nicht trauen. Er hat gefragt, ob ich glücklich sei, und gemeint, dass es noch nicht zu spät für uns wäre, wir könnten wieder zusammenkommen. Er hat beteuert, dass er mich noch liebt und nicht aufhören würde, mich zu lieben.«

»Hat er Ihnen einen Grund genannt, warum er glaubte, dass man Max nicht trauen könne?«

»Nein. Ich war etwas … na ja, geschockt, schätze ich. Wir waren doch eigentlich nur noch Freunde. Er hatte immer wieder SMS geschickt und sich nach meinem Befinden erkundigt.

Ständig schrieb er, dass er mich zurückwill. Ich hatte zwar jedes Mal geantwortet, aber ihn nicht ermutigt. Ich wollte nur, dass er so glücklich ist wie ich.« Sie atmete tief ein, wartete einen Augenblick und fuhr leise fort. »Dann ist Max aufgetaucht und hat Russell aufgefordert zu gehen. Er wäre nicht willkommen.«

»Was hat Russell dazu gesagt? Wie hat er reagiert? Ist er wütend geworden?«

»Äh ... er war wütend und emotional und seine Worte waren undeutlich, weil er betrunken war. Dann hat er mich angesehen und gefragt: ›Bleibst du?‹ Was ja schon seltsam ist.«

»Wie haben Sie reagiert?«

»Natürlich habe ich gesagt, dass ich bleibe. Ich habe mehr oder weniger ungläubig gelacht und ihn darauf hingewiesen, dass das hier mein Hochzeitsempfang sei. Max war wütend. Daraufhin hat Russell Max zugerufen, er verdiene alles, was er bekommt, und dass er auf sich aufpassen solle. Max hat versucht, auf Russell loszugehen. Ich bin zwischen die beiden getreten und da ist Russell wieder zurück über den Zaun geklettert. Wir haben zugesehen, wie er in den Wald gelaufen ist. Kurz darauf ist Leo gekommen und hat uns gefragt, was passiert sei. Leo ist auch in den Wald gegangen, um sicherzustellen, dass Russell weg war, und als er wiederkam, meinte er, dass er nicht mehr zu sehen wäre.«

»Was hat Max danach getan?«

»Er hat vor Wut gekocht, aber er wollte nicht, dass das unsere Feier verdirbt. Er hat den Arm um mich gelegt und gesagt: ›Vergessen wir das für den Rest des Tages und genießen ihn einfach.‹ Er hat auch erwähnt, dass er eine Verfügung gegen Russell erwirken wolle, damit der mich nicht mehr kontaktieren würde.«

»Haben Sie eine einstweilige Verfügung beantragt?«

»Nein. Max war wegen irgendetwas auf seiner Arbeit gestresst und damit beschäftigt. Und ich schätze, ich habe die

Angelegenheit nicht so ernst genommen. Ich kenne Russell seit Jahren und ich dachte nicht, dass er irgendetwas tun würde, um …« Sie ließ den Satz unvollendet, als wäre sie unsicher, wie sie fortfahren sollte. Ihre Augen glitzerten vor Tränen. »Glauben Sie, dass er das getan hat? Max ermordet?«

»Glauben Sie es?«

»Ich hätte es niemals gedacht, aber … jetzt hatte ich Zeit, das durchzugehen, was in der Nacht passiert ist, was ich gesehen habe. Und es *war* etwas Vertrautes an der Art, wie sich der Mann bewegte, seine Größe und Statur. Obwohl er die Skimaske getragen hat, denke ich … ich denke, es könnte Russell gewesen sein.«

»Können Sie mir noch einmal genau beschreiben, was in dieser Nacht passiert ist?«

Sie schloss die Augen, ihre Wimpern flatterten auf ihrer Haut. Sie atmete tief durch. »Es war gegen Mitternacht. Max hat in seinem Büro gearbeitet und ich habe mir ein Bad eingelassen. Während ich darauf gewartet habe, dass sich die Wanne füllt, habe ich kurz ins Büro geschaut: Max hat ein Dokument auf seinem Laptop gelesen und Musik gehört. Wir haben kurz miteinander gesprochen. Er hat gesagt, er würde noch etwas arbeiten und dann ins Bett gehen. Ich hab ihm einen Kuss auf die Wange gegeben, anschließend bin ich wieder ins Bad gegangen, das an das Schlafzimmer angrenzt, und bin in die Wanne gestiegen.«

»Haben Sie die Tür zu seinem Büro offen gelassen oder sie geschlossen?«

»Sie war offen.«

»Was ist mit den Türen zu Ihrem Schlafzimmer und zum Bad? Waren die offen oder geschlossen?«

»Die Tür zu unserem Schlafzimmer stand offen. Ich habe die Badtür geschlossen, um zu verhindern, dass der Dampf ins Schlafzimmer zieht.«

»Sie konnten also die Musik von Max' Laptop hören, als Sie in der Wanne lagen?«

»Ja, sie war ziemlich laut. Er hat sie aufgedreht, nachdem ich aus dem Büro gegangen bin.«

»Okay, was ist als Nächstes passiert?«

»Ich bin in die Wanne gestiegen und dort eingeschlafen. Als ich aufgewacht bin, war das Wasser kalt.«

»Schlafen Sie oft in der Wanne ein?«

»Ja, ständig.«

»Baden Sie immer um diese Zeit oder ist das unterschiedlich?«

»Unterschiedlich. Manchmal früher, wenn ich müde bin. Aber ich nehme immer ein Bad, bevor ich ins Bett gehe.«

»Wer könnte wissen, dass das ein Teil Ihrer abendlichen Routine ist?«

»Ich weiß es nicht. Ich habe es vermutlich Vicky gegenüber mal erwähnt, vielleicht auch Sasha. Russell wusste, dass ich das immer tat, als wir noch zusammen waren.«

»Okay, wie ging's weiter?«

»Äh … ich hab das Wasser aus der Wanne gelassen, mich abgetrocknet und mir ein Handtuch umgeschlungen. Dann bin ich ins Schlafzimmer gegangen, aber Max war noch immer nicht im Bett, also bin ich durchs Schlafzimmer in den Flur gegangen, weil ich in sein Büro wollte, um nach ihm zu sehen.«

»Nach ihm sehen?«

»Na ja, um zu schauen, ob er fertig war und ins Bett kommen würde. Und …« Sie hob die Hände vor den Mund und ihre Augen waren vor Furcht weit aufgerissen, als würde sie den Moment erneut erleben.

»Nehmen Sie sich Zeit. Sie machen das toll.«

Sie ballte die Fäuste unter ihrem Kinn. »Ich … ich war fast bis zur Treppe gekommen. Da sah ich einen Mann aus dem Büro kommen, mit einem Messer in der Hand.«

»Es hätte nicht auch eine Frau sein können?«

»Äh … ich weiß nicht. Es ist möglich. Die Person hat eine schwarze Daunenjacke getragen. Sie war wohl so groß wie ich. Ich habe einfach angenommen, dass es ein Mann ist.«

»Können Sie die Person noch einmal für mich beschreiben?«

»Ja, sie war durchschnittlich groß, durchschnittlich gebaut, würde ich sagen, in Schwarz gekleidet, mit einer Skimaske, und sie trug Handschuhe und blaue Plastiküberschuhe. Und jetzt … jetzt denke ich, dass es Russell gewesen sein könnte. Die Person hatte dieselbe Augenfarbe.«

»Die Person hatte braune Augen?«

»Ja, ich habe sie gesehen durch diese …« Sie machte eine kreisende Bewegung um ihre Augen. »Durch das, was für die Augen ausgeschnitten war. Ich bin eine Sekunde lang erstarrt und im nächsten Moment zurück durchs Schlafzimmer ins Bad gerannt. Ich habe die Tür verschlossen und bin durch das Fenster auf das Dach der Orangerie geklettert. Dabei muss ich wohl mein Handtuch verloren haben. Dann bin ich durch den Wald hinter dem Haus zu unserer nächstgelegenen Nachbarin gerast. Zu Gloria, Mrs Downes, sie hat dieselbe Art Zaun wie die meisten Anwesen hier, er ist ziemlich niedrig. Ich bin darüber in ihren Garten geklettert und habe an die Tür geklopft, die zur Küche führt. Sie hat mich reingelassen und die Polizei gerufen.«

»Ist Ihnen, während Sie durch das Fenster geklettert sind, aufgefallen, ob der Eindringling versucht hat, die Badtür zu öffnen?«

»Ich glaube nicht. Aber ich hatte solche Angst und alles ging so schnell. Es könnte schon sein.«

»Was ist an diesem Tag vorher passiert?«

Sie trank noch einen Schluck Wasser, bevor sie antwortete. »Max ist für ein Meeting zu *Burbeck Developments* gefahren. Er ist gegen halb zehn morgens los und ungefähr um achtzehn Uhr zurückgekommen. Ich habe Nudeln gekocht und wir haben gegen acht gegessen. Dann hatten wir …« Sie errötete. »Wir hatten Sex. In der Küche. Und danach haben wir uns im Wohnzimmer eine DVD angeschaut. Die war gegen elf zu Ende, da ist Max dann nach oben ins Büro gegangen, um zu arbeiten. Er hat erklärt, er müsste noch ein paar Dinge für ein anderes Meeting vorbereiten und ich habe bis ungefähr Mitternacht ferngesehen, bevor ich dann mein Bad nehmen wollte.«

»Die Vorhänge im Büro waren geöffnet, als die Polizei ankam. Bleiben die nachts üblicherweise offen?«

»Ja. Abgesehen von unserem Schlafzimmer lassen wir die meisten Vorhänge nachts geöffnet. Die Fenster gehen ja alle Richtung Wald.«

»Was haben Sie an diesem Tag gemacht, während Max arbeiten war?«

»Ich habe an meinem Roman geschrieben.«

»Erinnern Sie sich sonst noch an etwas, das hilfreich sein könnte?«

»Nein, ich glaube nicht.«

Ich notierte ihre Aussage und reichte sie ihr, damit sie sie durchlesen konnte. Während sie sie las, beobachtete ich sie genau. Sie schien von Kopf bis Fuß eine echte trauernde Witwe zu sein. Aber irgendetwas war da. Ein Bauchgefühl ließ mich zweifeln, ob sie die Wahrheit sagte. Sie sagte all die richtigen Dinge auf die richtige Weise, aber es fühlte sich nicht authentisch an, als würde sie es zu sehr versuchen.

Als sie mit dem Durchlesen fertig war, sah sie auf und nickte.

Ich schob ihr über den Schreibtisch einen Stift zu und zeigte auf alle Stellen, an denen sie unterschreiben musste.

Kurz hob sie ihre rechte Hand und ließ sie für eine Sekunde in der Luft schweben, bevor sie damit nach den Taschentüchern griff. Sie nahm eins heraus, putzte sich elegant die Nase und ballte das Tuch in der Faust. Endlich nahm sie den Stift mit der linken Hand und unterschrieb die Aussage.

♦ ♦ ♦

Ich überprüfte Malcolm Briggs, den Gärtner, in unserer Datenbank. Er war vor zwanzig Jahren wegen Trunkenheit am Steuer verurteilt worden und den Unterlagen zufolge war er fünfundsechzig, klein und hatte blaue Augen – so weit weg von Alissas Beschreibung des Mörders wie nur möglich. Und nicht nur das, er hatte ein solides Alibi. Am Nachmittag des Mordes war er wegen einer Notfall-Blinddarmoperation ins selbe Krankenhaus eingeliefert worden, in das man auch Alissa gebracht hatte. Er hatte auf dem OP-Tisch einen Herzinfarkt erlitten. Nach einem kurzen Besuch auf der Intensivstation erfuhr ich, dass er zu schwach war, um mit uns zu sprechen, also hinterließ ich eine Nachricht bei seiner Frau, in der ich ihn bat, uns zu kontaktieren, wenn er sich erholt hatte. Blieb nur noch die andere Angestellte, Brenda Johnson, auch wenn sie als Putzfrau einen legitimen Grund gehabt hatte, sich in allen Bereichen des Hauses aufzuhalten.

Sie saß drei Stunden später im selben Befragungsraum. Sie war zweiundfünfzig, sah aber viel älter aus. Ihr Haar war pechschwarz gefärbt, mit silbergrauen Ansätzen. Sie hatte die Furchen einer Raucherin um ihren Mund, was ihr einen Ausdruck der Strenge verlieh, aber wenn sie sprach, war ihre Stimme sanft und freundlich, und ihre Augen blickten traurig drein. Sie hatte bereits ihre Fingerabdrücke abgegeben, und als sie auf der Wache ankam, hatte man einen DNS-Abstrich bei ihr gemacht.

»Ich tue, was ich kann, um zu helfen«, versprach sie. »Es ist einfach schrecklich. Man glaubt nie, dass so etwas jemandem passieren kann, den man kennt.«

»Ich habe gehört, Sie arbeiten schon lange als Putzfrau für Max und seine Familie, ist das richtig?«

»Ja. Ich habe vor zehn Jahren angefangen, für Max' Eltern zu arbeiten, und habe zweimal die Woche das Haus geputzt. Sie waren ein reizendes Paar. Reich, natürlich, aber nicht versnobt deswegen. Sie haben mir immer kleine Geschenke gemacht. Sie waren sehr aufmerksam. Als sie dann vor ein paar Jahren gestorben sind, hat Max beschlossen, wieder in das Haus der Familie zu ziehen, und er hat mich behalten.«

»Und wann ist Alissa eingezogen?«

»Vor ungefähr einem Jahr.«

»Als Putzfrau bekommen Sie doch oft mit, was hinter geschlossenen Türen vor sich geht und niemand sonst sieht.«

»Ja. Das stimmt wohl.« Sie schenkte mir ein grimmiges Lächeln. »Sie glauben nicht, was ich über die Jahre aufräumen oder sehen oder hören musste! Ich schwöre, die Leute denken oft, Putzfrauen wären unsichtbar.«

»Wie würden Sie die Beziehung von Max und Alissa beschreiben?«

Sie runzelte die Stirn. »Was meinen Sie damit?«

»Nun, wie sind sie miteinander umgegangen? Sind Ihnen in letzter Zeit irgendwelche Streitigkeiten zwischen den beiden aufgefallen? Haben Sie irgendetwas Ungewöhnliches gehört oder gesehen?«

Empört schnappte sie nach Luft. »Wollen Sie damit sagen, Sie glauben, Alissa hatte etwas mit Max' Tod zu tun?«

»Nein. Aber wir müssen diese Fragen stellen. Um ein Bild von der Situation zu konstruieren, wissen Sie?«

»Oh, nun gut. Ich schätze, der Partner ist immer der wahrscheinlichste Verdächtige, nicht wahr? Aber Max und Alissa waren bis über beide Ohren ineinander verliebt. Waren völlig ineinander vernarrt. Alissa hat von zu Hause aus gearbeitet, an ihrem Roman geschrieben, und Max war auch gelegentlich da, also habe ich die beiden häufiger zusammen im Haus erlebt, wenn ich dort war. Ich habe sie niemals streiten gesehen. Sie waren …« Sie zuckte mit den Schultern. »Nun, sie waren einfach glücklich und verliebt. Ich weiß nicht, was ich Ihnen sonst erzählen kann.«

»Wie würden Sie Max beschreiben?«

»Ich war seine Putzfrau, nicht mit ihm befreundet.«

»Ich weiß, aber was war Ihr Eindruck von ihm?«

»Er konnte etwas arrogant sein, schätze ich, aber zu mir war er immer nett. Immer freundlich und zu Scherzen aufgelegt.«

»Und Alissa?«

Ihr Gesicht erhellte sich zu einem Lächeln. »Sie ist ein echter Schatz. Kennen Sie diese wenigen wirklich reizenden Menschen? Dazu gehört Alissa. Stets freundlich und lächelnd und höflich. Sie hat sich lange ganz allein um ihre Mum gekümmert, als die einen Schlaganfall hatte. Hat ihren Kurs dafür unterbrochen. Diese Art Mensch ist sie. Warmherzig.«

»Ist Ihnen im Haus irgendjemand Verdächtiges aufgefallen?«

»Nein.«

»Wie steht es mit irgendetwas Seltsamem, das Max oder Alissa in letzter Zeit passiert ist? Etwas, das untypisch schien? Es spielt keine Rolle, für wie klein oder unbedeutend Sie es halten.«

Sie schürzte nachdenklich die Lippen. »Nun ja, Max schien wegen der Arbeit etwas gestresst zu sein. Als ich letzte Woche ins Büro kam, um sauberzumachen, war er dort und wies mich an, es einfach auszulassen. Er hat mich sogar angefahren, was er vorher noch nie getan hatte.«

»Gut. Und irgendetwas mit Alissa?«

Sie schüttelte den Kopf. »Nein. Oh, warten Sie, da war etwas, aber das ist nicht wirklich seltsam, vermute ich. Sie hat mir immer Mittagessen gemacht, wenn ich dort gearbeitet habe, dann haben wir uns zusammen hingesetzt und ein bisschen geplaudert. Aber sie hat damit aufgehört, als sie aus Australien zurückgekommen sind. Ich meine, sie war nach wie vor herzlich und freundlich, aber … sie war einfach beschäftigt, hat die letzten Details für den Empfang geplant, sich ins Eheleben eingewöhnt, ihr Buch geschrieben. Ich habe es vermisst. Unsere kleinen Gespräche.«

»Fällt Ihnen sonst noch etwas ein?«

»Nein. Tut mir leid.«

»Nun dann, vielen Dank, dass Sie sich die Zeit genommen haben.«

Sie ergriff meinen Arm. »Sie werden doch herausfinden, wer das getan hat, oder?«

Ich lächelte sie zuversichtlich an. »Wir tun alles, was in unserer Macht steht.«

Kapitel 16

Die Andere

Das Einzige, in dem ich Talent zeigte, war Kunst. Es war die einzige Möglichkeit, das Schlechte in meinem Inneren auszudrücken und rauszulassen. Ich redete kaum mit den anderen Kindern an der Schule, aber mittlerweile hatte ich gelernt, niemanden mehr anzuschreien. Ich lernte, indem ich allen anderen zusah und zuhörte. Wie sie in der Mensa aßen. Wie sie lachten. Worüber sie redeten. Ich hätte vermutlich ein Gespräch führen und als normal durchgehen können, aber es interessierte mich nicht. Ich blieb für mich, wartete ab, wartete auf eine Möglichkeit, all dem zu entfliehen.

Aber die Kunst war meine Art zu reden. Es war etwas, worüber *ich* die Kontrolle hatte. Ich hatte zu Hause versucht, kein Fleisch mehr zu essen, nachdem Lulabelles Kalb getötet worden war, aber Dad zwang mich dazu. Obwohl ich mich jedes Mal übergab. Dann ließ er mich das Erbrochene wegwischen und schickte mich in die Kammer. Es war ein ständiger Kampf, von dem ich wusste, dass ich ihn nicht gewinnen konnte. Es schien ihm große Freude zu bereiten, am Tisch zu sitzen und dabei zuzuschauen, wie ich mir jeden Bissen durch meine wie zugeschnürte Kehle quälte, zu sehen, wie ich würgte, wohl wissend, dass es nicht lange dauern würde, bis es wieder hochkam. Aber das hielt mich nicht davon ab, mich jeden Tag wieder zu weigern. Manchmal zwang er mir das Essen selbst in den Mund, hielt meinen Kiefer mit einer starken Hand geöffnet und schaufelte das Fleisch mit der anderen hinein, bis ich keuchte und spuckte. Nach dem, was ich erlebt hatte, war der Gedanke daran, Tierfleisch zu essen, einfach unerträglich. Die einzige Befriedigung bestand für mich darin, wenn ich mich auf ihn übergab.

Obwohl ich also nicht kontrollieren konnte, was in meinem Körper vorging, durch meine Augen und Ohren und meinen Mund, konnte ich zumindest kontrollieren, was aus meinem Kopf kam. Meistens.

Meine Kunstlehrerin an der Sekundarschule hieß Mrs Tucker. Sie nahm mich anders wahr als die anderen Lehrer. Die sahen nur ein missmutiges, unkommunikatives Kind, das es nie zu etwas bringen würde, also hatten sie aufgehört, sich zu bemühen. Wenn man nicht zu den Intellektuellen gehörte, waren sie nicht interessiert. Und sie machten sich auch nicht die Mühe, den Grund für meine Seltsamkeit herauszufinden. Aber Mrs Tucker lächelte mich an, legte im Unterricht ihren Arm um mich, während sie meine Arbeit begutachtete, ermutigte mich und steckte mir in der Mensa während des Mittagessens Schokoriegel für meinen unterernährten Körper zu. Sie versuchte, mich zum Reden über mein Leben zu Hause zu bewegen, aber was sollte ich schon erzählen? Und noch immer erklang die Stimme meiner Mum in meinem Kopf: *Sprich nie über das, was hinter verschlossenen Türen vor sich geht!* Ich hatte gelernt, Mum ebenso zu hassen wie ihn, für ihre Schwäche, dafür, dass sie das Böse hereinließ, sich nicht kümmerte.

An unserer Schule fand ein Kunstwettbewerb statt. Mrs Tucker verkündete aufgeregt, dass wir als Teil unserer

Hausaufgaben an unseren Beiträgen arbeiten und sie ihr bis Ende der Woche übergeben konnten. Der Preis war ein Gutschein für einen Laden für Künstlerbedarf.

Ich war noch nicht über das hinweg, was ich heute als meine »Dunkle Kunst«-Phase bezeichne – Zeichnungen von gesichtslosen Menschen, Selbstporträts mit mir als Teufel, schreienden Paaren, die von Flammen verschlungen werden. Aber ich wusste mittlerweile, dass die Interpretation des langweiligen Stilllebens einer Obstschale als etwas Verzerrtes mehr ungewollte Aufmerksamkeit erregen würde. Und das brauchte ich nicht, vielen Dank auch. Dass die Schule wieder meine Eltern anruft und sich über mein antisoziales Verhalten beschwert, war das Letzte, was ich wollte. Die Bestrafung zu Hause war das nicht wert.

Ich wollte gewinnen. Einmal in meinem Leben wollte ich etwas mehr erreichen, als nur jeden Tag zu überleben. Aber selbst wenn ich gewann, würde Dad mich den Gutschein niemals für etwas ausgeben lassen, was ich wollte. Er würde denken, dass es zu frivol sei. *Gutes Geld, das für unwichtige Dinge verschwendet wird*! (Hallo? Und was war mit all dem Whisky?) Ich konnte es schaffen, dass er nichts davon erfuhr, aber wie sollte ich in die nächstgelegene Stadt gelangen, um den Gutschein auszugeben? Ich verließ das Haus nur mit Mum, wenn sie mich mitnahm, um beim Einkaufen zu helfen. Oder zur Schule, wenn mich der Bus am Ende der Straße aufsammelte und mich spätnachmittags wieder bei diesem Irrenhaus absetzte. Trotzdem, wenn ich den Wettbewerb gewann, würde ich ihn zumindest irgendwie schlagen. Und mehr Anreiz brauchte ich nicht.

Ich arbeitete nachts im Bett an meinem Projekt, wenn sie dachten, ich würde schlafen. Ich mischte mich nicht mehr in ihre Streitigkeiten ein. Sie waren beide gleich schlecht, labten sich an den Unsicherheiten des anderen. Suchten beide jemanden, dem sie die Schuld geben konnten, und fanden meistens mich als Hauptgrund. Taten nie etwas, um den beständigen Kreislauf der Gewalt zu durchbrechen. Also sollten sie doch miteinander glücklich werden. Es war nicht mehr mein Problem. Ich würde mich nicht einmischen und wieder in die Kammer sperren lassen. Oder schlimmer. Scheiß drauf! Man sollte keine Kinder bekommen, wenn man sie überhaupt nicht wollte, also war in mir keine Loyalität mehr übrig. Wenn sie in einer Spielshow wären, würde über ihren Köpfen ständig ein Buzzer dröhnen, mit den Worten: *Versager! Versager! Versager!*

Ich zeichnete. Ganz egal, dass es Geschrei gab, Löcher in Türen geschlagen wurden, Mum weinte und morgens mit einem weiteren blauen Fleck oder Matschauge auftauchte oder kaum aufrecht stehen konnte und Dad trank, bis er fast überkochte. Ich ignorierte das alles und vertiefte mich ganz in die Linien, die auf dem Blatt Papier Formen annahmen, konzentrierte mich auf das Ausmalen und Schattieren sowie darauf, die Perspektive richtig hinzubekommen.

Aber ich gewann nicht. Ein Mädchen namens Trisha gewann. Eins dieser beliebten Kinder, das die neuesten Klamotten trug und stets makellos gekleidet war. Deren Haar nicht von ihrer Mum in Puddingschüsselform geschnitten worden war. Die viel kicherte und immer rechtzeitig ihre Hausaufgaben machte. Ich hätte nicht überrascht sein sollen, aber mein Beitrag war viel besser als ihrer. In dieser Nacht ging ich, nachdem alle Arbeiten erledigt waren, in mein Zimmer, um mit einem neuen Kunstprojekt zu beginnen. Nicht gewonnen zu haben, machte mich nur noch entschlossener fürs nächste Mal. Ich summte vor mich hin, während ich mit Kohle über das Papier fuhr, mit meinem Finger darüberrieb. Ich setzte mich zurück, studierte das Bild aus verschiedenen Blickwinkeln, beugte mich vor und zeichnete weiter. Ich konnte mich nicht dazu bringen, irgendeine Art von Gefühl für das aufzubringen, was nebenan vor sich ging: Schreie, Gebrüll, Stühle, die über den Boden scharrten, Dinge, die zerbrochen wurden. Es war mittlerweile zum Hintergrundgeräusch geworden, so normal, dass ich es kaum registrierte.

Manchmal schaue ich zurück und fühle mich schuldig, dass ich nichts weiter getan habe, um es zu verhindern. Dass ich aufgehört hatte, ihnen zuzuhören. Ich hatte aufgehört, mir zu wünschen, dass Mum mich retten würde. Aufgehört zu fühlen. Ich war einfach nur leer. Emotional betäubt.

Also, ja, vielleicht bin ich teilweise daran schuld, was in jener Nacht passiert ist. Was, wenn ich in ihr Zimmer gegangen wäre, wie all die Hunderte Male zuvor über die Jahre? Wenn ich versucht hätte, den Streit aufzulösen? Wenn ich Dads Zorn stattdessen auf mich gezogen hätte?

Vielleicht hätte er sie dann nicht erstochen.

Kapitel 17

Der Detective

»Hat sich durch die Pressekonferenz irgendetwas ergeben? Haben sich Zeugen gemeldet? Irgendjemand mit Informationen?« Wilmott saß auf dem Rand eines Schreibtischs, zupfte sich einen Fussel von seiner Hose, starrte ihn angewidert an und schnippte ihn zu Boden.

Die bemitleidenswerten Becky und Ronnie hatten die Telefonleitungen nach Wilmotts Augenblick des Ruhms besetzt und gleichzeitig versucht, weiteren Ermittlungsansätzen nachzugehen.

»Nur die üblichen Verrückten, die aus ihren Löchern gekrochen sind«, antwortete Becky.

Ronnie nickte zustimmend.

»Zu schade. Ich hab gut ausgesehen im Fernsehen.«

Becky rollte mit den Augen.

»Zumindest haben wir ein paar mehr Ergebnisse bei den Fingerabdrücken und DNS-Proben bekommen«, redete Wilmott weiter. »Die langen Haarsträhnen, die auf Max' Leiche gefunden wurden, waren von Alissa – nicht sonderlich überraschend – und sind vermutlich während ihres letzten Gesprächs und dem Kuss in seinem Büro auf ihm gelandet. Die anderen zwei schwarzen Haare auf Max' Leiche passen zu Russell Stiles.«

Ronnie pfiff anerkennend.

»Irgendwelche neuen Erkenntnisse zu den zwei unbekannten Sätzen Fingerabdrücke im Büro?«, fragte ich.

»Ein Satz passt zu Brenda Johnson, der Putzfrau. Alle, die beim Hochzeitsempfang anwesend waren, haben jetzt ihre Fingerabdrücke abgegeben und niemand passt zu dem anderen Satz, der gefunden wurde. Aber das spielt auch keine Rolle, denn Stiles ist unser Hauptverdächtiger.« Wilmott grinste stolz, als hätte er persönlich alles gelöst. »Er war ganz eindeutig besessen von Alissa und hat sie gestalkt, wollte, dass sie wieder zusammenkommen. Er hat Max bedroht und Alissas detaillierterer Aussage zufolge glaubt sie, dass er Ähnlichkeit mit dem Mann im Haus hatte.«

Ich verschränkte meine Arme, lehnte mich in meinem Sessel zurück und kaute auf einem Stift herum.

»Er hat kein Alibi für die fragliche Nacht«, fuhr Wilmott fort. »Außerdem wurde er bereits wegen tätlichen Angriffs und dem Töten von Tieren verhaftet, so erklärt sich auch das Schicksal von Alissas Katze. Die DNS, die von der Flasche Jack Daniel's und den Zigarettenstummeln im Wald genommen wurde, passt ebenfalls zu Stiles. Er konnte wohl den Gedanken nicht ertragen, dass sie mit jemand anderem zusammen ist, also hat er Max Burbeck ermordet, um ihn aus dem Weg zu haben, und gehofft, seine Beziehung zu Alissa wieder aufnehmen zu können.«

»Ich bin noch nicht völlig überzeugt.« Ich nahm den Stift aus dem Mund und rollte ihn zwischen Zeige- und Mittelfinger hin und her.

»Warum?« Skeptisch runzelte Wilmott die Stirn.

»Sie erwähnen ständig, dass Alissa Glück hatte, in jener Nacht aus dem Haus zu fliehen, ohne selbst ermordet worden zu sein, dass sie ein Opfer ist. Aber es war gegen Mitternacht, also muss der Mörder ziemlich sicher gewesen sein, dass sie zu dieser Zeit im Haus ist, wenn er Max und Alissa kannte. Warum sollte er das Risiko eingehen, dass sie dort ist? Warum es nicht tun, wenn Max allein im Haus ist? Falls es Stiles war, der übermäßig beschützend wirkt, wenn es um Alissa geht, und der unwiderruflich in sie verliebt ist, was wäre passiert, wenn Alissa Max zu Hilfe gekommen wäre? Wie konnte Stiles sicher sein, dass er sie nicht hätte verletzen müssen, damit sie nicht den Alarm aktiviert?«

»Man kann einen Psychopathen nun mal nicht hinterfragen. Manchmal gibt es keinen Grund für das, was solche Menschen tun. Er hat sich vermutlich Sorgen gemacht, erwischt zu werden, und wollte nicht länger bleiben, als er von Alissa entdeckt wurde, falls sie den Alarm auslösen würde. Noch irgendwelche Vorschläge?« Wilmott neigte den Kopf. »Falls ja, bin ich ganz Ohr.« Aber sein Tonfall deutete an, dass ihn nicht die Bohne interessierte, was ich dachte.

»Ich glaube, Alissa und Stiles haben zusammengearbeitet«, überlegte ich laut. »Alissa und Max hatten gerade erst geheiratet, daher erbt sie jetzt Millionen. Es ist schon sehr praktisch, dass es ihr gelungen ist, vor einem verrückten, messerschwingenden Mann zu fliehen, der gerade erst ihren Mann getötet hatte. Ein Mann, der keinen Versuch gemacht hat, die Badtür aufzubrechen, um zu ihr zu gelangen, nachdem sie ihn gesehen hatte, oder draußen zu warten, um sie abzufangen, als sie aus dem Fenster kletterte. Er hat einfach nur Max umgebracht und sich danach in Luft aufgelöst, was seltsam ist. Wenn er bereits einmal getötet hatte, warum sollte er nicht versuchen, die einzige Zeugin aus dem Weg zu räumen? Weil der Killer nur hinter Max her war und sie hat entkommen lassen. Und so, wie sie sagt, dass es sich abgespielt hat, gibt ihr das ein Alibi.«

»Es ist nicht praktisch, es ist einfach bloß verdammtes Glück, dass sie überlebt hat.«

»Und sie scheint sich an eine ganze Menge Details über den Mörder zu erinnern, und das trotz der stressigen, angsteinflößenden und adrenalingetriebenen Situation, in der sie vor einem bewaffneten Mann um ihr Leben laufen musste. Meiner Erfahrung nach konnte mir noch nie ein Zeuge in einer ähnlichen Situation so viele Informationen liefern wie sie.«

»Sie ist Schriftstellerin. Sie ist es gewöhnt, Dinge detailliert zu beschreiben. Hören Sie, ich habe sämtliche Zeugenaussagen und Notizen zu diesem Fall gelesen, *Detective Sergeant Carter.*« Ich bemerkte die kleine Stichelei, die er nicht lassen konnte. »Alle sagen dasselbe über Alissa. Dass sie es war, die die Verlobung immer wieder aufgeschoben hat, trotz Max' ständiger Anträge. Dass sie sehr glücklich zusammen waren. Dass sie sehr in ihn verliebt war. Dass sie ein sehr nettes, sehr reizendes Mädchen ist, das sich um ihre Mutter gekümmert hat, als die schwer krank war. Das klingt nicht nach jemandem, der plant, den eigenen Mann umzubringen. Außerdem ist da auch noch das Handtuch.«

»Wie bitte?«, hakte Becky nach.

»Wenn sie mit Stiles zusammengearbeitet hätte, wie viele Frauen würden dann freiwillig nackt herumlaufen, wenn sie es nicht müssten? Meiner Erfahrung mit Frauen zufolge sind die meisten nie zufrieden mit ihrem Körper.«

»Das ist aber ziemlich anmaßend, Sir«, fauchte Becky.

Wilmott zuckte mit den Schultern. »Nicht wirklich. Wenn Alissa und Stiles das geplant hätten, hätte sie zu dieser Zeit einen Bademantel oder etwas Ähnliches getragen.«

Ich schnaubte. »Vielleicht ist sie ja Exhibitionistin? Oder eine der wenigen Frauen, auf die Sie bei Ihren zahlreichen Eroberungen nicht gestoßen sind, die tatsächlich zufrieden mit ihrem Körper ist?«

Wilmott funkelte mich an.

»Ich denke, irgendetwas stimmt bei Alissa nicht«, beharrte ich.

Wilmott warf mir seinen besten sarkastischen *Wer-hätte-das-gedacht*-Blick zu. »Natürlich stimmt etwas nicht bei ihr – sie ist schwer traumatisiert. Ihr Mann wurde gerade erst ermordet!« Er verschränkte die Arme und guckte mich durchdringend an. »Haben Sie noch etwas anderes außer einem *Gefühl*?«

»Noch nicht, nein.«

»Gut, also, als *SIO* für diesen Fall wünsche ich, dass Stiles verhaftet und wieder hergebracht wird. Wir haben DNS, die seine Anwesenheit in der Nacht des Mords bezeugt, und ein starkes Motiv. Und diesmal werde *ich* ihn befragen.« Er rieb sich die Hände. »Mein erster Fall als DI und ich hab ihn in Rekordzeit aufgeklärt! Sieht aus, als hätten sie den Richtigen für den Job ausgewählt, oder?« Er zwinkerte mir zu.

Ich unterdrückte den Drang, ihm eine reinzuhauen.

»Wenn Sie Glück haben, gebe ich Ihnen allen nachher einen Drink aus. Das ist das Mindeste, was ich tun kann, nachdem Sie mir geholfen haben, den Fall so schnell zu klären.«

Ich würde lieber plötzlich an Ebola erkranken, als mit ihm etwas trinken zu gehen.

♦ ♦ ♦

Nach Russells Verhaftung brachte ich ihn zur Vernehmung auf die Wache. Jetzt, da Wilmott einen Hauptverdächtigen hatte, wollte er natürlich reingrätschen und übernehmen, mich an die Seitenlinie verbannen. Aber ich wollte nicht verpassen, was Russell zu sagen hatte, also setzte ich mich ins Büro und sah mir die Live-Übertragung von Russells Verhör an.

DI WILMOTT: Wir haben noch ein paar Fragen an Sie, was die Nacht von Max Burbecks Ermordung angeht.

RUSSELL STILES: Warum wurde ich verhaftet? Ich habe nichts getan! Das hab ich doch schon letztes Mal gesagt. Sollte ich mir einen Anwalt nehmen?

DI WILMOTT: Sie haben das Recht auf einen Anwalt, wenn Sie einen wollen. *Brauchen* Sie einen Anwalt, Russell?

RUSSELL STILES: Nein, natürlich nicht! Ich habe nichts Falsches gemacht. Wie geht's Alissa?

DI WILMOTT: Sie ist sehr durcheinander und aufgelöst, wie Sie sich vorstellen können. Ihr Mann wurde gerade erst brutal ermordet. Gehen wir zurück zu dieser Nacht.

RUSSELL STILES: Ich sage Ihnen doch, ich weiß nichts!

DI WILMOTT: Wir haben mit verschiedenen Leuten über den Vorfall geredet, als Sie während des Hochzeitsempfangs unerlaubt Max' und Alissas Anwesen betreten haben.

RUSSELL STILES: (*unhörbar*)

DI WILMOTT: Können Sie das bitte für die Aufnahme wiederholen, Russell?

RUSSELL STILES: Ich habe es Ihnen doch schon erklärt: Ich wollte nur sichergehen, dass Alissa glücklich ist.

DI WILMOTT: Aber Ihre Beziehung zu Alissa ist bereits vor drei Jahren zu Ende gewesen, bevor sie ein Verhältnis mit Max eingegangen ist. Warum haben Sie also gedacht, Sie hätten das Recht, mitten während des Hochzeitsempfangs ihr Grundstück zu betreten und mit Alissa zu sprechen?

RUSSELL STILES: Ich weiß nicht. Weil wir Freunde waren. Und Max war schlecht für sie.

DI WILMOTT: Warum war er schlecht?

RUSSELL STILES: Wegen des Baugrundstücks, von dem ich Ihnen erzählt habe. Haben Sie das überprüft? Diese Leute haben alles verloren und er wollte sie nicht mal entschädigen, trotz der Menge an Geld, die er hatte. Das ist nicht die Art Mensch, mit der Alissa zusammen sein sollte.

DI WILMOTT: Und mit wem sollte sie zusammen sein? Mit Ihnen?

RUSSELL STILES: Hören Sie, ich wollte einfach, dass sie jemanden hat, der sie verdient.

DI WILMOTT: Und Sie meinen, dieser Mensch wären Sie, nicht wahr? Sie glauben, niemand sonst sollte sie haben. Haben Sie Max deshalb umgebracht?

RUSSELL STILES: Nein! Ich habe nichts getan! Wie oft muss ich das noch wiederholen!

DI WILMOTT: Sie haben behauptet, Sie hätten den Empfang aus dem Waldgebiet hinter dem Anwesen aus beobachtet?

RUSSELL STILES: Ja.

DI WILMOTT: Sie haben an jenem Tag getrunken, nicht wahr?

RUSSELL STILES: Ja.

DI WILMOTT: Hatten Sie Max oder Alissa auch schon vorher von diesem Platz aus ausspioniert?

RUSSELL STILES: Nein.

DI WILMOTT: Wir haben eine Flasche Jack Daniel's mit Ihren Fingerabdrücken dort im Wald gefunden, zusammen mit einigen Ihrer Zigarettenstummel.

RUSSELL STILES: Ja, die gehören mir.

DI WILMOTT: Am selben Ort haben wir außerdem Alissas Katze tot aufgelesen, die vermisst wurde. Ihr Genick war gebrochen. Haben Sie ihre Katze getötet?

RUSSELL STILES: Was?! Nein, natürlich nicht.

DI WILMOTT: Haben Sie die Katze gesehen, als Sie dort gesessen und getrunken und Alissas Haus beobachtet haben? Als Sie sie gestalkt haben?

RUSSELL STILES: Nein, ich habe die Katze nicht gesehen. Geht es um die Katze? Ich habe sie nicht angefasst! Ich könnte keinem Tier wehtun. Das ist … schrecklich.

DI WILMOTT: Aber Sie haben Tieren bereits wehgetan. Sie mussten wegen Wilderei Strafe zahlen. Und was ist damit, einem Menschen wehzutun? Sie wurden wegen Störung der öffentlichen Ordnung verhaftet.

RUSSELL STILES: Das war ein Missverständnis.

DI WILMOTT: Was für eine Art von Missverständnis?

RUSSELL STILES: Ich war achtzehn und bin mit diesem Kerl in eine Pubschlägerei geraten.

DI WILMOTT: Wegen Alissa?

RUSSELL STILES: Ich habe versucht, sie zu beschützen. Der Kerl hat schreckliche Dinge über sie gesagt. Hat sie beschimpft.

DI WILMOTT: Und Sie versuchen noch immer, sie zu beschützen, nicht wahr? Sie dachten, wenn Sie Max aus dem Weg räumen, würden Sie sie vor jemandem schützen, von dem Sie fanden, er wäre ihrer nicht würdig. Stimmt das nicht?

RUSSELL STILES: Ich habe ihn niemals angerührt.

DI WILMOTT: Aber Sie sind jähzornig. Das beweist die Tätlichkeit.

RUSSELL STILES: Nein, bin ich nicht.

DI WILMOTT: Im Pub haben Sie die Beherrschung verloren.

RUSSELL STILES: Das war etwas anderes. Ich würde Alissa niemals wehtun.

DI WILMOTT: Was ist mit Max? Würden Sie ihm wehtun?

RUSSELL STILES: Auf keinen Fall! Sie haben den Falschen.

DI WILMOTT: Aber Sie haben Alissa gestalkt. Sie haben sie beobachtet. Sie haben ihr SMS geschickt, obwohl Sie wussten, dass sie eine Beziehung mit Max hat. Sie haben Max auf ihrem Hochzeitsempfang bedroht, ihm erklärt, er solle auf sich aufpassen. Und kurz darauf wurde er erstochen! Wäre es nicht besser für Sie, wenn Max aus dem Bild wäre?

RUSSELL STILES: Ich wollte, dass sie glücklich ist.

DI WILMOTT: Sie war glücklich. In ihren SMS-Antworten an Sie hat sie Ihnen das auch geschrieben. Sie wollte nicht, dass Sie sie belästigen, oder?

RUSSELL STILES: Ich habe sie nicht belästigt.

DI WILMOTT: Sie wollte eine einstweilige Verfügung gegen Sie erwirken, weil sie sich wegen Ihrer Aufmerksamkeit Sorgen gemacht hat.

RUSSELL STILES: Das glaube ich Ihnen nicht.

DI WILMOTT: Ich denke, wir haben hier ein Muster von Belästigung gefunden, denken Sie nicht auch?

RUSSELL STILES: (*unhörbar*)

DI WILMOTT: Sie haben ausgesagt, Sie wären in der Nacht von Max' Ermordung zum Nachtangeln gewesen, ist das richtig?

RUSSELL STILES: Ja.

DI WILMOTT: Aber niemand hat Sie gesehen?

RUSSELL STILES: Nein, ich glaube nicht.

DI WILMOTT: Sie leben im gleichen Dorf, ungefähr zwei Kilometer von Max' und Alissas Haus entfernt. Es wäre ziemlich einfach für Sie gewesen, nach dem Mord an Max ungesehen aus dem Haus und durch den Wald zu entkommen.

RUSSELL STILES: Ich habe Max nicht umgebracht!

DI WILMOTT: Aber Sie erkennen mein Problem hier, nicht wahr? Sie hatten ein Motiv. Sie hatten die Gelegenheit. Und Sie haben niemanden, der bestätigen kann, wo Sie sich in jener Nacht aufgehalten haben. Sie passen zu den physischen Merkmalen des Manns, den Alissa beschrieben hat. Sie waren so besessen von Alissa, dass Sie Max loswerden wollten, oder?

RUSSELL STILES: Ich war es nicht. Was ist mit Leo? Ich habe gemerkt, wie er Alissa angeschaut hat. Er war auch in sie verliebt. Ich wette, es hätte ihm nichts ausgemacht, Max aus dem Weg zu haben.

DI WILMOTT: Und wann haben Sie beobachtet, wie Leo sie angesehen hat? Als Sie sie gestalkt haben?

RUSSELL STILES: (*unhörbar*)

DI WILMOTT: Waren Sie jemals in Max' und Alissas Haus?

RUSSELL STILES: Nein.

DI WILMOTT: Nein?

RUSSELL STILES: Das habe ich doch gesagt.

DI WILMOTT: Und da sind Sie sich auch ganz sicher?

RUSSELL STILES: Das habe ich doch gerade gesagt, oder nicht?

DI WILMOTT: Wir haben ein Haar am Tatort gefunden, auf Max' Leiche, dessen DNS zu Ihrer passt. Wie erklären Sie sich das, wenn Sie nie im Haus waren?

RUSSELL STILES: *Was?*

DI WILMOTT: Na los, erzählen Sie mir, was in jener Nacht passiert ist. Sie waren aufgebracht und wütend, dass Alissa Max geheiratet hatte. Sie haben das Haus aus dem Wald heraus observiert, nicht wahr?

RUSSELL STILES: *Nein!*

DI WILMOTT: Sie haben beobachtet, wie Max in seinem Büro gearbeitet hat, da die Vorhänge nicht zugezogen waren. Sie haben das Badlicht angehen sehen und gewusst, dass Alissa dort sein würde, aus dem Weg. Sie haben das Haus über die unverschlossene Küchentür betreten.

RUSSELL STILES: Nein, habe ich nicht!

DI WILMOTT: Sie haben Max von hinten erstochen, bevor er Sie hören konnte. Bevor er wusste, was mit ihm geschah. Ist es nicht so, Russell?

RUSSELL STILES: Ich glaube, ich will jetzt einen Anwalt.

♦ ♦ ♦

Ich lehnte mich zurück, nahm die Kopfhörer ab und betrachtete Russells Gesicht auf dem Bildschirm, studierte seine Körpersprache auf irgendwelche Anzeichen, dass er log. Irgendetwas an dieser ganzen Sache stimmte nicht. Es wirkte zu eindeutig, zu praktisch. Und irgendetwas daran klang nicht glaubhaft.

Ich rieb mir mit den Händen übers Gesicht und dachte nach, bis mein Handy klingelte. Es war Emma Bolton.

»Hi, ich dachte nur, Sie wollen vielleicht wissen, dass auf der Flasche Jack Daniel's noch ein Fingerabdruck gefunden wurde.«

Gespannt setzte ich mich aufrecht hin. »Reden Sie weiter.«

»Leo Smithers' Abdrücke befanden sich ebenfalls auf der Flasche.«

»Okay, super, danke.« Ich legte auf, streckte meinen schmerzenden Rücken und zog los, um Leo einen weiteren Besuch abzustatten.

Er war der Manager der regionalen Abteilung einer der größten internationalen Banken. Seinem Haus und Auto nach zu urteilen, würde ich wetten, dass er ein gigantisches Spesenkonto hatte und Megaboni kassierte, während die einfachen Leute sich irgendwie durchschlagen mussten. Es erinnerte mich wieder an den Mackenzie-Fall – die Reichen und Einflussreichen kamen mit allem davon, während der Rest von uns am Arsch war. Aber sie wurden geschützt. Wo blieb da die Gerechtigkeit? Mittlerweile kam ich immer mehr zu der Schlussfolgerung, dass es keine Gerechtigkeit mehr gab. Statt den Banken aus der Patsche zu helfen, die die globale Finanzkrise verursacht hatten, und sie mit dem größten Betrug der Geschichte davonkommen zu lassen, hätten wir das tun sollen, was Island getan hatte: ihre dreckigen, hinterhältigen, lügenden Ärsche vor Gericht zerren.

Ich wurde in Leos verschwenderisch ausgestattetes Büro geführt und versuchte, meine Verachtung für seine Art

Menschenschlag zu unterdrücken. Trotz meiner persönlichen Gefühle musste ich objektiv bleiben.

Er war am Telefon und saß dabei zurückgelehnt in seinem Ledersessel. Als er mich registrierte, hielt er einen Finger hoch, um anzuzeigen, dass es nicht lange dauern würde. Er trug einen teuren, edel geschnittenen schwarzen Anzug, ein blassgelbes Hemd und eine orangefarbene Krawatte. Er sprach mit jemandem darüber, Gold zu verknappen, um den Markt zu manipulieren, und ab und an wanderten seine braunen Augen unbehaglich zu mir. Ich verstand nicht wirklich, worüber er da redete, und genau darauf verließ sich der Finanzsektor auch – dass wir nicht wirklich eine Ahnung hatten, wie unser Banken- und Wirtschaftssystem funktionierte. Eines Tages, wenn ich mal eine Minute übrig hatte, würde ich wohl ein paar Nachforschungen anstellen müssen.

Er beendete das Gespräch und legte auf. Dann beugte er sich in seinem Sessel vor und hielt mir die Hand hin, um sie zu schütteln, wobei seine goldenen Manschetten im Licht funkelten. »Ich würde ja sagen, dass es schön ist, Sie wiederzusehen, aber aus offensichtlichen Gründen ist es das natürlich nicht.«

Ich lächelte. Das Gefühl beruhte auf Gegenseitigkeit. »Ich habe noch ein paar Fragen an Sie.«

»Wollen Sie einen Kaffee? Ich habe Kopi Luwak hier.«

Natürlich hatte er das. Dabei handelte es sich um die teuerste Kaffeemarke der Welt, die ungefähr 25 bis 70 Pfund pro Tasse kostete und aus den Exkrementen von Schleichkatzen gewonnen wurde, die in Käfigen gehalten und mit den Kaffeebohnen gefüttert wurden. Was war nur aus der Welt geworden? »Danke, aber ich bin nicht unbedingt scharf darauf, Katzenscheiße zu trinken.«

Er schenkte mir ein schmallippiges Lächeln und blickte auf seine Uhr. »Ich habe in Kürze ein Meeting, wenn wir also zur Sache kommen könnten …?«

»Es geht um den Vorfall zwischen Russell und Max auf dem Hochzeitsempfang.«

»Davon habe ich Ihnen doch schon erzählt.«

»Ja, ich weiß. Sie haben berichtet, dass Sie nur das Ende mitbekommen haben. Sie haben beobachtet, wie Alissa sich zwischen Russell und Max gestellt hat, als es so aussah, als würde sich die Situation erhitzen. Und als Sie im Garten waren, war Russell bereits gegangen.«

»Ja, das stimmt.«

»Und daraufhin sind Sie in den Wald gegangen, um sicherzustellen, dass Russell wirklich weg ist.«

Er verschränkte die Beine und legte einen Ellbogen lässig auf seiner Sessellehne ab. »Ja.«

»Was ist passiert, als Sie im Wald waren?«

»Nur das, was ich Ihnen bereits erzählt habe. Ich hab mich in der unmittelbaren Umgebung nach ihm umgeschaut. Ich konnte ihn nicht sehen, also bin ich zu The Orchard zurückgegangen.«

»Wir haben eine Flasche Jack Daniel's nahe einer großen Eiche gefunden, auf der Russells Fingerabdrücke waren.«

»Tja, da bin ich nicht überrascht. Er war völlig betrunken.«

»Und Ihre Fingerabdrücke waren ebenfalls darauf. Wie ist es dazu gekommen?«

Er zuckte mit den Schultern. »Ich hab die Flasche hochgehoben.«

»Warum?«

Er neigte den Kopf. »Das weiß ich gar nicht wirklich. Ich habe sie dort entdeckt und aufgehoben, um zu sehen, wie leer sie war. Er hatte fast die gesamte Flasche getrunken, während er das Haus beobachtet hatte. Verdammter Psycho.«

»Das haben Sie vorher aber nicht erwähnt.«

»Ich habe es vergessen, bis Sie jetzt danach gefragt haben. Das ist doch nicht wichtig, oder?«

»Haben Sie Buttons, Alissas Katze, in der Nähe des Baums und der Flasche gesehen?«

»Nein.«

Russell hatte die Katze also nicht getötet. Es sei denn, er war an einem anderen Tag noch mal wiedergekommen. Aber warum? Ich hätte es ja verstehen können, wenn die Katze Max gehört hatte, aber es war Alissas Katze. Hätte Russell ihr also Schaden zugefügt, wo er doch so in Alissa verliebt war? Und war der Tod der Katze überhaupt relevant für den Rest des Falls oder war sie durch einen Unfall gestorben?

»Was hat Russell an jenem Tag getragen?«

Er tippte mit der Fingerspitze gegen sein Kinn und dachte nach. »Blaue Jeans und ein weißes T-Shirt mit irgendeinem Logo darauf.«

»Sonst noch was?«

»Na ja, Schuhe natürlich.« Er grinste mich spöttisch an. »Ich weiß allerdings nicht, von welcher Marke.«

»Was haben Sie in Bezug auf Alissa empfunden?«

Seine Nasenflügel blähten sich leicht auf. »Was meinen Sie damit?«

Er war nicht dumm. Er wusste genau, was ich meinte. »Mochten Sie sie? Waren Sie froh, dass sie Ihren besten Freund heiratet?«

»Die beiden waren sehr glücklich zusammen, und falls Sie andeuten, dass Alissa etwas mit der Sache zu tun hatte, liegen Sie völlig falsch. Ich werde ohne Anwesenheit meines Anwalts keine weiteren unangemessenen Fragen mehr beantworten. Und ich denke ernsthaft darüber nach, eine Beschwerde über Ihre unmögliche Befragung einzureichen! Und nun bin ich wirklich sehr beschäftigt und muss Sie bitten zu gehen.« Er drehte sich zu seinem Schreibtisch um und schob Unterlagen hin und her.

Aber mir fiel auf, dass er meine Frage nicht beantwortet hatte.

Kapitel 18

Der Detective

Ronnie und ich führten noch den Durchsuchungsbeschluss für Stiles' Haus aus, während Wilmott sich im Ruhm seiner Verhaftung sonnte. Bei dem Haus handelte es sich um ein gemietetes Reihenhaus am Rand von Waverly – von außen sauber und ordentlich, mit einem handtuchgroßen Vorgarten. Ein starker Gegensatz zu The Orchard. Alissa hatte definitiv das große Los gezogen, indem sie Russell gegen Max ausgetauscht hatte. Dennoch, über Liebe ließ sich nicht streiten. Oder doch? Ich hegte weiter Zweifel an ihrer Geschichte.

Ronnie war im winzigen Wohnzimmer und schaute unter den Sofakissen nach.

Ich sah mich um, versuchte, ein Gefühl für den Ort zu bekommen und den Menschen, der hier wohnte. An einer Wand befand sich ein Holzofen. Unter dem Fenster stand ein ramponierter TV-Schrank. In einer Ecke des Raums war die Treppe, die nach oben führte. In der anderen Ecke gab es eine Tür, die zu einer Küche mit Blick auf den größeren Garten hinten gehörte.

Ich ging die Treppe hoch. Hinter der ersten Tür, zu der ich kam, lag ein Gästezimmer, das als Fitnessraum genutzt wurde. Die einzigen Dinge darin waren eine Hantelbank mit einer metallenen Langhantel, die auf der Ablage ruhte, zwei Metallhanteln und ein Stapel mit Gewichten. An der Wand gegenüber der Bank hing ein riesiges Bild von Alissa. Ich trat näher heran und musterte das Schwarzweißbild genauer. Es war in einem Weizenfeld aufgenommen worden, aber der Hintergrund war unscharf. Sie trug ein blasses, kurzes Sommerkleid, das ihre Hüften, ihre Brüste und ihre langen, wohlgeformten Beine betonte. Ihr Kopf war leicht geneigt; sie hielt einen Blumenstrauß in einer Hand locker neben sich. Das Lächeln auf ihrem Gesicht war einladend, sinnlich. Ihre großen braunen Augen beinhalteten das Versprechen von Sex. Das Wort »bezaubernd« wurde ihr nicht gerecht. Sie war mehr als das. Viel mehr. Ich stellte mir vor, wie Russell in diesem Raum trainierte und sie dabei anstarrte, nicht in der Lage, sie loszulassen. Genauso ging es mir mit Denise. Ich konnte sie auch nicht loslassen. Ein Teil von mir hatte sogar Mitleid mit Russell. Liebe kann das großartigste Gefühl der Welt sein – sie kann einem ein Gefühl von Ekstase, Freiheit, Frieden geben, einen dazu inspirieren, das Unmögliche möglich zu machen. Aber auf der anderen Seite kann sie auch Schmerz verursachen oder einen hoffnungslos, wütend, bitter, fixiert und eifersüchtig machen, wie es bei Russell der Fall zu sein schien. Er war in einem Teufelskreislauf gefangen, nicht in der Lage, sein Leben ohne sie weiterzuleben. Nicht in der Lage, zu akzeptieren, dass sie nicht mehr für ihn da war. Und mich traf die Erkenntnis, dass ich mich in diesem Aspekt nicht allzu sehr von ihm unterschied.

Ich schaute unter der Bank und zwischen den Gewichten nach, fühlte auf dem Boden des leeren Zimmers nach lockeren Holzdielen, fand aber nichts Verstecktes.

Ich durchsuchte sein Bad, entdeckte ein paar Flaschen mit Hygieneartikeln, eine Rasierklinge, ein paar Reinigungsprodukte und einen Schwamm. Es gab keinen Badschrank. Der Wasserkasten war leer. Ein großer Plastikeimer stand unter der Spüle, in dem die dreckige Wäsche aufbewahrt wurde. Ich wühlte darin herum, fand ein feuchtes Handtuch, ein Flanellhemd, zwei ausgewaschene Jeans, eine eingerissene Tarnhose, Socken und Boxershorts. Alissa hatte gemeint, der Eindringling hätte komplett schwarz getragen, aber wir hatten nur ihre Aussage dazu. Ich legte die Klamotten zurück und ging in sein Schlafzimmer.

Dort gab es einen Kiefernschrank, der in einer Ecke stand, ein Doppelbett aus Kiefernholz, zwei dazu passende Kommoden, von denen auf einer noch ein Foto von Alissa stand, und sonst nicht viel. Ich durchsuchte zuerst das Bett, schaute unter der Matratze und in den Kissenhüllen nach, bevor ich meine Aufmerksamkeit den Schubladen zuwandte. Boxershorts, Socken, ein alter Discman, eine Packung Kondome, deren Haltbarkeitsdatum überschritten war, ein Kugelschreiber, eine antiseptische Salbe, ein paar ätherische Öle. Nichts war darunter oder dahinter festgeklebt.

In dem Schrank lagen Kleidung, Schuhe, eine Reisetasche und ein paar Mützen. Ich schob die Kleidung hin und her, forschte nach etwas Schwarzem, aber da war nichts. Er schien grau oder blau oder tarnfarben zu bevorzugen. Ich kramte in den Taschen und den Stiefeln, Schuhen und Turnschuhen, aber die Ermittler hatten am Tatort keine Fußabdrücke gefunden – eventuell deshalb, weil der Angreifer Überschuhe getragen hatte. Oder vielleicht auch aus einem anderen Grund. Nirgendwo fand ich eine schwarze Daunenjacke oder eine Skimaske oder Handschuhe.

Ich ging wieder nach unten, wo Ronnie in einem Wandschrank unter der Spüle in der Küche herumwühlte. »Hast du was gefunden?«

»Nichts Belastendes.«

Ich öffnete die Hintertür und sah in den Garten. Rundherum standen zwei Meter hohe Weißdornbüsche, die sein Grundstück von den benachbarten abtrennten. Am hinteren Ende grenzte es an denselben Wald wie The Orchard weiter oben im Dorf. Das Einzige, was Russells Grundstück von diesen Wäldern trennte, war ein ein Meter hoher Holzzaun. Es wäre ein Leichtes für ihn gewesen, in jener Nacht sein Haus zu verlassen, im Schutz der Bäume ohne gesehen zu werden zu The Orchard zu gelangen und auf demselben Weg im Dunkeln zurückzukehren. Aber mich störte immer noch, *warum* er es getan haben sollte, wenn er wusste, dass Alissa im Haus sein würde. Es sei denn, Alissa und Stiles steckten wirklich unter einer Decke und er hatte gewusst, dass sie sich nicht einmischen würde. Hatte sie Russell an jenem Abend ins Haus gelassen?

In einer Gartenecke stand ein alter Schuppen, dessen Holzplanken an einigen Stellen verrotteten. Ich ging den Steinplattenweg hinunter und klinkte die Tür auf. Sie war nicht verschlossen.

Der Schuppen war voll, aber relativ aufgeräumt. An einer Wand stand ein Regal mit Angelausrüstung – Netze, Angelruten, Fliegen. In der Ecke war ein alter Benzintrimmer, daneben ein paar Spaten und Harken und eine Astschere. Es gab mehrere Dosen mit Holzbeize, Unkrautvernichter, einen breiten Rasensprenger aus Plastik und eine große Tüte mit Dünger und Mulch.

Ich schob die Tüte Dünger von der Wand und da sah ich sie.

Eine Plastiktüte, die um etwas gewickelt war. Ich öffnete die Tüte und fand ein Messer. Es war ungefähr dreizehn Zentimeter lang, hatte einen schwarzen Griff und eine sehr scharfe, spitz zulaufende Klinge.

Und sie war mit etwas verkrustet, das nach getrocknetem Blut aussah.

Kapitel 19

Die Andere

Die Farm wurde verkauft, als Dad ins Gefängnis kam, und der Erlös daraus wurde für mich auf einem Treuhandkonto hinterlegt, auf das ich Zugriff haben würde, sobald ich sechzehn wurde. Ich kam zu einer Pflegefamilie in ein Haus, das weit weg von meinem alten Haus war – sowohl geografisch als auch in Hinsicht auf den Lebensstil. Von mitten auf dem Land kam ich in die große Stadt. Meine Pflegeeltern waren David und Caroline, und sie hatten eine Tochter, die zwei Jahre älter war als ich, und einen vier Jahre älteren Sohn. Eine nette, normale, gewöhnliche Familie. Ich brauchte eine Weile, um herauszufinden, was normal in der echten Welt bedeutete. Der nicht isolierten Welt, in der Familien zusammen zu Abend aßen, ohne dass das Essen durch das Zimmer geworfen oder einem in den Hals gepresst wurde. In der Eltern zivilisiert miteinander redeten und echte Gespräche führten, die nicht darin gipfelten, dass einer von beiden schrie und den Kiefer des anderen dabei festhielt, sodass der gezwungen war zuzuhören. In der man nicht geschlagen oder getreten wurde. In der man nicht wie auf Eierschalen laufen musste, aus Angst, das Falsche zu sagen. In der Kinder Freunde hatten, die schöne Dinge zusammen unternahmen, und in der ihre einzige Aufgabe darin bestand, eine behütete Kindheit zu genießen, anstatt arme, wehrlose Tiere zu quälen und zu ermorden und über ihr Leiden zu lachen. In der Berührungen, Wangenküsse und Umarmungen Fäuste und tretende Füße ersetzten.

Ihr Haus verfügte über sämtliche Annehmlichkeiten, die man sich wünschen konnte. Einen Fernseher im Wohnzimmer und einen in jedem Zimmer der Kinder, damit die sehen konnten, was sie wollten. Wir hatten zu Hause überhaupt keinen gehabt. Der Fernseher war *Gottes Art, den Teufel in unser Heim zu bringen*! Hier hatten sie Internet, Handys, Videospiele, DVD-Player. In diesem Haus gab es einfach alles.

Ich glaube, ich weiß noch immer nicht mit Sicherheit, was normal ist. Aber in jenen Tagen hatte ich viel zu lernen, und die Sache mit George war mein Startpunkt gewesen. Instinktiv hatte ich schon in jenem jungen Alter gewusst, dass ich zu jemand anderem werden musste, um als normal durchzugehen. Denn mein *wahres* Ich würde niemals normal sein. Irgendetwas tief in mir war falsch. Ich konnte nichts für Menschen empfinden. Echte Emotionen brachte ich für Tiere auf. Man darf mich nicht falsch verstehen, meine Pflegefamilie war reizend. Nur war ich vielleicht doch mehr wie mein Dad, als mir klar war. Und wenn ich dieses Dad-Ding in mir nicht loswerden konnte, musste ich es ausblenden.

Man muss sich auf *eine ganze Menge* konzentrieren, wenn man versucht, normal zu sein, obwohl man eine beschissene Kindheit hatte. Eine Menge Dinge, an die man sich erinnern muss. Es ist ein beständiger Kampf. In diesem Haus begann meine wahre Erziehung.

Die ganze Zeit über studierte ich die Tochter. Wie sie ging, ihre Eigenarten, ihr Akzent, ihr Tonfall, was sie trug, wie sie lachte, wie sie schwamm, wie sie sich im Umgang mit ihren

Freunden verhielt, welches Make-up sie trug, wie sie ihr Haar machte. Ich folgte ihr und machte gedanklich Notizen. *Heute hat sie ihren Kopf zurückgeworfen, als sie bei einem Scherz ihres Vaters gelacht hat, aber warum war das etwas anderes als gestern, als sie bei einem Scherz ihres Bruders nicht gelacht und ihn stattdessen angefunkelt hat?*

Es war *ermüdend*! Die ständigen Fragen in meinem Kopf, die subtilen Veränderungen in ihr von einem Tag auf den nächsten, meine Versuche herauszufinden, warum das so war, was es bedeutete, ob es wichtig war.

Nachts in meinem Zimmer ging ich die Tage durch, die ich mit ihr verbracht hatte, während sie mich ihren Freundinnen vorstellte, ihrem Freund, ihrem Leben, und machte panisch Notizen, versuchte mitzuhalten. Ich übte ihre Stimme vor dem Spiegel, ihr Lachen, ihre Frisur, ihre verschiedenen Gesichtsausdrücke, bis ich sicher war, dass ich sie richtig getroffen hatte. Aber die Übungen brauchten auch ein Publikum, also borgte ich mir ein paar ihrer Klamotten aus, ging in die Stadt und zwang mich dazu, mit Leuten zu reden, die ich nicht kannte. Zwang mich, *sie* zu sein.

Ich setzte mich in einen Coffeeshop und lächelte jeden an, was nicht funktionierte. Die Leute hielten einen für seltsam, wenn man *jeden* anlächelte. Ich notierte mir das im Kopf und fixierte meine Umgebung, während ich einen schwarzen Kaffee trank. Es schien okay zu sein, den Barista oder die Leute in der Schlange anzulächeln, aber ein dauerhaftes Lächeln im Gesicht, während man sich im Raum umsah, war falsch. *Check!*

Ich lief ziellos herum, suchte nach Leuten, mit denen ich reden konnte, um auszuprobieren, sie zu sein. Nach und nach wurde es leichter. Statt, dass *meine* Augen die Welt sahen, hatte ich wirklich das Gefühl, es wären *ihre*.

Natürlich war ich nicht dumm genug, um durchblicken zu lassen, was ich da tat. Zu Hause musste ich ich selbst sein, allerdings eben eine veränderte Version des Kindes, das sie anfangs aufgenommen hatten. Jemand, der mittlerweile wirklich mit Menschen redete. Der lachte. Jemand, dessen magerer Körper sich in eine junge Frau mit Kurven und Brüsten und Po verwandelt hatte. Die lange, glänzende Haare hatte. Die wirklich hübsch aussah. Sogar so hübsch, dass sich die Leute nach ihr umdrehten. Die Tochter war in mich vernarrt. Sie hatte sich immer eine jüngere Schwester gewünscht und behandelte mich, als wäre ich ihre Lieblingspuppe. Sie brachte mir bei, wie ich mir die Haare frisieren konnte, die vorher nur ein zerzaustes Gewirr gewesen waren. Wie man Make-up auftrug, welche Musik cool und welche doof war. Doch egal, wie nett sie auch zu mir war, ich konnte die Gefühle nicht erwidern. Irgendetwas fehlte tief in meinem Herzen. Da war lediglich etwas Kaltes und Dunkles. Ich glaube, der Sohn war auch in mich vernarrt. Ich merkte, wie er mich ansah, als wollte er mich berühren, mich küssen, mich ficken. Und ich sah, dass es mit der Zeit immer schwerer für ihn wurde, sich zusammenzureißen. Aber es gelang mir, ihn auf Abstand zu halten. Ich hatte Wichtigeres zu tun.

Als ich meine Nachahmung der Tochter perfektioniert hatte, studierte ich die Fernsehprogramme. Schauspielerinnen in den Teenieserien, die sie anschaute, oder in Filmen. Ich studierte jeden. Jeder konnte mir etwas beibringen; sie wussten es nur nicht.

Ich entwickelte mich zu einer jungen Frau, die in der Schule hart arbeitete, die ihre eigenen Freundinnen hatte, ins Shoppingcenter und ins Kino ging, surfen lernte, halbtags im Tierheim arbeitete, aber das war alles bloß Schauspiel. Ich verbrachte Stunden damit, meine Kunst zu perfektionieren. Vorbei war die Phase der dunklen Kunst. An ihre Stelle trat etwas Echtes. Etwas, das man durch die Leinwand oder das Papier voll mit Kohle und Wasserfarben spüren konnte. Meistens arbeitete ich an Tierbildern, denn ich konnte in ihre Seele blicken und das schimmerte durch die Bilder hindurch. Wir teilten ein Verständnis. Ich gewann Wettbewerbe und Preise. Aber das Wichtigste war, ich überstand es. Ich überstand das alles mit einem falschen Lächeln im Gesicht und der Persönlichkeit und den Eigenschaften Hunderter Menschen unter meiner Haut.

An meinem sechzehnten Geburtstag erfuhr ich, dass Dad sich im Gefängnis erhängt hatte. Und tschüss. Was hatten meine Eltern mir schon beigebracht? Wie ich mit bloßen Händen morde? Wie man eine Million Mal sterben konnte? Wie man durchdrehte? Wie man hasste und gehasst wurde? Wie einem etwas, das man liebte, genommen werden konnte? Wie man schwach und erbärmlich war?

Ich bin frei und brauche eine neue Herausforderung, dachte ich, während ich das Guthaben meines Treuhänderkontos betrachtete. Ich wollte vom Mädchen, das nichts hatte, zur Frau werden, die alles hatte. Und diesmal würde *ich* diejenige sein, die alles unter Kontrolle hatte. Also studierte ich die Karte von Australien und wählte einen Ort aus.

Ja. Sydney.

Denn das, was ich in meinem Leben vor allem anderen gelernt hatte, war, dass ich sein konnte, wer ich wollte. Und jetzt war es an der Zeit, mich selbst neu zu erfinden.

Teil 2

Rache

Kapitel 20

Die Andere

Ich habe natürlich einen richtigen Namen – den auf meiner Geburtsurkunde. Der Name, den *die* mir gegeben haben. Aber in Sydney war ich Anita, in Byron Bay Jane, in Brisbane Alice und noch viele andere über die Jahre hinweg. Ich war ein Chamäleon, passte mich an meine Umgebung an, änderte meine Persönlichkeit wie andere ihre Unterwäsche. In den Hostels, in denen ich während meiner Reise an der Ostküste Australiens entlang übernachtete, gab es so viele Leute zu treffen. Zu beobachten. Zu kopieren. Ihr Selbst von ihnen zu stehlen, ohne dass sie es überhaupt merkten. Rucksacktouristen, die durch das Land reisten, blind gegenüber der wahren Welt. Es war einfach, sich unter ihnen zu verlieren. Sich einzufügen oder herauszustechen, je nach Laune. Sonnenbrille, ein großer Schlapphut, ein unvorteilhaftes Hängekleid – schon fällt man nicht mehr auf. Mit Make-up, Frisur, kurzen Röcken und Trägerhemd wird man gesehen. *Abrakadabra!* Magie. Mein bester Partytrick.

Irgendwann allerdings begann ich, mich zu langweilen. Männer waren einfach. Ich will nicht anmaßend klingen, aber sie waren an mir interessiert, wann immer ich in meiner

»Auffallstimmung« war. Sehr interessiert. Ich konnte jeden haben, den ich wollte, aber es bedeutete mir nichts. Ich ging mit ihnen ebenso um wie mit all meinen *Projekten*. Es gab eine Lernkurve. Alles stellte eine Lektion dar. Sie waren einfach nur meine Hausaufgaben.

Ich war zufrieden, allein zu sein – ich war mittlerweile daran gewöhnt. Ich mochte es, mich in meinem Kopf einzuschließen. »Normal« zu sein war manchmal verdammt harte Arbeit und nach jahrelangem Reisen wollte ich mich eine Weile an einem Ort niederlassen und mich auf meine Kunst konzentrieren, während ich den nächsten Plan für mein Leben ausarbeitete.

Noosa war die Stadt, zu der ich während meines Ostküstentrips die stärkste Bindung verspürt hatte, also kehrte ich dorthin zurück, mietete ein kleines Apartment und stellte einen Stand auf, an dem ich meine Bilder verkaufte. Einer der Kunstläden vor Ort fragte mich außerdem, ob ich ein paar meiner Tierbilder auf Postkarten drucken könnte, die sie für mich verkaufen würden. *Ja, natürlich, ich kann alles*! Ich hatte die Hälfte meines Treuhandgeldes durch das jahrelange Reisen ausgegeben, also bezahlte die Kunst meine Rechnungen, während ich noch etwas mehr Geld sparte, um weiterzuziehen … Auch wenn ich noch nicht wusste, wohin. Irgendwohin. Ich verspürte den ständigen Drang, irgendwohin zu gehen. Etwas Neues zu erleben. Oder vielleicht versuchte ich auch einfach, vor meinen eigenen Gedanken zu fliehen und den Stimmen, die manchmal nervtötend in meinem Kopf schrien. Ich war neun Monate in Noosa und hatte mein neues Leben ausprobiert. Aber nach einer Weile wurde es fade und monoton. Wie ertrugen das die Leute jahrelang?

Ich hatte schon so viel durchgestanden … *dafür*?

Aber die Dinge ändern sich ja immer dann, wenn man es am wenigsten erwartet – und genau das passierte mir an einem sonnigen Tag Ende August.

Ich hatte einen Stapel neuer Postkarten bei mir, die ich gerade für das Geschäft gedruckt hatte. Ich wollte sie abgeben, bevor ich meinen Stand aufstellte.

»Hi!«, grüßte die Besitzerin, als ich durch die Tür kam.

»Hi!« Ich lächelte und stellte eine Schachtel auf die Theke. »Neue Vorräte für dich.«

»Super, danke. Deine Sachen verkaufen sich immer schnell.« Sie nahm ein paar der Postkarten von oben und schaute sie durch.

Ich setzte ein weiteres Lächeln auf – ein dankbares, bescheidenes – während sie ein paar Dollar abzählte und sie mir gab. »Ich ruf dich wegen Nachschub an, wenn sie uns wieder ausgehen.«

Ich steckte die Scheine in meine Brieftasche. Noch ein Lächeln. Lebhaft, fröhlich. »Fantastisch! Soll ich sie für dich ins Regal stellen, wenn ich rausgehe?«

»Oh ja, das wäre super, danke.«

Ich nahm die Schachtel mit zum Postkartenständer draußen, nahm einen Stapel heraus und legte ihn auf dem Fensterbrett ab, um sie zu einem perfekten Rechteck zu sortieren, damit sie in die Drahthalterungen passten. Ich trat einen Schritt zurück, um sie zu bewundern, und summte vor mich hin. So etwas tun glückliche Menschen nämlich. Als ich mich umdrehte, um zu gehen, wanderte mein Blick weiter die Straße entlang in Richtung eines händchenhaltenden Pärchens, das in meine Richtung unterwegs war. Sie hatten mich noch nicht bemerkt, da ich von den Postkarten verborgen war. Ich erstarrte – meine Augen waren weit aufgerissen, mein Herz blieb beinahe stehen und ein Blitz der Verwirrung explodierte in meinem Kopf.

Er sah nicht schlecht aus. Vielleicht etwas zu adrett. Groß. Lässig fallende, blonde Haare. Designerklamotten. Aber nicht er war es, der meinen Schock ausgelöst hatte. Stattdessen gaffte ich die Frau an.

Sie sah exakt aus wie ich.

Kapitel 21

Die Andere

Wir sahen uns nicht einfach bloß ähnlich. Wir waren *identisch*! Ich erkannte diese Lippen, die obere nur leicht voller als die untere, die geschwungenen Augenbrauen über braunen, ovalen Augen, umrahmt von langen, dunklen Wimpern. Das schokobraune Haar, locker in langen Wellen, die schmale Nase. Die hohen Wangenknochen.

Als sie sich näherten, trat ich zurück in den Laden, beobachtete sie aus dem Augenwinkel durch ein Schaufenster, versuchte, einen Sinn in dem zu erkennen, was ich dort erblickte. Meine Stirn runzelte sich wie von selbst, als ich in die dunklen Jahre in meinem Kopf abtauchte und nach etwas suchte, das erklären würde, wie das möglich war. Wenn wir identisch waren, konnte das nur bedeuten, dass wir Zwillinge waren, was bedeutete … ich war *adoptiert* worden! Was zur Hölle!

Ich musste mehr über die beiden herausfinden. Über sie. Wer war sie? Wie hatte ich nicht wissen können, dass ich eine Schwester hatte? Wusste sie von mir? Hatte sie *all* die Zeit hinter meinem Rücken über mich gelacht?

Ich sah die beiden an dem Laden vorbeigehen, registrierte, wie er etwas zu ihr sagte, wie sie ihren Kopf zurückwarf und lachte. Sie sahen glücklich aus. Verliebt. Spazierten entspannt die Straße entlang, als hätten sie keine Sorgen auf der Welt. Blind gegenüber dem Aufruhr, der sich in mir aufzubauen begann.

Ich stöberte in meiner Tasche und zog eine Sonnenbrille sowie einen großen Schlapphut heraus, der den größten Teil meines Gesichts verdeckte. Die hatte ich immer bei mir, damit ich jederzeit in den Hintergrund abtauchen konnte. Alte Gewohnheiten sind nur schwer abzulegen, und ich konnte es nicht riskieren, ohne Tarnung entdeckt zu werden.

Ich folgte ihnen zu einem schicken Hotel, sah, wie sie einen Lift betraten. Neben der Bar gab es einen Stand mit kostenlosen Zeitungen, also nahm ich mir eine und setzte mich mit der in meinem Schoß aufgeschlagenen Zeitung in die Lobby, als wäre ich ein Gast, der etwas Zeit totschlägt. Doch in Wahrheit beobachtete und wartete ich. Ich fragte mich, was hier eigentlich vorging. Mein Gehirn lief auf Hochtouren.

Drei Stunden später traten sie wieder aus dem Lift. Sie hatten ihre Sachen gewechselt und strahlten eine Zufriedenheit aus, die vermutlich daher rührte, dass sie gerade Sex gehabt hatten. Als sie an mir vorbeigingen, völlig ineinander versunken, sah ich mir seine Kleidung an, seine Uhr, seine Schuhe, ihren Verlobungs- und Ehering, ihre Handtasche. Sie wirkten reich. Hatten vermutlich alles. Ich wollte etwas davon. Hier war eine Gelegenheit, die ich mir nicht entgehen lassen durfte.

Ich ließ die Zeitung auf einem Kaffeetisch liegen und folgte ihnen mit etwas Abstand, bis sie eine kleine Boutique betraten. Ich konnte ihnen nicht ewig hinterherrennen, und ich wusste, wenn ich die Hotelangestellten über sie ausfragen würde, würde man mir niemals Informationen über die Gäste geben. Ich wusste nicht, ob sie Australier waren oder ausländische

Touristen, aber wenn sie sich in einem Hotel aufhielten, würden sie nicht dauerhaft hier sein. Irgendwann würden sie weiterziehen und ihr normales Leben weiterführen. Ich musste also *jetzt* herausfinden, wer sie war. Wer behauptet hat, Geduld sei eine Tugend, ist ein Arschloch. Geduld ist bloß eine riesige Zeitverschwendung.

Es wurde Zeit, mein anderes Ich kennenzulernen.

Ich nahm den Sonnenhut und die Sonnenbrille ab, stopfte sie in meine Tasche und schüttelte meine Haare. Dann betrat ich ruhig den Laden. Ich entdeckte die beiden in einer Ecke. Sie schob Kleider auf einem Ständer herum, während er geduldig und mit verzücktem Blick neben ihr stand. Sie zog ein Kleid heraus und hielt es sich an den Körper.

»Was denkst du?«, fragte sie ihn. Sogar unsere Stimmen waren ähnlich, trotz ihres englischen Akzents und meines australischen Näselns, das ich zu jener Zeit sprach.

Ich hielt den Kopf gesenkt und trat näher zu ihnen, als würde ich stöbern.

Ich hörte, wie sie keuchte und ihr ein »Oh mein Gott!« entfuhr.

Dann sah ich auf, als hätte ich sie jetzt erst bemerkt. Meine Lippen öffneten sich mit gespieltem Schock, als die Frau näher zu mir herantrat und mich ebenso sorgfältig studierte, wie ich es bei ihr getan hatte.

Sie war zu sehr damit beschäftigt, mich anzustarren, um zu bemerken, wie Mr Nobel abwechselnd von ihr zu mir glotzte, als wäre er Schiedsrichter bei einem Tennismatch.

»Was zur …«, stammelte er.

Schnell ging ich in meinem Kopf meine »Normal«-Checkliste durch und fragte mich, was in so einer Situation wohl angemessen wäre. *Auf jemanden treffen, der identisch mit einem ist … Keucht man, lacht nervös, lächelt unsicher oder läuft fort?*

Ich entschied mich dafür, nervös zu lachen. »Wer bist du?«

Sie grinste breit. Diese Zähne erkannte ich ebenfalls. Mit einem schlanken Finger zeigte sie auf ihre Brust. »Ich? Dieselbe Frage wollte ich dir stellen.«

»Sam.« Ich setzte noch ein unsicheres Lächeln drauf.

»Das ist einfach unglaublich.« Der Mann, von dem ich annahm, dass er ihr Ehemann war, fuhr noch immer mit seinem Schiedsrichterblick fort. »Ihr seid identisch! Ihr seht aus, als wärt ihr …«

»Zwillinge!«, riefen mein anderes Ich und ich gleichzeitig.

Ich trat näher zu ihr, nahm sie in mich auf. Ich hatte mich nicht geirrt. Sie war wie ich. »Eineiige Zwillinge. Wie ist das möglich?«

Eine ältere Frau schnaubte verärgert und versuchte, an uns vorbeizukommen, da wir den Gang blockierten.

»Hört mal, warum gehen wir nicht irgendwohin, wo wir mehr unter uns sind, trinken einen Kaffee und finden heraus, was hier los ist?«, unterbrach Mr Nobel unser gegenseitiges Anstarren.

»Gute Idee.« Mein anderes Ich lächelte, nicht in der Lage, den Blick von mir zu wenden.

»Ich kenne da einen Ort, gleich die Straße runter.« Ich deutete die Straße entlang auf einen Coffeeshop mit Tischen, die auf dem Fußweg standen und von Sonnenschirmen umgeben waren.

Die Frau redete mit mir, während wir gingen, aber ihre Worte drangen nicht zu mir durch. Ich war zu sehr damit beschäftigt, die aufkeimende Wut in mir zu unterdrücken. Denn wenn wir Zwillinge waren, wenn ich adoptiert worden war, dann …

»Was möchtest du trinken?«, fragte mich Mr Nobel und seine Stimme holte mich zurück in die Gegenwart. Er wählte einen Tisch für vier in einer abgeschiedenen Ecke und zog die Stühle für die Frau und mich hervor.

»Äh … einen Iced Soja Latte, bitte.«

»Für dich das Übliche, Schatz?«, fragte er sie.

Sie nickte ihm zu und setzte sich hin. »Das ist so seltsam.«

Ich folgte ihrem Beispiel und setzte mich ihr gegenüber. Beide waren wir nicht in der Lage, unsere Augen von unseren doppelten Gesichtern zu wenden. »Das ist eine Untertreibung.«

Sie streckte mir ihre Hand entgegen. »Ich bin Alissa. Alissa Stanhope – huch, ich meine, jetzt Alissa Burbeck. Wir haben gerade geheiratet.« Sie zog die Schultern hoch bis zu ihren Ohren und schenkte mir ein närrisches, glückliches Grinsen.

Ich schüttelte ihre Hand. Selbst die Form unserer Hände, unserer Finger, war dieselbe. »Sam. Sam Folds.«

Sie hielt meine Hand fest, erwiderte mein eigenes Starren. »Wir müssen Zwillinge sein. Eineiige Zwillinge, richtig? Ich meine, ich weiß, die Leute sagen, jeder hätte einen Doppelgänger und so, aber … wir sehen uns nicht nur ähnlich. Wir sehen genau *gleich* aus.« Sie riss die Augen auf. »Aber ich verstehe das nicht. Ich meine, das würde bedeuten …« Sie wurde blass, als der Gedanke sie traf. »Oh mein Gott, was steht auf deiner Geburtsurkunde?«

»Äh …« Ich schüttelte den Kopf, versuchte zu denken, verwirrt durch den Schock und etwas anderes, was ich noch nicht analysieren konnte. »Da steht, mein Name wäre Sam Folds. Ich wurde am neunzehnten Februar 1992 in England geboren. Meine Eltern sind …« Bei der Erwähnung ihrer Namen kämpfte ich gegen meine aufkeimende Wut an und fragte mich, ob ich lügen sollte. Ich wollte ihre Geburtsurkunde sehen, also würde sie das zweifellos bei meiner auch wollen und dann wüsste sie es sowieso. »Sie heißen John und Elizabeth. Anscheinend sind sie von England hierher ausgewandert, als ich ein Baby war.«

»Ich habe dasselbe Geburtsdatum! Aber meine Eltern sind Rita und Bernard Stanhope.«

Ihr Mann kam mit einem Tablett mit den Kaffeebechern zurück. Er verteilte sie, stellte das Tablett auf dem nächsten leeren Tisch ab und drückte Alissas Hand. Dann starrte er uns wieder beide abwechselnd an, was langsam lästig wurde. »Ich bin übrigens Max.« Hastig schüttelte er mir die Hand. »Das ist ein bisschen bizarr.«

Ich trank einen Schluck Kaffee durch den Strohhalm, um meine Kehle zu befeuchten. *Bizarr* war gar kein Ausdruck. »Hast du dein ganzes Leben in England verbracht?«, fragte ich.

»Ja, schon. Meine früheste Erinnerung ist zumindest die an das Haus, in dem ich aufgewachsen bin. Was ist mit dir? Wo hast du gelebt?«

Der Kaffee drohte, mir wieder die Kehle hochzusteigen. Ich schluckte schwer. »Hier in Australien. Im Nirgendwo, auf einer ländlichen Farm. Meine Eltern hatten eine Farm.« Ich zwang mich, das Wort »Eltern« ruhig und liebevoll klingen zu lassen. »Wie du erinnere ich mich, seit frühester Kindheit dort gelebt zu haben.« *Leider! Der Ort nennt sich Hölle, schon mal davon gehört?*

»Also, wie ist das passiert? Wer sind wir?« Sie drückte Max' Hand fest.

Ich zwang mich zu einem Lachen, verwirrt, interessiert, *check!* »Ich habe keine Ahnung.«

Max beugte sich vor und legte dabei die Hand, mit der er Alissas hielt, auf seinem Schenkel ab. »Ihr werdet wohl beide adoptiert worden sein, offensichtlich von verschiedenen Leuten.«

Wow! Echt jetzt, Max?

Ich grub mir die Fingernägel in meine Handflächen, um die nicht hilfreichen, garstigen Gedanken zu stoppen. Sie würden mir nicht dabei helfen, an Informationen zu gelangen.

»Meine Eltern haben nie etwas gesagt«, murmelte Alissa und starrte ins Leere. »Mein Dad ist gestorben, als ich vierzehn war, und meine Mum … na ja, sie hatte ein paar Schlaganfälle. Sie kann jetzt nicht mehr sprechen – sie ist in einem Pflegeheim. Ich könnte sie nicht mehr dazu befragen, wenn ich es wollte. Was ist mit deinen Eltern? Leben sie noch? Kannst du sie fragen über all …« Sie schwenkte ihre Hand in einem Kreis, als würde sie nach dem richtigen Wort suchen. »Das hier?«

»Tut mir leid, das mit deiner Mum.« Ich runzelte die Stirn, besorgt, wie es eine angehende neue Schwester tun würde. »Ja, sie leben noch, sind aber auch beide nicht bei guter Gesundheit.« Die Lüge kam mir ohne das geringste Zögern über die Lippe, genau wie die Millionen anderer Lügen, mit denen ich bereits Übung hatte. »Mein Dad hat vor sechs Monaten einen Bypass bekommen und darf sich nicht aufregen. Und Mum …« Eine Hand flatterte zu meiner Brust, ganz die verzweifelte Tochter, *check!* »Na ja, sie hat gerade erst erfahren, dass sie Darmkrebs hat. Ich würde sie nur ungern mit all dem hier stressen. Können wir das erst mal für uns behalten, bis wir wissen, was los ist, was passiert ist?«

Alissa sah wie hilfesuchend zu ihrem Mann und ich versuchte abzuschätzen, was ich in ihrem Gesicht las. Abgesehen von der offensichtlichen Schönheit verbarg sich etwas Liebes und Reines darin – auch etwas Schwaches, als bräuchte sie ihn, damit er sich um sie kümmerte. Liebe und Bewunderung schwirrten in der Luft. Sie waren ein glückliches, widerlich verliebtes und frisch verheiratetes Paar.

Alissa nickte zustimmend. »Meine Mum hat nicht mehr lange zu leben und ich möchte nicht, dass das öffentlich wird, bevor sie von uns gegangen ist, da das die Sache möglicherweise beschleunigen würde. Meine Eltern hatten vermutlich ihre Gründe, mir die Wahrheit vorzuenthalten.«

»Das sehe ich genauso«, bestätigte ich, nicht zu übertrieben oder aufgeregt. Ich wollte nicht, dass jemand davon erfuhr. Nicht, bevor ich herausgefunden hatte, wie es mir nutzen konnte. Denn schon zu diesem Zeitpunkt, bevor ich die ganze Geschichte kannte, bevor ich wusste, was ich damit anstellen konnte, formte sich aus einer kleinen Idee ein neuer Plan. Es war, als würde gerade eine mystische Neuausrichtung des Universums stattfinden. *Krach, bumm, bäng!* Zum ersten Mal konnte ich alles klar vor mir sehen. Alles hatte mich immer zu diesem Punkt geleitet. Das Leben, das ich früher geführt hatte, hatte stets einen Zweck gehabt. Und das alles geschah genau hier. Genau jetzt. Ich hatte mich beständig weitergebildet, hart dafür gearbeitet, die richtigen Fähigkeiten für diese Aufgabe zu erlernen. Hier war meine Gelegenheit, alles, was ich erworben hatte, in die Praxis umzusetzen! Plötzlich ergab alles einen Sinn.

Kapitel 22

Die Andere

Ich hörte Alissa zu, wie sie mir von ihrer wundervollen Kindheit berichtete. Wie sie Daddys Mädchen gewesen und ihm überallhin gefolgt war, sobald er von der Arbeit heimkam. Wie sie auf sein Knie kletterte, wenn er ihr eine Geschichte vorlas, um ihrer Mum eine Auszeit davon zu geben, den ganzen Tag auf sie aufzupassen. Alissas Mum und Dad hatten einmal die Woche einen »Ausgehabend« gehabt, um dem Alltagstrott zu entfliehen.

»Kinder sind harte Arbeit, nicht wahr?«, schmunzelte Alissa. »Ich will auf jeden Fall ein Kind bekommen, jetzt, da wir verheiratet sind, aber ein Paar sollte auch immer an der eigenen Ehe arbeiten, damit sie zufrieden bleiben, richtig?«

»Absolut«, stimmte ich zu. Was zum Teufel wusste ich schon davon, mit meinen Eltern als Vorbild? Ihre Beziehung war keine Ehe gewesen – sondern eine Todesstrafe.

Alissa hatte also eine märchenhafte Kindheit verbracht. Sie erzählte mir von Familienurlauben als Kind in Devon und Cornwall, von Auslandsreisen, Geburtstagen, so viel Spaß und Lachen und Glückseligkeit.

»Meine Eltern waren nicht *reich*. Aber es ging ihnen gut. Dad hatte einen guten Job und hat genug verdient, dass Mum Hausfrau und Mutter sein konnte. Sie konnten nicht alles kaufen, was sie wollten, aber das spielte keine Rolle. Sie hatten einander und mich, das war genug Reichtum für sie.«

Wie reizend. Gedanklich steckte ich mir den Finger in den Hals und würgte.

»Ich war ein Einzelkind und sie haben mich verwöhnt.« Sie sagte es leicht beschämt – oder vielleicht bescheiden –, während sie zum dritten Mal ihre Haarsträhne hinter das Ohr steckte, was ich mir merkte. Traurig stierte sie zu Boden. »Ich vermisse Dad allerdings noch immer.«

Ich drückte mein Beileid aus, wie man das so tut, und sie redete weiter.

Alissa hatte als Kind nicht viele Freunde gehabt. In der Schule war sie von einigen Kindern gemobbt worden, die eifersüchtig waren. *Ooooooch, wie traurig*. Aber sie hatte eine beste Freundin, die sie seit ihrer Grundschulzeit kannte, Vicky, von der sie mir alles erzählte. Alissa hatte natürlich gute Noten gehabt, war wohlerzogen, sehr gut in Englisch und sie wollte Autorin werden, wer hätte das gedacht? Sie arbeitete gerade an ihrem ersten Roman *und* hatte bereits einen Verlag, der sich möglicherweise dafür interessierte. Suuuper!

»Wie faszinierend!«, schwärmte ich. »Ich bin auch kreativ. Ich male.«

»Ich frage mich, von wem wir diese Gene haben«, überlegte sie sehnsüchtig und studierte dabei ohne zu blinzeln mein Gesicht.

Max sah auf seine Uhr. »Tut mir leid, euch zu unterbrechen, Ladys, aber ich habe ein Geschäftstreffen, zu dem ich muss.«

»Oh, stimmt, das hab ich ja völlig vergessen!«, bedauerte Alissa.

»Na, ich vermute, ihr beide habt noch viel zu bereden. Wie wär's, wenn ich euch später wiedertreffe?« Er sah zwischen seiner liebsten Frau und ihrer reizenden neuen Schwester hin und her.

»Das haben wir *definitiv*«, nickte ich.

»Bleibt ihr hier?« Max stand auf und küsste Alissa auf die Wange.

»Eigentlich denke ich, wir könnten etwas Stärkeres als Kaffee vertragen.« Alissa grinste mich an. »Was denkst du?«

»Oh Gott, ja! Hey, ich habe ein Apartment hier ganz in der Nähe, warum gehen wir nicht dorthin, köpfen eine Flasche und reden weiter? Anscheinend müssen wir ja noch *eine Menge* herausfinden.«

Sie nahm wieder meine Hand in ihre und drückte sie sanft. »Das fände ich schön.«

Ich gab Max die Adresse und Richtungsanweisungen und er sagte, er würde uns später dort treffen.

»Was arbeitet Max eigentlich?«, fragte ich beiläufig, während wir zu meiner Wohnung schlenderten.

»Er baut Dinge.« Sie lachte. »Ihm gehört *Burbeck Developments*. Sie bauen Häuser, Apartments, Shoppingzentren. Er will hier auch ein paar Bauprojekte starten, was einer der Gründe ist, warum wir in Australien geheiratet haben. Wir machen Arbeitsurlaub-Schrägstrich-Flitterwochen.«

»Dann muss es bei ihm ja wirklich gut laufen.«

»Ja. Seinem Dad hat das Unternehmen vor ihm gehört, also ist es bereits gut etabliert. Und trotz der Rezession läuft es wirklich *sehr* gut.«

Wie schön, wenn man sich wegen Geld keine Gedanken machen muss. Ich merkte mir den Namen des Unternehmens, um später genauer nachzuforschen.

»Da wären wir.« Ich führte sie in meine Zweizimmerwohnung. »Klein, aber mein.« Ich blieb stehen und mimte ein lustiges *Ta-da*!

»Wirklich süß.« Sie sah sich um und trat auf das fertige Leinwandbild eines Elefanten zu, das an einer Wand hing. »Wow, das ist fantastisch! Sieht aus wie ein Foto, nicht wie ein Gemälde.« Sie starrte es an und sog es in sich auf. »Wirklich wunderschön.« Ihr Blick wanderte über ein paar mehr der aufgehängten Bilder. »Hast du die alle gemalt?«

»Ja.« Ich zauberte ein bescheidenes Erröten aus dem Nichts hervor.

»Die sind fantastisch. Du bist wirklich talentiert.«

»Danke.« Ich ging in die offene Küche. Ich konnte in der Mitte stehen und die Wände berühren, so winzig war sie. Ich öffnete den Kühlschrank und guckte hinein. »Tut mir leid, wir hätten noch in den Laden gehen können, aber ich habe nicht mitgedacht. Ich habe nur Weißwein, ist das okay?«

»Ich liebe Weißwein.« Sie strahlte.

»Ich frage mich, was wir noch gemeinsam haben«, kicherte ich.

»Nun, ich bin noch zwei Wochen hier, wir haben also genug Zeit, um es herauszufinden.«

Wir saßen auf dem winzigen Balkon und tranken gekühlten Wein.

Sie nahm meine kalte Hand in ihre warme und blinzelte mich aus feuchten Augen an. »Ich habe mir immer eine Schwester gewünscht.«

»Ich auch. Du hast ja keine Ahnung!« Ich zwang mir auch ein paar Tränchen ab und griff ihre Hand fester. »Also, erzähl mir mehr. Ich will alles von dir erfahren.«

Sie zog meine Hand an ihren Brustkorb. »Und ich alles von dir!«

An diesem Tag bekam ich die Kurzfassung ihres Lebens. Der Rest würde später kommen, all die kleinen Details, die ich brauchte. Aber ich notierte bereits sämtliche kleinen Informationsfetzen und legte sie ab, um sie später auswendig zu lernen, wenn ich allein war, sodass ich sie untersuchen, kopieren und wiederholen konnte, bis ich sie bei Bedarf abrufen und einsetzen konnte.

Ich war eine Schauspielerin, die das Drehbuch für die beste Rolle ihres Lebens lernte. Dafür beschwor ich mein immer besser werdendes inneres Chamäleon herauf. Zeit zu glänzen!

Ich fabrizierte eine ebenso glückliche Kindheit. Alles Lügen. Ich hatte liebende Eltern, für die ich David und Caroline als Vorbild nahm, meine Pflegeeltern. Ich war ebenfalls ein Einzelkind. *Wie erstaunlich – so viele Gemeinsamkeiten*! Ich hatte viele Haustiere, lief fröhlich auf der Farm herum, auf der die Tiere zur Familie gehörten und auch so behandelt wurden. Ich hatte den Platz und die Freiheit, auf riesigen sonnenbeschienenen Feldern zu spielen. Viele Freunde, mit denen ich meine Freizeit verbrachte. Keine Zwänge. Im gefälschten Leben von Sam Folds passierte nie etwas Schlimmes.

»Das klingt fantastisch, Sam.« Ihre Augen funkelten. »So exotisch. Dagegen klingt mein eigenes Leben langweilig und öde.«

»Aber ganz und gar nicht. Dein Leben klingt perfekt.«

Perfekte Alissa.

Die perfekte Schlampe, die mein Leben gestohlen hatte.

Kapitel 23

Die Andere

Alissa wollte Antworten. Ich nicht. Ich kannte die Antworten bereits, aber ich musste mitmachen. Zumindest eine Weile. Also kramte ich meine Geburtsurkunde hervor und zeigte sie ihr. Es war eine »beglaubigte Kopie«, und während wir zusammen auf meinem abgewetzten Sofa saßen und auf verschiedenen Webseiten zu Adoptionsinformationen nachforschten, wurde uns klar, dass es noch ein Dokument gab, das keine von uns hatte: einen »beglaubigten Registerausdruck des Geburtseintrags«.

Sie biss sich auf die Lippe, während sie über meiner Schulter mitlas, etwas, das sie oft zu tun schien. »Also deshalb werden deine Adoptiveltern als deine Mutter und dein Vater aufgeführt. Es hat vermutlich einen Adoptionsantrag gegeben, und dann wurde deine Geburtsurkunde, auf der unsere echten Eltern standen, zu dieser beglaubigten Kopie geändert, auf der deine neuen Adoptiveltern stehen.« Sie holte ihre Geburtsurkunde aus ihrer Tasche. Sie hatte sie für die Hochzeit mit nach Australien nehmen müssen.

Diesmal las ich über ihrer Schulter. Ihre war ebenfalls eine beglaubigte Kopie.

Sie nahm einen kleinen Schluck Wein und starrte mich an. »Ich bilde mir das nicht nur ein, oder? Ziehe keine voreiligen Schlüsse? Wir *müssen* Zwillinge sein.«

Ich holte einen Spiegel aus dem Bad, setzte mich neben sie und hielt ihn vor unsere Gesichter. Es war einfach unmöglich, dass wir keine Zwillinge waren.

»Gott, ich bin ja so verwirrt.« Sie zog die Augenbrauen hoch. »Ich meine, Mum und Dad … nun, zumindest die, von denen ich *dachte*, dass sie meine Mum und mein Dad sind … waren so lieb. Ich weiß nicht, ob ich wütend oder aufgebracht sein soll, dass sie es mir nie erzählt haben. Ich stehe einfach unter Schock.«

»Ich auch. Aber wie schon gesagt, ich will das bei meinen Eltern jetzt nicht anbringen, wo sie so krank sind. Und vielleicht hatten sie einen guten Grund, es uns nicht zu erzählen. Vielleicht war unsere Mum eine Crackhure oder so etwas. Sie hat sich ja anscheinend nichts aus uns gemacht, wenn sie uns aufgegeben hat. Ich will sie gar nicht finden.« Ich nickte in Richtung der Seite, die wir gerade auf meinem Laptop gelesen hatten, auf der Ratschläge standen, wie man seine Geburtseltern durch das System findet. »Für mich würde das nichts ändern.« *Ja, genau, haha! Das wird alles ändern!* »Das einzig Wichtige an der Sache ist, dass ich dich gefunden habe. Meine lange verlorene Schwester!«

»Ich weiß, was du meinst. Vielleicht bin ich auch noch nicht dazu bereit, zu erfahren, wer meine echte Mum ist, aber … Ich will mehr über uns herausfinden, das steht fest.«

Ein kleiner Same der Furcht keimte in mir auf. »Was meinst du damit?«

»Können wir nicht einen DNS-Test machen oder so etwas? Nur um sicherzugehen?«

»Tolle Idee!« Ich tippte auf meinem Laptop herum und fand ein Labor nicht weit weg, das den Test durchführen und das Ergebnis innerhalb von zwei Tagen mitteilen konnte, wenn wir einen Termin für den nächsten Morgen vereinbarten.

In dieser ersten Nacht leerten wir zwei Flaschen Wein und redeten, redeten, redeten, bis Max kam und das aufgeregte Hin und Her von Fragen und Antworten ein wenig abebbte. Es war zwei Uhr morgens, als Max vorschlug, dass sie gehen sollten und dass wir uns am nächsten Tag treffen und den Test machen könnten.

Ich konnte jedoch nicht schlafen. Ich war viel zu aufgedreht. Bereits am Planen. Die beiden waren nur zwei Wochen hier und es gab viel zu tun. Zuerst googelte ich *Burbeck Developments*, was interessant war. Ich sah mir die Geschäftsbilanzen der letzten Jahre an und lachte laut auf. Oh ja, das Ganze würde sich *definitiv* lohnen. Dann fand ich ein paar Artikel über ein Bauprojekt, das sie vor einer Weile auf kontaminiertem Land durchgeführt hatten. *Burbeck Developments* wies sämtliche Verantwortung von sich und war nicht willens, dafür zu bezahlen, dass der Boden saniert und die Häuser neu gebaut wurden. Je mehr ich las, desto mehr dachte ich, dass Max verdiente, was er bekommen würde. Wer hätte bei seinem charmanten Äußeren so etwas erwartet? Doch ich vermutete, er musste auch über eine gewisse Ruchlosigkeit verfügen, damit sein Unternehmen so viel wert sein konnte. Er hatte jedoch noch keine Ahnung, was wahre Ruchlosigkeit war. Es waren wütende Aussagen von Hausbesitzern im Umlauf, die ihre Lebensersparnisse durch dieses Unglück verloren hatten. Einige von ihnen waren sehr krank. Und trotzdem gab es *keinen Kommentar* von *Burbeck Developments*.

Je mehr ich herausfand, desto mehr dachte ich, dass das mein Ansatz sein könnte. Und das war er auch, bis Alissa mir etwas noch viel Besseres verschaffte, mit dem ich arbeiten konnte.

Kapitel 24

Die Andere

Wir saßen im Warteraum von *LifeZone* Laboratories. Alissa kaute auf ihrer Unterlippe, hatte ihr rechtes Bein über dem linken verschränkt, und tippte zu einem imaginären Takt in der Luft. Ich hielt ihre Hand und schenkte ihr ein geübtes nervöses Lächeln. Max war bei einem weiteren Geschäftstreffen, also waren es nur wir beide. Nur zwei Schwestern, völlig ekstatisch, einander nach all diesen Jahren gefunden zu haben. Was für ein Märchen!

Ein paar Minuten später wurden wir hereingerufen, um die Ergebnisse des Tests zu erfahren, den wir vor zwei Tagen hatten machen lassen.

Wir saßen in einem hellen, luftigen Büro vor einer Ärztin, die einen weißen Kittel über ihrer Kleidung trug und uns warm anlächelte.

»Hier sind Ihre Ergebnisse.« Sie reichte uns beiden einen Umschlag. »Sie sind, wie Sie sicher bereits vermutet haben, eineiige Zwillinge.«

»Wow!« Alissa grinste mich an und griff nach meiner Hand.

»Eineiige Zwillinge sind auch als monozygote Zwillinge bekannt. Zu Beginn der Schwangerschaft Ihrer Mutter gab es ein Ei, das durch ein Spermium befruchtet wurde. Normalerweise trennt sich ein befruchtetes Ei und wächst, um ein Baby zu bilden, aber manchmal beginnt es sich nach der Befruchtung zu trennen und kann sich teilen. Wenn das passiert, können beide Hälften wachsen und es kommt zu eineiigen Zwillingen.«

»Wir sind also auf jede erdenkliche Art identisch?«, fragte Alissa aufgeregt.

»Das sollte man meinen, nicht wahr? Schließlich stammen Sie beide nur von einem befruchteten Ei ab, das ein Set genetischer Instruktionen beinhaltete, die die Chromosomen beider Eltern kombinieren. Aber eineiige Zwillinge sind nur selten perfekt gleich. Sie können beispielsweise verschiedene Muttermale oder Narben haben. Eine hat vielleicht eine bestimmte Krankheit, die andere nicht. Sie haben außerdem verschiedene Fingerabdrücke.«

»Haben wir denn dieselbe DNS?«, fragte ich.

»Technisch gesehen ja. Den allgemeinen Regeln der Biologie zufolge teilen eineiige Zwillinge dieselbe DNS, doch neuere Studien haben gezeigt, dass es genetische Variationen zwischen ihnen geben kann, und es finden weitere Forschungen auf dem Gebiet statt. Umgebungseinflüsse und Lebensstil tragen vermutlich auch zu diesen Unterschieden bei – man könnte sagen, dass die Umwelt die Anlage überkommt.«

»Wow, das ist so … faszinierend.« Ich setzte ein dazu passendes fasziniertes Gesicht auf. Es war tatsächlich verdammt faszinierend, aber nicht aus den Gründen, an die die beiden dachten. »Was wäre denn dann, wenn ein Zwilling ein Verbrechen begeht? Könnte die Polizei sie auseinanderhalten, wenn DNS am Tatort gefunden wird?« Ich hielt meinen Tonfall für scherzhaft.

»Das wurde ich schon häufiger gefragt.« Sie lachte. »Eine interessante Frage und sehr komplex. Theoretisch ist es möglich, wenn sie sich durch eine Anzahl von DNS-Variationen oder -Mutationen unterscheiden, dass diese genutzt werden könnten, um herauszufinden, welcher Zwilling die Tat begangen hat. Aber ein Test, der nach den Veränderungen sucht, ist problematisch. Ein Grund dafür ist, dass solche Veränderungen nicht in all Ihren Zellen vorkommen. Vielleicht haben nur ein paar Zellen eine bestimmte Mutation. Damit so ein Test funktioniert, müssten viele DNS-Stränge getestet werden, um den Unterschied zwischen den Zwillingen aufzudecken. Das Labor müsste außerdem wissen, von welchem Gewebe die DNS stammt, um sie mit dem richtigen Gewebe beim anderen Zwilling zu vergleichen. Es gibt Wissenschaftler, die neue Tests erforscht haben, wie das Schmelzen von DNS und auch die Nutzung einer DNS-Variation namens ›Einzelnukleotid-Polymorphismus‹, aber diese Tests befinden sich noch im Frühstadium oder sind teuer. Im Augenblick, mit der verfügbaren Technologie, wäre es noch sehr schwierig für die Polizei, herauszufinden, welcher Zwilling ein Verbrechen begangen hat. Zumindest, wenn sie sich auf die DNS verlassen, denn ein Standard-DNS-Test würde sie als gleich anzeigen.«

Unglaublich. Unglaublich und ein echter Glücksfall! Hurra!

Fünf Minuten später standen wir im warmen Sonnenschein auf dem Parkplatz. »Das war wirklich interessant«, meinte ich zu Alissa. »Man stelle sich vor, dieselbe DNS mit jemandem zu teilen.«

»Ich kann das alles immer noch kaum glauben.« Sie blinzelte schnell.

»Ich schätze, das könnte praktisch werden, falls du mal ein Verbrechen begehen willst.« Ich beschwor ein falsches Lachen herauf.

»Vergiss aber nicht die Fingerabdrücke.« Sie lachte ebenfalls.

»Nur, wenn sie Fingerabdrücke finden, und außerdem müssten sie die Fingerabdrücke ja vorher schon haben, oder? Um sie vergleichen zu können? Woher würden sie sonst wissen, dass deine Fingerabdrücke nicht meine sind und meine nicht deine, wenn sie vorher nie genommen wurden.«

»Stimmt.«

»Also.« Ich stupste mit meiner Schulter gutmütig gegen ihre. »Hast du eine Vorstrafe, von der du mir noch nicht erzählt hast? Ich will ja schließlich keinen Ärger bekommen.«

»Ich? Nein, das einzig Schlimme, das ich je getan habe, war, meine Bibliotheksbücher zu spät zurückzugeben!« Sie warf den Kopf zurück und lachte, wobei sie ihren cremefarbenen Hals entblößte.

Es forderte mir sämtliche Willenskraft ab, sie nicht an Ort und Stelle zu erwürgen.

Kapitel 25

Die Andere

Glücklicherweise hatten Alissa und ich dank Max' Geschäftstreffen viel Zeit allein miteinander, in der wir all die verpassten Jahre aufholen konnten. Ich schlug einen Tag am Strand vor, denn in einem Bikini kann man nicht viel verstecken und ich wollte herausfinden, *wie* identisch wir genau waren. Nach dem Besuch im Labor hatte ich gelesen, dass einige monozygote Zwillinge dieselben Muttermale hatten, während andere identische Male, aber auf entgegengesetzten Teilen ihres Körpers hatten. Abgesehen von dem, was unter dem Bikini versteckt war, würde ich einen guten Blick auf sie erhaschen können, um sicherzugehen.

Ich hatte außerdem die brillante Idee gehabt, viele unserer Unterhaltungen auf meinem Handy aufzuzeichnen. So konnte ich später Dinge aufschreiben, wenn ich etwas verpasst hatte. Außerdem konnte ich ihren Akzent und ihre sprachlichen Eigenheiten üben, wenn ich allein war. Genial!

Wir spazierten zu einem abgelegenen Plätzchen am Strand, an dem ein paar Bäume etwas Schatten warfen. Ich breitete eine Decke und ein paar Handtücher aus und stellte die Kühltasche mit den Getränken und einem Picknick ab, das ich vorbereitet hatte.

Sie ließ ihre *Michael-Kors*-Handtasche in den Sand fallen und breitete ordentlich ihr Handtuch aus, bevor sie ihre Jeansshorts und ihr Top auszog.

Ich sah zu ihr herüber, wie sie da in ihrem roten Neckholder-Bikini stand, und betrachtete das herausstehende Schlüsselbein, die Linien ihrer Rippen, ihren flachen Bauch, die Form ihrer Arme, ihrer Schenkel. Alles war meinen eigenen Formen so ähnlich. Der einzige Unterschied, der mir sofort auffiel, war ihre Hautfarbe. Sie war blasser als ich, aber ein paar Wochen in der Sonne würden das beheben.

Sie sah zu mir herüber und beobachtete mich, als ich mich aus meinem Sommerkleid schälte und ein schwarzer Bikini zum Vorschein kam. »Seltsam, oder?« Ihr Blick schweifte über meinen Körper, wie ich es bei ihrem getan hatte.

»Total. Hast du irgendwelche Muttermale? Ich nicht.« Ich erzählte ihr, was ich im Internet gelesen hatte.

»Nein.« Sie zog den Rand ihrer Bikinihose etwas herunter und zeigte mir ihre Hüfte. »Ich hab hier allerdings zwei Schönheitsflecke.«

Ich zog meine leicht herunter und untersuchte denselben Teil meines Körpers. Nein, keine Flecke. Aber wie viele Leute bekamen schon diesen Teil zu sehen? Vermutlich nur Max. Und das ließ sich umgehen. Sex ohne Licht und so weiter. Vielleicht den plötzlichen Drang nach einem Tattoo? Aber ich war bereits vorbereitet und hatte herausgefunden, dass Schönheitsflecke aufgrund des Immunsystems plötzlich zurückgehen und verschwinden konnten – die perfekte Entschuldigung.

»Ich glaube nicht, dass ich irgendwelche Schönheitsflecke habe.« Ich drehte mich mit dem Rücken zu ihr. »Oder?«

»Nein, ich kann keine sehen.«

Ich griff nach der Sonnencreme in meiner Tasche. »Soll ich dir den Rücken eincremen?« Ich hatte natürlich einen Hintergedanken, denn das gab mir die Gelegenheit, ihren Körper richtig aus der Nähe zu mustern. Man durfte nicht nur die großen Dinge kopieren. Die kleinen Details zählten ebenso.

»Das wäre toll, danke.« Sie legte sich auf ihrem Strandtuch auf den Bauch und band ihre Haare zu einem lockeren Knoten auf ihrem Kopf, den ich später zu Hause perfektionieren würde.

Ich cremte sie mit einer Sonnencreme mit geringem Lichtschutzfaktor ein und prägte mir jeden Zentimeter von ihr ein. Als ich fertig war, tat sie dasselbe mit meinem Rücken und wir legten uns hin und starrten in den Himmel. Sie legte einen Arm hinter ihren Kopf, um ihn abzustützen. Ich tat dasselbe. Perfekte Spiegelbilder.

»Ich weiß, dass unsere DNS identisch ist, aber ich frage mich, wie es mit anderen Dingen steht«, sagte ich. »Was ist zum Beispiel mit unseren Lieblingsdingen? Essen, Farben, Musik, Bücher, so etwas. Ist es die Natur oder die Umgebung, die uns zu Individuen macht?«

»Okay, du zuerst. Welches Essen magst du und welches nicht?«

»Na ja, ich lebe vegan.« Ich hatte seit dem Albtraum auf der Farm nie wieder Fleisch und Milchprodukte ertragen können.

»Wie lange schon?«

Seit ich frei war und eine Wahl hatte. »Schon eine Weile.«

»Aus gesundheitlichen oder ethischen Gründen?«

»Ethisch, aber solange man ausgewogen isst, sind auch die Gesundheitsvorteile beachtlich. Was ist mit dir? Was isst du gern?«

»Ich liebe Gemüse, aber ich esse auch Fleisch. Ich liebe Fisch, besonders Dinge wie frischen Thunfisch und Barsch und Garnelen.« Sie grub ihre Zehen in den Sand, während sie nachdachte. »Schokolade! Ich bin süchtig nach Schokolade. Und nach thailändischem Essen.«

»Was ist dein liebstes thailändisches Gericht?«

»Pad Thai. Ich bin ganz verrückt nach Erdnüssen. Besonders mit Schokoladenüberzug!«

»Was noch?«

»Hm ... Ich hasse Zucchini. Liebe Rucola. Hasse Curry. Liebe chinesisches Essen.«

»Chinesisches Essen finde ich auch toll!« *Oh, seht uns an, wie wir eine Beziehung aufbauen!*

»Mmm, knusprig gebratenes Rindfleisch, Eierreis, Tintenfisch. Lecker. Ich mag auch das eher schwere britische Essen. Die guten alten Fish and Chips, Shepherd's Pie, Eintopf und Klöße.«

»Okay, was würdest du an einem typischen Tag zum Frühstück, Mittag und Abend essen?« Ich stützte mich auf einem Ellbogen auf.

»Vermutlich Toast mit Marmelade oder vielleicht Marmite. Zum Mittagessen dann eine Suppe und ein Käsesandwich. Oder vielleicht einen Käse-Schinken-Toast. Zum Abendessen vermutlich was mit Huhn. Oder Fisch. Oder Nudeln.«

»Kochst du gern?«

»Ja, aber ich trickse manchmal!« Sie kicherte. »Ich besorge diese Fertiggerichte von *Marks and Spencer*. Die sind fantastisch. Und Max erkennt den Unterschied nicht.«

»Kocht er auch?«

»Ja, Spaghetti Bolognese kann er richtig gut. Und zum Frühstück Eier mit Speck.«

»Bist du gegen irgendwelches Essen allergisch?«, fragte ich.

»Kiwis. Von denen bekomme ich schrecklichen Ausschlag.«

Nachdem wir mit dem Essen durch waren, gingen wir eine Runde schwimmen und hüpften in den Wellen auf und ab. Ich wollte sie so lange wie möglich im Wasser halten, damit die Sonne ihre Magie auf ihrer Haut wirken konnte.

»Wie steht's mit Musik?«, forschte ich.

»Hmm … ich mag viel aus den Achtzigern und romantische Songs.«

»Ich mag eher rockige Sachen – Nirvana, The Cult, Guns N' Roses. Was ist mit Büchern? Du musst eine Menge gelesen haben, um ein Buch zu schreiben. Das ist so cool, ich wüsste gar nicht, wo ich anfangen soll!«

»Ja, aber du kannst zeichnen. Würde ich das versuchen, kämen da nur kleine Strichmännchen bei raus.« Sie warf den Kopf zurück und lachte. Ich hatte festgestellt, dass ihr Lachen kehlig war. Es würde eine Weile dauern, die richtige Tonhöhe hinzubekommen. Schwierig, aber nicht unmöglich. Nichts war unmöglich, wenn man es nur lang genug versuchte.

»Worum geht's in deinem Roman?«

»Es ist eine Liebesgeschichte.«

»Oooh, der perfekte Mann trifft die perfekte Frau? Erzähl mir mehr.«

»Na ja, es geht um eine Umweltaktivistin und sie verliebt sich in den Geschäftsführer eines Ölkonzerns. Natürlich ist es wegen ihrer verschiedenen Wertvorstellungen ein steiniger Weg, aber am Schluss kommen sie zusammen – es ist ja schließlich ein Liebesroman.«

»Faszinierend! Wo hast du die Idee her?«

»Sie ist mir eines Tages einfach eingefallen, als ich auf *National Geographic* eine Sendung über ein Ölleck gesehen habe, das die Meereswelt bedroht. Ich dachte, das würde einen guten Konflikt für die Hauptcharaktere abgeben.«

»Wie weit bist du schon?« Ich stützte meine Knie im Sand ab und ließ mich von den sanften Wellen hin und her schaukeln.

Sie erzählte mir, sie sei mit der Rohfassung durch, die anscheinend ewig gedauert hatte, und jetzt ginge sie gerade das ganze Manuskript noch einmal durch, um es zu bearbeiten. Sie hatte die ersten Kapitel an ein paar Verleger geschickt und einer wollte das Manuskript in Betracht ziehen, wenn es fertig war. Ich fragte mich, wie viel Autoren wohl verdienten. Oder wie viel ich verdienen würde, wenn *ich* es je veröffentlichen würde. Aber Geld war jetzt kein Thema. Nicht, wenn Max steinreich war.

»Schreiben ist das, was ich immer tun wollte«, unterbrach sie meinen Gedankengang. »Als Einzelkind muss man sich viel selbst beschäftigen – nun, das hast du ja vermutlich selbst erlebt, nicht wahr?«

»Definitiv.« Ich nickte weise.

»Also habe ich als Kind viel gelesen und wusste immer, dass ich das zum Beruf machen wollte.«

»Und Max unterstützt dich, wenn du schreibst – eine perfekte Symbiose.«

Ein glückseliges Lächeln überzog ihr Gesicht. »Er ist brillant. Ich meine, ich weiß, er ist viel älter als ich, aber das gefällt mir. Er ist reif, freundlich, rücksichtsvoll. Und lustig. Ich habe wirklich Glück.«

Und er ist reich. Vergiss den Teil nicht, Schätzchen.

»Natürlich arbeitet er viel. Ich habe allerdings nichts mit seinem Geschäft zu tun, also arbeitet er manchmal sehr lange und ich bekomme ihn nicht zu Gesicht. Aber das bedeutet, dass ich mich auch auf meine Arbeit konzentrieren kann, und das macht die Zeit, die wir miteinander verbringen, noch mehr besonders.«

»Wie habt ihr zwei euch kennengelernt? Ich will alles darüber wissen!«, sagte ich, als wir aus dem Wasser kamen und mit dem Picknick anfingen.

Kapitel 26

Die Andere

»Hallo, mein Name ist Alissa Burbeck.« Ich hielt wie zur Begrüßung meinem Spiegelbild meine Hand hin.

Verdammt, meine Stimme war zu schrill.

»Hallo, mein Name ist Alissa Burbeck.«

Besser. Etwas weicher.

Ich versuchte es erneut.

»Alissa Burbeck. Alissa Burbeck. Alisssssssa. Burrrrrrrbeck.«

Korrigiere es. Korrigiere es. Versuch's noch mal und korrigiere dich!

Ich rundete die Vokale ab und arbeitete an der Tonhöhe, dem Akzent, dem Tonfall.

»Ich bin Autorin.« Ich lächelte süß. Hielt den Kopf geneigt.

»Ich bin *Autorin*. Ich schreibe meinen ersten Roman. Es ist eine Liebesgeschichte.«

Zu flach.

»Eine Liebesgeschichte!«

Überschwänglich. Besser. Alissa war manchmal sehr überschwänglich und lebhaft.

»Ich würde heute Abend zu gern Pad Thai essen, Max!« Aufgeregt. Mädchenhaft.

»Lust auf einen Fick, Max?« Ungezügelt. Nuttig.

»Ich will dich gleich jetzt, *Mr* Burbeck.« Verführerisch. Gefällig. Verspielt.

War sie nuttig? Erfahren, was Sex anging? Gab sie Blowjobs? Mochte sie es, ihm einen zu blasen? Mochte sie es schnell und hart? Stand sie auf abartige Dinge? Sie wirkte auf mich eher, als hätte sie Standardsex.

Das würde ich schon hinbekommen. Und wenn er mich jemals deswegen fragte, würde ich säuseln: »Ich probiere nur ein paar neue Dinge aus, Max. *Max. Max. Maaaax.*« Ich ließ seinen Namen in verschiedenen Variationen über meine Zunge rollen. »Ich will, dass unser Sexleben interessant bleibt, Schatz.« Sie nannte ihn oft *Schatz.* Würg. Davon wurde einem übel. Immerhin, er sah ganz gut aus. Ich würde keine Probleme haben, ihn zu ficken. Und außerdem würde das hoffentlich sowieso nicht für lange Zeit sein. Wie viel Zeit musste vergehen, bevor der neue Ehemann sterben konnte? Sechs Monate? Ein Jahr? Vielleicht würde ich es wie einen Unfall aussehen lassen. Vielleicht auch nicht.

Ich studierte das Selfie, das ich mit meinem Handy von Alissa und mir am Strand gemacht hatte, und betrachtete ihre Augenbrauen. Ihre waren etwas schmaler gezupft als meine. Ich holte meine Pinzette heraus und starrte in den Spiegel, dann begann ich, nach und nach ein bisschen wegzuzupfen.

Dort einen stärkeren Bogen. Ja. Genau so. Ich setzte mich zurück und betrachtete mein Gesicht. Keine Sonne mehr für mich, bis Alissa mit ihrer Bräune aufgeholt hatte. Ich hatte im Moment definitiv einen goldeneren Teint als sie.

Was war mit ihrem Schreiben? Sie war Linkshänderin, ich Rechtshänderin. Aber die Leute heutzutage schrieben ja sowieso nicht viel, oder? Sie tippten in den Apps auf ihren Handys und schrieben E-Mails. Das Einzige, was mich verraten könnte, war ihre Unterschrift, aber das hatte ich bereits bedacht. Ich hatte das DNS-Antragsformular von der Website des Labors heruntergeladen, damit wir es ausfüllen konnten, bevor wir hingehen. Und ganz *zuuuufällig* bemerkte ich, nachdem sie unterschrieben hatte, dass mir ein Fehler unterlaufen war. *Huch, tut mir leid, ich schmeiß das hier weg und wir machen es schnell noch mal neu!*

Ich nahm das Formular aus meiner Schublade und übte ihr geschwungenes *A* am Namensanfang, die Schlaufen der *s*, die zusammenliefen, ohne den Stift von der Seite zu nehmen, die etwas schwerere Einkerbung des *k* in ihrem neuen Nachnamen. Ich übte zuerst mit meiner rechten Hand, bis es fast perfekt war. Dann versuchte ich es mit der linken.

Hmmm. Ungeschickt. Ich hatte meine linke Hand noch nie zum Schreiben benutzt. Noch nie damit experimentiert. Noch keinen gebrochenen Arm gehabt, der mich dazu gezwungen hätte, es zu versuchen.

Alissa Burbeck.

Alissa Burbeck.

Alissa Burbeck.

Verdammt. Das sah schrecklich aus. Ich füllte eine Seite mit ihrer Unterschrift, knüllte sie zusammen und warf sie auf den Boden meines Schlafzimmers.

Aber ich war Künstlerin. Ich konnte die Pinselstriche der Bilder anderer Leute nachahmen und kopieren. Ich konnte alles tun.

Konnte ich mich auch dazu bringen, Fleisch zu essen? Ich dachte daran, wie Dad mich dazu gezwungen hatte, und unterdrückte den explodierenden, roten, wirbelnden Zorn in mir. Wie war es möglich, dass sie mich anstelle von ihr gewählt hatten? Ich war von Anfang an so nahe daran gewesen, an ihrer Stelle zu sein. Es war ein grausamer Schlag des Schicksals, dass sie die liebenden, guten Eltern und ich die verrückten bekommen hatte. Wie hatten sie zulassen können, dass ein Monster ein Baby adoptiert? Alles wäre heute anders, wenn es andersherum gelaufen wäre. Man hatte mich um alles betrogen, was mir hätte gehören sollen, und es war nur recht und billig, dass ich mir das Leben zurückholte, das ich hätte führen sollen. Es war fair.

Ich richtete mich gerade auf, als ich in den Spiegel sah, und biss mir auf die Lippe, wie sie es immer tat. Ich konnte mich zu allem zwingen, um »Alissa Burbeck« zu sein.

Kapitel 27

Die Andere

»Kaum zu glauben, dass wir nur noch eine Woche zusammen haben«, bedauerte Alissa, als wir zu dritt in einem Restaurant saßen.

»Die Zeit vergeht viel zu schnell!«, antwortete ich mit genau der richtigen Portion Traurigkeit.

»Habt ihr schon darüber nachgedacht, was ihr tun werdet, wenn wir wieder zurückfahren?« Max spielte mit der Serviette in seinem Schoß, lehnte sich dann zurück und trank einen Schluck von dem Champagner, den er bestellt hatte.

2003 Dom Perignon Rosé für fünfhundert australische Dollar die Flasche, leck mich am Arsch! Alissa ist ein Glückspilz. Beziehungsweise ich!

»Wen meinst du damit?« Alissa lachte. »Mich oder Sam?«

»Na, euch beide.« Er spreizte seine manikürten, jetzt gebräunten Hände auf dem blütenweißen Tischtuch.

»Ich werde dich ja *so* vermissen. Du musst uns unbedingt bald besuchen kommen«, sagte Alissa zu mir.

Ich biss mir auf die Lippe und atmete tief durch. »Das würde ich wirklich gern, aber wie soll ich meinen Eltern erklären, dass ich nach England fahre, ohne ihnen zu gestehen, was los ist?«

»Aber ich will unbedingt mehr Zeit mit dir verbringen.« Alissa schmollte wie ein trauriges kleines Mädchen. »Max und ich haben geredet: Wir würden deine Flüge zahlen und du könntest bei uns wohnen. Das Haus ist riesig, es ist also genug Platz vorhanden.« Sie visierte Max an, als würde sie ihn stumm bitten, einen Vorschlag zur Lösung des Problems zu machen. Sie hatte mir bereits erzählt, dass er ihr kleiner Problemlöser wäre. Er organisierte alles für die beiden, sie musste sich also für nichts den Kopf zerbrechen. Das klang für mich ein bisschen wie ein Kontrollfreak, aber egal.

»Wie würdest du einen plötzlich auftauchenden Zwilling erklären, wenn du nicht willst, dass deine Mum davon erfährt?«, fragte Max Alissa.

»Genau«, kam ich ihm zu Hilfe und zwang meinen pochenden Herzschlag, sich wieder zu beruhigen. »Und ich kann meine Eltern jetzt noch nicht verlassen, wo doch beide so krank sind.«

Panik! Niemand darf davon wissen! Damit mein Plan funktioniert, darf NIEMAND davon wissen!

»Ihr habt doch niemandem von uns erzählt, oder?«, fragte ich sie beide.

»Meine Lippen sind versiegelt. Das ist eure Entscheidung«, versprach Max. »Was ihr Ladys auch beschließt, ist okay für mich.«

»Nein, natürlich habe ich niemandem davon erzählt«, beschwichtigte Alissa. »Ich will wirklich warten, bis meine Mum nicht mehr ist. Sie kann mittlerweile nicht mehr sprechen und ist sehr verwirrt, aber trotzdem, ich *weiß* einfach, dass sie einen guten Grund gehabt haben muss, mir zu verschweigen, dass ich adoptiert wurde. Ich will nicht, dass unsere letzten gemeinsamen Erinnerungen … verdorben werden, wenn sie irgendwie erfährt, dass ich davon weiß. Ich möchte sie nicht aufregen. Ich will, dass sie friedlich geht.«

»Das verstehe ich«, erwiderte ich nicht zu hastig und schaute sittsam auf das Tischtuch herunter.

»Aber Alissa kann jederzeit wieder herkommen, um dich zu treffen, damit ihr mehr Zeit zusammen verbringen könnt«, schlug Max vor. »Niemand muss davon erfahren. Wir können einfach sagen, dass es ihr so sehr gefallen hat, dass sie noch mal für einen Urlaub herkommen wollte. Oder wir können bestimmt auch beide bald wiederkommen, wenn mit den potenziellen Bauprojekten hier alles nach Plan verläuft.«

Sie verschränkte ihre Finger mit denen von Max und lehnte ihren Kopf an seine Schulter. »Und darum liebe ich dich so sehr, Schatz. Du hast immer tolle Ideen. Ja, ich werde bald wiederkommen und dich besuchen.«

»Fantastisch«, tat ich begeistert. »Ich kann es kaum erwarten!«

»Na also, dann ist ja alles geregelt«, frohlockte Max, als der Kellner erschien, um unsere Bestellungen entgegenzunehmen.

Ich lehnte mich zurück und trank einen Schluck Champagner. Jeden Abend hatte ich mit Alissa und Max zu Abend gegessen (mit Champagner, *ta-da*!) und jedes Mal hatten sie die Rechnung beglichen, obwohl ich es mehrfach angeboten hatte. *Lass uns das übernehmen! Wenn man seine Schwester nicht einladen kann, wen denn dann?* Ich könnte mich daran gewöhnen. Oh ja, ich *würde* mich daran gewöhnen! Hahaha!

Es war anstrengend genug, sich auf Alissa zu konzentrieren, aber ich musste auch Max studieren und die Art, wie genau die beiden miteinander interagierten.

Dennoch, es lohnte sich. Jeden Tag kam ich dem ein bisschen näher, was in Wahrheit mir gehörte.

Alissa nahm meine Hand in ihre. »Also bleibt das fürs Erste unser Geheimnis.«

Ich lächelte und drückte ihre Hand. »Unser Geheimnis.«

Kapitel 28

Die Andere

Max war bei einem weiteren Geschäftstreffen mit einem regionalen Bauleiter, den er für eine Art Partnerschaft begeistern wollte. Kein Wunder, dass Alissa ihn nicht viel über seine Geschäfte ausfragte. Er redete mit mir darüber und es klang langweilig, langweilig, langweilig. Ich hatte ihm natürlich mit einem falschen, faszinierten Lächeln viele Fragen gestellt. Nicht ein einziges Mal hatte er The Goldings erwähnt, weshalb ich mich fragte, ob er versuchte, es vor Alissa geheim zu halten. Aber wenn er diese armen Hausbesitzer wirklich betrügen wollte, dann verdiente er absolut alles, was er bekommen würde.

Alissa und ich schlenderten über einen lokalen Flohmarkt und betrachteten die Stände. Ich nahm ein paar Dinge in die Hand – Tücher, Ohrringe, Hüte, Kleider – und hielt sie vor sie und sagte ihr, wie gut sie ihr stehen würden. Das führte zu einem Gespräch über Mode und ihre Vorlieben. Wie immer machte ich mir im Kopf Notizen. Der größte Teil ihrer Kleidung bestand aus Designerklamotten. Ich trug eher Sachen im Hippie- und Künstlerstil.

Wir holten uns gerade einen Smoothie bei einem Naturkoststand, als ihr Handy summte, weil sie eine SMS bekam. Sie nahm das Handy aus der Tasche, las stirnrunzelnd die Nachricht und seufzte.

Ich beobachtete sie genau. »Ist alles okay?«

Sie rollte mit den Augen, während sie ihr Getränk von der Theke nahm, und wir schlenderten gemächlich zu einem Tisch. »Es ist mein Ex, Russell. Wir sind noch Freunde, aber … Ich glaube, das sollten wir im Moment vielleicht nicht sein, und ich weiß nicht, wie ich ihm das mitteilen soll.«

»Er schreibt dir immer wieder?«

Sie seufzte. »Ja. Ich bin wirklich höflich geblieben. Ich will seine Gefühle nicht verletzen, weißt du, aber er erzählt mir ständig, ich hätte einen Fehler mit Max gemacht und dass er mich zurückwolle.«

Ich hob eine Augenbraue. »Oh? Ist er noch in dich verliebt?«

»Ja. Wir sind ungefähr vier Jahre zusammen gewesen, als ich Max kennengelernt habe, und … na ja, in Kurzfassung: Ich habe mit Russell Schluss gemacht.«

Ich stützte meine Ellbogen auf den Tisch und legte das Kinn auf die Hand. »Was ist die Langfassung?«

»Russell wollte kein Nein akzeptieren. Ich meine, zuerst ist nichts mit Max passiert. Er hat mir Blumen und solche Dinge geschickt und … na ja, ich hatte mich von Russell entfremdet, war nicht mehr in ihn verliebt und …« Sie zuckte mit den Schultern. »Max hat mein Herz erobert. Ich wollte Russell nicht verletzen, aber man kann wohl kaum verhindern, in wen man sich verliebt, oder?«

»Was ist passiert, als Russell erfahren hat, dass du dich mit Max triffst?«

»Ich habe mir schon Sorgen gemacht, wie er reagieren würde, denn Russell konnte manchmal etwas übermäßig beschützend werden.«

»Wirklich? Er ist also eher ein Bad Boy?«

»Nein! Nicht wirklich. Er war immer sehr liebevoll zu mir. Er hätte nie etwas getan, um mir wehzutun, aber er konnte leicht ein bisschen eifersüchtig werden.« Sie schob sich ihre Haare hinter ihr rechtes Ohr. »Aber ich habe mir Sorgen gemacht, dass er Max angreifen könnte, wenn er erfährt, dass wir zusammen sind, also fand ich es richtig, ihm davon zu erzählen, *bevor* etwas zwischen Max und mir war, denn ich wusste, dass es darauf hinauslief.«

»Warum sollte er Max angreifen?«

Sie blickte zu Boden. »Na ja, ich war mal einen Abend mit Russell in einem Pub und da stand so ein Kerl an der Bar, wirklich betrunken, der hat schreckliche Dinge über mich losgelassen. Dass er mich gern ficken würde und solche Sachen. Es war grässlich. Der Kerl war einfach widerlich. Russell hat ihm gesagt, dass er still sein und sich entschuldigen solle. Als der Kerl das nicht gemacht hat, hat Russell ihm ins Gesicht geschlagen.«

Ich beugte mich vor, die Ellbogen auf die Knie gestützt. »Wow! Und wie hat Russell es aufgenommen, als du ihm mitgeteilt hast, dass du dich mit Max triffst?«

»Ich habe mich furchtbar gefühlt. Er war am Boden. Ich kann ihm auch keinen Vorwurf machen. Er dachte, wir würden uns irgendwo niederlassen und Kinder bekommen, das ganze Paket.« Sie rieb mit dem Daumen über den Bildschirm des Handys in ihrer Hand. »Russell wollte einfach nicht lockerlassen. Hat mir viele flehende SMS geschickt. Hat mich spätabends angerufen, wenn er betrunken war. Er hat gemeint, er wolle nur mit mir befreundet bleiben. Dass er es vermisse, mit mir zu reden. Also habe ich das eine Weile mitgemacht, war aber immer bloß freundlich-unverbindlich. *Hi, wie war dein Tag? Was hast du unternommen? Wie läuft's bei der Arbeit?* Diese Art von Unterhaltung. Aber dann fing er plötzlich an, an Orten aufzutauchen, an denen Max und ich waren. Wenn wir ins Pub in dem Dorf gegangen sind, in dem wir wohnen, hat Russell das irgendwie erfahren und ist auch aufgekreuzt. Oder wenn ich mit meinen Freundinnen shoppen war, hat er mich zufällig getroffen.«

»Er hat dich gestalkt?« *Oh, das wird ja immer besser!*

Sie keuchte leicht auf. »Nein. Nein, ich glaube nicht.« Schließlich runzelte sie besorgt die Stirn. »Na ja, vielleicht. Ich habe Max davon erzählt und er hat vorgeschlagen, wir sollten ihn der Polizei melden und eine einstweilige Verfügung gegen ihn erwirken, aber ich habe das abgelehnt. Ich meine, es war ja nicht so, als würde Russell irgendetwas Schreckliches tun. Und ich habe mich weiterhin schuldig gefühlt wegen allem, was vorgefallen ist, also habe ich es bei Max ziemlich heruntergespielt.« Verschwörerisch beugte sie sich vor.

»Hast du Angst vor Russell?«

»Nein!« Sie schwenkte die Hand in der Luft. »Er würde mir nie etwas tun. Er ist nur …«

»Nach wie vor in dich verliebt?«

»Mmm. Jedenfalls ist er dann eine Weile gereist. Er ist ein Jahr lang als Rucksacktourist in Australien gewesen, worüber ich ziemlich froh war. Als er wieder zurück nach England gekommen ist, hat er ein Haus im selben Dorf wie wir gemietet, aber sonst ist bis vor Kurzem nichts weiter geschehen. Ich habe mich vor dem Augenblick gefürchtet, an dem er erfährt, dass ich heirate, und wollte ihm eine SMS schicken, damit er es als Erstes von mir hört. Das war nur fair.« In zwei schnellen Bewegungen schob sie sich ihre Haare hinter das Ohr.

»War das okay für ihn?«

»Nicht wirklich. Jetzt schreibt er wieder ständig SMS, fragt, ob es mir gut geht und ob ich sicher bin, dass ich das Richtige tue, und dass er mich jederzeit zurücknehmen würde, wenn ich meine Meinung ändere. Ich habe ein bisschen Angst, dass er von unserem Hochzeitsempfang erfährt, den wir veranstalten, wenn wir zurückkommen, und dann auftaucht und eine Szene macht.«

»Das wäre unangenehm.« *Oder ein ziemlicher Zufall!* »Warum denkst du, dass er das tun würde?«

Sie zuckte mit den Schultern. »Nur so ein Gefühl. Die SMS häufen sich und werden aufdringlicher.«

Ich fragte sie noch weiter über Russell aus und lenkte das Gespräch schließlich wieder zurück auf den Hochzeitsempfang. »Also, wie viele Leute werden kommen?«

Sie klatschte in die Hände, ihr Gesicht leuchtete auf. »Wir haben hundert Leute eingeladen, aber natürlich werden ein paar nicht kommen. Normalerweise arrangiert ja Max alles – er hat To-do-Listen für seine To-do-Listen.« Sie lachte. Ja, eindeutig kehlig. »Also habe ich gesagt, dass ich den Empfang organisieren und ihm zeigen will, wie organisiert ich sein kann, wenn ich mich zu etwas entschlossen habe. Ich habe eine Liste mit Partygästen auf meinem Laptop erstellt, Listen mit Essen, das der Caterer liefert, Listen mit Musik, die Max hören will, solche Dinge.« Sie plauderte so voller Stolz, als hätte sie etwas Tolles zustande gebracht wie für Weltfrieden gesorgt oder eigenhändig eine Atombombe entschärft.

»Das ist ja so aufregend! Ich wünschte, ich könnte dabei sein.«

»Ich auch.« Sie schmollte. »Und ich hätte dich zu gern auf den Fotos vom Empfang mit dabei. Etwas, das ich für immer ansehen kann und das mir dabei hilft, die Zeit in Erinnerung zu behalten, als ich dich nach all diesen Jahren endlich gefunden habe.«

Oh, verdammt, bloß nicht!

»Aber du wirst doch all deine guten Freunde und Freundinnen dabeihaben, oder? Wie heißen sie noch mal?«, fragte ich, obwohl ich sie mir bereits detailliert gemerkt hatte. Übung macht den Meister.

»Da wäre Vicky Saunders, meine beste Freundin. Wir kennen uns seit der Grundschule. Sie ist wirklich lieb. Sie ist Friseurin. Ich wurde in der Schule etwas schikaniert und sie hat sich immer vor mich gestellt. Sie war für mich stets mehr wie eine Schwester als wie eine Freundin.« Sie lächelte mich glücklich an. »Aber jetzt habe ich eine *echte* Schwester! Und ich kann es kaum erwarten, dass du sie kennenlernst. Ihr werdet euch super verstehen. Dann ist da noch Sasha Smithers, die Schwester von Leo, Max' bestem Freund. Mit den beiden Mädels verbringe ich die meiste Zeit.«

»Ja, ich erinnere mich, dass du mir viel von Vicky erzählt hast.« Sie klang meines Erachtens ziemlich anhänglich, wollte dauernd mit Alissa etwas unternehmen. Ein seltsames Konzept für mich. Und sie telefonierten fast täglich miteinander. Worüber konnten die nur die ganze Zeit quatschen? »Wie ist Sasha denn so?«

»Äh …« Sie biss sich schon wieder auf die Lippe. »Ich tratsche ja nur ungern über andere Leute, aber Sasha kann ein bisschen … nun ja, seltsam sein. Sie ist gern unverschämt, und es wirkt so, als würde sie das tun, um Aufmerksamkeit zu erregen. Sie sagt Dinge, die manchmal etwas unhöflich und verletzend sind. Sie erkennt die Unsicherheiten anderer Leute, kramt sie bei jeder Gelegenheit hervor und bohrt in der Wunde. Vicky kann sie nicht sonderlich leiden und ruft sie jedes Mal zur Ordnung, wenn sie wieder solche Dinge ausspuckt, aber dann tut Sasha so, als wäre das alles bloß ein Spaß. Ich glaube, Sasha macht das alles bloß, weil sie im Grunde selbst unsicher ist, also tut sie mir in Wahrheit ein bisschen leid.«

»Oder sie ist eifersüchtig?«

»Vielleicht. Ich glaube, sie hatte etwas für Max übrig.«

»Sie steht auf ihn?«

»Ich weiß es nicht.« Sie zuckte mit den Schultern. »Ich denke, es ist möglich.«

»Sie klingt nicht wirklich nach einer Freundin.«

Sie rümpfte die Nase. »Sie war schon mit Max befreundet, bevor wir uns kennengelernt haben, also bemühe ich mich um Max' willen wirklich.«

Geduldig machte ich mir im Kopf Notizen, während sie weiter über Sasha schwafelte. Ich fragte mich, ob ich Sasha wohl im Auge behalten musste. Sie klang nach einer fiesen Schlange. Und genau darum zahlte es sich nicht aus, Freunde zu haben. Entweder hatte man nervige wie Vicky, die einen die ganze Zeit sehen wollten und einen erdrückten, oder eifersüchtige Kühe wie Sasha. Ohne all diese Anhängsel war das Leben leichter. Niemand konnte einem lästig werden.

Etwas später bemerkte ich: »Ich hab immer noch Durst, möchtest du noch was trinken?«

»Du hast die eben geholt, ich bin dran. Noch mal dasselbe?« Sie wühlte in ihrer Tasche und zog ihre Geldbörse hervor.

»Gern, danke.« Ich schaute ihr zu, wie sie sich durch die Leute schlängelte und am Smoothie-Stand anstellte. Rasch prüfte ich, ob meine Handyaufnahme noch lief.

Kapitel 29

Die Andere

Ich dachte darüber nach, es wie einen Selbstmord aussehen zu lassen, aber in der Praxis konnte sich das als ziemlich kompliziert erweisen. Es spielte keine Rolle, ob sie wussten, dass es ein Mord war. Wenn man ihre Leiche fand, würde ich längst weit weg sein. Und technisch gesehen war ich sie.

Natürlich waren meine Fingerabdrücke überall im Apartment verteilt. Ich hatte meine nie bei der Polizei abgeben müssen, also hatten sie nichts, mit denen sie sie vergleichen konnten. Und ihre würden ebenfalls zu finden sein, bei all der Zeit, die sie in den letzten zwei Wochen in meiner Wohnung verbracht hatte. Dennoch wischte und reinigte ich sämtliche Oberflächen sorgfältig, um meine verschwinden zu lassen. Ich durfte dort keine Spuren von mir hinterlassen.

Es war ihr vorletzter Tag in Australien. Max hatte ein Geschäftstreffen am Nachmittag, daher lud ich Alissa zu mir in die Wohnung ein. Sie kam in einem *D&G*-Mini-Jeansrock (im Wert von 800 $!) und einem *Armani*-Top (420 $), die Tasche wie üblich in ihrer Armbeuge. Allein die Tasche war 450 $ wert – ich hatte alles gegoogelt. Verdammt! Das war einfach obszön!

Ich wette, *sie* hatte als Kind nie mit Schuhen herumlaufen müssen, aus denen ihre Zehen ragten.

Wie umarmten uns an der Tür und sie zog ihre Flip-Flops aus (im Wert von 60 $ – doppeltes Verdammt!).

»Tut mir leid, dass ich etwas spät dran bin«, entschuldigte sie sich. »Ich bin in der Badewanne eingeschlafen. Das passiert mir *immer.*«

»Wirklich? Mir auch.« Das war ein Luxus, den ich mir angewöhnt hatte, als ich endlich von meinen Psychoeltern weggekommen war. Einfach nur allein dazuliegen und die Stille zu genießen war etwas, das ich zuvor nie gekannt hatte. Ich fragte mich kurz, ob es die Anlage oder die Umwelt war, die uns zu Individuen macht. War Alissa mir ähnlicher, als mir klar war? Ich vertrieb den Gedanken, während sie es sich auf dem Sofa gemütlich machte und von ihrer Routine im Bad erzählte. Ich machte mir im Kopf weitere Notizen und bereitete unsere Getränke vor.

Es sollte eine Art Feierlichkeit werden. Ich hatte einen fruchtigen, frischen Weißwein ausgesucht, von dem ich wusste, dass sie ihn mochte. Niemand kann behaupten, dass ich nie an andere denke! Ich hatte ihr Weinglas bereits gereinigt und wischte meine Fingerabdrücke ab, bevor ich es mit meinen behandschuhten Händen auf die Arbeitsplatte stellte, sodass es gefüllt werden konnte. Sie sollte die Einzige sein, die dieses Glas berührte.

»Ich wünschte, ich könnte für immer hierbleiben«, rief sie aus dem Wohnzimmer herüber.

Oh, das wirst du auch, liebste Schwester. Das wirst du. »Keine Sorge, wir sehen uns bald wieder«, rief ich, während ich mit meiner behandschuhten Hand erst die feingemahlenen Schlaftabletten in ihr Glas schüttete und dann eine ordentliche Menge Wein eingoss. Ich rührte die Flüssigkeit so lange um, bis sich die winzigen Flecken darin aufgelöst hatten. Danach zog ich die Gummihandschuhe aus, warf sie neben die Spüle und trug mein eigenes Weinglas und eine Schüssel Tortillachips ins Wohnzimmer. »Könntest du dein Glas und die Flasche aus der Küche holen? Ich hab grad die Hände voll.«

»Natürlich.« Sie sprang auf, um ihr Glas zu holen.

Wir machten es uns bequem und plauderten locker, wie wir es uns in dieser kurzen Zeit bereits angewöhnt hatten. Man könnte meinen, ich hätte Zweifel oder Schuldgefühle gehabt oder wäre zumindest nervös gewesen wegen dem, was passieren würde, aber nein. Alissa war lediglich ein Mittel zum Zweck. Alissa hatte das, was ich die ganze Zeit hätte haben sollen. Alissa war der Grund, aus dem ich gelitten hatte. Ich fühlte mich nicht schuldig. Ich fühlte gar nichts.

»Mir ist … etwas … schwummerig.« Ihre Worte klangen nur noch undeutlich, als die Tabletten in ihren Blutkreislauf eintraten. Sie wollte ihr Glas auf dem Wohnzimmertisch abstellen, verfehlte ihn aber völlig, sodass das Glas auf den Teppich fiel und überall Wein verspritzte.

»Keine Sorge, du bist vermutlich bloß müde nach all den Aufregungen der letzten Wochen. Mach doch ein Nickerchen, wenn du magst.« Ich trank meinen Wein weiter und sah zu, wie sich ihre Augen schließlich schlossen und sie bewusstlos zur Seite kippte, ihr Kopf auf der Sofalehne, ihre Atmung ruhig und gleichmäßig.

Ich schnappte mir die Gummihandschuhe und streifte sie über. Dann nahm ich ein Kissen vom Sofa und presste es gegen ihr Gesicht, bis sich ihr Brustkorb nicht mehr hob. Eine kurze Überprüfung ihres Pulsschlags bewies, dass sie tot war.

Ich stellte mein eigenes Weinglas und die Schüssel in den Geschirrspüler und schaltete ihn ein. Anschließend zog ich mich aus und steckte meine Sachen zusammen mit den Gummihandschuhen in eine Plastiktüte. Als Nächstes zog ich sie bis auf den BH und die Unterhose aus und schlüpfte in ihre Klamotten. Ich hob den Rand ihrer Unterhose an und warf einen Blick darunter. Ich durfte nichts dem Zufall überlassen. Ich würde das hier auf keinen Fall vermasseln. Jedes kleine Detail musste bedacht werden.

Sieh an, sieh an, sie waxt da unten. Alles war weg. Nicht mal ein Streifen. Ich würde mich im Hotelzimmer schnell rasieren müssen, bevor Max zurückkehrte.

Ein letztes Mal blickte ich mich im Apartment um, dann nahm ich ihre Handtasche und stopfte die Plastiktüte mit meinen alten Klamotten hinein, um sie im nächsten Mülleimer zu entsorgen.

Ich schloss die Tür hinter mir, trat hinaus in den Sonnenschein, steckte mir die Haare hinter die Ohren und lief vor mich hin summend zurück zu ihrem Hotel.

Auf Wiedersehen, Sam Folds.

Hallo, Mrs Burbeck!

Teil 3

Falsches Spiel

Kapitel 30

Der Detective

Ich stand am Rand der Trauernden bei Max' Grab und konzentrierte mich auf Alissa, machte mir von allem gedankliche Notizen. Sie befand sich in der Mitte, gekleidet in das übliche schwarze Outfit – ein locker sitzendes Kleid mit langen Ärmeln, schwarze Stiefel, ein schwarzer Hut mit einem Netzschleier, der ihr Gesicht verdeckte. Auf einer Seite von ihr stand Leo, der sie zu stützen schien. Auf der anderen war Vicky, die Alissas Arm fest gedrückt hielt. Sasha verharrte neben Vicky, knallbunt gekleidet in einen mehrfarbigen Rock und ein Oberteil mit lila, rosa und grünen Sprenkeln. Während Alissas Tränen diskret flossen und nur dadurch zu erkennen waren, dass sie sich wiederholt mit ihren zarten, spitzenbehandschuhten Händen über das Gesicht wischte und dass ihre Schultern bebten, war Sasha in vollem Trauermodus. Ab und an erklang sogar etwas Wehklagen von ihr. *So* verzweifelt hatte sie eigentlich nicht gewirkt, als ich ihr in Leos Haus von Max' Tod berichtet hatte, aber vielleicht hatte sie zu dem Zeitpunkt noch unter Schock gestanden. Möglicherweise hatte es eine Weile gedauert, bis die Tatsache zu ihr durchgedrungen war. Versuchte sie absichtlich, Alissa zu übertrumpfen, oder war sie so verzweifelt, wie sie wirkte? Sie war genauso lange mit Max befreundet gewesen wie Leo, aber steckte da noch mehr dahinter? War sie in ihn verliebt gewesen, wie Vicky vermutete? Hatte sie Max umgebracht, weil ihre Liebe nicht erwidert wurde? Im Vergleich mit Alissa bezweifelte ich, dass Max Sasha auch nur eines zweiten Blicks gewürdigt hätte. Die einzige Ähnlichkeit zwischen ihnen war ihre Größe. Hatte Sasha gedacht, wenn sie Max nicht haben konnte, würde ihn niemand bekommen? Aber falls ja, warum hatte Alissa dann in jener Nacht entkommen können? Wenn Sasha verrückt vor Eifersucht war, warum hätte sie Alissa nicht auch töten sollen? Oder warum nicht einfach *nur* Alissa umbringen?

Nein, es ergab keinen Sinn, dass Alissa entkommen war. Der Eindringling hätte die Tür leicht durchbrechen können, selbst wenn es eine Frau gewesen wäre. Die Tür war nicht sonderlich stabil und der Police Constable hatte lediglich eine halbe, höchstens eine Minute gebraucht, um sie aufzubrechen, als er am Tatort angekommen war. Oder warum nicht draußen auf sie warten, unter der Orangerie, die ihren einzigen Fluchtweg darstellte? Warum überhaupt Max umbringen, wenn eine neunundneunzigprozentige Chance bestand, dass Alissa im Haus war, wenn sie nicht selbst auch ein Ziel war?

Weil es inszeniert gewesen war. Der Mörder war überhaupt nicht hinter Alissa her gewesen. Nur hinter Max.

Ich blendete die Rede des Vikars aus und dachte über den Tatort nach. Seit Stiles verhaftet worden war und in Untersuchungshaft saß, war ich unentwegt die Aussagen und Fotos, aufgezeichneten Befragungen und forensischen Berichte durchgegangen. Und obwohl es keine Beweise gab, die Alissas Geschichte über die Geschehnisse dieser Nacht widersprachen, glaubte ich ihr nicht. Irgendetwas an ihr stimmte nicht.

Ich hatte mehrere Theorien entwickelt. Die erste war, dass Alissa und Russell zusammengearbeitet hatten und sie ihn beschützte. Vielleicht waren sie immer noch ineinander verliebt, und wenn Alissa Max aus dem Weg bekam, konnte sie wieder mit Russell zusammen sein und die beiden wären als Bonus um zehn Millionen Pfund reicher. Das hatte ich jedoch schon wieder verworfen, denn wenn sie unter einer Decke steckten, warum hatte sie ihn während der zweiten Befragung damit belastet, als sie aussagte, dass er möglicherweise der Täter sein könnte? Sicherlich hätte sie jemand anderen beschrieben. Es sei denn, sie spielte ein doppeltes Spiel, hatte ihn die Drecksarbeit erledigen lassen und niemals vorgehabt, wieder mit ihm zusammen zu sein. Aber wenn das der Fall war, warum hatte Russell nicht *sie* belastet? Liebte er sie so sehr, dass er bereit war, ein Leben im Gefängnis für sie zu riskieren? Das war unwahrscheinlich, wenn auch nicht undenkbar.

Ich war bei der Theorie der Komplizenschaft geblieben und hatte mich gefragt, ob Leo involviert war. Er schien mir möglicherweise ebenfalls in Alissa verliebt zu sein. Er hatte sich ein wenig zu ritterlich zu ihrer Verteidigung aufgeschwungen. Hatte Alissa eine Affäre mit ihm gehabt? Hatte sie ihn dazu gebracht, Max umzubringen? Aber nein, Leos Alibi, dass er mit Kollegen bei einem späten Abendessen gewesen sei, hatte sich als richtig erwiesen; fünf andere Zeugen konnten für ihn bürgen.

Das führte mich zu den unbekannten Fingerabdrücken im Büro. Die gleichen Fingerabdrücke wurden mittlerweile auch im Rest des Hauses gefunden, einschließlich des Schlafzimmers. Zu wem gehörten sie? Einem unbekannten Komplizen? Jemand, der nicht im System war und zu keinem ihrer engsten Freunde zählte, die auf dem Empfang gewesen waren? Wilmott hatte sie als unwichtig eingestuft und Alissas schwache Erinnerung an einen Möbelpacker zitiert, der ihr vor einem Jahr geholfen hatte, ein paar ihrer Möbel aus dem Haus ihrer Mum auf The Orchard zu schaffen, als sie bei Max eingezogen war. Aber praktischerweise hatte angeblich Max das alles arrangiert und sie konnte sich nicht erinnern, welches Unternehmen er dafür genutzt hatte. Und es existierten keine Aufzeichnungen dazu in Max' Finanzunterlagen. Den Tatortermittlern zufolge waren diese Fingerabdrücke außerdem relativ frisch gewesen. Waren sie ein unwichtiges kleines Detail, wie Wilmott glaubte, oder der Schlüssel zu dieser ganzen Angelegenheit? Ich neigte dazu, Letzteres zu glauben, fragte mich aber, warum diese Person keine Handschuhe getragen hatte, falls es sich um einen Komplizen handelte.

Ob nun ein Komplize involviert war oder nicht, ich war mittlerweile davon überzeugt, dass Alissa Max – ob mit oder ohne Hilfe – umgebracht und Russell ans Messer geliefert hatte. Aber ich konnte keine Diskrepanz finden, nichts, das Alissas Version der Ereignisse widersprechen würde. Sie würde damit davonkommen und ich wollte nicht noch einen verdammten Lord-Mackenzie-Fall ertragen müssen.

Die Stimme des Vikars holte mich aus meinen Gedanken zurück zur Zeremonie. Vicky reichte Alissa eine rote Rose und diese trat zittrig einen Schritt vor, näher an den Rand des Grabs. Ihre Lippen bewegten sich, während sie leise zu ihrem toten Ehemann – von zwei kurzen Monaten – sprach. Eine Minute später warf Alissa die Rose auf Max' Sarg und brach dann zusammen. Sie lehnte sich an Leos Schulter und hielt sich an ihm fest. Leo sagte etwas, das ich nicht hören konnte, in ihre Haare, während Vicky ihr den Rücken rieb.

Sasha nahm ihre eigene Rose und warf sie auf den Sarg. Sie blickte auf und ihr Blick traf meinen. Sie lächelte, kein trauriges, halbes Lächeln, das höflich wirken würde. Es war eher aufgeregt, gierig.

Sie war eine verfluchte Kuriosität. Irgendetwas an ihr stimmte ebenfalls nicht.

Während die anderen in der Menge damit begannen, ihre Rosen als letzten Tribut auf den Sarg zu werfen, drehte ich mich zu Wilmott neben mir um. »Gehen Sie zur Totenwache?«

»Natürlich.« Er stierte Alissa mit einem kaum verhohlenen lüsternen Gesichtsausdruck an.

»Dann fahre ich jetzt zurück. Bis später.«

Herablassend hob er die Hand, als könne es ihm nicht gleichgültiger sein, was ich tat, und stolzierte zu Alissa. Er sagte etwas. Sie löste sich von Leo und berührte Wilmotts Arm in einer Geste des Dankes.

Ich überließ es Wilmott, auf der Totenwache, die in Leos Haus stattfinden würde, um Alissa herumzuschwänzeln, und marschierte zurück zu dem nicht gekennzeichneten Ford Mondeo auf der Straße außerhalb des Friedhofs. Ich wollte gerade die Tür öffnen, als ich hörte, wie mein Name gerufen wurde.

Ich drehte mich um und sah Sasha auf ihren roten Stilettos durch das Gras stöckelnd auf mich zusteuern.

»Hi.« Sie schloss zu mir auf. »Ich habe mich nur gefragt, ob es irgendwelche Neuigkeiten im Fall gibt.«

Ich musterte sie einen Augenblick. Dieses Funkeln in ihren Augen. Der Hauch von Verzweiflung, ihre skandalöse und unangemessene Kleidung. »Nun, Sie wissen ja, dass Russell Stiles verhaftet wurde und ohne Aussicht auf Kaution in Untersuchungshaft sitzt.«

Sie leckte sich ihre blutroten Lippen. »Ja, das weiß ich. Aber ich dachte, es gäbe noch mehr.« Sie blickte zu der Stelle hinüber, an der Alissa stand, und ihre Augen verengten sich leicht.

»Worauf wollen Sie hinaus, Sasha?« Ich hatte das Gefühl, dass sie talentiert darin war, Spielchen zu spielen.

Sie schaute wieder zu mir und lächelte erneut, entblößte dabei Eckzähne, die leicht lippenstiftverschmiert waren. »Ich habe gemerkt, wie Sie sie während der Zeremonie beobachtet haben. Sie denken, sie war darin involviert, nicht wahr?«

»Glauben Sie denn, dass sie involviert war?«

»Na ja, sagt man nicht, dass es meistens der Partner ist? Und sie waren schließlich gerade mal ein paar Monate verheiratet gewesen.«

»Ich dachte, Sie wären ihre Freundin.«

Sie schnaubte. »Tja, bin ich auch! Aber ich war bereits Max' Freundin, bevor ich Alissa kannte. Und ich will wohl kaum mit einer Mörderin befreundet sein. Ich will sichergehen, dass ich save bin. Und Leo. Ich glaube, er ist heimlich in sie verliebt, wissen Sie? Ich sorge mich um meinen großen Bruder.«

»Und was ist mit Ihnen? Waren Sie heimlich in jemanden verliebt?«

Sie lachte erneut, diesmal jedoch eher nervös als zuversichtlich. »Was meinen Sie damit?«

»Wo waren Sie zwischen dreiundzwanzig und ein Uhr in der Nacht, als Max getötet wurde?«

Sie deutete mit dem Finger auf ihre Brust. »Ich?!«

Ich nickte.

Mit einer hochnäsigen Geste zog sie ihre Schultern zurück. »Tatsächlich war ich in meiner Kunstgalerie, in der eine Ausstellung stattgefunden hat. Die endete gegen ein Uhr dreißig morgens. Ich habe ungefähr fünfundzwanzig Leute, die das bestätigen können. Das dürfen Sie gern überprüfen. Und übrigens habe ich nur versucht zu helfen. Kein Grund, so unhöflich zu mir zu sein.« Sie drehte sich um und stelzte zurück in Richtung Grab.

Ich schüttelte den Kopf, als ich ins Auto stieg. Sie hatte irgendeinen Plan, was Alissa betraf, aber ich glaubte nicht, dass sie in Max' Ermordung involviert war. Sie war auf jeden Fall seltsam, aber ein komischer Kauz zu sein, war kein Verbrechen. Sonst würden die Haftanstalten längst überquellen.

♦ ♦ ♦

Ich dachte oft, dass man, um ein guter Detective zu sein, dieselben Fähigkeiten haben musste wie ein guter Schauspieler. Um den Täter zu finden, musste man in seine Haut schlüpfen und versuchen, zu denken und zu handeln wie er. Genau deshalb wollte ich die Tat noch einmal durchspielen und sie durch die Augen des Mörders sehen.

Ich parkte in der Einfahrt von The Orchard und holte die Ersatzschlüssel, die ich von Wilmotts Schreibtisch stibitzt hatte, aus meiner Tasche. Alissa hatte Wilmott erklärt, sie würde in nächster Zeit nicht mehr in das Haus zurückkehren. Sie wollte es verkaufen, und Wilmott hatte vergessen, ihr die Schlüssel zurückzugeben, nachdem die Tatortermittler fertig waren.

Ich nahm die Fotos vom Tatort aus dem Handschuhfach und öffnete die Vordertür. Der muffige Geruch eines unbewohnten Hauses empfing mich. Ich lief den großen, eleganten Flur mit schwarzweißen Schachbrettfliesen entlang und hielt bei der Tür zum Wohnzimmer inne, in dem sich während des Hochzeitsempfangs einige Leute aufgehalten hatten. Es war ein riesiges Zimmer, von dem aus man die Vorderseite des Anwesens überblickte, mit hoher Decke, Deckenverzierung und einer Deckenrosette. Drei große graue Satinsofas waren um einen offenen Kamin arrangiert, über dem das Ölgemälde einer Fuchsjagd in goldenem Rahmen hing. Unter dem Fenster stand eine Mahagonikommode und neben den Sofas befanden sich ein paar Tischchen. Es sah aus wie ein Zimmer, das selten benutzt wurde und allein für die Öffentlichkeit bestimmt war. Abgesehen von den Oberflächen, die von Fingerabdruckpulver überzogen waren, wirkte alles unberührt.

Ich ging durch die geräumige Küche, stellte mich ans Fenster und schaute in den großen Garten hinaus. Von hier hatte ich einen guten Blick auf den Karpfenteich unten, samt Rosenbusch in leuchtendem Rosa am Rand, und den Zaun, der die Grenze des Grundstücks markierte und hinter dem der dichte Wald begann. Ich stellte mir die Szene vor: Wie Alissa bei ihrem Empfang am Teich gestanden hatte, um etwas Luft zu schnappen, ein Glas Champagner in der Hand, während sie zurück in Richtung Haus blickte. Russell tauchte hinter ihr auf, kletterte über den Zaun, näherte sich ihr, flehte sie an, sagte ihr, dass sie einen Fehler begehe. Max kam heraus und entdeckte sie. Der Streit folgte. Russell erklärte Max, dass er bekommen würde, was er verdiente, und auf sich aufpassen solle. Hatte Alissa die Wahrheit gesprochen, was das anging? Zwar hatten Vicky und Leo einen Teil der Auseinandersetzung mitbekommen, jedoch nicht selbst gehört, was geäußert worden war. Und Russell konnte sich nicht erinnern, weil er zu betrunken gewesen war. Selbst wenn er diese Worte ausgestoßen hatte, glaubte ich nicht, dass sie als echte Drohung gemeint gewesen waren. Ja, Russell hatte keine blitzsaubere Weste, aber ich glaubte nicht, dass er ein Mörder war.

War Alissa zu diesem Zeitpunkt auf den Plan gekommen, ihn zu belasten? Oder hatte sie das schon lange vorher einberechnet?

Ich stieg die Treppe hoch, wandte mich nach links und nahm den Flur ins Büro. Der Stuhl, auf dem Max gesessen hatte, war von den Ermittlern verschoben worden, also holte ich die Fotos hervor und legte sie auf dem Schreibtisch ab. Dann suchte ich zwischen ihnen die von Max' Leiche. Ich positionierte den Stuhl so, wie er in jener Nacht gestanden hatte, setzte mich hin, starrte aus dem Fenster vor meinem Schreibtisch und stellte mir vor, was in jener Nacht wirklich passiert war, indem ich Alissas Geschichte in meinem Kopf noch einmal durchspielte.

Natürlich hatte sie erzählen müssen, dass sie in sein Büro gekommen und seine Wange geküsst hätte. Wenn sie sich über ihn gebeugt hatte, würde dies das Vorhandensein etwaiger Haare oder DNS von ihr an seinem Körper erklären. Die Musik war ein plausibler Grund, warum Max den Angreifer nicht gehört hatte, aber jemandem von hinten in den Hals zu stechen, konnte auch bedeuten, dass das Opfer sich bei dem Killer sicher genug gefühlt hatte, um ihm den Rücken zuzuwenden.

Was ich nicht zuordnen konnte, war, wie Russells Haar auf Max' Leiche gelandet war – falls er wirklich unschuldig war, wie ich es vermutete. Er war niemals im Haus gewesen. Er hatte Alissa oder Max seit dem Hochzeitsempfang nicht mehr getroffen. Wo war es also hergekommen? Ich schob den Gedanken für einen Augenblick beiseite und betrat das Schlafzimmer. Die unbekannten Fingerabdrücke, die hier sowie im Büro und im Rest des Hauses gefunden worden waren, nagten ebenfalls an mir. Um Zugang zu allen Bereichen gehabt zu haben, mussten die Fingerabdrücke zu jemandem gehören, der Max oder Alissa sehr nahestand, aber von allen Leuten, die sie zum Hochzeitsempfang eingeladen hatten, waren die Fingerabdrücke genommen und mit den unbekannten verglichen worden. Ohne Ergebnis. Das war eine weitere Unstimmigkeit, die ich erst einmal beiseiteließ. Ich schlenderte ins angrenzende Bad und sah mich um, dann beugte ich mich vor, um das Fenster zu öffnen, das Alissa in jener Nacht angeblich als ihren Fluchtweg benutzt hatte. Ich zog mich auf den Sims hoch und kletterte durch. Ein reißendes Geräusch ertönte.

Als ich meine Beine nach unten auf das Dach der Orangerie geschwungen hatte, inspizierte ich meine Hose. Der Riegel am Fenster hatte ein acht Zentimeter großes Loch in die Tasche gerissen. Ich guckte zurück zum Riegel. Dort hatte Alissa anscheinend ihr Handtuch verloren.

Ich begab mich zum Rand des Flachdachs, spähte nach unten und ließ die vier Meter bis nach unten auf mich wirken. Ich setzte mich auf den Rand, drehte mich um, ergriff den Rand des Dachs mit den Händen. Meine Brust presste sich gegen das Gebäude, während mein Körper mitten in der Luft hing.

Ich ließ los und landete mit einem dumpfen Schlag auf meinen Füßen. Ein scharfer Schmerz schoss in meine Knie. Sie gaben nach und ich ließ mich seitlich fallen und starrte zum Dach hoch. Es war nicht allzu schwierig, besonders wenn man jünger und leichter als ich war, was auf Alissa zutraf.

Ich stand auf und hob meine Fersen eine nach der anderen, während ich meine Beine streckte, beugte und auf irgendwelche Schäden prüfte. Alles vorhanden und okay. Nichts gebrochen.

Ich umrundete die Orangerie und lief an der Küchenseite vorbei nach unten Richtung Teich. Ich kletterte über den Zaun in den Wald und blickte nach links. Wenn ich dort entlanglief, würde ich Mrs Downes' Haus nebenan erreichen, bei dem Alissa in jener Nacht angekommen war. Nach rechts würde ich zwei Kilometer entfernt am Rand des Dorfs auf Russells Haus stoßen.

Ich zog mein Handy aus der Tasche und schaltete die Stoppuhr-App an. Dann lief ich nach rechts. Hier standen weniger Bäume, während ich also über die Zweige und vermodernden Blätter rannte, konnte ich verhindern, dass ich mir das Gesicht zerkratzte. Alissa hatte in dieser Nacht auch keine Kratzer im Gesicht abbekommen. Mein Herz schlug heftig in meiner Brust, meine Lungenflügel schmerzten dank dieses ungewohnten Trainings und in meinem Rücken zwickte es lästig.

Kurze Zeit später hatte ich die Rückseite von Russells Haus erreicht. Ich kletterte über den Zaun, joggte zum Schuppen und öffnete ihn. Ich beugte mich zu dem Bereich hinunter, wo das Messer versteckt gewesen war, und hörte meine Knie knacken. Dann tat ich so, als würde ich dort ein Messer platzieren, verließ den Schuppen wieder, schloss die Tür und joggte zurück zum Zaun. Wieder zurück im Wald rannte ich denselben Weg zurück, den ich gekommen war. Ich lief bis zu Mrs Downes'

Haus und hielt vor ihrem Zaun. Rasch zog ich mein Handy aus der Tasche.

Achtzehn Minuten und neununddreißig Sekunden. Das war nicht sonderlich lang und Alissa war fit und leicht. Sie hätte es noch schneller als ich schaffen können.

Der Pathologe hatte den Todeszeitpunkt auf zwischen 23 und ein Uhr eingegrenzt. Alissa war bei Mrs Downes' Haus eingetroffen, kurz bevor diese den Notruf um 00:58 Uhr gewählt hatte.

Ihre Geschichte war plausibel. Sie ergab Sinn, aber nicht komplett. Jedenfalls nicht für mich.

Langsam, um wieder zu Atem zu kommen, ging ich zu The Orchard zurück. Drinnen sammelte ich die Tatortfotos ein, die ich liegen gelassen hatte, und wanderte dann wieder zurück in den Wald. Ich sichtete die Fotos und suchte nach denen mit der Flasche Jack Daniel's, die Russell an jenem Tag getrunken hatte. Die Flasche war neben einer alten Eiche mit einem natürlich ausgehöhlten Baumstumpf gefunden worden, genau die richtige Art von Ort, um sich hinzusetzen, zu warten und zu beobachten. Die Fotos zeigten die Flasche direkt rechts vom Baumstamm. Daneben lag die Leiche von Buttons, Alissas Katze, deren Leben durch ein gebrochenes Genick ihr Ende gefunden hatte.

Auch diese Katze machte mir noch zu schaffen. Wilmott war der Ansicht, sie würde Russells wahnwitzige Wut auf Max' Hochzeit mit Alissa beweisen, seinen eskalierenden Hass auf Max – eine schon vorher dagewesene Gewalt. Psychopathische Tendenzen. Aber Leo hatte berichtet, er wäre Russell in den Wald gefolgt, um sicherzugehen, dass er weg war, und hätte keine Katze gesehen. Was bedeutete das? Dass jemand anderes Buttons getötet hatte? Dass Russell zu einem anderen Zeitpunkt zurückgekehrt und es getan hatte? Dass sie durch einen Unfall gestorben war, vielleicht aus einem Baum gestürzt? Oder log Leo aus irgendeinem Grund?

Ich warf noch einen letzten Blick auf das Haus, dann schloss ich ab und fuhr zurück zur Wache.

Als ich ankam, war niemand im Büro, also verstaute ich die Schlüssel schnell wieder in Wilmotts Schreibtischschublade. Ich humpelte gerade nach draußen – vermutlich hatte ich mir bei meiner sportlichen Einlage einen Muskel in meiner Wade gezerrt – als Becky auftauchte.

»Gott, du siehst aus, als wolltest du in einem Zombiefilm mitspielen.« Becky musterte mich von oben bis unten.

Ich sah auf meine zerrissene Hose und schnippte die kleinen Stückchen Farn und Gestrüpp ab. Ich strich mir durch mein windzerzaustes Haar und war mir bewusst, dass meine Wangen vermutlich auch noch von all dem Training leuchteten.

»Haha, sehr witzig.«

»Bist du so zur Beerdigung gegangen?«

»Nein. Ich komme gerade von The Orchard.«

Grinsend beäugte sie mich. »Ach ja? Warum?«

»Um zu prüfen, ob das, was sie erzählt hat, möglich ist.«

»Und, war es das?«

»Ja, aber es ist auch möglich, dass sie das Messer in Russells Schuppen platziert hat, bevor sie zu Mrs Downes' Haus geflohen ist.«

»Wilmott wird durchdrehen, wenn er erfährt, was du treibst.«

Ich zuckte mit den Schultern. »Tja, ein Spinner war er ja schon immer.«

»Willst du einen Kaffee?«

»Danke.« Ich setzte mich an meinen Schreibtisch und konzentrierte mich auf den Papierkram vor mir. Ich war so darin vertieft, dass ich den Schatten über meinem Schreibtisch erst bemerkte, als es zu spät war.

»Warum haben Sie diese Akte vor sich?«, fauchte DI Wilmott. »Der Burbeck-Fall ist unter Dach und Fach. Habe ich Ihnen nicht die Anweisung gegeben, die Aufnahmen der Überwachungskameras für den Einbruch beim Juwelier *Brookfield Jewellers* durchzugehen?«

Ich lehnte mich zurück in meinem Stuhl und sah zu ihm hoch. »Ich bin noch nicht überzeugt. Es gibt da ein paar ungelöste Dinge, für die uns eine Erklärung fehlt.«

Genervt atmete Wilmott aus und verschränkte die Arme vor seiner Brust. »Tja, der Staatsanwalt ist überzeugt, das Gericht auch, ebenso wie ich und Detective Superintendent Greene. Versuchen Sie absichtlich, meinen ersten Fall als SIO zu sabotieren? Geht es hier darum? Weil Sie eifersüchtig sind, dass ich Acting DI geworden bin, und nicht Sie?« Seine Nasenflügel bebten vor Wut.

War es das? War das in Wahrheit der Grund, warum ich Probleme damit hatte, Alissas Geschichte zu akzeptieren? Nein. Es steckte mehr dahinter. Viel mehr. Die Intuition von achtundzwanzig Jahren Dienstzeit. Aber Wilmott wollte diesen Fall schnell geklärt haben, damit es so aussah, als wüsste er, was er tat. Ein hübsches, einfaches Ergebnis würde Wunder für seine neue Beförderung bewirken. Er wollte keine Zeit damit verschwenden, über das Offensichtliche hinauszuschauen. Er war wie ein kurzsichtiges Nashorn, das voranstürmte, um das saftige Gras zu erreichen, das es erschnüffelt hatte, und dabei alles aus dem Weg stieß, was es von seinem Kurs abbringen könnte.

»Es scheint mir einfach alles zu praktisch. Stiles wusste, dass er verdächtig ist, und weder Skimaske, Handschuhe, schwarze Jacke noch die Überschuhe, die er angeblich in jener Nacht getragen hat, wurden in seinem Haus gefunden. Aber er hat das Messer behalten, mit dem Max ermordet wurde. Warum?«

»Weil er ein Idiot ist?« Sarkastisch zog Wilmott eine Augenbraue hoch. »Verbrecher tun dumme Dinge. So werden sie geschnappt.«

»Er ist aber nicht dumm. Warum ist er es nicht losgeworden, nachdem ich ihn das erste Mal befragt habe, wie er es doch mit den Sachen gemacht haben muss, die er getragen hat? Warum sollte er riskieren, dass es in seinem Haus gefunden wird?«

Wilmott rollte die Augen mit einem *Müssen-wir-das-schon-wieder-durchkauen*-Blick. »Vielleicht wollte er ein Souvenir.«

Stiles' Unschuldsbeteuerungen wollte ich nicht ins Feld führen. Das sagten die meisten Kriminellen. Der einzige Unterschied hier war, dass ich ihm tatsächlich glaubte. Und ich hatte mir die aufgezeichneten Befragungen mit ihm immer wieder angeschaut. Ich war überzeugt, dass seine Körpersprache und seine Reaktion auf Max' Mord auf echten Schock hindeuteten.

Verärgert schüttelte Wilmott den Kopf. »Er hatte das Motiv, die Mittel und die Gelegenheit! Ich weiß überhaupt nicht, warum wir dieses Gespräch führen. Der Fall ist abgeschlossen. A.B.G.E.S.C.H.L.O.S.S.E.N.«, buchstabierte er netterweise für mich, als wäre ich ein fünfjähriges Kind. »Wir haben unwiderlegbare DNS-Beweise, die beweisen, dass Stiles am Tatort war, die Mordwaffe in seinem Haus …«

»Beweise können gefälscht werden. Und auf der Mordwaffe befanden sich weder Fingerabdrücke noch DNS von Stiles.«

»Weil er Handschuhe getragen hat! Und wer hat Ihrer Meinung nach Russells Haar auf Max' Leiche platziert? Sie konstruieren hier nur Dinge, um meine Autorität zu untergraben! *Ich* muss hier meinen Kopf hinhalten, und ich lasse nicht zu, dass Sie mir Ärger machen. Sie haben nichts mehr, wofür es sich zu leben lohnt, daher versuchen Sie, mein Leben gleich auch noch zu ruinieren!« Wilmotts Stimme stieg um eine Oktave. »Sie sind doch schon lange nicht mehr richtig im Kopf.« Böse glotzte er mich an.

Ich war mir nicht ganz sicher, ob ich das von mir weisen konnte. »Ich bin vielleicht nicht richtig im Kopf, aber mit dieser

Sache habe ich recht!«, knurrte ich durch zusammengebissene Zähne.

»Sie sind der Einzige, der ein Problem mit diesem Fall zu haben scheint! Wir haben alle Beweise, die wir brauchen. Was wollen Sie denn noch?«

»Wie wär's mit der Wahrheit? Wie wär's damit, wenn zur Abwechslung mal der echte Täter verurteilt wird?«

»Oh, verflucht noch mal! Geht es schon wieder um den Mackenzie-Fall? Daraus sollten Sie doch gelernt haben. Schließlich hat man Sie dafür fast suspendiert.« Er schnaubte. »Ganz ehrlich, ich bin überrascht, dass Sie immer noch hier sind.«

»Man hätte mich fast suspendiert, weil ich zu tief gegraben habe. Das Ganze war eine abgekartete Sache, das wissen Sie so gut wie ich! Wir sollen das Gesetz achten, nicht Kriminelle decken! Wie steht's denn damit, dass ein unschuldiger Mensch ins Gefängnis geht? Bereitet Ihnen das keinerlei Sorgen?«

Er klopfte mit seinen Fingerknöcheln auf den Schreibtisch. »Hallo? Ist da jemand? Russell Stiles ist *nicht* unschuldig!«

Ich ballte die Fäuste und bekämpfte den Drang, ihn zu Boden zu schlagen. Ich dachte darüber nach, ihm noch einmal von meinem Verdacht gegen Alissa zu erzählen, aber bisher hatte ich keinerlei Beweise für irgendetwas. Ich überlegte, damit direkt zu Detective Superintendent Greene vorzudringen, aber Wilmott hatte ihm mittlerweile so den Arsch geküsst, dass ich vermutlich standrechtlich erschossen werden würde. Außerdem war er derjenige gewesen, der mich wegen des Mackenzie-Falls beinahe suspendiert hätte. Also war er nicht wirklich unvoreingenommen und *würde* mich vermutlich diesmal tatsächlich suspendieren, wenn er den Eindruck hatte, dass ich nicht auf Linie war. Für den Augenblick war es besser, sich dumm zu stellen. Also eigentlich wie Wilmott.

»Und?«, hakte Wilmott nach. »Haben Sie dazu irgendetwas zu sagen?«

Ich strich mir mit Daumen und Zeigefinger übers Kinn und tat so, als würde ich über etwas zu meiner Verteidigung nachdenken.

»Machen Sie weiter damit, die Überwachungskameras zu überprüfen, die ich Ihnen für den Raubüberfall übertragen habe.«

Seit ich begonnen hatte, den Burbeck-Fall zu hinterfragen, hatte Wilmott sämtliche unangenehmen Aufgaben an mich delegiert. Seine Art, mich in meine Schranken zu weisen. Ganz offensichtlich kannte er mich nicht gut.

Wilmott griff sich die Burbeck-Akte von meinem Schreibtisch und stierte mich noch mal grimmig an. »Ich will *nicht* noch mal davon hören!« Er stürmte in sein Büro, ließ die Akte klatschend auf seinen Schreibtisch fallen und klickte auf seinem Laptop herum. Vermutlich spielte er Solitaire.

Becky schaute zu mir herüber und hob die Augenbrauen.

Ich zuckte mit den Schultern und verließ das Büro.

Es war noch nicht vorbei. Jedenfalls nicht für mich.

Kapitel 31

Die Andere

Ich konnte mich entspannen. Max war tot und Russell im Gefängnis – oooh, wie schade aber auch. Russell würde immer ein Mittel zum Zweck bleiben. Ein armer Sündenbock. Aber die Dinge hatten sich schnell geändert. Fast schon zu schnell. Ich hatte eigentlich länger warten wollen. Und ich hatte es tatsächlich genossen, Alissa zu sein – wer würde das auch nicht? Sie hatte alles, was sie sich wünschen konnte. Ich hatte sogar fast Spaß daran gehabt, Max zu vögeln, auch wenn seine Küsse schlabbrig wie ein glitschiger nasser Fisch auf meiner Haut waren. Er hatte die kleinen Unterschiede im Schlafzimmer zwischen Alissa und mir begrüßt und geglaubt, ich würde versuchen, der Sache ein wenig mehr Würze zu verleihen. Oh ja, er war komplett auf alles hereingefallen. Wie wirklich jedermann! Schmeichelei wirkte immer Wunder, um Gespräche abzulenken, bei denen ich das Gefühl hatte, dass sie sich in die falsche Richtung entwickelten. Damit konnte ich das Thema auf sie fokussieren, und jeder liebt es, über sich selbst zu reden (soll *mich* mal noch jemand narzisstisch nennen – ha!). Es ist eine wirksame Methode, um kleine Diskrepanzen zu übertünchen.

Ich hatte auch noch ein paar andere kleine Asse im Ärmel. So zu tun, als wäre ich vom Gespräch abgelenkt, weil mir gerade eine tolle neue Idee für mein Buch gekommen war, funktionierte super. Das, und so zu tun, als wäre ich beschäftigt und müsste das Gespräch beenden. Seltsamerweise jedoch war es fast schön, ein Paar zu sein, auch wenn ich manchmal klaustrophobische Anwandlungen hatte. Oft musste ich viel Geduld aufbringen, um ihn nicht an Ort und Stelle umzubringen. Aber die Planung des perfekten Mords erforderte Zeit, Geduld und Gerissenheit, von denen ich genug hatte. Ich hatte mit verschiedenen Unfallszenarien gespielt. Etwas, bei dem ich nie in die Schusslinie geraten würde. Ein »Unfall« hätte all diese lästigen Fragen durch die Polizei verhindert. Aber am Ende war ich zum Handeln gezwungen gewesen und hatte einfach gehofft, für alles bereit zu sein. Wenn sich eine Gelegenheit ergibt, muss man eben mit dem arbeiten, was man hat. Es war nicht zu fassen, dass Russell Buttons umgebracht hatte. Was für ein Idiot! Wie konnte er nur das Genick dieses armen Wesens einfach so brechen? Sie war so eine liebe Katze gewesen, so freundlich und neugierig. Er war verrückter, als Alissa geglaubt hatte.

Dass Russell in Haft saß, bedeutete, dass ich sicher war. Außerdem konnte ich endlich diese ranzige Hotelsuite verlassen, in der mich DI Wilmott die ganze Zeit lüstern angaffte und mich beinahe erstickte. Stattdessen konnte ich in ein gemietetes Haus ziehen. *Oh, ich kann unmöglich wieder in dieses Haus zurück. Nicht, nachdem mir Max so tragisch entrissen wurde. Ich muss irgendwo anders hingehen. Ich ertrage es hier nicht mehr.* Ich meine, das war doch die passende Reaktion, oder?

Gott, Wilmott, dieser schmierige Kerl, war ja so einfach zu lesen. Und ich hatte die süße, untröstliche Witwe in Perfektion gemimt. Wilmott dachte mit seinem Schwanz und das kam mir nur gelegen. Er wollte mich beschützen, mich trösten.

Eigentlich wollte er mich natürlich ficken. Aber Männer, die mit ihrem Schwanz denken, sind leicht zu manipulieren.

Also war ich entlastet. Hurra für mich! Jetzt musste ich bloß noch darauf warten, dass Max' Testament geregelt war, demgemäß natürlich alles mir vererbt wurde, und dann auf Nimmerwiedersehen verschwinden.

Ich summte vor mich hin, während ich die Einkäufe auspackte, die ich online bestellt hatte. Jetzt, da mir Wilmott nicht mehr auf der Pelle hing, konnte ich wieder *ich* sein, wenn ich allein war. Das Haus war hell, luftig und günstig. Ich konnte es mir im Moment nicht leisten, übermäßig extravagant zu wirken. Das würde später kommen. Ich hatte das County komplett verlassen und in eine anonyme Stadt wie London ziehen wollen, hatte mir jedoch überlegt, dass das vielleicht seltsam wirken würde, so weit weg von »Mum« zu leben. Alissa hätte sie bestimmt nicht im Stich gelassen, richtig? Alissa würde trotzdem in der Nähe wohnen bleiben, bereit, sofort zu kommen, falls sich der Zustand der lieben Mum unerwartet verschlechterte oder sie starb.

Ich ging meinen »Freunden« aus dem Weg, indem ich wieder die »Trauernde Witwe«-Karte ausspielte. *Nein, ich möchte wirklich allein sein. Ich wäre im Moment keine gute Gesellschaft. Nein, es geht mir gut, du musst nicht vorbeikommen, um nach mir zu sehen. Ich muss das alles noch verarbeiten.* Diese verdammten Vicky und Sasha und Leo ließen mich jedoch einfach nicht in Ruhe. Sie riefen an, fragten, ob ich etwas bräuchte, ob es mir gut ginge, meinten, ich solle in solch einer Zeit nicht allein sein, versuchten, mich aus dem Haus zu holen, um mich abzulenken. Bla, bla, bla. *Haltet doch einfach die Klappe und lasst mich in Ruhe!*

Ich schaltete Alissas iPhone an, wählte die neue Playlist, die ich erstellt hatte, nachdem ich all ihren romantischen, schmalzigen Kram gelöscht hatte, und drückte auf »Play«. »Creep« von

Radiohead schallte durch die Küche, während ich das Essen verstaute. Ich lachte. Was für ein passender Song!

Was könnte ich als Nächstes machen? Klamotten shoppen? Nein, zu frivol. Eine verzweifelte Witwe würde nicht shoppen gehen. Ein Besuch bei Mum? Nö, ich war bereits gestern dagewesen. Selbst ich konnte manches nur bedingt ertragen. Der Geruch im Pflegeheim war schlimm genug, aber sie gurgeln und sabbern zu sehen, hatte bei mir Übelkeit erregt. Es war widerlich. Warum konnte sie nicht endlich sterben? Wie lange würde sie noch durchhalten? Dann vielleicht ein Spaziergang an der frischen Luft? Den Kopf gesenkt, die Augen tränenerfüllt, ein Spaziergang, um der Traurigkeit in meinem Leben zu entfliehen. *Check!*

Dann könnte ich den Nachmittag mit Lesen verbringen. Oder DVDs schauen. Oder, oooh, genau, meine Nägel lackieren.

Es klingelte an der Tür, aber ich ignorierte es. Ich hatte einfach keine Lust, mich schon wieder mit meinen Freunden zu befassen, die nach mir schauen wollten.

Ich öffnete ein Glas Erdnussbutter, tauchte einen Löffel hinein und schluckte einen dicken Batzen von dem Zeug. Es klingelte wieder. Diesmal beharrlicher.

Ich schnaubte hörbar, drehte die Musik ab, ging ins Wohnzimmer und spähte um den Rand des Vorhangs am Erkerfenster.

Auf meiner Türschwelle stand DI Wilmott und fuhr sich mit der Hand durchs Haar.

Oh, um Himmels willen, was will der denn jetzt?

Ich seufzte, setzte mein trauriges Gesicht auf und ging zur Tür.

Kapitel 32

Der Detective

Ich saß in meinem Wagen, den ich ein Stück die Straße hinunter von Alissas gemietetem Haus geparkt hatte, und beobachtete sie, darauf wartend, dass sie sich irgendwie verraten würde. Sie ging nicht viel aus. Von dem, was ich aus meinen Beobachtungen schlussfolgern konnte, lebte sie ziemlich einsam. Sie jubelte nicht oder feierte den Tod ihres Mannes. Sie unternahm keine wilden Shoppingtrips oder ging aus, um sich volllaufen zu lassen und mit ihren Freunden zu feiern.

Vielleicht lag ich falsch. Hatte ich seit Denises Tod wirklich den Verstand verloren und konnte nicht mehr klar denken? Vielleicht sollte ich diesen Job nicht mehr machen. Aber ich konnte mein Bauchgefühl nicht ignorieren. Okay, ich gebe zu, etwas persönlicher Stolz war auch involviert. Wenn ich beweisen konnte, dass Wilmott bei diesem Fall falsch lag, würde ich Acting DI werden und diesem selbstgefälligen Bastard würden die Federn gestutzt werden.

Und wo wir gerade beim Thema waren: Hier tauchte dieser Kerl schon wieder auf, mit seinem gegelten Haar und dem teuren maßgeschneiderten Anzug. Und er trug eine Schachtel mit … was war das? Kekse? Das war bereits das achte Mal, dass ich ihn hier sah, obwohl er doch keinen Grund hatte, sie zu besuchen, wenn der Fall *unter Dach und Fach* war. Und außerdem müsste er eigentlich gerade in einer Budgetbesprechung sein. Zumindest hatte er das vor uns heute Morgen behauptet.

Er war von dieser Frau besessen.

Gut, ich auch, aber aus einem völlig anderen Grund.

Ich trank einen Schluck aus dem Pappbecher mit meinem mittlerweile kalten Kaffee und observierte in meinem Sitz zusammengesunken das Haus. Mein Rücken machte mir in dieser Sitzhaltung schwer zu schaffen. Ich war wirklich zu alt für diesen Scheiß. Aber das hier war alles, was ich im Leben noch hatte, der einzige dünne Faden, der mein Leben zusammenhielt und mich davon abhielt, mich der Depression ganz zu ergeben, die wie ein tollwütiger Wolf nach meinen Fersen schnappte. Ich war kaum in der Lage, ihr zu entkommen. Ich fühlte, wie sie sich seit Denises Tod immer weiter zu meinem Gehirn vorarbeitete. Wenn ich jetzt aufhörte, wenn ich meinen Job kündigte und mich ihr ergab, wusste ich, dass sie sich in meinem Kopf festsetzen und nie wieder verschwinden würde. Dann müsste ich mich genau und schmerzlich hinterfragen oder einfach zerbrechen. Die Arbeit als Detective war das Einzige, das dafür sorgte, dass ich zurechnungsfähig blieb. Das war auch der Grund, warum ich mich beim Mackenzie-Fall zurückgenommen hatte, als DS Greene mir mit Suspendierung gedroht hatte. Ich hatte bereits einmal meine Integrität verkauft – noch einmal würde ich das nicht tun.

Zwei Stunden und dreiundzwanzig Minuten verstrichen, bevor Alissa die Vordertür öffnete. Sie sah müde und verstört aus, aber dennoch absolut fantastisch, als hätte die Trauer sie noch schöner gemacht.

Wilmott zögerte kurz auf der Stufe, dann sagte er etwas und stolzierte zurück zu seinem Wagen.

Ich drehte mich in meinem Sitz und rieb mir das Genick. Dabei ignorierte ich das Zwicken überall und grübelte stattdessen darüber, ob ich für heute hier Schluss machen und stattdessen ein paar Zeugenaussagen für den Raubüberfall aufnehmen sollte. Ich würde wieder herkommen, wenn ich mit der Arbeit durch war, wie ich es in letzter Zeit getan hatte.

Ich startete gerade den Motor, als ein Lieferwagen vor Alissas Haus hielt, auf dem »Delias Blumenservice« geschrieben stand. Ein junger Mann sprang in einer flüssigen Bewegung aus dem Wagen, worum ich ihn sehr beneidete. Ich rieb mir wieder den Rücken – dieses Rennen durch den Wald hatte ihm wirklich nicht gutgetan – und sah zu, wie er die Hintertür des Lieferwagens öffnete, sich vorbeugte und einen riesigen Strauß herausholte. Er nahm immer zwei Stufen gleichzeitig bis zu Alissas Tür und klingelte.

Ihr Kopf erschien am Fenster, verschwand und tauchte erneut auf, als sie die Tür öffnete. Sie runzelte die Stirn, als sie den jungen Mann und die Blumen entdeckte. Doch dann entspannte sich ihr Gesicht etwas. Er reichte ihr den Strauß und ein Klemmbrett, auf dem sie unterschreiben sollte.

Zuerst war ich mir nicht sicher, was ich da sah. Es machte nicht sofort klick. Nicht, bis der Blumenbote wieder gefahren war. Doch plötzlich dämmerte es mir.

Ich fuhr zurück zur Wache und fragte mich, was es wohl zu bedeuten hatte, wenn ich mit meiner Annahme recht hatte.

♦ ♦ ♦

Beckys Blick war starr auf ihren Laptop gerichtet, als ich ins Büro zurückkehrte. Sie ging die Bankunterlagen für einen Betrugsfall durch. Ronnie war unterwegs, um ein paar Aussagen von möglichen Zeugen für den Raubüberfall aufzunehmen – genau das, was ich auch hätte tun sollen – und Wilmott war wie üblich nirgends zu sehen. Wahrscheinlich holte er sich gerade wieder irgendwelche Haarpflegeprodukte.

»Wie läuft's, Sarge?«, fragte Becky.

»Ja ja, nicht schlecht«, antwortete ich abgelenkt, setzte mich an meinen Schreibtisch, klappte meinen Laptop auf und gab das Passwort ein.

Ich rief die Datei von Alissas aufgezeichneter Befragung auf, stellte stumm und spulte zur letzten Minute vor.

Ich sah es mir an. Spulte zurück. Sah es mir erneut an. Und noch einmal, um ganz sicher zu sein.

Als ich sie gebeten hatte, ihre Aussage zu unterschreiben, hatte sie ihre rechte Hand leicht gehoben und in Richtung des Stifts bewegt, als wollte sie diese Hand benutzen. Nur ein kurzes, kleines Flattern. So kurz, dass es fast den Anschein hatte, als wäre sie nur nervös oder zittrig. Aber aufgrund dessen, was danach geschah, glaubte ich das nicht. Es war, als hätte sie sich plötzlich an etwas erinnert, und sie griff stattdessen mit ihrer rechten Hand zur Taschentuchbox, nahm eins heraus und putzte sich die Nase. Danach nahm sie den Stift mit ihrer *linken* Hand und unterschrieb.

Aber die Blumen, die sie gerade erhalten hatte … für die hatte sie mit ihrer *rechten* Hand unterschrieben. Automatisch, ganz lässig, ohne zu zögern, als würde niemand zuschauen und sie müsste sich nicht daran erinnern, welche Hand sie benutzen sollte.

Ich lehnte mich in meinem Sessel zurück, verschränkte die Finger unter dem Kinn und betrachtete das Standbild.

Was hatte das zu bedeuten? Irgendetwas? Gar nichts? Alissa könnte beidhändig sein. Aber ich war noch nie jemandem begegnet, der das tatsächlich war. Der Anteil von Beidhändern in der Bevölkerung war verschwindend gering.

Ich legte ein paar Zeugenaussagen zum Raubüberfall, die ich tatsächlich geschafft hatte, auf Wilmotts Schreibtisch ab und verabschiedete mich von Becky. Alissas Freunde waren immer noch die beste Anlaufstelle für meine Fragen.

♦ ♦ ♦

Ich setzte auf Sasha. Sie schien planend, berechnend und aufmerksam zu sein. Sie erinnerte mich an eine Elster, die glänzende Sachen hortet, nur, dass Sasha keine Dinge hortete, sondern Informationsschnipsel. Informationen, die sie später zu ihrem Vorteil einsetzen konnte. Ich war mir nicht sicher, ob ihre Freundschaft mit Alissa echt war oder nicht, ob sie eifersüchtig auf sie war oder Leo im Auge behielt, damit der ihr nicht verfiel. Aber falls Alissa etwas fallen gelassen hatte, wäre Sasha diejenige, die das bemerkt hätte. War es bei dem Gespräch nach der Beerdigung vielleicht darum gegangen? Wollte sie andeuten, dass sie etwas wusste?

Sasha gehörte die Smithers Art Gallery in der nahegelegenen Stadt Hitchin. Es handelte sich dabei um ein helles, geräumiges Geschäft zwischen einer Feinbäckerei und einem Coffeeshop. Als ich die Galerie betrat, redete Sasha gerade weiter hinten mit einem Kunden Anfang fünfzig. Sie blickte über die Schulter und warf mir ein wissendes Lächeln zu, als hätte sie bereits auf mich gewartet. Sie nickte kurz und wandte sich dann wieder ihrem Kunden zu.

Ich begab mich zur entgegensetzten Wand am Fenster, während ich darauf wartete, dass sie fertig wurde, und musterte ein großes Gemälde, das aussah, als wäre jemand auf einem miesen LSD-Trip gewesen – überall zufällige Farbspritzer. Das Preisschild verriet, dass das Bild siebentausend kostete. Ich hatte eindeutig den falschen Beruf gewählt. Denselben Effekt hatte ich schon mal erzielt, als ich beim Renovieren versehentlich eine Farbdose auf den Schlafzimmerteppich fallen gelassen hatte.

Ich betrachtete noch ein paar weitere Gemälde, bis sie ihr Gespräch beendet hatte und der Mann gegangen war. Auf ihren sehr hohen kanariengelben Stilettos stakste sie auf mich zu, die Lippen zu einem leichten Lächeln verzogen. Mir schoss der Gedanke durch den Kopf, dass sie sich bitterlich rächen würde, wenn man ihr auf die Füße trat.

»Detective Carter. Ich hätte Sie nicht für einen Kunstliebhaber gehalten. In Ihnen steckt wohl mehr, als auf den ersten Blick zu erkennen ist, richtig?« Sie grinste, als würde sie mich verspotten. »Ich hoffe, Sie werden nicht wieder unhöflich zu mir sein.«

»Ich entschuldige mich, wenn Sie mich für unhöflich gehalten haben, aber hier geht es um eine Mordermittlung. Wir können uns unsere Fragen nicht aussuchen.« *Wie sehr manche Leute auch wünschten, dass ich das tue*, dachte ich.

»Was halten Sie von diesem Werk?« Sie zeigte auf ein Bild, das aus Hunderten Kronkorken bestand und einen Pferdekopf darstellte.

»Nicht unbedingt mein Geschmack.«

»Haben Sie denn welchen?« Sie betrachtete mich von oben bis unten, ohne sich Mühe zu geben, es subtil wirken zu lassen.

Ich reagierte nicht, sondern lächelte nur.

»Ich habe gehört, dass Sie Leo noch ein paar mehr Fragen gestellt haben.« Sie lächelte verschmitzt. »Vielleicht kann ich Ihnen weiterhelfen.« Sie verschränkte die Arme unter ihrer Brust, als versuchte sie, die Aufmerksamkeit auf sie zu lenken. »Buttons. Das war ein Unfall. Ich habe beobachtet, wie sie aus dem Baum gefallen ist. Leo hat mir gesteckt, dass Sie ihn gefragt haben, ob er sie gesehen habe, nachdem er Russell im Wald gesucht hat.«

»Einen Augenblick. Sie reden von Alissas Katze?« Ich bemühte mich zu verstehen, was genau sie mir damit sagen wollte, aber sie schien es zu lieben, Katz und Maus zu spielen.

»Ja.«

Ich versuchte, den Ärger aus meiner Stimme verbannen, aber es gelang mir nicht. Langsam verlor ich die Geduld mit ihr. »Was genau haben Sie gesehen und wann?«

»Aber, aber, kein Grund, so schnippisch zu werden. Ich habe es Ihnen schon letztens versucht zu erzählen, auf Max' Beerdigung, aber auch da waren Sie unhöflich zu mir.« Sie schmollte mit ihren orangefarbenen Lippen. »Jedenfalls fand ich auch nicht, dass es *so* wichtig war. Leo hat Ihnen bereits berichtet, was er gesehen hat, und ich habe ihr Gespräch nicht gehört.«

»Was wichtig ist oder nicht, entscheide immer noch *ich*.«

Sie hob die Augenbrauen. »Ich mag energische Männer. Sind Sie Single, Detective?«

Ich zählte innerlich bis zehn. »Informationen bei einem Mordfall zurückzuhalten, ist eine ernste Angelegenheit, Miss Smithers. Sagen Sie …«

»Sasha. Miss Smithers klingt nach einer runzligen alten Jungfer.«

»*Sasha*. Berichten Sie mir einfach, was Sie gesehen haben.«

Sie schmollte. »Okay, okay, regen Sie sich ab!« Sie lachte rau, ließ die Arme senken und legte eine Hand an die Hüfte, die sie in meine Richtung streckte. »Ich habe das Zelt verlassen, um eine Zigarette zu rauchen, und stand in der Nähe der Orangerie hinter einem Busch, wo mich niemand sehen konnte. Alissa stand draußen und schaute mit einem Getränk in der Hand zurück in Richtung Haus. Aber das wissen Sie ja alles schon.« Sie wedelte lässig mit der Hand.

»Ich will es noch mal hören. Haben Sie sie absichtlich beobachtet?«

Zumindest hatte sie den Anstand zu erröten, antwortete aber mit einer offensichtlichen Lüge: »*Nein!* Natürlich nicht.«

»Okay, dann weiter. Sie haben beobachtet, wie Russell aus dem Wald kam?«

»Ja. Er war in keinem guten Zustand, ist gewankt, man konnte erkennen, dass er betrunken war. Er fiel über den Zaun, als er hinüberkletterte, und seine Baseballkappe flog ihm vom Kopf.«

Mein Herz begann, leicht zu rasen. Seltsam, dass Alissa nicht erwähnt hatte, wie Russell hingefallen war. Oder dass ihm die Kappe vom Kopf gefallen war. Eine Kappe, von der sie später ziemlich leicht sein Haar hätte holen können. Eine Kappe, die die Tatortermittler bei der Durchsuchung nicht gefunden hatten. Vicky hatte den ersten Teil nicht gesehen, als Russell über den Zaun stürzte, da sie erst später in den Garten gegangen war, und Leo hatte nur das Ende des Vorfalls mitbekommen, also hatte er es auch nicht gewusst. Und was Alissa betraf, nun, wenn sie Sasha nicht bemerkt hatte, konnte sie annehmen, dass niemand sonst von diesem Teil wusste.

»Hat er sie wieder aufgehoben?«

»Nein. Russell war so besoffen, dass es ihm vermutlich nicht mal aufgefallen ist. Er hat sich wieder aufgerappelt, womit er ziemliche Probleme zu haben schien, und ist zu Alissa herübergestolpert. Dann haben sie miteinander geredet, aber wie ich schon erzählt habe, konnte ich nicht hören, was sie sagten. Kurze Zeit später ist Max gekommen und die Situation schien hitzig zu werden. Alissa hat sich zwischen die beiden gestellt. Russell ist dann wieder den Weg zurückgegangen, den er gekommen ist, in den Wald. Danach kam Leo aus dem Haus gestürmt und ist zu Max und Alissa gelaufen. Sie haben ein paar Minuten miteinander gesprochen. Anschließend ist Leo in den Wald gegangen, um nachzuschauen, ob Russell wirklich weg ist.«

»Was ist mit Buttons? Sie haben gesagt, Sie hätten gesehen, was passiert ist.«

»Also, Leo ist zurückgekommen und hat den Kopf geschüttelt. Dann sind er, Alissa und Max zurück ins Zelt. Ich wollte gerade auch wieder hineingehen, als ich in einiger Entfernung einen Blitz von etwas Weißem aus einem der Bäume stürzen sah. Natürlich bin ich nachsehen gegangen. Als ich ankam, war Buttons schon tot. Ihr Kopf hatte einen völlig falschen Winkel.« Angewidert verzog sie das Gesicht. »Sie hatte sich das Genick gebrochen.«

»Und Sie haben Alissa nichts von ihrer Katze erzählt? Sie sind sie nicht holen gegangen?«

»Wozu? Die Katze war bereits tot. Und ich wollte Alissa während ihres Hochzeitsempfangs nicht aufregen.«

Ich starrte sie zweifelnd an. »Haben Sie sonst noch etwas gesehen?«

»Nein.«

»Ist Ihnen in letzter Zeit irgendetwas an Alissa aufgefallen, das anders ist? Hat sie etwas getan, was nicht zu ihr zu passen scheint?«

Sie verengte die Augen, ihre Mundwinkel bogen sich weiter nach oben und entblößten die spitzen Eckzähne. »Was für eine seltsame Frage.«

»Nicht wirklich.«

Sie neigte den Kopf und tippte mit der Spitze eines Stilettos auf den Boden. »Sie meinen, ob sie so wirkte, als würde sie vorhaben, Max umzubringen?«

»Ich meine, fällt Ihnen etwas ein, wie unbedeutend es auch sein mag, das anders an ihr schien?«

»Haben Sie Vicky gefragt? Sie hat Alissa häufiger gesehen als jeder andere, und sie haben so gut wie jeden Tag miteinander telefoniert. Aber wenn Sie mich fragen, war Vicky immer ein bisschen bedürftig. Und wenn man etwas sagt, das Vicky nicht gefällt, reißt sie einem wie eine Irre den Kopf ab!« Sie kräuselte ihre Lippen.

Ich fragte mich, ob Sasha irgendwelche engen Freundinnen hatte. Ich hatte das Gefühl, dass sie die Gesellschaft von Männern bevorzugte. Oder vielleicht war sie eifersüchtig auf

Alissas enges Verhältnis zu Vicky. Und Sasha und Vicky kamen ganz eindeutig nicht miteinander zurecht.

»Sie glauben nicht, dass es Russell war, oder? Sie glauben, es war Alissa?« Sie beugte sich vor. Ich konnte Zigaretten und Kaffee in ihrem Atem riechen.

»Ich kann Ihnen nichts zu den Ermittlungen sagen, Miss Smithers.«

»*Sasha*«, raunzte sie mich verärgert an. »Tatsächlich war da eine Sache, aber nicht wirklich untypisch. Eigentlich war es meine Schuld.«

»Was war Ihre Schuld?«

»Max hat mir erzählt, dass Alissa ein bisschen gestresst wegen der Vorbereitungen für den Hochzeitsempfang wäre, weil sie dafür sorgen wollte, dass alles reibungslos funktionierte. Normalerweise lief es in ihrer Beziehung so, dass Max alles organisierte, aber sie wollte sich um die Party kümmern, weil Max bei der Arbeit viel zu tun hatte. Ich weiß nicht, was ihr Problem war. Ich meine, sie hatten jemanden, der das Zelt aufstellt, jemanden, der sich um das Catering und die Getränke kümmerte. Es war ja nicht so, als musste sie auch nur einen Finger krümmen. Wie üblich eben.« Sie rollte mit den Augen. »Egal, jedenfalls wollte ich ihr einen Wellnesstag spendieren, zur Anspannung vor der Party.«

»Zur *Anspannung*?«

»*Ent*spannung.«

Sie hatte ganz klar *Anspannung* gesagt. Ich fragte mich, ob das lediglich ein Versprecher war. Freud hätte sicherlich seinen Spaß an ihr gehabt. Vermutlich hätte er sich am Ende die Pulsadern aufgeschnitten. Und ich war nicht sicher, ob sie nicht irgendetwas erfinden würde, was mich interessieren könnte, um im Mittelpunkt zu stehen.

»Ich habe den Termin für am Tag vor dem Empfang reserviert, mit ein paar Massagen und einer Maniküre und Pediküre für uns beide. Wir hatten es uns nach dem Mittagessen am Innenpool gemütlich gemacht und beschlossen, uns einen Superfood-Smoothie zu gönnen. Also haben wir uns die Getränke von der Karte ausgesucht und ich bin zur Saftbar gegangen, um sie zu holen. Ich hatte einen mit Mango und Kiwi und anderen Sachen und Alissa eine andere Mangozusammenstellung. Allerdings habe ich sie versehentlich vertauscht, als ich sie zu unseren Liegen zurückbrachte.« Sie tat verlegen.

Ich runzelte die Stirn. »Und warum war das ein Problem?«

»Weil Alissa allergisch gegen Kiwis ist. Schon seit sie klein ist. Sie bekommt davon schrecklichen Ausschlag, überall am Körper, ganz besonders am Hals. Ich hatte nicht gemerkt, dass sie meinen und ich ihren getrunken hatte, bis Alissa für eine weitere Massage weg war und die Kellnerin gekommen ist, um unsere leeren Gläser abzuräumen. Der Drink mit Kiwi hatte eine Scheibe Mango am Glasrand und der andere eine Scheibe Ananas, wissen Sie. So konnte sie den Unterschied erkennen, als sie mit mir darüber plauderte, ob sie uns geschmeckt hätten. Natürlich bin ich panisch geworden, weil ich dachte, dass Alissa diesen schrecklichen Ausschlag bei ihrem Hochzeitsempfang am nächsten Tag haben würde, was auf den Fotos fürchterlich aussehen würde.« Sie biss sich auf die Lippen, als würde sie es bereuen, aber ich war der Meinung, dass das nur Schauspiel war. Sie sah überhaupt nicht schuldbewusst aus. »Normalerweise kam der Ausschlag laut ihrer Aussage ziemlich schnell, wenn sie versehentlich eine Kiwi gegessen hatte, aber als sie eine Stunde später von ihrer Massage zurückkehrte, hatte sie keinen.«

»Und haben Sie ihr erzählt, dass Sie die Getränke *versehentlich* vertauscht hatten?« Ich hatte keinen Zweifel daran, dass sie es absichtlich getan hatte, um Alissas Party zu sabotieren. Was könnte schlimmer sein, als von Ausschlag übersät auf der eigenen Hochzeitsparty aufzutauchen? Wer brauchte noch

Feinde, wenn er Freunde wie Sasha hatte? Dennoch, Feinde verrieten einem am ehesten etwas Interessantes.

»Nein. Ich dachte, sie würde vielleicht denken, dass ich es absichtlich getan habe.«

»Warum hätte sie das wohl denken sollen?« Ich hob eine Augenbraue.

»Ich habe keine Ahnung.« Sie wischte den Gedanken mit einem Handschlenker weg, als wäre er absurd. »Wie auch immer, auch den gesamten Nachmittag über bekam sie keinen Ausschlag, also dachte ich, ich wäre damit durchgekommen, und musste es ihr nicht verraten.«

»Und das nächste Mal haben Sie sie am darauffolgenden Tag beim Hochzeitsempfang gesehen?«

»Ja.«

»Wie wirkte sie da? Hatte sie mittlerweile auf die Kiwi reagiert?«

»Nein, und das ist das Seltsame.« Sie runzelte die Stirn. Es war eine Mischung aus Enttäuschung und Erstaunen. »Sie hatte überhaupt keinen Ausschlag.«

♦ ♦ ♦

Ich war unterwegs zu Vicky Saunders, als mein Handy klingelte. Es war Malcolm Briggs, der Gärtner, der sich mittlerweile zu Hause von seiner Operation erholte, also machte ich einen Umweg und fuhr bei seinem kleinen Reihenhaus vorbei.

Er saß in einem Sessel und seine Haut hatte eine kränkliche Färbung, die zu seiner ausgewaschenen cremefarbenen Strickjacke passte. Er war so schockiert, als ich ihm genau erzählte, was auf The Orchard passiert war, dass er mich so lange einfach nur mit leerem Blick anstarrte, dass ich mir nicht mehr sicher war, ob er mich gehört hatte.

»Geht es Ihnen gut, Mr Briggs?«

Er setzte sich gerader hin und zuckte vor Schmerzen zusammen. Ich registrierte echte Tränen in seinen Augen. »Ich kannte Max, seit er ein kleiner Junge war. Ich habe angefangen, mich um den Garten seiner Eltern zu kümmern, als sie das Haus gekauft haben, vor, oooh, jetzt schon dreißig Jahren. Ich kann einfach nicht glauben, dass er ermordet wurde.« Er wischte sich die Augen. »Tut mir leid, so bin ich normalerweise nicht.«

Denise war Krankenschwester gewesen, und wenn sie jetzt hier gewesen wäre, würde sie ihn trösten, ihm sagen, dass es ganz normal sei, sich etwas deprimiert und überempfindlich zu fühlen, nach der Operation, der Anästhesie und dem Herzinfarkt. Ich jedoch konnte das nicht sagen – bei einem Mann würde das seltsam klingen. Ich tat das einzig Männliche und nickte und tat so, als hätte ich ihn nicht weinen gesehen.

»Wann waren Sie zuletzt auf The Orchard?«

»Äh … am Mittwoch, also vier Tage, bevor Max umgebracht wurde.« Er wischte sich wieder die Augen. »Ich arbeite normalerweise nur einen Tag pro Woche dort, aber wegen des Empfangs war ich eine ganze Woche da, um den Garten für die Party perfekt zu machen.«

»Ist Ihnen irgendjemand Verdächtiges aufgefallen, der sich dort aufgehalten hat?«

»Nein, nein, ich habe niemanden gesehen. Üblicherweise war nur Alissa da, manchmal hat auch Max zu Hause gearbeitet, er hat sich aber nicht um den Garten gekümmert. Er hat mich einfach machen lassen. Alissa interessierte sich dafür, wenn sie nicht mit Schreiben beschäftigt war. Sie liebte es, draußen zu sitzen, wenn das Wetter schön war, und sie hat mir immer gesagt, wie toll ich meine Arbeit erledige.«

»Waren Sie Zeuge irgendwelcher Streitigkeiten zwischen Mr und Mrs Burbeck?«

»In all der Zeit, in der Alissa dort lebte, habe ich sie niemals streiten gesehen. Sie waren sehr glücklich, soweit ich das beurteilen konnte. Sehr glücklich. Und sie schienen noch glücklicher zu sein, als sie aus Australien zurückgekommen sind, als hätte die Ehe sie einander nähergebracht. Ich erinnere mich, dass es bei meiner Frau und mir genauso war. Es war, als würde uns die Verbindlichkeit etwas Entspannung bringen.«

»Ist Ihnen sonst irgendetwas Seltsames aufgefallen? Hat sich Alissa anders verhalten? Wie unbedeutend es auch sein mag, es könnte wichtig sein.«

»Sie glauben doch nicht wirklich, dass sie etwas mit dem Mord zu tun hatte? Sie ist ein reizendes Mädchen.«

»Ich muss das fragen.«

Er nickte leicht. »Natürlich, das müssen Sie.« Er runzelte die Stirn, während er über die Frage nachdachte. »Es gab da etwas, das ein bisschen seltsam war. Bevor sie nach Australien gereist sind, hat Max Alissa einen besonderen Rosenstrauch als Hochzeitsgeschenk geschenkt. Er hatte der Rose ihren Namen gegeben – das kann man machen, wissen Sie, bei bestimmten Firmen. Es war eine hübsche, dunkelrosa Floribundarose. Sie fand sie wunderschön und hatte mich gebeten, sie in der Nähe des Teichs einzupflanzen, während sie unterwegs waren. Aber als sie zurückkam, war es so, als würde sie sich nicht mehr daran erinnern. Sie brachte mir eine Tasse Kaffee, als ich im Garten war – hat gemeint, sie würde eine Schreibpause einlegen. Das machte sie oft, ein bisschen frische Luft schnappen und die Beine strecken, nachdem sie stundenlang vor dem Laptop gesessen hatte. Also sind wir zusammen im Garten herumspaziert und sie bewunderte das, was ich in Vorbereitung auf den Empfang bewerkstelligt hatte, während die beiden fort waren. Wir haben neben der Rose gestanden und ich erkundigte mich, was sie von ihrem neuen Platz halten würde. Sie antwortete, dass sie wirklich hübsch aussehe, und fragte mich nach dem Namen der Pflanze. Es war, als hätte sie sie völlig vergessen. Vielleicht war sie nur abgelenkt, wo doch der Hochzeitsempfang anstand und sie mit all den Vorbereitungen beschäftigt war.«

»Vielleicht«, wiederholte ich. Oder vielleicht auch nicht. »Hat sie sonst noch irgendetwas Wichtiges vergessen?«

»Nein, sonst ist mir nichts aufgefallen.«

♦ ♦ ♦

Vicky arbeitete als Stylistin in einem Laden namens *A Snip in Time*. Ich nahm Vickys Beruf als Wink dafür, dass ich versuchen sollte, mich langsam wieder zusammenzureißen. Denise hatte mir immer die Haare geschnitten und ich hatte das sehr vernachlässigt, seit sie nicht mehr da war. Es war ja nicht so, als ob ich noch jemanden hätte, für den ich mich bemühen müsste, gut auszusehen. Aber ich dachte mir, ich könnte wenigstens den Versuch unternehmen, zumindest oberflächlich so zu wirken, als würde es mir halbwegs gut gehen. Selbst wenn ich damit nur mich selbst betrügen würde.

Es war lediglich eine Kundin da, als ich den Laden betrat: eine Frau mittleren Alters, die unter einer Art Trockenhaube saß. Vicky redete mit der Rezeptionistin, den Kopf über ihrer Schulter, und zeigte auf einen Eintrag im Terminbuch.

Beide sahen auf, als ich mich näherte.

Vicky lächelte mich leicht an. Die Rezeptionistin gab mir eher einen *Der-Kunde-hat-immer-oberste-Priorität*-Blick.

»Hallo«, grüßte ich Vicky. »Haben Sie Zeit für einen Haarschnitt?«

»Habe ich, ja. Jemand hat abgesagt. Kommen Sie mit.« Sie ging zu einem leeren Stuhl am Fenster.

Ich setzte mich. Sie holte einen schwarzen Umhang aus einem Regal, befestigte ihn an meinem Hals und trat dann zurück, um mich im Spiegel zu begutachten. »Wollen Sie sie nur gekürzt haben?«

Ich fuhr mit einer Hand durch meine Haare. Sie waren viel zu lang, lockten sich an meinem Kragen und um meine Ohren. »Ja. Ich habe sie in letzter Zeit etwas vernachlässigt.«

Sie lächelte. »Kein Problem. Soll ich sie an den Seiten etwas kürzer machen? Und oben ein bisschen länger lassen?« Sie fuhr mit ihren Händen durch die Haare und zupfte leicht an ihnen, um die Länge zu prüfen.

»Was immer Sie für richtig halten.«

»Soll ich sie waschen oder nur feucht ansprühen?«

»Sprühen genügt.«

Sie nickte, befeuchtete meine Haare und nahm dann eine Schere aus einem Gürtel an ihrer Hüfte. »Möchten Sie eine Tasse Tee oder Kaffee?«

»Nein, danke. Wie geht's Ihnen?«

»Ich finde das, was passiert ist, noch immer unfassbar. Es ist einfach schrecklich. Da glaubt man, jemanden zu kennen, und dann …« Sie starrte hinab auf mein Haar zwischen ihren Fingern und blinzelte ein paarmal, als stünde sie kurz davor, in Tränen auszubrechen. »Ich hätte nie geglaubt, dass Russell so etwas tun könnte.«

»Ich verstehe, dass die Angelegenheit Sie sehr aufwühlt, aber ich wollte Sie noch ein paar Dinge fragen.«

Sie schniefte laut und schnitt schnell mit der Schere. Ich hoffte, dass sie nicht zu aufgebracht war, um vernünftig zu schneiden, sodass ich am Ende mit einer schiefen Frisur dastand. Oder noch schlimmer, nur noch mit einem halben Ohr. Obwohl, schlimmer als meine aktuelle Frisur konnte es eigentlich kaum werden.

»Ich dachte, es wäre alles vorbei, da Russell verhaftet worden ist.«

»Noch nicht ganz. Es gibt noch ein paar ungelöste Dinge zu klären.«

»Oh, okay. Natürlich, ich werde tun, was ich kann. Alissa ist ja immer noch so aufgelöst.«

»Haben Sie sie gesehen?«

»Nein. Wir haben miteinander telefoniert, aber sie sagt, sie sei noch nicht so weit, jemanden zu treffen. Das kann ich verstehen. Ich kann mir nicht mal im Ansatz vorstellen, wie ich mich fühlen würde, wenn meine bessere Hälfte ermordet werden würde. Ich habe ihr ein paar Blumen geschickt, um sie wissen zu lassen, dass ich an sie denke. Aber ich glaube nicht, dass es gut für sie ist, ganz allein in diesem gemieteten Haus zu sein. Sie braucht Leute um sich, die ihr in solch einer Zeit Trost spenden, denken Sie nicht auch?« Sie redete weiter, ohne eine Antwort abzuwarten. »Ich versuche immer wieder, sie zum Rausgehen zu bewegen, für einen Spaziergang oder so, aber sie möchte nicht. Das arme Ding. Ich weiß nicht, was ich tun kann, um ihr zu helfen. Ich fühle mich ziemlich nutzlos.«

Ich stellte einige Fragen über Max und Russell, während sie schnitt, damit sie nicht sofort alarmiert war. Allmählich lenkte ich das Gespräch auf Alissa. »Sie sind schon lange mit Alissa befreundet.«

»Gott, aber ja. Seit der Grundschule.«

»Sind Ihnen irgendwelche Probleme aufgefallen, vielleicht, dass sie in letzter Zeit Dinge vergessen hat?«

»Äh … nein. Was für Dinge?«

»Nichts Spezifisches.« Ich versuchte, vage zu bleiben. »Sie wüssten also nicht, dass sie irgendwelche gesundheitlichen Probleme gehabt haben könnte, die Einfluss auf ihr Gedächtnis haben könnten? Vielleicht ein Schlag auf den Kopf?«

»Nicht, dass ich wüsste. Ich scherze immer mit ihr, dass sie das Gedächtnis eines Elefanten hat. Sie vergisst nie etwas.«

»Wussten Sie von ihrer Allergie auf Kiwis?«

»Ja. Das begann, als sie ungefähr fünf war. Sie hat davon wirklich schrecklichen Ausschlag bekommen. Sie hat ein paar

Tests machen lassen und die haben bestätigt, dass sie dagegen allergisch ist.«

»Haben Sie jemals miterlebt, wie sie davon Ausschlag bekommen hat?«

»Ja, bevor sie herausgefunden hat, was es war, und die Früchte meiden konnte. Er war schrecklich und hielt immer ein paar Tage an.«

Ich hatte im Internet nachgelesen. Zwar wurden manche Kinder Allergien als Erwachsene wieder los, aber die Mehrheit behielt sie dauerhaft.

»Ist Ihnen irgendetwas an ihr aufgefallen, das anders war, als sie aus Australien zurückgekehrt ist?«

Sie verzog die Nase. »Anders? Was meinen Sie damit?«

»Alles, das ungewöhnlich erscheint. Hat sie sich anders als sonst verhalten?«

Sie runzelte leicht die Stirn. »Nein. Ich habe sie vor dem Hochzeitsempfang nur ein paarmal allein getroffen – einmal, als ich auf einen Kaffee bei ihr vorbeigeschaut habe und sie mir alles über die Reise erzählt hat, und einmal, als ich gekommen bin, um ihr die Haare vor der Party auf The Orchard zu stylen.«

»Haben Sie sie sonst häufiger gesehen?«

»Ja, aber sie hat den Empfang organisiert und erklärt, dass sie damit wirklich sehr beschäftigt wäre. Außerdem hat sie sich um viele Dinge rund um die Hochzeit gekümmert, ihren Namen auf verschiedenen Dingen geändert: Pass, Führerschein und so weiter. Und natürlich musste sie wieder schreiben und ihre Mum besuchen. Sie hatte sich wirklich schuldig gefühlt, sie einen ganzen Monat allein zu lassen, also hat sie es bei ihrer Rückkehr wiedergutgemacht. Ich habe aber an den meisten Tagen mit ihr telefoniert.«

»Ihnen ist also nicht aufgefallen, dass sie sich nach ihrer Reise in irgendeiner Weise verändert hat?«

»Nein. Sie war natürlich aufgeregt. Welches Mädchen wäre das nicht, nachdem es jemanden wie Max geheiratet hat? Und Australien klang fantastisch. Ich wollte schon immer mal dorthin, also habe ich ihr eine Menge Fragen darüber gestellt. Es hörte sich an, als hätte sie eine tolle Zeit gehabt.«

»Dort ist nichts Seltsames passiert?«

»Nein.« Sie fuhr mit der Schere meinen Hals entlang. »Müssen Sie noch mehr darüber wissen, was Russell getan hat?«

»Nein, ich glaube, wir haben alles, was wir über Russell brauchen.«

»Oh, okay.«

»Nur noch eine Sache«, bemerkte ich beiläufig. »Ist Alissa Links- oder Rechtshänderin?«

»Linkshänderin.«

Und doch hatte sie, als sie von der Blumenlieferung überrascht worden war, mit ihrer rechten Hand unterschrieben.

»Sind Sie sicher?«

»Absolut. Sie ist das Gegenteil von mir.«

»War sie beidhändig?«

»Nein.«

»Hatte sie in der Vergangenheit je eine Hand- oder Armverletzung?«

»Nein. Ich habe mir mal den Arm gebrochen und musste in der Schule eine Weile mit links schreiben. Alissa war wirklich lieb und hat mir bei den Hausaufgaben geholfen, weil meine Schrift mit meiner linken Hand fast unleserlich war. Ich erinnere mich noch, wie sie versucht hat, mich aufzuheitern, indem sie probiert hat, mit ihrer rechten Hand zu schreiben, aber nach ein paar Versuchen hat sie aufgegeben. Sie hat gemeint, es wäre zu schwierig. Nein, Alissa hat sich nie etwas gebrochen. Warum? Ist das wichtig? Sie ist doch nicht krank, oder?«

Ich schenkte ihr ein beruhigendes Lächeln. »Keine Sorge. Wie gesagt, alles nur Routine.«

Kapitel 33

Die Andere

Das Gute an Trauer ist, dass die meisten Leute nicht wissen, wie sie mit einem umgehen sollen. Es ist, als hätte man eine ansteckende Krankheit, und jeder will einen weiten Bogen um einen schlagen. Niemand will Zeit mit Leuten verbringen, die sich die Augen ausheulen. Keiner will Zeuge davon sein, wie Rotz aus ihrer Nase läuft oder ihre ungewaschenen Körper riechen, weil sie zu sehr am Boden sind, um zu duschen. Man will nicht das endlose »Warum ist das passiert? Ich kann es nicht glauben. Was soll ich nur tun?« hören. All das Jammern und die Verzweiflung und der Trübsinn. Der deprimierende Scheiß. Die anderen wollen nicht, dass es auf sie abfärbt. Und sie wollen nicht an ihre eigene Sterblichkeit erinnert werden. Daran, dass solche schlimmen Dinge so nahe bei ihnen selbst passieren können. Oder dass sie tatsächlich nutzlos sind – ein unbedeutender kleiner Punkt im Universum.

Trauer passte mir perfekt. Ich hatte keinerlei Lust, mit der besorgten Vicky oder der gehässigen Sasha zu quatschen. Und ich hatte die beste Ausrede dafür!

Es hätte allerdings seltsam ausgesehen, »Mum« nicht zu besuchen. Also tat ich das pflichtbewusst alle paar Tage. Das Personal im Pflegeheim folgte der Etikette perfekt, machte einen großen Bogen um mich, murmelte nur ein Hallo oder ein paar Beileidsbekundungen, sah mir nicht in die Augen und ließ mich dann in Mums Zimmer allein bei dem Versuch, mit einer sabbernden Dahinvegetierenden zu reden.

Langweilig.

Glücklicherweise war sie wieder eingeschlafen, also starrte ich eine Weile aus ihrem Fenster und überlegte, was ich mit all dem Geld anstellen könnte. Wohin sollte ich gehen? Amerika? Fernost? Bali? Thailand? Indonesien? Oder die Karibik? Die Kaimaninseln? Hawaii? Die Britischen Jungferninseln?

Die Welt war groß. Man konnte dort leicht verloren gehen. Was ich nur zu gut wusste.

Sollte ich irgendwo ein Haus kaufen oder mieten? Vielleicht war Mieten besser. Ich wollte mich nicht festlegen. Ich sollte umherziehen, viele Orte erleben. Ein Haus am Strand wäre allerdings nett. Irgendwo, wo ich einfach mein Anwesen verlassen und goldenen Sand betreten konnte. Ich bräuchte natürlich einen Privatstrand. Nicht einen voll mit Touristen und irgendwelchem Gesindel. Irgendwo, wo ich nicht von lästigen Menschen mit Fragen genervt werden konnte.

Die Polizei hatte mir Alissas Laptop zurückgegeben, also würde ich später ein paar Reiseziele genauer recherchieren. Ich hatte mir bereits Alissas Zusammenfassung ihres Romans durchgelesen, die ich gefunden hatte, als ich aus Australien zurückgekehrt war. Aber es war ein solcher Schrott, dass ich mich nicht dazu durchringen konnte, das gesamte Manuskript zu lesen. Sie würde es sowieso niemandem zeigen, bis es fertig war, insofern musste ich nicht so tun, als wüsste ich, worum es ging. Ich hatte schon besseres Geschreibsel auf der Rückseite einer Cornflakespackung gelesen. Wie war es ihr gelungen, dass sich ein Verlag für sie interessierte?

Es juckte mich in den Fingern, wieder zu malen. Ich lächelte, als ich darüber nachdachte, auf dem Weg nach Hause ein paar Malutensilien zu besorgen. Ich hatte zu viele Emotionen in mir, die es drängte, an die Oberfläche zu gelangen. Hmm, gute Idee.

Ich steckte mir eine getrocknete Dattel in den Mund und kaute nachdenklich. Ich hatte sie für meine liebste Mum besorgt und in einer kleinen Tupperdose verstaut, damit das Personal sie später damit füttern konnte. Niemand konnte behaupten, ich wäre keine aufmerksame, rücksichtsvolle Tochter.

Es klopfte an der Tür und dort stand dieser Polizist und spähte durch die Glasscheibe. Wie war sein Name doch gleich? Sergeant irgendetwas?

Super. Jetzt wollen mir schon beide ans Höschen.

Was war der passende Gesichtsausdruck für diese Situation? Verwirrung? Trauer? Resignierte Ruhe? Bevor ich die Gelegenheit für eine Entscheidung hatte, kam er schon herein.

»Hallo, wie kommen Sie zurecht?«, fragte er.

Ich setzte mich gerade hin und versuchte, den Rest der Dattel aufzukauen. Ich schluckte und schenkte ihm ein kleines Lächeln. Die resignierte Ruhe. Ich wollte nichts übertreiben. »Ich schätze, ich überstehe jeden Tag von Neuem«, antwortete ich sanft. »Setze immer einen Fuß vor den anderen.«

»Ich weiß, wie Sie sich fühlen. Meine Frau ist vor einem Jahr gestorben. Es ist nicht leicht.«

»Nein.«

»Aber Sie haben Ihre Freunde, Leute, die sich um Sie sorgen. Irgendwann werden Sie wieder reden wollen. Vielleicht können Sie auch mit einem Trauerberater sprechen. Das könnte helfen.«

Ich steckte mir eine Strähne hinters Ohr. »Vielleicht. Ich werde darüber nachdenken, danke. Äh … Was machen Sie hier?«

»Ich bin nur vorbeigefahren und dachte, ich schaue kurz bei Ihrer Mum vorbei. Wie gesagt, ich weiß, wie schwer es ist, wenn der Partner stirbt. Ich dachte, Sie würden vielleicht nicht so oft vorbeikommen können, wie Sie es eigentlich wollten, also wollte ich ihr einen kleinen Besuch abstatten. Mein Dad war eine Weile im Pflegeheim und Besuche waren immer der Höhepunkt seines Tages.« Er lächelte und sein Blick ruhte etwas länger als nötig auf mir. Aber in seinen Augen entdeckte ich keine Begierde wie bei Wilmott. Es war etwas anderes. Etwas Gefährliches.

Ich drehte mich zu meiner Mum um. »Sie haben recht. An manchen Tagen ist es schwer, aus dem Bett zu kommen. Das Einzige, was mich antreibt, ist das Wissen, dass sie mich noch immer braucht, auch wenn sie jetzt meistens gar nicht mehr mitbekommt, dass ich hier bin.«

Er setzte sich auf den Plastikstuhl auf der anderen Seite von Mums Bett. Das Plastik machte ein Furzgeräusch, bei dem ich am liebsten laut aufgelacht hätte. Ich unterdrückte den Drang und beobachtete ihn, wie er sie beobachtete.

»Ich habe meinem Dad viel vorgelesen«, erzählte er. »Das hat ihm gefallen. Mag es Ihre Mum, wenn man ihr vorliest?«

»Ja, tut es.« Ich beugte mich vor, nahm Mums Hand in meine und streichelte sie sanft. »Es ist sehr freundlich von Ihnen, vorbeizukommen und nach ihr zu sehen, aber das müssen Sie wirklich nicht tun.«

»Ich vermute, da Sie Schriftstellerin sind, haben Sie viele Bücher gelesen. War es nicht Stephen King, der gesagt hat: ›Wenn man keine Zeit zu lesen hat, hat man weder die Zeit noch das Werkzeug, um zu schreiben‹?«

»Oh, ja, wie wahr. Er kennt sich aus in seinem Handwerk.«

»Ich habe Ihren Roman gelesen, der auf dem Laptop war, den wir im Haus geborgen haben.« Er lächelte, aber in seiner Stimme lag eine Art von Kälte. »Ich bin nicht wirklich ein Fan von Liebesromanen, Thriller sprechen mich mehr an, aber er war sehr gut.«

Ich schluckte und zwang ein peinlich berührtes Erröten hervor. »Danke. Auch wenn ich wünschte, dass Sie das nicht getan hätten. Er ist noch nicht final. Ich arbeite nach wie vor daran und es gibt Teile, die noch umgeschrieben werden müssen.«

»Ich glaube, kein Künstler schätzt es, wenn Leute seine Arbeit sehen, bevor sie beendet ist. Tut mir leid, aber wir mussten alles gründlich durchgehen.«

Ich lächelte und fragte mich, worauf er damit hinauswollte. »Ich verstehe.«

»Es ist ziemlich beeindruckend, ein Buch schreiben zu können. Es ist eine Sache, eine Idee zu haben, aber sie in einer zusammenhängenden Geschichte zu Papier zu bringen, ist eine große Leistung. Sie können wirklich stolz auf sich sein.«

»Danke.«

»Mir hat die Heldin gefallen, Justine. Sie war leidenschaftlich und loyal, hatte aber auch etwas Skurriles und Lebhaftes an sich. Und der Held Cameron war natürlich typisch für einen Liebesroman, schätze ich – stark, gutaussehend, reich –, aber mir hat der Konflikt zwischen ihnen zugesagt, weil er der Geschäftsführer eines Öl- und Gasunternehmens war und sie eine Umweltaktivistin, die die Firma vom Fracking abhalten wollte. Woher hatten Sie die Idee?«

Ich erinnerte mich an das, was Alissa mir erzählt hatte, als ich ihr dieselbe Frage gestellt hatte. »Das ist mir einfach eines Tages eingefallen, als ich *National Geographic* geschaut habe.«

»Und Justines zickige Freundin mit dem versteckten Plan gab dem Ganzen eine neue Dimension und einen Twist, den ich nicht erwartet hatte, als sie versuchte, ihre Beziehung zu sabotieren. Basiert sie auf irgendjemandem, den Sie kennen?«

Verdammt. Ich wusste darauf keine Antwort. Ich improvisierte und versuchte, möglichst vage zu bleiben. »Nicht wirklich. Ich meine, es gibt ja genug solche Leute auf der Welt, an denen man sich orientieren kann.«

»Was ist mit dem anderen Mann, dem Nebencharakter, der mit Justine zusammengearbeitet hat … Wie hieß er doch gleich?« Er verzog das Gesicht, als würde er nachdenken.

Scheiße. Ich hatte keine Ahnung, wie er hieß. Ich hatte das verdammte Ding doch nicht gelesen. *Scheiße, scheiße, scheiße!*

DS Carter schnippte mit den Fingern und versuchte, sich zu erinnern. Er sah mich erwartungsvoll an, wartete darauf, dass ich einsprang und es ihm soufflierte.

Meine Gedanken rasten. »Tut mir leid, ich bin im Augenblick wirklich zu aufgewühlt, um über mein Buch zu reden.« Ich biss mir auf die Lippe, stierte nach unten und produzierte ein paar Tränen. Ich wischte mir die Augen und glücklicherweise ließ er das Thema fallen.

»Natürlich. Tut mir leid. Ich wollte Sie nicht aufregen. Ich verstehe das völlig.«

Mum schnarchte kurz auf, erwachte plötzlich und blinzelte schnell mit wässrigen Augen.

Ich schniefte und beugte mich zu ihr vor. »Hallo, Dornröschen. Wie fühlst du dich?«

Sie lallte etwas, das »Wasser« oder auch »Tochter« heißen konnte. Die Muskeln auf ihrer rechten Gesichtshälfte funktionierten nicht mehr richtig. Gott, ich hoffte nur, ich würde niemals so enden. Es war schrecklich mitanzusehen.

Ich goss etwas Wasser in eine Schnabeltasse mit Strohhalm und hielt ihr den Strohhalm an die Lippen. Sie saugte langsam. Wasser tropfte an ihrem Kinn herunter. Was für ein Zustand! Als sie fertig war, faltete ich ein paar Servietten und tupfte das

Wasser ab. Dann drehte sie sich zu dem Polizisten um und murmelte etwas, das wie »Agh ooe we ooo« klang.

Er lächelte Mum an. »Ich bin DS Carter, Mrs Stanhope. Wollte nur kurz vorbeischauen und sehen, wie es Ihnen geht.« In seiner Stimme war ein Unterton herauszuhören. Einer, der misstrauisch und fragend war.

Mum hob ihre linke Hand, die gute Seite, und sie hing zittrig in der Luft, als wollte sie ihn berühren.

Er nahm sie in seine und tätschelte sie. »Sie haben Glück, solch eine aufmerksame Tochter zu haben.« Er lächelte erst sie an, dann mich.

Das Lächeln wurde unterbrochen durch Mums Stimme, die irgendwelchen Unsinn faselte, den niemand verstehen konnte, weshalb er seinen Blick wieder auf sie konzentrierte.

Ein letztes Mal tätschelte er ihre Hand und stand schließlich auf. »Na gut, ich werde dann mal wieder gehen. Passen Sie beide auf sich auf.«

Ich stand ebenfalls auf, nur um höflich zu sein. »Danke, dass Sie vorbeigekommen sind, um nach uns zu sehen. Das ist sehr nett von Ihnen. Ich bin sicher, dass es über Ihre Pflicht hinausgeht, daher bedeutet mir das viel. Ich fühle mich dadurch sicher.« Während ich den letzten Satz äußerte, blickte ich bescheiden zu Boden und ließ meine Wimpern flattern, als stünde ich kurz davor, wieder in Tränen auszubrechen.

»Das ist doch nichts«, wehrte er ab. Und im nächsten Moment war er fort.

Ich trat zum Fenster, das den Parkplatz überblickte, und beobachtete, wie Carter in sein Auto stieg. Mir war klar, dass ich seinetwegen etwas unternehmen musste.

Kapitel 34

Der Detective

Ich hatte noch mal bei den Tatortermittlern nachgefragt, aber in der Gegend, in der Russell über den Zaun gestürzt war, hatte man keine Baseballkappe gefunden. Um mehr zu erfahren, musste ich mit dem Mann persönlich sprechen.

Stiles saß bis zu seiner Verhandlung in Untersuchungshaft. Ich rief im Gefängnis an, um einen Besuchstermin zu vereinbaren, durchlief die verschiedenen Sicherheitsüberprüfungen und erhielt ein »Besucher«-Schildchen. Danach musste ich in einem kleinen fensterlosen Raum warten, der in einem schmucklosen Grau gestrichen war.

Ich lehnte mich gegen die Wand und wartete. Zehn Minuten später öffnete sich die Tür mit einem Rattern von Metall auf Metall. Sie schwang auf und ich sah Stiles vor einem Gefängniswärter.

»Na super!« Russell blieb stehen, sein Gesicht lief vor Wut rot an, und er blickte über die Schulter zurück zu dem Wachmann. »Muss ich mit dem reden?«

Der Wachmann zuckte mit den Schultern, als könnte ihm nichts gleichgültiger sein.

»Dann will ich wieder in meine Zelle. Die versuchen doch nur, mir noch etwas anzuhängen.«

»Ich denke, Sie werden hören wollen, was ich zu sagen habe, Russell.« Ich trat vor und setzte mich auf einen der Stühle, die am Boden festgeschraubt waren. Dabei hielt ich meinen Blick auf ihn gerichtet.

»Soll ich euch Tee und Gurkensandwiches bringen, während ihr hier nett plaudert?« Der Wachmann lachte.

Ich funkelte ihn böse an.

Russell funkelte mich an und ein Muskel in seinem zusammengepressten Kiefer zuckte.

»Es ist zu Ihrem Vorteil, mit mir zu reden«, wiederholte ich.

Russells Lippen wurden schmal und er musterte mich. Vielleicht überzeugte ihn etwas in meinem Tonfall, denn er kam auf mich zu und ließ sich auf einen Stuhl auf der anderen Seite des Metalltischs sinken.

»Reizend.« Der Wachmann grinste sarkastisch. »Ich bin draußen. Klopfen Sie, wenn Sie mich brauchen.« Er schloss die Tür und verriegelte sie.

Russell lehnte sich in seinem Stuhl zurück, ein Bein gestreckt, wippte mit dem Knie und verzog das Gesicht. »Was wollen Sie? Ohne meinen Anwalt sollte ich eigentlich gar nicht mit Ihnen sprechen.«

Ich stützte meine Ellbogen auf den Tisch und kam gleich zum Punkt. »Hören Sie, ich glaube nicht, dass Sie Max Burbeck umgebracht haben.«

Abrupt setzte er sich aufrecht hin. »Und was zum Teufel mache ich dann hier drin?«

»Ich habe gesagt, *ich* glaube nicht, dass Sie ihn umgebracht haben. Meine Kollegen stimmen mir nicht zu. Sie glauben, dass Sie schuldig sind.«

»Also …« Er öffnete und schloss den Mund wieder, während er überlegte, was er als Nächstes sagen konnte.

Ich kam ihm zuvor. »Ich glaube, Sie waren ein praktischer Sündenbock.«

»Für wen?«

»Alissa Burbeck.«

Er schüttelte den Kopf und stieß den Atem aus. »Sie glauben, Alissa hätte Max umgebracht? Auf keinen Fall, Mann! Sie würde so etwas niemals tun. Sie könnte keiner Fliege etwas zuleide tun.«

Was im Grunde das war, was mir jeder über sie erzählt hatte. Und weshalb ich Probleme hatte, die immer größeren Widersprüchlichkeiten zuzuordnen.

»Ich will nicht, dass ein unschuldiger Mensch für diese Tat ins Gefängnis kommt.«

»Ich *bin* schon im Gefängnis!«

»Sie wissen, was ich meine. Ich brauche Ihre Hilfe.«

»Sie brauchen *meine* Hilfe? Ein guter Witz!«

»Okay, drücken wir es so aus. Ich brauche Ihre Hilfe, um Ihnen zu helfen.«

»Wie ich immer wieder sage, ich weiß nichts. Ich habe Max nicht umgebracht und ich weiß auch nichts über denjenigen, der es getan hat.«

»Als ich Sie befragt habe, haben Sie geäußert, Sie hätten Alissa seit dem Hochzeitsempfang nicht mehr gesehen.«

»Ja, das stimmt.«

»Sie ist also nie zu Ihrem Haus gekommen?«

»Nein.«

»Lassen Sie Ihren Schuppen immer unverschlossen?«

»Ja. Ich hatte das meiste Werkzeug für die Arbeit in meinem Lieferwagen. Im Schuppen lag nichts Wertvolles, also fand ich keinen Sinn darin, ihn abzuschließen.«

Was erklären würde, wie jemand einfach hineingehen und das Messer platzieren konnte. Ich holte die Fotos vom Tatort aus meiner Tasche auf dem Tisch und suchte eins mit dem

Messer. »Haben Sie das schon mal gesehen? Wissen Sie, woher es stammt?«

Er beugte sich vor und betrachtete es. »Nein! Ich habe dem anderen Inspektortyp dasselbe gesagt, aber er hat mir nicht geglaubt. Ich habe das noch nie zuvor gesehen.« Er schaute zu mir auf, aufrichtiger Schock und gerechter Zorn lagen in seinem Blick. Ich hatte über die Jahre schon Hunderte Leute befragt, auch wenn einige wirklich überzeugend lügen konnten, war es an ihren Augen doch abzulesen. Es existierte immer etwas darin, das sie nicht verbergen konnten, für wie gut sie sich auch halten mochten. Russells Augen sagten mir die Wahrheit – dass er Max nicht umgebracht hatte. Alissas hingegen wiesen etwas Distanziertes und Emotionsloses auf, selbst, wenn sie tränenerfüllt waren.

»Wurde vor Kurzem in Ihr Haus eingebrochen und Sie haben es nicht gemeldet?«

Er runzelte die Stirn. »Nein. Und ich habe gute Schlösser an den Türen. Ich hätte es bemerkt, wenn jemand versucht hätte, einzubrechen.«

»Ist Ihnen je etwas im Haus aufgefallen, das nicht am richtigen Platz war? Irgendetwas, das Ihnen seltsam vorkam?«

Er guckte hinunter auf den Metalltisch und dachte nach. »Nein.«

»Hat sonst noch jemand einen Ersatzschlüssel?«

»Nein.«

»Ich habe versucht herauszufinden, wie Alissa eins Ihrer Haare auf Max' Leiche platzieren konnte, und habe jetzt eine Theorie dazu.«

»Alissa hat das nicht getan. Sie würde so etwas nicht tun. Das könnte sie nicht.«

»Hören Sie, ich kann Ihnen nur helfen, wenn Sie mir auch helfen. Vergessen Sie mal, was Sie über Alissa wissen. Selbst die unwahrscheinlichste Person kann unter den richtigen

Umständen einen Mord begehen. Benutzen Sie einen Kamm oder eine Bürste?«

Er zeigte auf seine kurzen Haare. Sie waren etwas gewachsen, seit ich ihn das letzte Mal gesehen hatte, aber trotzdem höchstens acht Zentimeter lang. »Sehe ich so aus, als würde ich so was brauchen? Nein, ich habe weder eine Bürste noch einen Kamm.«

»Und bevor Sie beim Hochzeitsempfang aufgetaucht sind, wann hatten Sie Alissa das letzte Mal gesehen?«

Er rutschte auf seinem Stuhl herum, sagte aber nichts.

»Wann war das?«

»Ein paar Monate zuvor. Bevor sie nach Australien gereist sind. Ich habe sie in der Stadt gesehen und bin ihr gefolgt.« Er wich meinem Blick aus und starrte nach unten auf seine Knie.

»Als Sie sie gestalkt haben.«

»Ich hab sie nicht …« Sein Kopf schnappte hoch. »Versuchen Sie, mir eins reinzuwürgen? Spielen wir hier guter Cop, böser Cop? Um Informationen aus mir herauszubekommen, indem Sie so tun, als wollten Sie mir helfen?«

Ich breitete meine Arme in einer Geste der Aufrichtigkeit aus. »Nein. Ich will einfach nur die Wahrheit.«

Er musterte mein Gesicht einen Augenblick, endlich entspannte sich seins wieder etwas. »Ich habe nicht mit ihr geredet oder so. Ich habe sie nur beobachtet.«

»Erzählen Sie mir noch mal, was passiert ist, als Sie in den Empfang auf The Orchard geplatzt sind.«

»Ich erinnere mich nicht mehr an viel. Ich war wirklich betrunken. Ich weiß, dass ich bei einem Baum gesessen, das Haus aus dem Wald heraus beobachtet und JD getrunken und geraucht habe. Und da habe ich Alissa allein dastehen sehen und wollte mit ihr reden. Und in der nächsten Minute habe ich auch schon mit ihr gesprochen. Irgendwann ist Max gekommen und …« Er zuckte mit den Schultern. »Er hat mich vermutlich gebeten zu gehen, schätze ich. Ich weiß es nicht. Ich war ziemlich hinüber. Am nächsten Morgen bin ich in einem Busch im Wald in der Nähe meines Hauses aufgewacht. Ich hatte auf dem Rückweg wohl eine Art Blackout. Ich konnte mich anfangs nicht mal mehr daran erinnern, auf The Orchard gewesen zu sein.«

»Was hatten Sie an?«

Er starrte nach links ins Leere. »Äh … ein T-Shirt und Jeans. Ich musste sie wegschmeißen, denn als ich aufgewacht bin, hab ich gemerkt, dass ich in einem Haufen Vogelscheiße gelegen habe. Warum ist das wichtig?«

»Haben Sie eine Kappe getragen?«

Er kaute auf seiner Unterlippe herum, mit einem leeren Blick, der langsam durch eine Erkenntnis ersetzt wurde. »An dem Tag … ja. Ja, hab ich. Ich hatte eine Baseballkappe auf, als ich dorthin gegangen bin. Sie war beige mit einem schwarzen *Nike*-Symbol darauf, aber ich erinnere mich nicht mehr, dass ich sie hatte, als ich aufgewacht bin. Ich habe sie seitdem auch nicht mehr gesehen, also muss ich sie wohl irgendwo zwischen The Orchard und meinem Aufwachen im Wald verloren haben.«

Ich dachte zurück an die Durchsuchung von Russells Haus. Dort war auch keine Baseballkappe gefunden worden. »Da sind Sie sich sicher?«

Er nickte nachdrücklich. »Ja. Ich habe sie völlig vergessen, bis Sie mir davon erzählt haben, aber das könnte erklären, woher mein Haar gekommen ist, richtig?«

Das könnte es sicherlich. Wenn Alissa bemerkt hatte, wie er sie verloren hatte, und später zurückgekommen war, um sie zu holen. Aus eigener Erfahrung wusste ich, dass sich darin leicht ein Haar verfangen konnte. Ein Haar, das jemand als untrüglichen Beweis platzieren konnte, dass Russell am Tatort gewesen war.

»Hat Ihr Anwalt Sie nicht gefragt, wo das Haar hergekommen sein könnte?« Ich war wütend auf mich selbst, weil ich schon früher die richtigen Fragen hätte stellen sollen. Wütend auf Sasha, dass sie Informationen zurückgehalten hatte.

»Nein. Er wirkt nicht so, als wüsste er, was er tut. Ich habe lediglich einen Pflichtverteidiger. Ich kann mir keinen besseren leisten. Aber was denken Sie?« Er legte seine Hände mit den Handflächen nach unten auf dem Tisch ab und beugte sich eifrig nach vorn.

»Ich denke, sie hat Ihnen eine Falle gestellt und Sie sind direkt hineingelaufen.«

♦ ♦ ♦

Als ich diesmal an die Tür von DI Nash klopfte, öffnete sie. Sie trug eine knittrige Trainingshose und ein altes Rugbyshirt von *Spencer's*, das vermutlich vor langer Zeit mal weiß gewesen war, mittlerweile aber aussah, als wäre es in die dunkle Wäsche geraten und hätte daher einen dreckigen Blaustich. Ihr langes braunes Haar, das sie normalerweise glatt und glänzend trug, war zu einem unordentlichen Pferdeschwanz zusammengeknotet. Sie hatte dunkle Ringe unter ihren Augen, die leer und verloren dreinschauten.

Ich hätte sie gern umarmt, aber sie hatte es nicht so mit Gefühlsduseleien.

»Essen auf Rädern.« Ich hielt eine Plastiktüte hoch.

Sie versuchte zu lächeln, aber ihre Lippen schafften es bloß zu einer schmalen Linie. »Hör auf, mir Essen zu bringen. Ich kann auf mich selbst aufpassen. Du benimmst dich wie eine verdammte Glucke.«

Sie meinte das nicht so. Sie versuchte, tapfer zu sein. Gleichgesinnte verstehen sich eben.

Ich zuckte mit den Schultern. »Lässt du mich rein, oder wie sieht's aus? Ich verhungere nämlich.«

Sie stöhnte und warf seufzend ihre Hände in die Luft. Dann ging sie zurück ins Haus, in Richtung Küche. »Nicht schon wieder Chow Mein, oder?« Sie nahm ein paar Teller aus dem Wandschrank und stellte sie auf dem Küchentisch ab, der mit ungeöffneten Briefen übersät war.

Ich schaute mich im Zimmer um und bemerkte die Spüle voll von schmutzigem Geschirr sowie die halbleere Flasche Whisky auf der Arbeitsplatte.

»Die Putzfrau hat wohl Urlaub, hm?«, grinste ich, um die Stimmung zu heben.

»Halt die Klappe.« Sie rollte mit den Augen. Zumindest bekam ich überhaupt eine Reaktion.

Ich nahm die Schachteln mit Curry und Reis aus der Tüte. Eine stellte ich auf ihren Teller, eine auf meinen. Ich hatte nicht vor, sie zu fragen, wie es ihr ginge. Das war eindeutig; außerdem kannte ich Ellie gut. Sie würde erst mit mir reden, wenn sie dazu bereit war.

Sie reichte mir Besteck, setzte sich hin und starrte das Essen an.

Ich schaufelte die Hälfte vom Reis und Garnelencurry auf meinen Teller und legte los.

Ein paar Minuten später starrte sie immer noch das Essen an. »Ich will nicht reden.«

»Dann hör auf zu reden und iss.« Ich nahm noch einen Bissen. »Eigentlich will ich mit dir reden. Ich brauche Hilfe.«

»Du brauchst Hilfe?« Sie schnaubte. »Ich bin momentan nicht in der Stimmung, irgendjemandem zu helfen.«

»Es geht um den Burbeck-Fall. Der, von dem ich dir erzählt habe.«

Endlich nahm sie den Deckel vom Reis ab und gab ein paar Löffel auf ihren Teller. »Ich bin nicht interessiert. Ich will nichts über die Arbeit hören. Schließlich war es die Arbeit, bei der Spencer gestorben ist.« Sie sah auf; in ihren Augen blitzten Tränen und Zorn.

Ich legte eine Hand auf ihren Arm.

Sie schüttelte sie ab, sah weg und schluckte schwer. »Ich denke nicht, dass ich wiederkommen werde. Ich glaube, ich kann das nicht mehr machen.«

Ich hielt inne, die Gabel mitten in der Luft. »Du musst tun, was du für richtig hältst. Aber ich glaube nicht, dass du im Augenblick solch eine Entscheidung treffen solltest. Gib dir etwas Zeit. Du trauerst noch.«

»Halt die Klappe!«

»Zweimal ›Halt die Klappe‹ in fünf Minuten – ziemlich schwach, Ellie. Normalerweise höre ich da doch ganz andere Sachen von dir.«

»Das ist das, was ich an dir so liebe. Du bist so mitfühlend.«

Ungläubig verzog ich das Gesicht. Ellie war knochenhart. Normalerweise. Sie hatte nichts übrig für Trost und Rat. Sie war immer geradeaus und objektiv. Und dieses Duzi-Duzi war auch nicht unbedingt meine Stärke. Ich war zufrieden, wenn ich Kriminelle befragen konnte, anstatt mich mit Emotionen auseinanderzusetzen. Aber manchmal kam man um die Emotionen nicht herum.

Ich legte meine Gabel hin. »Tut mir leid. Er war auch mein Freund.«

»Ich weiß.« Sie blinzelte schnell, drängte die Tränen zurück. Sie hatte Angst zu weinen, vor mir Schwäche zu zeigen.

»Lass es einfach raus. Ich war ein Häufchen Elend nach Denise, und du hast das alles gesehen. Du warst die Einzige, die es gesehen hat. Ich bin kein Dr. Phil, aber du bist mir wichtig. Ich hasse es, dich so zu sehen. Ich will helfen«, sagte ich, auch wenn nichts, was ich tun konnte, helfen würde. Ich konnte ihren Mann nicht zurückbringen. Ich konnte nicht auf magische Weise ihre Emotionen abschalten. Konnte ihr nicht die Trauer nehmen.

Sie atmete tief ein. »Ich weiß. Ignorier mich einfach.«

»Hör mal, vielleicht hilft es dir ja, für eine Weile an etwas anderes zu denken.«

»Du hast also einen Hintergedanken, warum du die ganze Zeit vorbeikommst und mich belästigst?«

Ich blickte ihr in die Augen. »Nein. Ich komme vorbei, weil ich mir Sorgen um dich mache.«

Sie nickte kurz. »Ja, ich weiß. Tut mir leid.«

»Entschuldige dich nicht bei mir.«

Sie schob den Reis auf ihrem Teller mit dem Löffel herum. »Worum geht es bei der Ermittlung? Es war ein Raubüberfall, oder?«

»Mord.« Ich schilderte ihr noch einmal sämtliche Details, da sie mir ganz offensichtlich nicht zugehört hatte, als ich ihr das erste Mal davon berichtet hatte. Ich endete mit: »Ich glaube, Alissa hat Max umgebracht und es Russell in die Schuhe geschoben. Ja, ich weiß, Russell hat sie gestalkt, und wir haben eins seiner Haare auf Max' Leiche und das Messer in Russells Schuppen gefunden, aber ich glaube, die Beweise wurden gezielt platziert.«

»Erzähl mir vom Tatort.«

Ich ging noch einmal Alissas Bericht von jener Nacht durch. »Ihre DNS war natürlich im ganzen Haus, und eins ihrer Haare wurde auf Max' Leiche gefunden, was sich dadurch erklären lässt, dass sie ihn vorher geküsst hat. Ich habe die Tat nachgespielt, bin sogar durchs Fenster in den Garten geklettert.«

»Und welche Erkenntnisse hat dir das gebracht?«

Ich seufzte. »Dass es absolut möglich ist, dass alles so passiert ist, wie sie es gesagt hat. Aber ich glaube ihr nicht. Bei einem Erbe von 10 Millionen Kröten hat sie ein Motiv. Sie könnte außerdem in jener Nacht ganz einfach einen Umweg gemacht haben, durch den Wald zu Stiles' Haus am Rand des Dorfs gerannt sein, was sich in gerader Linie zu ihrem befindet, die Beweise in seinem unverschlossenen Schuppen abgelegt haben und *dann* erst zum Haus ihrer Nachbarin gelaufen sein. Das wäre absolut innerhalb des Zeitrahmens von Max' Todeszeitpunkt gewesen.«

»Gab es bei Stiles irgendwelche weiteren forensischen Beweise, abgesehen vom Messer?«

»Nein. Was seltsam ist. Wenn er sich Zeit genommen hat, die Handschuhe, Überschuhe, Kleidung und Skimaske loszuwerden, warum dann nicht auch das Messer? Besonders, nachdem er wusste, dass wir ihn auf dem Kieker haben.«

»Was ist mit Stiles' Haar auf Max' Leiche? Wo ist es hergekommen, wenn es platziert wurde?«

Ich grinste und erzählte ihr von dem, was Stiles und Sasha mir berichtet hatten. »Und es gibt noch einen frischen Satz Fingerabdrücke im Büro und dem Rest des Hauses, der nicht zugeordnet werden konnte. Er passt zu keinem der engsten Freunde, die beim Hochzeitsempfang waren.«

»Ein Komplize?«

»Das habe ich anfangs gedacht. Ich habe sie beobachtet, um zu sehen, ob sie mich zu jemandem führen würde, aber das hat sie nicht. Ihr Handy und ihre Computerunterlagen wurden geprüft und sie hatte niemanden kontaktiert, den wir nicht verzeichnet hatten. Sie hätte vielleicht ein Wegwerfhandy benutzen können oder ein Internetcafé, aber das glaube ich nicht.«

Sie kaute an ihrem Daumennagel herum und dachte nach. »Wie hat sie es deiner Meinung nach gemacht?«

»Ich glaube, sie hat ihn durch das Genick erstochen, während er gearbeitet hat, ist vielleicht an ihn herangeschlichen, während er Musik gehört hat. Oder vielleicht hat sie die Musik im Nachhinein angestellt, um zu kaschieren, dass er sich in ihrer Anwesenheit wohl genug gefühlt hat, um ihr den Rücken zuzudrehen. Ihre Fingerabdrücke wurden auf seinem Laptop gefunden, aber sie hat mir erzählt, sie hätte den zuvor benutzt. Ich glaube, dann hat sie das Haar, das sie von Russells Kappe hatte, auf Max' Leiche platziert. Sie hat das Messer herausgezogen. Da es direkt ins Rückenmark eingedrungen und der Blutdruck rapide abgesunken war, kam nur wenig Blut aus der Wunde. Es ist möglich, dass sie keine Spritzer abbekommen hat. Und selbst wenn doch – ich denke, deshalb hat sie danach ihr Bad genommen, um sämtliche Beweise abzuwaschen.«

»Haben die Tatortermittler das Abflussloch kontrolliert?«

»Ja, und sie haben nichts gefunden.«

»Okay, sie hat also ein Bad genommen, *nachdem* sie ihn umgebracht hat, ist danach aus dem Fenster geklettert und zu Stiles' Haus gerast, um dort das Messer zu platzieren. Anschließend ist sie zu ihrer Nachbarin und hat den maskierten Eindringling erfunden.«

»Das ist meine Theorie.«

»Nackt? Denn sie hat doch das Handtuch verloren, als sie durchs Fenster geklettert ist.«

»Einer der Gründe, weshalb Wilmott sie für unschuldig hält, ist der, dass sie nackt weggelaufen ist.«

Sie runzelte die Stirn. »Wie kommt er darauf?«

»Er glaubt, wenn sie es geplant hätte, hätte sie stattdessen einen Bademantel getragen.«

»Wenn ich ihn unter diesen Umständen umgebracht hätte, wäre das genau etwas, was ich getan hätte, um so zu wirken, als wäre ich unschuldig.«

»Aber davon abgesehen sieht Wilmott sie als Opfer und hat sie von Anfang an als Verdächtige ausgeschlossen. Ich bin mir ziemlich sicher, dass er mit ihr eine Nummer schieben will.«

»Der will doch mit allem eine Nummer schieben, was einen Puls hat«, frotzelte sie. »Was hat sich DS Greene eigentlich dabei gedacht, ihn zum ADI zu machen? Wilmott hat doch von

Tuten und Blasen keine Ahnung. Die sind beide Witzfiguren! Du hättest den Job bekommen sollen.«

»Danke.« Ich nahm meine Gabel wieder in die Hand und zog im restlichen Reis auf meinem Teller einen Kreis.

»Also, wem gehören die anderen Fingerabdrücke?«

»Tja, das klingt jetzt sehr seltsam, aber ich glaube nicht, dass Alissa die ist, für die wir sie halten.«

»Was meinst du damit?«

»Ich glaube, dass sie nicht wirklich Alissa Burbeck ist.«

Sie schnaubte. »Was redest du da? Dass sie eine Betrügerin ist? Glaubst du nicht, das hätte mittlerweile jemand erwähnt? Ihre Freunde? Selbst wenn einer ihrer Freunde mit von der Partie war, was eine lächerliche Idee ist, wüssten zumindest die Angestellten im Pflegeheim ihrer Mum, wer sie ist.« Sie schüttelte den Kopf. »Und du glaubst, *ich* drehe durch?«

Ich stützte meine Ellbogen auf den Tisch. »Wenn du es so formulierst, klingt es verrückt, aber hör mich an. Als ich eine Befragung mit Videoaufzeichnung mit ihr gemacht habe, hat sie gezögert, welche Hand sie benutzen soll, um die Aussage zu unterschreiben. Ich war mir zuerst nicht sicher, ob es das war – ich dachte, sie war einfach nur nervös oder traumatisiert –, aber jetzt bin ich sicher. Sie hat eine Bewegung gemacht, als wollte sie mit ihrer rechten Hand unterschreiben, hat sich dann aber erinnert und mit ihrer linken unterschrieben. Später, als ich sie vor ihrem Haus observiert habe, hat sie für ein paar Blumen mit ihrer rechten Hand unterschrieben.«

»Na und? Vielleicht hat sie sich beim Klettern aus dem Fenster ihr Handgelenk verstaucht oder vielleicht ist sie beidhändig.«

»Nein, sie wurde im Krankenhaus komplett durchgecheckt. Sie hatte ein paar Kratzer am Bauch vom Herausklettern, eine geprellte Ferse vom Sprung auf den Boden, und ein paar Abschürfungen und Schnitte davon, dass sie durch den Wald gerannt ist, aber das war's. Und ihre beste Freundin Vicky schwört, dass Alissa definitiv Linkshänderin ist und noch nie eine Arm- oder Handverletzung hatte.«

Sie starrte mich an, ein großes *Und?* im Gesicht geschrieben.

»Du bist Rechtshänderin. Hast du *je* in deinem Leben mit deiner linken Hand geschrieben? Jemals mit links unterschrieben?«

»Nein.«

»Und für wie viele Dinge hast du über die Jahre unterschrieben?«

»Keine Ahnung, Tausende.«

»Und es kommt völlig instinktiv, oder? Du zögerst nicht, wie sie es in der Befragung getan hat, bevor du dich dann selbst korrigierst. Als sie für diese Blumenlieferung unterschrieben hat, dachte sie nicht, dass sie beobachtet wird. Sie stand nicht unter Druck, es war für sie rein instinktiv, es mit ihrer rechten Hand zu tun.«

»Das beweist überhaupt nichts.«

»Nein, aber du musst zugeben, dass das eine seltsame Ungereimtheit ist.«

»Warum lässt du nicht einfach ihre Unterschrift analysieren? Die von der auf ihrer Aussage mit einem anderen Dokument?«

»Daran habe ich gedacht, aber wir haben keine anderen Dokumente mit ihrer Unterschrift, um sie zu vergleichen. Ich kann ohne Durchsuchungsbeschluss nicht zu ihrer Bank gehen, um eine Kopie zu besorgen, und Wilmott wird mir wohl kaum einen geben, oder? Der Fall ist ihm zufolge ja schon abgeschlossen. Aber es existieren bei ihr noch weitere Unstimmigkeiten.« Ich erzählte Ellie von dem Rosenbusch, der nach Alissa benannt worden war und den sie ebenfalls vergessen hatte.

»Okay, das ist seltsam, aber vielleicht ist der Gärtner verwirrt. Oder vielleicht war Alissa abgelenkt, hat zu der Zeit an etwas anderes gedacht oder es einfach vergessen.«

»Nein, das glaube ich nicht. Laut Vicky, die alles über ihre Freundin zu wissen scheint, hatte Alissa keine gesundheitlichen Probleme, durch die sie irgendetwas vergessen könnte. Seit sie fünf ist, ist Alissa außerdem gegen Kiwis allergisch, aber plötzlich ist sie das nicht mehr.« Ich erzählte ihr, was Sasha mir geschildert hatte.

Ellie setzte sich zurück und runzelte die Stirn. »Das ist wirklich interessant.« Aus ihrer Stimme triefte der Sarkasmus, aber das war zumindest besser als die Trauer. »Manche Leute behaupten, sie wären auf etwas allergisch, wenn sie in Wahrheit nur eine Intoleranz haben. Und außerdem kann man Intoleranzen oder Allergien auch wieder loswerden.«

»Es war definitiv eine Allergie, keine Intoleranz. Und demzufolge, was ich gelesen habe, ist es unwahrscheinlich, dass die Allergie verschwunden ist.«

»Ist das alles, was du hast, um deine bizarre Theorie zu untermauern?« Sie stand auf, nahm sich die Whiskyflasche und ein paar Gläser und goss uns beiden etwas ein. Sie setzte sich wieder, zog ihre Füße auf den Stuhl hoch und schlang ihre Arme um die Knie. »Ziemlich weit hergeholt.«

»Da ist noch etwas. Ich bin ihre Mum im Pflegeheim besuchen gefahren, um zu prüfen, ob Mrs Stanhope geistig gesund genug wäre, um mir irgendwelche Informationen über ihre Tochter zu geben, aber wie sich herausgestellt hat, kann sie nicht richtig sprechen. Sie hatte ein paar Schlaganfälle. Als ich hinkam, war Alissa auch dort, und ich habe ihr ein paar Fragen zu ihrem Roman gestellt. Das Dokument war auf ihrem Laptop, den die Polizei mitgenommen hatte.« Lächelnd lehnte ich mich zurück. »Also habe ich ihr Fragen dazu gestellt und versucht, sie zu überrumpeln. Und sie konnte sich nicht an den Namen eines der Nebencharaktere darin erinnern.«

»Wann wurde das Dokument zuletzt angesehen?«

»Zuletzt gespeichert wurde es am Tag, bevor sie nach Australien gereist sind. Es könnte sein, dass sie es danach noch durchgelesen hat. Aber es ist ja nicht so, als hätte sie das Buch vor ein paar Jahren geschrieben und ein paar Details vergessen. Diese Frau, die Alissa Burbeck sein soll, kennt nicht mal den Namen ihres Charakters, dabei spielt der in ihrem Roman eine große Rolle!«

Sie nahm einen langen Schluck vom Whisky. »Okay, ich spiele mal mit, da ich weiß, wie du tickst. Und ja, ich finde es sehr seltsam, dass sie sich nicht an ihre Charaktere zu erinnern scheint. Aber zuallererst einmal, du hast nichts, was du *beweisen* kannst.«

»Das ist mir klar. Deshalb rede ich ja mit dir darüber.«

»Wie du schon ganz richtig angemerkt hast, wirst du ohne Wilmotts Erlaubnis niemals einen Durchsuchungsbeschluss bekommen, und er wird nicht mitspielen, weil er immer denkt, dass er recht hat. Aber warum gehst du damit nicht zu DS Greene?«

»Weil er mir beim Mackenzie-Fall mit Suspendierung gedroht hat, wenn ich nicht aufhöre, weiter zu ermitteln, und ich noch verdammt wütend deswegen bin. Woher soll ich wissen, ob ich ihm bei dieser Sache trauen kann? Und außerdem wird Wilmott ihm bloß einen Haufen Scheiße darüber erzählen, dass ich nur versuche, ihn zu untergraben und schlecht aussehen zu lassen. Nicht, dass er dabei Hilfe bräuchte. Und du hast recht, ich habe noch nichts Konkretes. Die werden einfach behaupten, dass ich verrückt werde, weil ich …« Abrupt hielt ich inne.

»Weil du was?«

Ich nahm das Glas, schüttete den halben Whisky hinunter und genoss das Brennen in meiner Kehle.

Sie berührte meine Hand. »Weil du depressiv bist?«

Abrupt sah ich zu ihr auf. Dann schaute ich weg. Ich dachte, ich hätte das gut versteckt. Dachte, so zu tun, als wäre ich okay, sei einfacher, als wirklich okay zu sein. Aber anscheinend war ich kein so guter Schauspieler. Auf jeden Fall nicht in Alissas Liga.

»Ich weiß, dass du es bist. Glaubst du, es wäre mir nicht aufgefallen? Vielleicht ist es meine Schuld, dass ich dich nicht dazu gedrängt habe, jemanden aufzusuchen, richtig mit jemandem zu reden, vielleicht mit dem Polizeipsychologen. Aber ich kenne dich. Ich wusste, dass du das niemals tun würdest. Also habe ich gehofft, dass du es mit der Zeit selbst verarbeitest. Und jetzt weiß ich genau, wie du dich fühlst.« Ihre Stimme klang leise, als käme sie aus weiter Ferne.

Ich hatte darüber nachgedacht, mit jemandem vom Fach darüber zu sprechen, wie überwältigt ich war. Wie nichts besser zu werden schien. Aber ich hatte es mir verkniffen. Ich wollte nicht, dass mir jemand vorschrieb, wie ich mich fühlen sollte.

»Ich weiß auch nicht, was ich mit mir anfangen soll«, fuhr sie fort. »Ich kann nicht akzeptieren, dass Spencer wirklich weg ist. Ich kann nicht glauben, dass er nie wieder durch diese Tür kommen wird. Und ich weiß nicht, wie ich ohne ihn leben soll.« Sie blinzelte schnell und versuchte, die Tränen zu verbergen, die sich in ihren Augen bildeten.

Ich drückte ihre Hand und ließ sie dann los. »Sieh uns nur an. Wir sind schon ein Paar.«

Sie schniefte, wischte sich mit dem Handrücken über die Nase und setzte sich aufrechter hin, als wollte sie versuchen, dadurch die Beherrschung zurückzugewinnen. »Aber wir sind trotzdem besser als Wilmott, selbst wenn wir depressiv bis zum Gehtnichtmehr sind!« Sie trank noch etwas mehr von dem Whisky. »Wenn Alissa nicht die ist, die sie vorgibt zu sein, was glaubst du dann, wer sie ist? Wie konnte sie mit so etwas davonkommen, ohne dass es jemandem aufgefallen ist?«

»Weil sie jemand ist, der identisch aussieht.«

»Eine Schwester?«

»Ein eineiiger Zwilling.«

»Aber niemand hat eine Zwillingsschwester erwähnt, oder? Ihre Freunde? Die Pfleger ihrer Mum? Max' Kollegen und Freunde?«

»Nein. Angeblich ist Alissa ein Einzelkind. Aber was, wenn sie adoptiert wurde? Was, wenn eine Zwillingsschwester existiert, die vorgibt, sie zu sein?«

Ich holte eine Kopie der Geburtsurkunde von Alissa Burbeck, geborene Stanhope, aus meiner Tasche und reichte sie ihr. »Es gibt zwei Arten von Geburtsurkunden. Eine ist eine beglaubigte Kopie und eine der beglaubigte Registerausdruck des Geburtseintrags. Alissa hat nur die beglaubigte Kopie, die wahrscheinlich nach einer Adoption ausgestellt wurde, damit nur die Details der Adoptiveltern darauf stehen. Die kommt erst nach der Originalurkunde, denn auf der befinden sich die Namen der Geburtseltern. Ich habe morgen einen Termin bei einem Sozialarbeiter für Adoptionen, um zu prüfen, ob ich etwas herausfinde.«

Sie trank einen weiteren Schluck Whisky und hielt sich das Glas vor die Brust. »*Falls* du recht hast – und ich bin noch nicht völlig überzeugt – aber falls doch, und diese Frau ist nicht Alissa Burbeck, was hat sie dann mit der echten Alissa Burbeck gemacht?«

Kapitel 35

Die Andere

Seit ich diesen Detective Sergeant im Pflegeheim getroffen hatte, hatte ich ein schlechtes Gefühl, was ihn betraf. Was hatte er wirklich dort gemacht? Nach mir gesehen? Versucht herauszufinden, ob Mum ihm irgendetwas ausplaudern konnte? Hatte ich mich irgendwie verraten? Ich war diszipliniert gewesen. Fokussiert. An mir konnte es nicht gelegen haben. Unmöglich. Aber …

Aber er hatte einen Verdacht, da war ich mir sicher. Und es musste etwas mit Alissas Roman zu tun haben. Warum hatte ich ihn nicht ganz gelesen, als ich die Gelegenheit hatte? Wie idiotisch! Aber selbst wenn ich ein paar Details falsch ausgelegt hatte, konnte ich das damit begründen, dass ich verstört, verwirrt, aufgeregt war und nicht klar denken konnte.

Trotzdem hielt ich die Augen nach ihm offen, wenn ich das Haus verließ, falls er mir folgen sollte. Nicht, dass ich viel ausging. Ich hatte endlich wieder begonnen zu malen, was sich einfach fantastisch anfühlte! Es war therapeutisch, alles herauszulassen, während ich die Tage zählte. Ich hatte DS Carter nirgends sonst wahrgenommen, hatte ihn nicht vor dem Haus lauern gesehen, aber das spielte keine Rolle. Ich hatte einen Plan geschmiedet. Ich musste bloß bei Wilmott einen kleinen Gedanken einpflanzen, denn ich konnte es nicht riskieren, dass Carter mir die Sache verdarb. Russells Verhandlung würde erst in Monaten stattfinden und seine Schuld sprach für sich. Das Haar, das Messer, der Beweis seiner Obsession in Bezug auf Alissa – ups, ich meine natürlich mich, haha! Dagegen kam nichts an. Selbst wenn DS Carter Zweifel hegte, was mich betraf, konnte er nichts beweisen. Trotzdem musste ich auf der Hut sein. Ich wollte nicht, dass er herausfand, wer ich wirklich war, bevor ich mein Geld hatte und verschwinden konnte. Wilmott, diesen dummen, blinden, ignoranten Idioten, hatte ich um den kleinen Finger gewickelt. Es bedurfte einfach eines kleinen Weinkrampfs und auf Nimmerwiedersehen, DS Carter. Ich war nicht so weit gekommen, damit mir am Ende alles durch die Finger rinnen konnte.

Ich rief Wilmott an. Er war nur zu gern bereit, alles stehen- und liegenzulassen, um mir einen Besuch abzustatten. Ich verpasste meiner Tarnung den letzten Schliff, kniff die Haut um meine Augen herum, damit sie rot und geschwollen aussahen, und ließ die Tränen fließen. Weinen war einfach. Ich musste bloß an eine der ermordeten Kühe auf der Farm denken und schon öffneten sich die Schleusen.

Ich begutachtete mich selbst im Spiegel, bereitete den passenden erschrockenen Gesichtsausdruck vor und öffnete die Tür, als Wilmott ankam.

Er hatte einen Strauß Astern in der Hand und wollte ihn mir gerade überreichen, hielt aber inne, als er mein Gesicht bemerkte.

»Ist irgendetwas passiert?«, fragte er. »Es klang am Telefon ziemlich dringend.«

»Ich glaube, jemand verfolgt mich.« Ich blinzelte schnell und ließ die Tränen mit Leichtigkeit fließen. »Ich … ich habe wirklich Angst.«

Wilmott spähte die Straße hoch und runter. »Na, kommen Sie, gehen wir hinein, dann können wir reden.« Er legte mir eine Hand auf den Rücken, führte mich ins Wohnzimmer und setzte sich direkt neben mich. Unsere Schenkel berührten sich, als er seinen Arm um mich schlang, und ich legte meinen Kopf auf seiner Schulter ab.

»Ich … ich sehe dauernd dieses seltsame Auto, das mir folgt, und ich mache mir Sorgen, dass …« Ich unterbrach für einen hicksenden Schluchzer. »Was, wenn Russell einen seiner Freunde dazu gebracht hat, mir zu folgen? Um mir Angst einzujagen, damit ich bei der Verhandlung nichts sage? Ich meine, er muss verrückt sein, wenn er Max umgebracht hat. Was könnte er mir sonst noch antun?«

Wilmott drückte mich fester an sich. Sein Aftershave war frisch und der Geruch übermäßig stark, als hätte er sich auf dem Weg hierher im Auto die halbe Flasche aufgesprüht. Ich unterdrückte den Drang, ihn von mir zu schieben, und atmete durch den Mund. Er dachte vermutlich, ich würde nicht merken, wie sich sein Oberschenkel fester gegen meinen drückte.

»Russell Stiles ist sehr berechnend und bösartig. Ich würde das nicht ausschließen. Haben Sie von diesem Auto das Kennzeichen?«

»Ja.« Ich nickte energisch. Ich hatte es notiert, als Carter in Mums Pflegeheim gewesen war.

»Wo haben Sie das Auto gesehen?«

»Äh … als ich draußen spazieren war. Manchmal gehe ich in den Park, um den Kopf freizubekommen. Es ist hart, die ganze Zeit allein hier eingepfercht zu sein.«

»Nun, deshalb schaue ich auch immer wieder nach Ihnen. Ich weiß, dass das eine schreckliche Zeit für Sie ist, und ich bin für Sie da, um Sie bei jedem Schritt des Weges zu unterstützen.«

»Ich weiß, und ich möchte Ihnen für Ihre Fürsorge danken. Sie waren so freundlich und hilfsbereit.«

Er streichelte mir den Rücken. Er streichelte ihn tatsächlich, dieser Perversling.

»Ich habe wirklich Angst, dass jemand hinter mir her ist.« Ich schniefte laut, neigte mich etwas zurück und umklammerte seinen Arm, die Augen vor Furcht weit aufgerissen. »Was, wenn Russell will, dass einer seiner Freunde mich *umbringt*, um mich zum Schweigen zu bringen?«, keuchte ich und erschauderte.

Er nahm meine Hand in seine. »Sie können sich auf mich verlassen. Seien Sie unbesorgt! Geben Sie mir das Kennzeichen dieses Autos, ich überprüfe das.«

Ich nickte, ging zu meiner Handtasche in der Zimmerecke und holte ein Stück Papier heraus. »Es war ein Ford Mondeo.« Ich reichte ihm den Zettel.

»Okay, ich lasse das prüfen. Soll ich Ihnen etwas zu trinken bringen? Sie sehen sehr blass aus. Haben Sie einen Brandy oder so etwas?«

Ich nickte zittrig und wies auf die Küche. »Im Schrank neben dem Ofen. Danke. Ich glaube, ich brauche wirklich einen. Ich hatte richtig Angst.«

Er kam mit einem Glas mit nicht wenig Brandy zurück und presste es in meine Hände, wobei seine eigenen Hände meine umschlossen. »Ich bin froh, dass Sie mich angerufen haben. Das war das Richtige. Sie hätten es schon früher tun sollen. Ich will nicht, dass Sie je wieder Angst haben müssen.«

Mit zittrigen Händen führte ich das Glas an meine Lippen. Ich überlegte, noch etwas zu sagen, wollte die Sache aber nicht übertreiben.

Wilmott rief eine Nummer auf seinem Handy an und lief dabei auf und ab. Er sprach hinein, fragte nach dem Auto, hörte eine Weile zu und blieb schließlich stirnrunzelnd stehen. »Wie bitte?«

Weiteres Zuhören.

»Sind Sie sicher?« Eine Pause, dann ertönte: »Gut, danke.« Er steckte das Handy zurück in seine Anzugtasche und setzte sich neben mich. Erneut nahm er meine Hand in seine, sodass ich seine verschwitzte Handfläche an meiner kalten spürte. Igitt. Ich zuckte innerlich zusammen. »Es hat nichts mit Russell Stiles zu tun.«

»Wie können Sie sich da sicher sein?« Ich riss die Augen auf.

»Ich dachte mir schon, dass mir das Kennzeichen bekannt vorkommt. Es handelt sich dabei um einen Polizeiwagen.«

Ich presste mir eine Hand an die Brust, atmete tief ein und betonte subtil mein Dekolleté. Ich bemerkte, wie Wilmotts Augen dorthin wanderten. Männer verraten sich viel zu schnell. Ich hatte mal gelesen, dass Männer nicht dasselbe periphere Sichtfeld wie Frauen haben. Wir können jemanden von oben bis unten mustern, ohne unsere Augen zu bewegen, Männer können das nicht. Sie müssen ihre Augen richtig nach oben und unten bewegen, was sie natürlich jedes Mal verrät. In einer Minute würde er wieder mit meinen Titten reden, wie üblich.

»Oh, Gott sei Dank!«, brachte ich hervor und atmete erleichtert aus. »Aber … warum ist mir dieser Polizist gefolgt?«

Verwirrt zwang Wilmott seinen Blick von meinen Brüsten weg (*jepp, erwischt!*). »Sind Sie denn sicher, *dass* er Ihnen gefolgt ist?«

»Absolut. Ich habe ihn mehrmals gesehen. Manchmal habe ich auch das Auto draußen parken gesehen. Es stand einfach nur am Straßenrand, als würde mich jemand daraus beobachten.« Das stimmte nicht, aber hey, warum nicht etwas dicker auftragen! »Und Detective Sergeant Carter ist auch ins Pflegeheim meiner Mum gekommen, als ich dort war.«

»Was ist er?«, knurrte Wilmott. »Weswegen?«

»Äh … nun ja, er hat gemeint, er wäre nur gerade vorbeigefahren und wollte nach meiner Mum sehen, weil er dachte, ich würde sie nicht so oft besuchen können, nach allem, was passiert ist. Aber ich glaube … ich glaube, das war nur eine Ausrede und er ist mir gefolgt. Er hat angefangen, mir Fragen zu stellen, mich bedrängt. Ich war wirklich aufgebracht. Er hat mich behandelt, als wäre ich eine Kriminelle.« Ich beugte mich vor und schluchzte. Meine Schultern bebten. »Ich habe mich dabei schrecklich gefühlt.«

Wilmott presste die Lippen aufeinander und rieb mir sanft über den Rücken. »Schon gut, vertrauen Sie mir, das wird nicht wieder passieren. Es tut mir so leid, dass Sie das alles so aufgewühlt hat. Ich werde ein ernstes Wörtchen mit DS Carter reden, keine Sorge.«

Ich umklammerte seine Hand, drehte mich auf dem Sofa so um, dass meine Knie seine berührten, und schaute ihm in die Augen. »Vielen Dank. Ich weiß nicht, was ich ohne Sie getan hätte nach … nach Max.«

Er leckte sich die Lippen, reckte die Brust und lächelte stolz. Er öffnete den Mund, um noch mehr zu sagen. Vermutlich wollte er mir vorschlagen, bei mir einzuziehen, um mich zu beschützen.

Ja, *so* verdammt einfach zu lesen.

Kapitel 36

Der Detective

»Ich will, dass Sie sofort zur Wache kommen!«, schrie mich Wilmott durch das Handy an, ohne die Zeit mit irgendwelchem Vorgeplänkel zu verschwenden.

Ich hielt das Handy weg vom Ohr, um mein Trommelfell zu schützen. »Was ist denn los? Ich führe gerade Ermittlungen wegen des Raubüberfalls durch.«

»Kommen Sie einfach her – und zwar jetzt. Ich will mit Ihnen reden!«

»Ooooookaaaaay«, erwiderte ich gedehnt. »Ich werde …« Aber ich kam gar nicht dazu, den Satz zu beenden, denn Wilmott hatte bereits aufgelegt.

Ich packte das Handy auf die Mittelkonsole und fuhr los. Da hatte wohl jemand seine Unterhose mit der Kneifzange angezogen.

Als ich auf dem Parkplatz vor der Wache parkte, sah ich Ronnie aus der Tür eilen. »Was ist denn mit Wilmott los?«, fragte ich. »Der klang, als würde er gleich einen Herzinfarkt bekommen, als er mich zurückbeordert hat.«

»Keine Ahnung, Sarge. Aber so sieht er auch aus. Ich soll nur los, um noch ein paar Aussagen aufzunehmen.« Er grinste stolz.

Ich überließ Ronnie seiner Aufgabe und schlenderte die Treppe hoch. Es konnte nur einen Grund geben, aus dem ich herbeordert worden war. Er wusste, dass ich noch immer den Mord an Max untersuchte.

Ich betrat die Wache und entdeckte Wilmott in seinem Büro in einer Ecke des Raums, wo er in einer Akte las.

Becky blickte von ihrem Schreibtisch auf, während sie ein paar Unterlagen zusammensuchte und in ihre Tasche stopfte. Sie zog eine *Du-steckst-in-Schwierigkeiten*-Grimasse.

Als Reaktion hob ich meine Augenbrauen und schenkte ihr mein *Kümmert-mich-das*-Gesicht.

Ich klopfte an Wilmotts Tür und trat ein.

»Was zum Teufel bilden Sie sich eigentlich ein?«, bellte er sofort los und stand auf.

»Äh … ich stehe in Ihrem Büro?«

Wütend funkelte er mich an. Falsche Antwort?

Ich zeigte auf den Stuhl. »Kann ich mich vielleicht zuerst hinsetzen?«

Wilmott stieß frustriert den Atem aus. War das ein Ja oder ein Nein?

»Was zum Teufel bilde ich mir denn ein, Chef?«

»Ich habe erfahren, dass Sie Alissa Burbeck belästigt haben.«

Ich schenkte ihm meinen besten ungläubigen Blick. »*Belästigt*? In welcher Form bitte?«

»Sie hat mich vorhin völlig aufgelöst angerufen und wollte mich sehen.«

Ich bezwang den Drang, *darauf wette ich* zu sagen.

»Wissen Sie, was sie erzählt hat, als ich dort ankam?«

Ich vermutete, dass das eine rhetorische Frage war, und verschwendete daher keinen Atem auf eine Antwort.

»Sie hat mir berichtet, sie hätte ein Fahrzeug gesehen, das ihr gefolgt ist. Und dann stelle sich einer vor, als ich eine Kennzeichenüberprüfung vornehme, kommt dabei heraus, dass es eins von unseren ist. Und dann erfahre ich, dass Sie damit gefahren sind! Sie sind ihr außerdem zum Pflegeheim ihrer Mutter gefolgt, haben ihr unangemessene Fragen gestellt und sie bedrängt. Sie haben vor ihrem Haus gesessen und sie beobachtet. Sie war am Rand einer Panik, hatte befürchtet, einer von Russells Freunden würde versuchen, sie einzuschüchtern, oder Schlimmeres! Und jetzt will ich wissen, was Sie damit bezwecken.«

Ich konnte mir die Szene nur zu gut vorstellen. Alissa, die sich in einem vorgetäuschten Anfall von Panik an seiner Schulter ausweinte. Oh, sie war gut! Sehr gut. Eine erstklassige Schauspielerin.

»Warum beschäftigen Sie sich weiter mit diesem Fall, wenn ich Ihnen doch ausdrücklich und mehrfach erklärt habe, dass sie keine Verdächtige ist? Und was haben Sie in diesem Pflegeheim gemacht, wo der Fall doch längst abgeschlossen ist?« Sein Gesicht nahm ein wütendes Rot an, das zu seinem lachsfarbenen Hemd passte.

»Ich habe bloß versucht, ein paar ungelöste Probleme zu klären.«

»Es gibt keine ungelösten Probleme! Wie oft muss ich Ihnen das noch sagen? Stiles hat Max Burbeck umgebracht und damit ist Ende im Gelände. Sie scheinen von ihr besessen zu sein!«

Ich öffnete den Mund, um zu sagen: *Von Ihnen könnte ich dasselbe behaupten.* Aber dann müsste ich zugeben, dass ich ihr gefolgt war, nur um zu sehen, dass er ständig dort aufgetaucht war.

»Sie sind kein Teamplayer und Sie scheinen nicht in der Lage zu sein, irgendwelchen Befehlen Folge zu leisten«, fuhr er fort.

Oh, fantastisch. Und gleich wird er mit diesem »Erfolg ist nur im Team möglich«-Müll anfangen.

»Ich habe außerdem ein paar Beschwerden von Leo und Sasha Smithers über Ihr Verhalten bei deren Befragung zu diesem Fall erhalten sowie über Ihre Einstellung. Zusätzlich sind Sie immer spät dran mit Ihrer Arbeit und die ist auch noch mangelhaft. Sie hätten diese Aussagen zu dem Raubüberfall schon vor einer Ewigkeit fertig haben sollen, und wir haben in diesem Fall noch keine Fortschritte gemacht! Ganz eindeutig missbilligen Sie meine Beförderung zum Acting DI. Auch wenn DI Nash Sie durchgeschleppt hat und sich mit Ihrer nachlässigen und altmodischen Art zu arbeiten abfindet, werde ich das nicht tun. Das Fazit daraus ist, dass Sie nicht mehr in der Lage sind, diese Arbeit durchzuführen, und es ist eine verdammte Belastung, so jemanden in meinem Team zu haben. Man hat Ihnen wegen Denise letztes Jahr viel durchgehen lassen, aber jetzt sind Sie zu weit gegangen und …«

Ich hatte versucht, seine Tirade auszublenden – bis zu dem Punkt, an dem er Denise erwähnte. In dem Augenblick explodierte etwas in mir. All die Wut, der Schmerz, die Leere, sie zu verlieren, kehrten auf einen Schlag zurück. Ihr Name in seinem Mund klang abscheulich, nach etwas Hässlichem – und das konnte ich nicht akzeptieren.

Bevor ich wusste, was ich tat, ging ich auf ihn los, drückte ihn gegen die Wand und umklammerte seinen Hemdkragen mit meinen Fäusten. Wilmott war größer als ich, aber was mir an Größe fehlte, machte ich durch Breite wett. »Sie haben doch keine Ahnung, was Sie da schwafeln! Und wie können Sie es wagen, Denise für irgendetwas die Schuld zu geben! Sie war hundert von Ihnen wert, Sie arroganter Emporkömmling! Ich habe meine Frau *sterben* gesehen! Sie ist vor meinen Augen dahingesiecht, hatte Schmerzen. Morgen wäre unser Hochzeitstag, Sie Idiot! Und Sie haben keine Ahnung, wie sich das anfühlt, denn die einzige Person, die Ihnen wichtig ist, sind Sie selbst!«

Überrascht weiteten sich Wilmotts Augen, während er sich an der Wand krümmte und versuchte, von mir wegzukommen. »Das ist ein tätlicher Angriff, ja, das ist es! Sie greifen einen Polizeibeamten an!«

»Sie nennen sich einen Polizeibeamten? Dass ich nicht lache!« Mit der linken Hand umklammerte ich sein Hemd fester, mit der rechten Hand schwang ich zurück für einen Fausthieb, der sich so gut anfühlen würde, sobald er mit seinem Gesicht kollidierte.

»Na los, geben Sie mir noch einen Grund mehr, Sie endlich zu feuern!«, verspottete Wilmott mich höhnisch.

»*Carter!* Lassen Sie ihn los! *Sofort!*«, rief Detective Superintendent Greene hinter mir.

Mein Kopf fuhr herum.

Greene stand im Türrahmen. Sein Gesicht war noch nicht ganz so rot wie das von Wilmott, aber es ging in dieselbe Richtung.

»*Jetzt!*«, befahl Greene.

Ich ließ Wilmott los und schob ihn in einem letzten Akt des Widerstands gegen die Wand. Einer von Wilmotts Hemdknöpfen rutschte durch meine Hände und fiel zu Boden.

»Warten Sie in meinem Büro auf mich«, fauchte mich Greene an.

Ich presste meine Kiefer aufeinander, während ich durch die mittlerweile leere Wache marschierte. Mit geballten Fäusten durchschritt ich den Gang zu Greenes Büro und lief dort auf und ab, atmete tief und versuchte, mich wieder zu beruhigen.

Ein paar Minuten später trat DS Greene ein. Er schloss die Tür, ging um seinen Schreibtisch herum und setzte sich hin. »Setzen Sie sich.« Er nickte in Richtung des Stuhls ihm gegenüber.

»Ich möchte lieber stehen, Sir.« Zu viel Adrenalin schoss durch meinen Körper, als dass ich wie ein braver Junge stillsitzen konnte.

»Hinsetzen!«

Ich starrte den Stuhl an. Ballte erneut die Fäuste. Dann tat ich, wie mir befohlen wurde.

»Ich kann einfach nicht fassen, was ich da gerade erlebt habe. Worum zum Teufel ging es da?« Wütend schüttelte er den Kopf.

»Er hat mich provoziert.«

»Wie?«

»Er war respektlos, was Denise angeht.«

Er seufzte. »Sie haben natürlich mein tiefstes Mitgefühl, was Denise betrifft. Ihr Tod hat Ihnen im letzten Jahr sehr zugesetzt und ich fürchte, der Stress und die Trauer haben auch Einfluss auf Ihr rationales …«

»Natürlich hat er mir zugesetzt!«

»Und Sie denken nicht mehr klar.«

»Bei allem nötigen Respekt, Sir, ich denke völlig klar.«

»Das sehe ich anders. Die Sache hat Einfluss auf Ihr Urteilsvermögen.«

»Mein Urteilsvermögen ist vollkommen in Ordnung. Alle anderen sind das Problem.«

»Ist Ihnen klar, wie paranoid das klingt?« Entnervt sah er mich scharf an. Er schürzte die Lippen und lehnte sich in seinem Sessel zurück. »DI Wilmott hat mir erzählt, dass Sie tun, was Sie können, um seine neue Position zu untergraben. Und dass Sie vom Burbeck-Fall besessen sind. Ganz besonders von Alissa Burbeck.«

»Das hat er sicherlich getan. In Wahrheit ist aber er derjenige, der sich nicht von ihr fernhalten zu können scheint. Sogar während der Arbeitszeit. Vielleicht sollten Sie ihn mal dazu befragen.«

Er ignorierte meinen Tonfall und fuhr fort: »Er hat sich außerdem Sorgen gemacht, dass das Einfluss auf Ihre andere Arbeit hat. Sie würden immer unangemessener und unberechenbarer agieren. Und nach dem, was gerade passiert ist, muss ich ihm zustimmen. Hören Sie, Sie können nicht einfach andere Beamte angreifen, so aus der Haut fahren und wie eine tickende Zeitbombe herumlaufen, Dinge hinterfragen, die nicht Ihrem Rang entsprechen, versuchen, DI Wilmotts Autorität zu hinterfragen und nach Dingen zu suchen, die nicht existieren! Ich weiß, so eng mit anderen Leuten zusammenzuarbeiten, ist manchmal frustrierend, aber dieses Verhalten ist einfach unentschuldbar.« Er rieb sich über den Nasenrücken und schenkte mir seinen *Das-tut-mir-mehr-weh-als-Ihnen*-Blick. »Ich glaube, Sie brauchen Hilfe, Warren. Professionelle Hilfe bei der Verarbeitung der Trauer und Depression, die Sie ganz klar …«

»Die einzige Hilfe, die ich brauche, ist die Erlaubnis, meinen Job zu machen und die richtigen Fragen stellen zu dürfen.« Frustriert stieß ich meinen Atem aus. »Erst der Mackenzie-Fall und jetzt das! Was bringt es, Ermittlungen anzustellen, wenn man nicht wirklich ermitteln darf?«

»Das mit dem Fall von Lord Mackenzie hatten wir doch schon«, zischte er, nahm einen Kugelschreiber in die Hand und spielte damit herum. »Sie wissen doch, wie das läuft. Die Anordnung, die Ermittlungen einzustellen, kam von ganz oben. Mir waren die Hände gebunden. Und außerdem gab es keine Beweise, dass er etwas mit dem Diebstahl zu tun hatte.«

»Und dem Betrug. Und wenn ich Zeit gehabt hätte, hätte ich die Beweise gefunden, die ihn damit in Verbindung bringen.«

Greene warf den Kugelschreiber auf seinen Tisch. Vermutlich hätte er ihn lieber auf mich geschleudert. »Das ist keine Diskussion; das ist ein Befehl. Ihr Verhaltensstandard, Ihre Leistung und Ihr psychischer Zustand wurden ernsthaft infrage gestellt. Ich habe im Moment keine andere Wahl, als Sie zu Ihrem eigenen Wohl vom Dienst zu suspendieren, bis Ihr Verhalten untersucht wurde. Sie werden demnächst einen Brief erhalten, in dem Sie zu einem Treffen geladen werden, um die Angelegenheit weiter zu besprechen. Sie werden weiterhin Ihr volles Gehalt ausgezahlt bekommen. Aber in der Zwischenzeit lege ich Ihnen sehr ans Herz, dass Sie den Betriebsarzt aufsuchen und einen Termin beim Psychologen machen, denn ich bin mir sicher, dass das so oder so empfohlen werden wird. Und jetzt gehen Sie nach Hause, beruhigen Sie sich und versuchen Sie, sich bis dahin zusammenzureißen.«

»Wie bitte?« Ich starrte ihn an. »Das können Sie nicht machen.«

»Ich tue das nur zu Ihrem eigenen Besten.« Er zeigte mit dem Finger auf mich. »Ich kann keine Detectives mit eigener Agenda in meinem Team gebrauchen. Das übt zu viel Druck auf die anderen Beamten aus – und das in einer Zeit, in der wir stark unterbesetzt sind. Und es könnte auch gefährlich sein – ein ernstes Gesundheits- und Sicherheitsrisiko für alle. Also nehmen Sie meinen Rat an und …«

Ich wollte den Rest von diesem Blödsinn nicht mehr hören. Ich hatte genug! Mitten in seiner Rede stand ich auf und stampfte zur Tür.

»Ich brauche Ihre Marke, bevor Sie gehen!«, rief er mir noch zu.

Ich ging zurück zum Schreibtisch, zog sie aus meiner Tasche und klatschte sie auf einen Aktenstapel. Dann stürmte ich ins Bad, spritzte mir kaltes Wasser ins Gesicht und fing meine Reflektion im Spiegel auf – die blutunterlaufenen Augen, das nicht ordentlich eingesteckte Hemd, die verdrehte Krawatte. Verlor ich den Verstand? Suchte nach Dingen, die gar nicht existierten? Ich wusste es nicht mehr. Also, was machte es schon, wenn ich gerade meine Karriere im Klo runterspülte? Ich war mir nicht mal mehr sicher, ob es mir noch irgendetwas ausmachte.

Ich fuhr mir mit einer Hand durch die Haare. Strich die Krawatte glatt und steckte mein Hemd ein. Ich verließ das Revier, um wenigstens den Anschein zu erwecken, dass ich mir das zu Herzen genommen hätte, was Detective Superintendent Greene gesagt hatte, und ignorierte ihn komplett. Das Protokoll war mir völlig egal. Ich wusste, dass Alissa die wahre Mörderin war. Jetzt musste ich es nur noch beweisen.

Kapitel 37

Der Detective

Die für Adoptionen zuständige Sozialarbeiterin sah jung genug aus, um meine Tochter sein zu können. Wenn ich jemals eine gehabt hätte. Denise und ich hatten es jahrelang versucht, aber es hatte wohl nicht sein sollen. Es gab eine Menge, das nicht hatte sein sollen. Ich hatte geglaubt, mit der Zeit würden die Dinge leichter werden, aber es schien immer schlimmer zu werden. Vielleicht war es Spencers Tod, der all diese Emotionen zurück an die Oberfläche gebracht hatte. Ich versuchte, die Gedanken an Denise auszublenden, und konzentrierte mich auf Tina Bells rote Haare, während sie die Akte vor sich studierte.

Nervös blickte sie auf und lächelte. »Ich fürchte, ich darf Sie keine Kopie machen lassen. Ich … äh, bräuchte dafür eine Ermächtigung. Oder eine richterliche Anordnung.«

»Das ist okay. Im Moment bräuchte ich nur die Informationen. Wir führen vorläufige Ermittlungen zu einer möglichen Mordverdächtigen durch.«

»Natürlich.« Sie nickte nachdrücklich, in dem Versuch, weise und professionell zu erscheinen, dabei war offensichtlich, dass sie den Job erst seit Kurzem machte. Aber das kam mir zugute. Wäre sie eine erfahrene Sozialarbeiterin, hätte sie mir vielleicht ohne Ermächtigung gar nichts gesagt oder einen Blick auf meine Marke werfen wollen, die vermutlich aktuell in Greenes Schublade eingeschlossen war.

»Alissa wurde am vierundzwanzigsten April 1992 adoptiert – und zwar von …« Sie las ein paar weitere Zeilen. »Rita und Bernard Stanhope. Ich habe Details zur leiblichen Mutter, aber es wurde notiert, dass sie ausdrücklich wünschte, dass ihre Informationen nicht zugänglich gemacht werden, falls jemand in der Zukunft versuchen sollte, sie zu finden. Das ist nicht unüblich.«

»Das ist okay. Im Moment bin ich nicht an ihr interessiert. Wird irgendwo noch eine Schwester erwähnt?«

»Äh …« Sie beugte sich vor, studierte das Dokument vor sich und tippte dann auf die Seite. »Ja.«

Erwartungsvoll beugte ich mich vor.

»Die leibliche Mutter hatte Zwillinge. Alissa, die von den Stanhopes adoptiert wurde.« Sie sah auf und lächelte verschämt. »Sorry, das hab ich ja gerade schon erzählt, nicht wahr?«

Ich lächelte höflich, um sie dazu zu bringen, fortzufahren.

»Und dann war da noch Samantha, die am dreizehnten März 1992 von John und Elizabeth Folds adoptiert wurde.«

Mein Puls legte einen Zahn zu. »Haben Sie die Unterlagen zu den Folds?«

»Äh …« Sie las weitere Blätter durch, fuhr mit dem Finger über die Seiten. Dann blätterte sie noch andere Dokumente durch, blickte wieder auf und blinzelte entschuldigend. »Tut mir leid.«

»Schon gut, lassen Sie sich Zeit. Gründlichkeit ist gut.«

»Ah! Ja, hier habe ich etwas. Die Adresse zum Zeitpunkt der Adoption war die Dentonbrook Farm.«

Ich schrieb das in mein Notizbuch. »Können Sie mir sonst noch irgendetwas über die Folds erzählen?«

Sie studierte noch ein paar Seiten. »John war zum Zeitpunkt der Adoption dreißig und Elizabeth fünfundzwanzig. John war Farmer. Elizabeth wurde als Hausfrau gelistet. Anscheinend konnten sie keine eigenen Kinder bekommen und wollten unbedingt ein Baby adoptieren. Sie haben natürlich unsere Überprüfungen damals bestanden. Viel mehr kann ich Ihnen dazu wirklich nicht sagen. Eine Sozialarbeiterin hat sie vor der Adoption mehrere Male auf der Farm besucht und auch noch später, nachdem die Adoption rechtsgültig war. Alles schien in Ordnung zu sein; unsere Beteiligung endete vor dreiundzwanzigeinhalb Jahren.«

»Warum wurden Alissa und Samantha nicht von derselben Familie adoptiert?«

»Wir müssen mit dem arbeiten, was wir bekommen. Nicht viele potenzielle Adoptiveltern suchen Zwillinge, besonders nicht, wenn es um ihr erstes Kind geht. Es kann sehr anstrengend und stressig sein, sofort mit zwei Babys gleichzeitig fertigzuwerden. Es ist also nicht ungewöhnlich, dass so junge Zwillinge getrennt werden.«

Ich stand auf, um zu gehen. »Sehr schön, danke, Sie haben mir wirklich sehr geholfen.«

Sie errötete.

♦ ♦ ♦

Es war ziemlich aussichtslos. Die Adresse von John und Elizabeth Folds war dreiundzwanzig Jahre alt. Wie viele Menschen blieben heutzutage schon noch ihr Leben lang im selben Haus? Ich hatte das Wählerverzeichnis, die Telefonauskunft und andere Datenbanken überprüft, aber es gab keine Aufzeichnungen über sie.

Die Dentonbrook Farm befand sich mitten im Nirgendwo. Der nächste Nachbar, den ich auf der einspurigen Straße passiert hatte, war fast ein Kilometer weit entfernt. Ein Schild am Metalltor, das in der Brise knirschte, zeigte mir, dass ich am richtigen Ort war.

Ich fuhr über den Weidenrost und eine betonierte Auffahrt hoch. Als ich ausstieg, traf mich der Geruch von Dünger und klägliches Muhen erfüllte die Luft.

Ich nahm einen Weg, der von einer Ansammlung Scheunen weg in Richtung eines weißgetünchten Farmhauses am Rand des Anwesens verlief. Ich klopfte an die Tür und wartete. Entweder war niemand da oder sie antworteten nicht.

Ich ging denselben Weg zurück und auf die Scheunen zu. Unterwegs sah ich ein paar Ställe mit Kühen darin, der Rest war jedoch leer. Der Ort wirkte trostlos und verlassen.

»Hallo?«, rief ich. »Ist hier jemand?«

Ein Mann Mitte fünfzig in Overall und mit Gummistiefeln tauchte aus einer der Scheunen auf. »Alles klar, Kumpel? Kann ich Ihnen helfen?«

»Ich suche nach John und Elizabeth Folds.«

»Nä, da sind Sie hier falsch. Diese Farm gehört mir.«

»Sie haben hier vor ungefähr dreiundzwanzig Jahren gelebt.«

Er kratzte sich am Kopf. »Hmm, ich bin jetzt seit fünfzehn Jahren hier. Hab's einem Kerl namens Davidson abgekauft, nicht Folds.«

»Ich bin DS Carter und versuche, die Folds aufzuspüren. Haben Sie vielleicht irgendwo eine Nachsendeadresse für diesen Mr Davidson?«

»Ich fürchte nicht.«

Verflucht. »Haben Sie die Farm über einen Makler gekauft?«

»Ja, Barnworth & Co. haben sie für die Davidsons verkauft. Sie sind auf Farmen und kleine Höfe spezialisiert.«

»Okay, danke.«

Ich schlurfte den Weg zurück und stieg in mein Auto, in dem die Luft angenehmer war. Dort googelte ich Barnworth

& Co. auf meinem Handy, fand die Nummer heraus und rief an. Leider waren sie für die Folds nicht die Makler gewesen, gaben mir aber den Tipp, es bei dem Anwalt zu versuchen, den die Davidsons beim Verkauf ihrer Farm beauftragt hatten, um zu sehen, ob der irgendwelche Informationen bezüglich der Vorbesitzer hatte.

Und so saß ich eine Stunde später im Büro von Ian Dunn und wartete darauf, dass er sich durch seine Computeraufzeichnungen gewühlt hatte.

»Ich fürchte, Mr und Mrs Folds haben keine Nachsendeadresse angegeben, als die Davidsons die Farm von ihnen gekauft haben«, sagte er. »Sie sind nach Australien ausgewandert, also konnten sie dem Anwalt, der sie vertreten hat, auch keine nennen. Tut mir leid, dass ich Ihnen nicht weiterhelfen kann.«

Ich grinste. »Danke, aber tatsächlich waren Sie eine große Hilfe.« Als ich sein Büro verlassen hatte, rief ich Becky an. »Ist Wilmott noch im Büro?«

»Nein, er ist vor ungefähr zehn Minuten gegangen. Hat gesagt, er hätte einen Zahnarzttermin.«

»Lässt sich wohl seine Zähne wieder aufhellen wie?«

Sie lachte. »Du bist im Augenblick nicht sein Liebling.«

»Das entsetzt mich wirklich außerordentlich.«

»Ja, klar. Ich kann's nicht fassen, dass du suspendiert wurdest! Jemand hat erzählt, du hättest ihn geschlagen?«

Die Gerüchteküche in der Wache brodelte bereits. »Leider nicht. Ich habe ihn nur gegen die Wand gedrückt. Vielleicht hätte ich ihn schlagen sollen. Das hätte sich verdammt gut angefühlt. Hör mal, ich soll natürlich aktuell nicht auf die Wache kommen, könntest du mir also vielleicht einen Riesengefallen tun?«

»Welchen?«

»Kannst du mir etwas aus der Burbeck-Akte besorgen?«

Sie hielt einen Augenblick inne. »Was brauchst du?«

»Ich brauche Kopien ihrer Bankunterlagen.«

Eine weitere Pause. »Bist du dir sicher? Ich will nicht, dass du noch mehr Probleme bekommst.«

»Hör zu, ich weiß, dass Alissa Burbeck Max umgebracht hat. Ich muss es nur beweisen. Und ich gebe nicht wieder nach, wie ich es beim Mackenzie-Fall getan habe. Machst du es oder nicht?«

»Nur, wenn du mir mein Mittagessen bezahlst.«

»Das ist Erpressung.«

»Ja, aber du kannst mich ja jetzt nicht mehr verhaften, nicht wahr?«

»Autsch, das tut weh. Wann und wo?«

»Pizza Express in einer Stunde.«

♦ ♦ ♦

Zweieinhalb Stunden später stand ich mit kaltem Bier und einer heißen Pizza auf der Türschwelle von DI Nash.

Sie sah ein gutes Stück besser aus. Ihre Wangen hatten zum ersten Mal seit langer Zeit wieder Farbe, ihre Haare waren glatt und glänzend, als hätte sie sie endlich gewaschen.

»Also«, sie öffnete zwei Bierflaschen und reichte mir eine, »was geht ab beim Burbeck-Fall?«

Ich nahm einen langen Schluck. »Alissa scheint zu wissen, dass ich sie im Auge behalte. Sie hat es ihrem Schoßhündchen Wilmott gesteckt und der hat mich angewiesen, Ruhe zu geben. Ich habe etwas die Fassung verloren, als er Denise erwähnt hat, und, na ja, die Kurzversion lautet, dass DS Greene mich suspendiert hat.«

Ihr blieb der Mund offen stehen. »Er hat dich *suspendiert*?«

Ich erklärte ihr, was genau vorgefallen war.

Sie schüttelte den Kopf und kniff die Augen zusammen. »In Wahrheit geht es um Lord Mackenzie, oder? Sie wollen dich in der Spur halten. Hätte ich an dem Fall gearbeitet, hätte ich mich nicht dem Druck gebeugt wie Wilmott. Der wird immer genau das tun, was man ihm sagt.«

»Dann wärst du vermutlich auch suspendiert worden.«

»Das ist doch alles nicht richtig. Jeden Tag riskieren wir bei diesem Job unser Leben. Spencer ist gestorben, und wofür? Damit einflussreiche Leute wie dieser Mackenzie geschützt werden? Wir können ihn nicht mal vor Gericht bringen, weil er die richtigen Leute kennt?«

»Nun, ich habe mich dem Druck gebeugt, weil ich dachte, dass ich viel zu verlieren hätte. Schließlich bin ich bloß für den Job noch jeden Morgen aus dem Bett gestiegen und habe einen Fuß vor den anderen gesetzt. Ich dachte, wenn ich das verliere, gäbe es nichts mehr, was das Leben lebenswert macht. Aber diesmal werde ich nicht stillhalten. Das ist nicht die Truppe, der ich damals beigetreten bin, und ich will kein Teil davon sein. Und du hast mich außerdem zum Nachdenken gebracht, ob ich aufhören soll. Wenn dieser Fall durch ist, werde ich gehen. Und zwar in den Ruhestand. Vielleicht ziehe ich auch irgendwo anders hin. Spanien oder so, keine Ahnung. Ich könnte mein Haus verkaufen, mir ein nettes Apartment suchen und hätte noch etwas Geld auf der Bank. Es ist ja nicht so, als würde mich jemand vermissen, richtig?« Ich rieb mir mit der Hand übers Gesicht.

»Ich würde dich vermissen. Und ich sehe dich absolut nicht in Costa del Ruhestand, wo du Golf spielst und am Strand liegst. Innerhalb einer Woche würdest du durchdrehen!«

Sie hatte recht. Aber es war reizvoll, einfach alles einzupacken und woanders neu anzufangen. Allerdings wurde mir schon beim Nachdenken darüber klar, dass ich lediglich versuchen würde, vor mir selbst davonzulaufen. Wie weit müsste ich gehen, um das zu schaffen? Und wenn ich im Vorruhestand wäre, hätte ich nur noch mehr Zeit, um darüber nachzudenken, was mir fehlt. Verbrecher zu schnappen war viel einfacher, als sich der Realität zu stellen.

Besorgt runzelte sie die Stirn und fixierte mich. »Lass dich nicht von meiner Situation beeinflussen.«

»Es liegt nicht an dir. Es ist einfach alles. Ich habe genug davon.«

»Jetzt machst du mir wirklich Angst. Du wirst doch nichts Dummes tun, oder?«

»Definiere *dumm*.«

»Du weißt, was ich meine.«

Ich tat die Frage mit einem Achselzucken ab. »Anscheinend bin ich kein Teamplayer«, verkündete ich, nur um etwas zu äußern, was den Fokus des Gesprächs ändern würde.

»Kommt darauf an, in welchem Team du bist.« Ellie nahm sich ein Stück Pizza, steckte es sich in den Mund und kaute energisch.

»Hungrig?« Ich beäugte sie.

»Tatsächlich ist es das erste Mal, dass ich Hunger habe, seit …« Sie ließ den Satz unbeendet. Es waren auch keine Worte nötig. »Also, was hast du noch über ›Alissa Burbeck‹ rausgefunden, bevor du suspendiert wurdest?« Während sie Alissas Namen aussprach, machte sie Gänsefüßchen in die Luft.

»Ich dachte, du wolltest auch nichts mehr mit dem Job zu tun haben?«

»Worüber sollen wir sonst reden? Tod? Sterben? Depressionen?«

Ich berichtete ihr von der Adoption von Alissa und Samantha, und dass die Folds anscheinend nach Australien ausgewandert waren. »Woher Max und Alissa rein zufällig erst zurückgekommen waren.« Ich zog eine Augenbraue hoch.

Ellie hörte auf zu kauen, trank einen Schluck Bier und schaute mich nachdenklich an. »Alissa ist also in Wahrheit Samantha?«

»Ja.«

Sie pfiff anerkennend.

»Keiner von Max' oder Alissas Freunden hat eine Zwillingsschwester erwähnt, also glaube ich nicht, dass irgendjemand sonst von ihr wusste, weshalb ich auch denke, dass sie erst kürzlich voneinander erfahren haben. Und es ergibt Sinn, dass Alissa ihrer Zwillingsschwester in Australien begegnet ist, denn hätten sie sich hier getroffen, wären sie jemandem aufgefallen. Und sie müssen viel Zeit miteinander verbracht haben, damit Samantha Alissa so genau kennenlernen und so einfach in ihre Fußstapfen treten konnte, dass sie sich als die echte ausgeben konnte.«

»Okay, wenn also Samantha mit Max nach England zurückgekommen ist und vorgegeben hat, Alissa zu sein, wie kann es dann sein, dass niemandem irgendwelche bedeutsamen Veränderungen an ihr aufgefallen sind? Ich weiß, sie sind eineiig, und da du mir von diesem Fall erzählt hast, habe ich eineiige Zwillinge recherchiert. Optisch wäre es einfach, sich als die andere auszugeben, aber was ist mit den Stimmen? Die sind nicht immer gleich. Samantha hätte bestimmt einen anderen Akzent, wenn sie in Australien aufgewachsen ist. Und es kann auch andere Dinge wie Muttermale geben – eine könnte eins haben, die andere nicht.«

»Was tun Schauspieler, wenn sie sich auf eine Rolle vorbereiten?« Ich trank einen Schluck Bier. »Sie ahmen Stimmen und Eigenheiten nach, oder? Samantha könnte darin sehr geschickt sein.«

»Aber wie hat sie Max täuschen können? Ihre Beziehung war doch viel intimer als die zu ihren Freunden. Irgendetwas an ihr muss ihm aufgefallen sein.«

»Vielleicht wusste er nichts von Samantha? Möglicherweise hat Alissa sie kennengelernt und es aus irgendeinem Grund geheim gehalten, sodass es keinen Grund gab, eine Schwindlerin zu vermuten. Oder vielleicht haben Samantha und Alissa genug Zeit miteinander verbracht, dass Samantha nachahmen konnte, wie sie ging und redete und sich anzog.« Ich trank mein Bier aus und öffnete ein weiteres. »Die Leute sehen, was sie wollen, oder? Wenn ihre Augen ihnen gesagt haben, dass da Alissa vor ihnen steht, hätten sie kleine Auffälligkeiten auf irgendwelche Nerven wegen der Hochzeit geschoben oder dass sie abgelenkt war, weil sie den Empfang organisiert hat.«

Ellie nahm sich noch ein Stück Pizza. »Vielleicht ist ihm klar geworden, dass etwas nicht stimmt, und deshalb hat sie ihn umgebracht. Schließlich hat sie ja ein paarmal gepatzt – der Roman, die Kiwi, von der sie nicht wusste, dass sie sie getrunken hatte, der Rosenstrauch. Obwohl sie einen guten Job gemacht hat, Alissa zu sein, war es vielleicht nicht perfekt genug, um Max auf lange Sicht zu überzeugen. Man kann niemals sämtliche Details aus dem Leben eines anderen kennen, egal, wie gut man ihn auch studiert.«

»Ich glaube, sie hatte immer vor, ihn umzubringen.«

»Und Russell zu beschuldigen.«

»Ja, es war äußerst praktisch für sie, dass er Alissa gestalkt hat *und* schon mal wegen einer Gewalttätigkeit verhaftet worden war.«

»Das Ganze klingt ziemlich weit hergeholt, oder?«

»Ja. Weshalb ich sicher sein muss, bevor ich deswegen irgendetwas unternehme.«

»Sie ist äußerst clever und berechnend.«

»Psychopathen sind gute Lügner.« Ich schielte zum letzten Stück Pizza. Ellie hatte den größten Teil gegessen. Hoffentlich war das ein gutes Zeichen.

»Warum sollte sie ihn nach nur acht Wochen Ehe umbringen? Warum nicht warten? So sah es auf jeden Fall verdächtiger aus und es war klar, dass wir den Ehepartner genauer unter die Lupe nehmen.«

»Nicht, wenn man unter ihrem Bann steht, wie es bei Wilmott der Fall ist. Er wurde von ihr geblendet. Sie ist die Art von Frau, die einem unter die Haut geht. Manipulativ, aber atemberaubend.«

»Sie ist dir unter die Haut gegangen.«

»Ja, aber nicht auf dieselbe Art.« Die einzige Frau, die je unter meiner Haut sein würde, war Denise. »Aber vielleicht hast du recht und irgendetwas ist passiert, das Max hat Verdacht schöpfen lassen, sodass er schnell zum Schweigen gebracht werden musste. Also, wie kann ich das alles beweisen?« Ich hatte meine eigenen Ideen, aber ich wollte Ellie davon ablenken, Tag und Nacht nur an Spencer zu denken. Sie in diese Sache zu involvieren, war die einzige Möglichkeit, die mir dazu einfiel. »Ich brauche deine Hilfe.«

»Eineiige Zwillinge haben dieselbe DNS, wusstest du das?«

Ich zog eine Augenbraue hoch. »Das würde so einiges erklären.«

»Aber«, sie hielt einen Finger hoch, »sie haben nicht dieselben Fingerabdrücke.« Sie beugte sich vor und ihre Augen funkelten, aber ausnahmsweise einmal nicht, weil darin Tränen glitzerten – ich erkannte Aufregung darin. Eine Spur der alten Ellie, die sich in einen Fall verbiss. »Du hast gesagt, dass es einen Satz nicht identifizierter Fingerabdrücke gab, die überall im Haus verteilt waren, einschließlich dem Büro und dem Schlafzimmer. Das müssen die Abdrücke der echten Alissa sein.«

Ich nickte interessiert, als würde ich das erste Mal an diese Möglichkeit denken.

Sie neigte den Kopf, trommelte mit den Fingerspitzen auf den Tisch und starrte ins Leere. »Also, wenn Samantha vorgibt,

Alissa zu sein, muss Alissa tot sein.« Sie setzte sich aufrecht hin und schenkte mir ihre volle Aufmerksamkeit. »Es sei denn, Alissa steckt in der Sache mit drin und versteckt sich irgendwo, bis das alles vorbei ist und Max' Vermögen an sie übergeht. Dann kann sie alles mit Samantha teilen.«

»Nein. Das passt nicht zu ihrem Charakter, oder? Jeder, der Alissa kannte, hat gesagt, dass sie eine reizende, liebe Frau war, die sehr verliebt in Max war.«

»Jeder kann einen Mord begehen. Das weißt du.«

»Nein, das fühlt sich nicht richtig an. Ich glaube, Alissa, die *echte* Alissa, ist tot. Und wenn sie Samantha in Australien begegnet ist, ist es dort auch passiert. Samantha bringt Alissa um, übernimmt Alissas Leben und geht mit Max zurück nach England. Vier Wochen später ist Max tot.«

Sie zeigte mit dem Hals der Bierflasche auf mich. »Wo in Australien waren sie denn auf Hochzeitsreise?«

»An der Ostküste.«

»Gab es einen Ort, an dem sie besonders viel Zeit verbracht haben?«

Ich holte die Bankunterlagen, die Becky für mich kopiert hatte, aus meiner Tasche und suchte nach Kreditkartenrechnungen.

Ellie räumte den Tisch ab, um Platz zu schaffen, und ich legte sie dort ab und durchsuchte sie. Ich ging zurück zum entsprechenden Datum und sichtete alles genau.

»Sieht aus, als hätten sie ein paar Wochen an einem Ort namens Noosa verbracht.«

»Dann musst du dort mit der Suche beginnen.«

Kapitel 38

Der Detective

Ich stellte meinen Wecker auf 6 Uhr morgens, was 15 Uhr in Queensland sein würde. Nachdem ich einige Male herumgereicht wurde, sprach ich mit einem Detective und erklärte die aktuelle Situation, wobei ich die Tatsache ausließ, dass ich auf eigene Faust handelte. Er bat mich, ihm die unbekannten Fingerabdrücke von unserem Tatort per E-Mail zu schicken. Er würde versuchen, einen Treffer zu bekommen. Wenn Samantha Alissa so entsorgt hatte, dass sie niemals gefunden werden konnte, dann hätte ich Pech. Falls nicht, hatten sie vermutlich angenommen, dass es sich bei der Leiche um Samantha Folds handelt, aber hoffentlich würden sie mir die Beweise geben, die ich brauchte. Ich schickte ihm außerdem die digitalen Fingerabdrücke von Samantha, die sie in der Nacht, in der Max ermordet worden war, im Krankenhaus von ihr genommen hatten. Die hatte ich mir glücklicherweise auf meinen eigenen Laptop geladen, bevor ich suspendiert wurde. Falls sie einen Tatort für Alissa gefunden hatten, konnte ich nur beten, dass Samanthas Fingerabdrücke dort überall verteilt waren.

Jetzt musste ich abwarten.

Ich schlang ein schnelles Frühstück herunter und ging zu einem Blumenhändler, um ein paar rosa- und cremefarbene Lilien zu kaufen. Ich hatte Denise nur selten Blumen mitgebracht, als sie noch am Leben war. Sie war nicht unbedingt für zufällige romantische Handlungen zu begeistern gewesen. Für sie zählte das, was man tagtäglich tat. All diese Aktionen und Worte, die sich mit den Jahren summierten, die zeigten, dass einem der andere wichtig war, waren viel besser als ein gelegentliches Geschenk, bestehend aus unpersönlichen Blumen. Aber ich hatte mir angewöhnt, sie zu kaufen, seit sie weg war, denn was sonst konnte ich ihr jetzt noch geben?

Während ich zum Friedhof fuhr, versuchte ich wieder einmal, das klaffende Gefühl des Verlusts zu bezwingen. Heute wären wir dreißig Jahre verheiratet. Vielleicht sollte ich zufrieden sein, dass wir so viel Zeit zusammen hatten, aber dazu war ich noch zu bitter. Ich zwang mich, stattdessen an den Burbeck-Fall zu denken. Ich spürte die Tränen schmerzhaft hinter meinen Augen brennen. Wenn ich sie fließen ließ, wusste ich nicht, ob ich die Stärke haben würde, je wieder aufzuhören.

Ich wusste, dass ich recht hatte, was Samantha anging. Ich war so kurz vor der Lösung und es würde alles wert sein, um zu sehen, wie Wilmott in Ungnade fiel, sobald ich meine Bombe platzen ließ. Wenn ich ein Ergebnis für diesen Fall präsentieren könnte, würde *ich* ADI werden und die Scheiße an Wilmott delegieren. Außer … dass ich gerade erst von Rente gesprochen hatte. Was genau wollte ich also wirklich?

Ich parkte, riss das Papier von den Blumen und ließ das Plastik im Fußraum des Beifahrersitzes fallen. Langsam ging ich zu Denises Grab. Vor einem neuen Grabstein stand eine ältere Frau, die Handtasche an die Brust gedrückt, und weinte. Ich blickte weg und fragte mich, ob sie auch manchmal das Gefühl hatte, aufgeben zu wollen.

Ich kniete vor dem Grab meiner Frau, entfernte die alten Blumen, die mittlerweile vertrocknet und farblos waren, und ersetzte sie durch die neuen. Ich setzte mich auf die Fersen zurück und starrte die Inschrift an. »In liebevollem Gedenken an Denise Carter. Zu früh aus dem Leben geschieden. Niemals vergessen.« Es klang zu belanglos. Wie konnte man die wundervolle, warme, gütige Frau, die sie gewesen war, in so wenigen Worten zusammenfassen? Meine Seelenverwandte. Die Eine. Ich hatte damals keine Idee gehabt, was ich dort schreiben sollte. Wie hätte ich das entscheiden können? Es hätte gar nicht passieren dürfen. Es hätte noch mehr Zeit geben müssen. *Wir* hätten noch mehr Zeit haben sollen.

»Ich glaube, ich zerbreche«, flüsterte ich ihr zu, rieb mir über das Gesicht und ließ die Hände an meinen Wangen. »Ich brauche dich. Du musst mir sagen, was ich mit meiner Zukunft anfangen soll. Ich weiß nicht, wie ich ohne dich durch den Tag kommen soll.«

Eine Stimme in meinem Kopf riet mir: *Du musst loslassen.* Aber ich glaubte nicht, dass es eine Nachricht von Denise war. Da sprach nur mein Unterbewusstsein und es ergab keinen Sinn für mich. Was loslassen? Denise? Den Job? Den Burbeck-Fall?

Tränen füllten meine Augen. Ich ließ sie meine Wange herunterrinnen, schmeckte das Salz auf meinen Lippen und fühlte, wie alles, was ich so lang unterdrückt hatte, aufriss. Ich wusste nicht, ob ich an ein Leben nach dem Tod glaubte. Ich wusste nur, dass ich verzweifelt wieder bei Denise sein wollte.

Eine Stunde später verließ ich den Friedhof und ging nach Hause, wo ich mich dazu zwang, etwas zu essen. Ich blickte auf die Uhr, um meine Gedanken von meiner toten Frau abzulenken, sah, wie die Zeiger näher zusammenrückten und sich wieder voneinander entfernten, und hoffte, dass die australische Polizei sich heute bei mir melden würde. Allerdings wusste ich, dass das aufgrund des Zeitunterschieds höchst unwahrscheinlich war.

Halb sieben Uhr abends stand ich mit einer Tüte von Burger King vor Ellies Tür.

»Ich bin es leid, diesen Mist zu essen«, war das Erste, was sie zu mir sagte. »Komm rein. Ich koche gerade Pasta.«

Ich lächelte innerlich. Ein weiteres Zeichen der Besserung.

»Irgendwelche Neuigkeiten aus Australien?« Sie blickte über die Schulter, während sie die blubbernde Tomatensauce umrührte.

»Noch nicht.« Zum hundertsten Mal an diesem Tag schaute ich auf die Uhr und lehnte mich gegen die Küchenplatte, während sie die Tagliatelle abgoss.

»Wie lautet dein Plan, falls du eine positive Rückmeldung bekommst? Du weißt, dass du damit eigentlich zuerst zu Wilmott gehen müsstest. Er ist der SIO für diesen Fall.«

»Und ihm den ganzen Ruhm überlassen? Eigentlich hatte ich gehofft, du würdest zurückkommen, dann müsste ich das nicht tun.«

Sie schüttelte den Kopf. »Ich glaube nicht, dass ich zurückkomme.« Sie stemmte eine Hand in die Hüfte. Der Dampf des kochenden Wassers waberte in der Luft. Vorsichtig sah sie mich an.

»Du kannst mich nicht mit dem verdammten Wilmott allein lassen! Du musst zurückkommen.«

»Für dich oder für mich?«

»Für dich, natürlich.« Kleinlaut hielt ich inne. »Na gut, für mich auch.«

»Außerdem hast du doch gemeint, dass du in Rente gehen willst.«

Ich ließ mich auf den Stuhl fallen und versuchte, Ordnung in das Chaos in meinem Kopf zu bringen.

»Ich brauche eine Veränderung«, fuhr Ellie fort. »Ich kann nicht zurück zur selben Wache, auf der Spencer gearbeitet hat. Ich ertrage all diese Erinnerungen nicht. Das ist zu viel. Sein Geist ist hier, überall im Haus. Ich kann diesen Geist nicht auch noch bei der Arbeit haben. Sonst stehe ich das niemals durch und werde niemals loslassen können.« Sie verteilte die Nudeln in zwei Schüsseln und löffelte Soße darüber, ohne aufzusehen. Ich hatte das Gefühl, dass sie auch über mich redete.

Ich setzte mich an den Tisch, schüttete Salz über mein Essen und starrte es einfach nur an, während mich die Realität plötzlich hart traf. Ich konnte nicht so weitermachen wie bisher: in Trauer versinken, versuchen, mich durch Arbeit abzulenken, kaum schlafen, weil ich Angst hatte, die Augen zu schließen und das Gesicht meiner Frau zu sehen, zu wissen, dass ich sie nie wieder berühren, halten, beschützen konnte. Ich brauchte etwas anderes in meinem Leben, aber ich hatte keine Ahnung was. Ich hatte geglaubt, die Arbeit würde mich heilen, mich beschäftigen, mich davon abhalten, an sie zu denken, mir helfen, weiterzumachen. Aber das hatte nicht sonderlich gut funktioniert.

»Ich gebe nicht auf. Ich will nur …« Sie schwenkte die Gabel vor sich. »Ich brauche etwas anderes. Ich brauche eine Herausforderung. Die Dinge haben sich geändert und ich muss mich ebenfalls ändern, sondern werde ich daran zerbrechen. Wenn das jemand verstehen kann, dann doch sicherlich du.«

»Im Augenblick kann ich das vollkommen verstehen.«

»Ich muss mich selbst in Ordnung bringen. Etwas anderes tun, als bloß im Haus zu sitzen und Trübsal zu blasen.«

»Aber was wirst du tun? Du warst fünfundzwanzig Jahre lang Cop.«

»Was wirst du tun, wenn du in Rente gehst?«

Ich zuckte mit den Schultern.

»Mit Sudoku anfangen? Kochen? Häkeln?«

»Ich könnte mir nichts Schlimmeres vorstellen«, schüttelte ich mich.

»Eben. Du bist auch ein Cop. Es liegt dir im Blut. Definiert dich. Du kennst gar nichts anderes.«

»Aber so, wie es auf der Arbeit steht … dass Leute wie Wilmott befördert werden, der Chief Constable Druck auf Greene ausübt, um Ermittlungen gegen Typen wie Mackenzie zu stoppen, das ist einfach falsch.«

Sie legte ihre Gabel am Rand des Tellers ab, stützte sich mit den Ellbogen auf den Tisch und verschränkte die Finger. »Ich wurde für einen anderen Job angefragt.«

»Das ging schnell.« Ich hob die Augenbrauen.

»Schnell? Ich bin schon seit drei Monaten im Sonderurlaub.«

»Gott, das stimmt. Es fühlt sich noch immer an wie gestern.«

»Es fühlt sich wie eine Ewigkeit an, seit er weg ist, aber durch dich habe ich erkannt, dass ich die Arbeit jetzt mehr denn je brauche. Um mich davon abzuhalten, durchzudrehen.«

»Nun, bei mir funktioniert das ja nicht sonderlich gut, oder? Vielleicht solltest du dir meine Situation mal ganz genau anschauen.« Sobald die Worte meinen Mund verlassen hatten, hielt ich beruhigend die Hände hoch. »Tut mir leid, das hätte ich nicht sagen sollen. Ich bin nur ein wütender alter Mann. Ignorier mich. Was ist das für ein neuer Job?«

»Ich wäre weiterhin DI. Nur in einer anderen Einheit. Die Regierung stellt eine nationale Einheit zur Bekämpfung von Wilderei zusammen. Ich glaube, das ist etwas völlig anderes, in das ich mich verbeißen kann.«

»Bekämpfung von Wilderei? Wie könnten ein paar Wilderer und Fuchsjäger eine Herausforderung sein?«

»Nein, das ist der Kram, mit dem sich auch weiterhin die Dorfpolizisten befassen. Hier geht es um die großen Fische. Illegaler Handel mit Wildtieren, gefährdete Arten. Das ist mittlerweile eine riesige Industrie – die drittgrößte kriminelle Branche der Welt, jedes Jahr Milliarden wert. Und eine Menge Geld davon wird benutzt, um Terrorismus und andere Formen des organisierten Verbrechens zu finanzieren. Nachdem sie mich deswegen angerufen haben, habe ich ein paar Nachforschungen angestellt – da geht einiges an miesen Dingen vor sich. Du würdest Augen machen. Bevor ich zum CID gekommen bin, habe ich mit demjenigen zusammengearbeitet, der damit beauftragt wurde, die Truppe zusammenzustellen. Er denkt, ich würde mich da gut machen, und ich denke das auch. Ich brauche etwas völlig anderes, weg von hier, wo ich trotzdem weiterhin DI sein kann. Klingt, als wäre es genau das, was ich jetzt brauche.«

Ich lehnte mich zurück und erkannte den Funken der Aufregung in ihrem Gesicht. Ein überwältigendes Gefühl der Eifersucht durchzuckte mich. Wie konnte Ellie nur so schnell weitermachen und ich nicht? Ich schluckte es herunter. Ich hatte kein Recht, auf sie eifersüchtig zu sein. Ich war irrational und selbstsüchtig. Ich sollte mich für sie freuen. In was für einen Menschen verwandelte ich mich nur gerade? Denise hätte mir ordentlich die Leviten dafür gelesen.

»Und weißt du, was das Beste daran ist?«, fragte sie und grinste dabei leicht.

»Du kannst gratis auf Safari gehen?«

»Ich kann mein eigenes Team zusammenstellen. Und ich will, dass du mit mir kommst.«

Kapitel 39

Der Detective

Ich drehte mich hin und her, schüttelte mein Kissen auf, schnaufte vor mich hin. In meinem Kopf war zu viel los, als dass ich hätte schlafen können. Wieder einmal. Gegen 3 Uhr morgens gab ich es auf, schaltete den Fernseher ein und zappte durch die Sender, nur um etwas Gesellschaft zu haben.

Ich konnte verstehen, warum Ellie eine Veränderung brauchte. Eine Herausforderung. Und jetzt, da sie mir diesen Gedanken eingepflanzt hatte, begann ich das ebenfalls zu wollen. Ich hatte mich allmählich in einen traurigen, einsamen, alten Bastard verwandelt. Auch wenn ich das natürlich vor niemandem außer ihr zugeben würde. Ja, ein Ortswechsel könnte eine gute Sache sein.

Ich nahm das Foto von Denise in die Hand, das neben meinem Bett stand, berührte ihr Gesicht mit der Fingerspitze und fuhr die Linien um ihre Augen herum nach. Sie hatte gedacht, sie würden sie alt aussehen lassen, aber ich hatte das anders gesehen. Für mich war sie mit dem Alter immer schöner geworden. Es waren einfach nur Zeichen all der Zeiten, in denen wir über die Jahre gemeinsam gelacht hatten. Wie die Ringe in einem Baumstamm waren sie der Beweis für das Leben, das wir geführt hatten. Wir hatten wichtige Entscheidungen stets gemeinsam durchgesprochen. Sie war der erste Mensch, an den ich mich wandte. Der letzte Mensch, mit dem ich vor dem Schlafengehen redete. Eine Erinnerung blitzte auf. Ich war fünfundzwanzig und hatte mit einer langen und komplizierten Ermittlung bei einem Kindsmord zu tun. Es war einer meiner ersten Fälle als Detective. Der Hauptverdächtige war immer der Vater gewesen, aber die Beweise gegen ihn waren dünn; die Strafverfolgungsbehörde weigerte sich, ein Verfahren zu eröffnen. Ich war danach ziemlich am Boden gewesen, hatte ein überwältigendes Gefühl der Hoffnungslosigkeit und Wut in mir gehabt, was letztendlich auch auf unser häusliches Leben übergriff. Denise war wie immer mitfühlend, unterstützend und hilfreich, aber ich konnte nicht aufhören, an das Kind zu denken. Dass wir es im Stich gelassen hatten. Dass die Gerechtigkeit nicht gesiegt hatte. Denise hatte mich dann schließlich zur Rede gestellt und gesagt: »Du bist ein toller Detective. Zweifle nie daran. Du kannst nicht versagen, denn du gibst niemals auf! Du musst das akzeptieren, was du nicht ändern kannst, und ändern, was du nicht akzeptieren kannst.« Sie hatte natürlich recht. Ich konnte nicht akzeptieren, dass der Vater damit durchkam. Als alle anderen bereits aufgegeben hatten, grub ich noch weiter, bis ich schließlich den Beweis fand, den wir brauchten, um ihn festzunehmen.

Selbst schon in diesem jungen Alter, bevor sie erblüht und erwachsen war, war Denise eine ganz besondere Frau gewesen. Mein Fels in der Brandung. Meine Inspiration, wenn es schwierig wurde. Kein Wunder, dass sie eine fantastische Krankenschwester gewesen war.

Aber das war jetzt vorbei. Jetzt gab es nur noch ein klaffendes Loch in meinem Leben und manchmal fühlte es sich so an, als würde es mich verschlucken. Ich hatte nach ihrem Tod im selben Haus bleiben wollen, denn auch wenn die Erinnerungen manchmal nicht zu ertragen waren, hatte es zumindest bedeutet, dass ich ihr nahe war. Ellie hatte jedoch recht, was den Geist anging. Aber wenn Ellie diesen Job bekam und mich in ihr Team holte, konnte ich nach London ziehen, wo die Einheit aufgestellt wurde. Es wäre zu lästig, jeden Tag zu pendeln.

Außerdem brauchte ich das auch. Endlich. Einen neuen Start. Ein neues Kapitel. Bisher hatte ich den Gedanken an Veränderung gehasst. Als wäre das ein Verrat an Denise. Aber jetzt kam ich zu der Überzeugung, dass es das Einzige war, was ich tun konnte, um mir selbst zu helfen. Und vielleicht gingen allen guten Veränderungen zuerst eine herzzerreißende Verzweiflung und ein vernichtender Verlust voraus. Jetzt rief ich mir Denises Worte noch einmal ins Gedächtnis zurück. Ich konnte nicht aufgeben. Ich musste das ändern, was ich nicht mehr akzeptieren konnte.

Wenn ich mit Ellie ging, würden ihr Enthusiasmus und ihre Stärke vielleicht auf mich abfärben. Mir helfen weiterzumachen, anstatt vor mich hin zu vegetieren. Die Kriminalpolizei war schon lange nicht mehr der richtige Ort für mich, aber im letzten Jahr hatte ich nicht gewusst, was ich mit mir selbst anfangen sollte. Hatte nicht an die neuen Möglichkeiten gedacht, die es sonst noch geben könnte. Jetzt war ich der Meinung, dass sich vielleicht endlich eine Antwort auftat.

»Was denkst du, Denise?«, fragte ich ihr Foto. »Soll ich mit Ellie gehen?«

Sie antwortete nicht, aber stattdessen klingelte mein Handy.

Auf dem Bildschirm flackerte die internationale Vorwahl von Australien. »DS Carter hier.«

»Hallo, hier spricht DS Warwick. Ich hoffe, ich habe Sie nicht geweckt. Ich bin mir nicht sicher, wie spät es bei Ihnen gerade ist.«

»Nein, ich hab nicht geschlafen.« Ich stellte Denises Foto wieder auf dem Tisch ab. »Haben Sie etwas für mich?«

»Hab ich.« Und während er sprach, begann mein Herz zu rasen und ein zufriedenes Grinsen überzog mein Gesicht.

Nachdem ich aufgelegt hatte, duschte ich und zog mich an. Selbst dann hatte ich noch Stunden Zeit, bevor ich ins Büro gehen und Detective Superintendent Greene informieren konnte, also surfte ich im Internet, suchte nach Wohnungen in London und stellte Nachforschungen über die Einheit zur Bekämpfung von Wilderei sowie die Art von Fällen an, mit denen sie sich befassen sollte. Ein kaum mehr vertrautes Vibrieren durchfuhr meinen Körper. Etwas, das ich schon lange nicht mehr gespürt hatte: Aufregung.

Um 8 Uhr stand ich im Fingerabdruckbüro und löste einen Gefallen bei Amy, einer der Technikerinnen, ein, um schnell einen Vergleich mit den Abdrücken zu machen, die DS Warwick mir vom Tatort in Noosa geschickt hatte. Glücklicherweise befand sich Amys Abteilung im Polizeipräsidium und nicht auf meiner Wache, also wusste sie nichts von meiner Suspendierung. Es war mir gelungen, mich ohne meine Marke hineinzuschmuggeln, indem ich einem Bürger gefolgt war, der das Gebäude betreten hatte. Und wenn ich meine Bombe vor Greene zündete, würde die Suspendierung aufgehoben werden und ich könnte triumphierend abziehen. Ich fragte mich, ob Ellie auch Becky im Team haben wollen würde. Sie war beständig. Erledigte die Routinearbeit ordentlich und gewissenhaft. Allerdings war sie auch verheiratet. Würde sie umziehen oder pendeln wollen? Ich bezweifelte es.

Ich setzte mich in ein Café, trank einen Kaffee und wartete auf Amys Anruf. Noch einmal öffnete ich DS Warwicks E-Mail und starrte die Tatortfotos von der Wohnung in Noosa an, die er beigefügt hatte. Samantha und Alissa waren zweifellos eineiig. Aber Samantha war nicht so clever gewesen, wie sie gedacht hatte.

Ich war bei meinem zweiten Espresso angelangt, als mein Handy klingelte. Ich nahm es vom Tisch.

»Hi, Amy hier, von den Fingerabdrücken. Ich hab eine Übereinstimmung.«

Hätte sie vor mir gestanden, hätte ich ihr vermutlich einen Kuss gegeben. Ich hörte ihr zu, legte dann auf, sammelte meine Sachen zusammen und begab mich zur Wache.

Dankbarerweise hatte jemand die Hintertür mithilfe eines großen metallenen Aschenbechers offen gehalten, also konnte ich mir erneut die Peinlichkeit ersparen, zur Rezeption zu gehen und darauf zu warten, dass mich jemand abholte. So viel zur Sicherheit. Ich schlüpfte hinein, nahm die Treppe und entdeckte DS Greene im Gang, der gerade auf dem Weg zu seinem Büro war.

Ich folgte ihm. »Sir, haben Sie eine Minute?«

Überrascht schaute DS Greene über seine Schulter. »Was machen Sie denn hier?«

»Ich habe Informationen, die Sie sicher hören wollen.«

Er musterte mich einen Augenblick, wog vermutlich ab, wie instabil ich war und ob ich ihn gleich packen und gegen die Wand drücken würde. »Okay, dann kommen Sie mal lieber rein.« Er betrat sein Büro, zog seine Jacke aus und hängte sie an einen Ständer in der Ecke. Umständlich setzte er sich hinter seinen Schreibtisch, beäugte mich und machte sich bereit, etwas zu sagen. Sein Stirnrunzeln verriet mir, dass es nichts Gutes sein würde, daher ließ ich ihn gar nicht erst zu Wort kommen.

»Ich muss mit Ihnen über den Mord an Max Burbeck sprechen.«

Frustriert stieß er den Atem aus. »Nicht schon wieder! Der Fall ist durch. Sie wurden suspendiert! Welchen Teil von Suspendierung verstehen Sie nicht? Haben Sie schon einen Termin beim Psychologen?«

»Bei allem nötigen Respekt, Sir, ADI Wilmott hat keine Ahnung, was er bei diesem Fall tut. Er ist so besessen von Alissa Burbeck, dass er von Anfang an nicht objektiv war.«

»Oh, und Sie waren es? Kommen Sie, Warren. Der …«

»Es gibt neue Beweise. Beweise, die zeigen, was ich ihm die ganze Zeit zu sagen versucht habe. Russell Stiles ist unschuldig.

Er wurde für Max' Mord zum Sündenbock gemacht. Alissa Burbeck hat ihn umgebracht. Allerdings ist sie nicht wirklich Alissa.«

DS Greene starrte mich an, als würde ich Arabisch sprechen. Aber je mehr ich sprach, desto mehr wandelte sich sein Gesicht von Unglauben über schockierte Verwirrung bis hin zu Interesse.

Er lehnte sich zurück und ächzte: »Okay, lassen Sie mich das klarstellen. Sie sagen, Samantha Folds ist ihrer eineiigen Zwillingsschwester Alissa Burbeck in Australien begegnet, hat sie ermordet, Alissas Leiche in ihrer Wohnung zurückgelassen, ihre Identität angenommen und ist mit Max Burbeck nach England zurückgekehrt. Hier hat sie ihn ermordet und Russell Stiles die Schuld in die Schuhe geschoben.«

»Nun, das ist die Kurzfassung.«

»Das klingt lächerlich.«

»Ich weiß.« Ich öffnete ein paar Dateien auf meinem Laptop und drehte ihn auf dem Schreibtisch in seine Richtung. »Ich habe Kontakt zu unseren Kollegen in Australien aufgenommen. Die Leiche der Frau, von der sie dachten, sie wäre Samantha Folds, wurde in Samanthas Wohnung gefunden, ganz in der Nähe des Hotels, in dem Alissa und Max gewohnt hatten. Sie wurde drei Tage, nachdem sie nach England zurückgekehrt waren, gefunden. Sie war unter Drogen gesetzt und erstickt worden. Die Polizei hatte keine Spuren entdeckt und die Ermittlungen liefen noch. Samanthas Führerschein wurde in der Wohnung bei ihr gefunden. Die Wohnung war von Samantha angemietet worden und sie wurde von jemandem identifiziert, der sie kannte.«

»Aber Sie glauben, dass das nicht Samantha Folds' Leiche ist?«

»Nein. Das ist Alissa Burbeck. Die Fingerabdrücke, die man von dieser Leiche genommen hat, stimmen mit den Fingerabdrücken der *echten* Alissa Burbeck überein, die auf

The Orchard gefunden wurden. Als unsere Tatortermittler sie genommen haben, hatten wir dafür keine Übereinstimmung. Jetzt schon.«

DS Greene rieb sich die Stirn.

»Das ist aber noch nicht alles. Als die australische Polizei nach Fingerabdrücken gesucht hat, haben sie ein Weinglas und eine Schüssel im Geschirrspüler gefunden. Glücklicherweise hatte es einen Stromausfall gegeben und der Geschirrspüler hatte sich selbst ausgeschaltet. Auf dem Glas und der Schüssel befinden sich Fingerabdrücke von Samantha Folds. Abdrücke, die unsere Tatortermittler genommen haben, als sie nach Max' Mord im Krankenhaus war und sich als Alissa Burbeck ausgegeben hat.«

»Verdammt noch mal! Sie sind sich da absolut sicher?«

»Die Beweise sind nicht zu leugnen. Wir haben also Samantha Folds am Tatort des Mordes an Alissa Burbeck in Noosa und können sie im Namen der Polizei von Noosa für diesen Mord verhaften.«

»Stimmt.« Er verschränkte die Finger. »Aber haben wir auch Beweise, dass sie Max Burbeck ermordet hat? Das Messer wurde in Stiles' Haus gefunden. Was ist mit Stiles' Haar auf Max' Leiche?«

»Das Messer hat Samantha Folds in seinem Haus platziert.« Ich erklärte Russells fehlende Kappe.

»Sie glauben nicht, dass er irgendwie involviert war? Als Komplize?«

»Nein. Er war einfach ein praktischer Sündenbock. Ich habe noch nicht alle Antworten, aber das wird sich bald ändern. Samantha hat Alissa und Max in Noosa kennengelernt, offensichtlich eine ganze Menge über beide erfahren und dann das Ganze geplant. Wir können beweisen, dass sie Alissas Identität angenommen hat, und sie hatte ein Motiv, um Max umzubringen.«

Er guckte wieder auf meinen Laptop. »Glauben Sie, dass Sie unter Druck gestehen wird?«

»Ich weiß es nicht. Sie ist sehr kontrolliert. Wir müssen sehen, was passiert. Selbst wenn sie es nicht tut, glaube ich, dass die Staatsanwaltschaft sie vor Gericht bringen wird, basierend auf all den anderen Beweisen und Umständen.«

Er lehnte sich wieder zurück. »Gute Arbeit, DS Carter. Warum ist ADI Wilmott das alles nicht aufgefallen?«

Natürlich bereitete es mir große Freude, ihn darüber zu informieren, wie Wilmott in Bezug auf »Alissa« völlig unangemessen gehandelt und sämtliche Ermittlungsvorschriften aufgrund seiner offensichtlichen Besessenheit von ihr missachtet hatte. Über die Daten und Zeiten seiner Besuche bei ihr, während er eigentlich arbeiten sollte, die kleinen Geschenke, die er ihr gebracht hatte.

»Und ich bin nicht früher zu Ihnen gekommen, weil meine Meinung in letzter Zeit nicht viel zu zählen schien.« Ich konnte es mir nicht verkneifen, den Finger in die Wunde zu legen, und verspürte einen flüchtigen Augenblick des Triumphs. »Außerdem hatte ich keine faktischen Beweise.«

Seine Lippen verzogen sich zu einer schmalen Linie. »Nun, DI Wilmott scheint diesen Fall gründlich vermasselt zu haben.« Er stützte die Ellbogen auf den Tisch. »Gut, ich will, dass Sie Samantha Folds verhaften. Und bitten Sie ADI Wilmott, zu mir zu kommen.«

Ich erlaubte mir ein innerliches Grinsen und marschierte zur Tür.

»Warten Sie. Das werden Sie brauchen.«

Ich drehte mich um.

Greene öffnete seine oberste Schublade, zog meine Marke heraus und warf sie mir zu.

Kapitel 40

Die Andere

Ich konnte meine Uhr nach Wilmott stellen. Jeden Morgen auf dem Weg zur Arbeit kam er vorbei, um nach mir zu »schauen«. Oft auch tagsüber und auf dem Weg nach Hause. Ganz offensichtlich hielt er das geheim, denn wenn die Leute ihn anriefen, sagte er, dass er im Meeting sei oder irgendeine Spur verfolgen würde. Jeder lügt. Jeder will etwas, das er nicht hat. Jeder glaubt, anderswo sei das Gras grüner. Das ist ein Naturgesetz. So sind wir einfach. Manche Leute verbringen ihr Leben elend und bitter deswegen. Sie verrotten von innen heraus. Und andere Leute kommen damit klar. Unternehmen etwas. Wenn einem etwas nicht gefällt, sollte man nicht jammern, sondern es ändern! Wie ich es getan habe.

Natürlich hatte ich Wilmott ermutigt. Ich brauchte ihn auf meiner Seite. Das hatte ich von Anfang an gewusst. Hatte die Schwäche in ihm erkannt. Die Arroganz und Selbstsucht. Das Ego und den Narzissmus. Aber es gibt die richtige und die falsche Art, solche Dinge anzugehen. Ich konnte es nicht so offensichtlich machen, dass es aussehen würde, als würde ich mit ihm schlafen, direkt, nachdem Max tot war. Das würde nicht funktionieren. Ich musste gerissen sein, berechnend und manipulativ. Wenn er mich also manchmal berührte und es so aussehen ließ, als wäre es versehentlich passiert, oder wenn er eigentlich die frischgebackene Witwe trösten sollte, ließ ich seine Hand oder seinen Schenkel oder Arm ein wenig länger verweilen als schicklich. Ich trug Kleidung, bei der eine Schulter frei war, meine Brüste zur Geltung kamen oder ein bisschen Schenkel zu sehen war. Ich wusste, dass mir sein Blick durchs Zimmer folgte, konnte ihn aus dem Augenwinkel heraus gaffen sehen. Das Versprechen war da, unter der Oberfläche, und wartete auf ihn. *Eines Tages wirst du mich haben.* Zumindest glaubte er das. Ich hatte ihn unter Kontrolle, im Gegenzug hatte er diesen Arsch von Sergeant unter Kontrolle. Ich hatte Carter in letzter Zeit nicht mehr gesehen. War nirgends auf ihn gestoßen. Wilmott hatte mir erzählt, dass er suspendiert worden war. Haha!

Es war 8:45 Uhr, als Wilmott wieder mal mit Geschenken an meine Tür klopfte. Ich ließ seine frisch gebleachten Zähne unkommentiert, ebenso die Tatsache, dass seine Haare einen dunkleren Braunton hatten als vorher und das Grau an den Schläfen wie durch ein Wunder verschwunden war. Ich roch sein abscheulich durchdringendes Aftershave, bei dem ich mich am liebsten auf ihn übergeben hätte.

Ich lächelte. Max' Tod lag eine angemessen lange Zeit zurück, sodass ich mir ein gelegentliches Lächeln erlauben durfte.

»Sie sind ja so aufmerksam«, schleimte ich beim Öffnen der Tür. »Was würde ich nur ohne Sie tun?«

Er grinste und entblößte dabei zu viele Zähne. Es wirkte arrogant und schmierig zugleich.

Er hielt ein Papptablett mit zwei Bechern Kaffee to go und eine Papiertüte in der Hand. »Kaffee und Muffins.«

»Sie wissen, wie Sie mir den Start in den Tag versüßen. Kommen Sie rein.« Ich führte ihn ins Wohnzimmer, wobei ich die Hüften schwang und ihn den Spitzentanga sehen ließ, der höher saß als mein kurzer schwarzer Rock. Vielleicht würde ich ihn einen Blitzer davon erhaschen lassen, wenn ich mich bückte. Falls er ein guter Junge war.

Ich setzte mich aufs Sofa, zog meine Beine an und wandte mich ihm zu. Von dort hatte er sowieso einen guten Einblick. »Sie müssen das nicht tun, wissen Sie? Sie sind doch sicherlich sehr beschäftigt?« Ich entfernte den Deckel von meinem Kaffee und trank ihn, wobei ich versuchte, wegen der Milch nicht zu würgen. Versuchte, nicht an Jennifer und Lulabelle und die anderen Kühe auf der Farm zu denken. Ich verdrängte das Bild und stellte den Kaffee wieder auf den Tisch. Ich würde ihn einfach in die Spüle kippen, wenn er weg war.

Blasiert zuckte er mit den Schultern. »Ich bin jetzt der Chef, also kann ich selbst über meine Zeit bestimmen.«

»Das ist doch bestimmt spannend, oder? Polizeiarbeit? Ich wette, Sie treffen auf alle möglichen Arten von Leuten.«

Er trank einen Schluck Kaffee und leckte sich die Lippen. »Seit ich befördert wurde, bin ich mehr im Büro und kümmere mich um Berichte, Budgets und Beurteilungen, als dass ich herumrenne und die langweilige Routinearbeit erledige.«

Ich legte eine Hand auf seinen Arm und ließ sie dort einen Augenblick verweilen. »Sie sind toll in Ihrem Job, das merkt man.«

Sein Handy klingelte. Er zog es aus der Tasche, betrachtete die Nummer und rollte mit den Augen. »Carter. Was will der denn? Er ist suspendiert. Wahrscheinlich ruft er mich an, um mich anzubetteln, seinen Job zurückzubekommen.« Er lachte boshaft und lehnte den Anruf ab, sodass er auf den Anrufbeantworter weitergeleitet wurde. »Er hat Sie in letzter Zeit doch nicht mehr belästigt, oder?«

»Oh, nein, und vielen Dank noch mal dafür. Es war einfach so unheimlich, wie er mir gefolgt ist. Ich hatte Angst, dass er sich in einen weiteren Stalker verwandeln würde, so wie Russell.« Ich schaute nach unten auf meine Knie, meine Haare fielen mir dabei über die Hälfte des Gesichts.

»Niemand wird Ihnen wieder wehtun. Nicht, solange ich auf Sie aufpasse.« Wilmott strich mit seinen Fingerspitzen eine Locke meines Haares aus meinem Gesicht. »Das wissen Sie doch, oder?« Er sah mir tief in die Augen. Es war ein *Ich-will-dich-ficken*-Blick.

Unschuldig lächelte ich zurück und tat so, als könnte ich das nicht interpretieren. *Natürlich weiß ich das, du dreckiger Bastard.* Ich nickte dankbar und schüchtern. »Danke. Ich …« Bevor ich noch etwas sagen konnte, klingelte sein Handy erneut.

Er sah auf die Nummer. »Schon wieder dieser verdammte Carter! Ehrlich, ich habe das nutzloseste Team aller Zeiten. Ronnie kann ohne Aufsicht nicht mal pissen gehen, Becky sieht aus wie eine Lesbe und Carter ist irre!« Er legte das Handy auf dem Kaffeetisch ab und ließ es diesmal einfach klingeln.

»Vielleicht sollten Sie rangehen. Es könnte doch auch wichtig sein, oder? Ich meine, Sie haben ja schließlich einen wichtigen Job.«

Wilmott warf sich leicht in die Brust. »Die kommen auch mal fünf Minuten ohne mich zurecht. Und ich rede nicht mit Carter. Er kann den offiziellen Weg nehmen, wenn er seinen Job zurückwill. Ich höre mir sein Gejammer nicht an. Ich weiß Besseres mit meiner Zeit anzufangen. Also, wo waren wir? Was wollten Sie sagen?« Er drehte sich auf dem Sofa, um mich anzublicken, und schob seinen Arm über die Kopflehne näher zu meiner Schulter.

»Ich habe mich gefragt, ob Neuigkeiten zu Max' Tod existieren. Gibt es noch etwas, das ich vor Russells Verhandlung wissen sollte? Denn was ist, wenn … wenn er damit davonkommt? Was, wenn er freikommt und versucht, mich umzubringen?«

»Bitte zerbrechen Sie sich darüber nicht Ihr hübsches Köpfchen. Der Fall gegen ihn ist hieb- und stichfest. Der kommt nicht so schnell wieder raus, das verspreche ich Ihnen.«

»Und Sie sind sich da absolut gewiss?« Ich biss mir auf die Lippe.

»Natürlich. Sie sind sicher, Alissa. Sie sind sicher bei mir.« Dann stand er auf und sagte: »Tut mir leid, kann ich kurz Ihre Toilette benutzen? Der Kaffee geht morgens bei mir immer direkt durch.«

»Natürlich, Sie wissen ja, wo sie ist.« Ich fragte mich, ob er glaubte, dass ich bei dieser Aussage feucht werden würde. Was für ein Loser! Er hatte in Bezug auf Frauen noch viel zu lernen.

Während er nicht im Zimmer war, empfing sein Handy eine SMS. Ich nahm es in die Hand und fragte mich, ob es wieder Carter war. Ich tippte auf »Nachrichten«. Ja, er war es.

Ich öffnete die Nachricht und zuckte zusammen.

Neue Beweise im Fall Alissa Burbeck. *NICHT zu ihr gehen. Rufen Sie mich DRINGEND an.*

Kapitel 41

Der Detective

Ich ging ins Büro, das Handy gegen mein Ohr gepresst, und hörte, wie es bei Wilmott klingelte.

»Sarge! Bist du etwa zurück?« Becky guckte von ihren Unterlagen hoch und strahlte. Zumindest einer freute sich, mich zu sehen.

»Ja, ich bin zurück.« Ich grinste. »Wo zum Teufel ist Wilmott? Wie immer geht er nicht ans Handy.«

»Er hat erklärt, er wäre bei einem Meeting im Hauptquartier.« Ronnie unterbrach sein Kaffeekochen. »Schön, dich zurückzuhaben.«

»Danke. Ronnie, kannst du weiter versuchen, ihn zu erwischen?« Ich reichte ihm mein Handy.

»Was ist denn los, Sarge?«, wunderte sich Becky.

»Es ist eine lange Geschichte. Ich habe keine Zeit, jetzt alles zu erzählen. Aber Alissa Burbeck ist nicht die, für die wir sie gehalten haben. Sie hat Max ermordet und Russell die Schuld in die Schuhe geschoben. Ich will los, um sie zu verhaften.«

Sie runzelte die Stirn. »Das ist doch das, was du die ganze Zeit gedacht hast, oder?«

»Wenn Wilmott mir nur von Anfang an zugehört hätte.« Ich blickte zu Ronnie, der damit beschäftigt war, Nummern zu wählen und zu versuchen, Wilmott zu erreichen. Unruhig lief ich auf und ab.

»Keine Chance«, zuckte Ronnie schließlich resigniert die Achseln.

»Ich habe nur aus Höflichkeit auf Wilmott gewartet, aber das war's. Becky, wenn du ihn siehst, sag ihm, dass DS Greene mit ihm reden will. Ronnie, du kommst mit.« Ich nahm mein Handy wieder entgegen. Es war zu kompliziert und zu zeitraubend, alles zu erklären, also schrieb ich Wilmott eine kurze SMS, die er verstehen würde.

Ronnie sprang aufgeregt auf und bemühte sich, mit mir Schritt zu halten, als ich das Gebäude verließ und den Parkplatz ansteuerte.

Ich stieg in den nicht gekennzeichneten Polizeiwagen und fuhr mit quietschenden Reifen aus der Wache auf die Straße. Ich fuhr auf die zweispurige Schnellstraße und überholte hupend ein Auto auf der falschen Seite, das die Schnellspur in Beschlag genommen hatte.

Ronnie hielt sich am Türgriff fest, während ich wieder auf die Schnellspur einbog und mich dem Kreisverkehr näherte. Die Schlange war fast einen Kilometer lang. Berufsverkehr. Großartig. Einfach großartig. Ich trat mit voller Wucht auf die Bremse.

»Du hättest den anderen Weg nehmen sollen«, meinte Ronnie wenig hilfreich.

»Ja, das weiß ich jetzt auch, vielen Dank.« Ich stieß ihn an. »Hol die Sirene raus.«

Er öffnete das Fenster, streckte seinen Arm raus und befestigte das Blaulicht auf dem Dach.

Ich schaltete die Sirene an, wartete darauf, dass die Autos genug Platz machten, um mich durchzulassen, und brüllte allen zu, schneller zu fahren, auch wenn mich keiner hören konnte.

Kapitel 42

Die Andere

Hundert Gedanken rasten mir gleichzeitig durch den Kopf, während ich die SMS löschte. Ich hatte immer einen Fluchtplan gehabt. Das sollte man auch, nicht wahr? Also war ich vorbereitet. Ich war allerdings nicht darauf vorbereitet gewesen, dass Wilmott hier sein würde, wenn ich weglaufen musste.

Ich konnte keine Zeit damit verschwenden, darüber nachzudenken. Ich musste weg. Jetzt. Jetzt sofort! Die würden mich nicht zu fassen bekommen.

Ich schaltete Wilmotts Handy aus und ließ es in das Sofa hinabrutschen. Ich hörte die Toilette im Gang spülen und lief in die Küche. Ein Messer. Ein Messer. Das brauchte ich jetzt.

Als Wilmott aus der Toilette kam, war ich präpariert.

»Wo sind Sie?«, rief er aus dem Wohnzimmer.

»In der Küche.« Mehr musste ich nicht sagen. Ich wusste, dass er mir folgen würde.

Er steckte seinen Kopf durch die Tür und lächelte.

Ich sah ihn an, mit dem Rücken gegen die Arbeitsplatte gelehnt, den Messergriff fest in meiner Hand hinter mir. Der

Ausschnitt meines Oberteils war meine Schulter heruntergerutscht und entblößte meinen roten Spitzen-BH.

»Geht es Ihnen gut?« Wilmott betrat die Küche und sein Blick wanderte zwischen meinem BH und meinem Gesicht hin und her.

Ich lächelte zurück. Diesmal schamlos. Ich befeuchtete meine Lippen mit meiner Zunge. Meine Augen waren vor Lust verhangen. »Ich möchte, dass du mich hältst. Ich brauche dich, damit ich mich wieder sicher fühlen kann.« Ich neigte den Kopf. Beobachtete, wie er auf mich zulief. Sah, wie die Gier in seinem Gesicht aufleuchtete.

Er kam näher.

Näher. Wir waren nur noch ein paar Zentimeter voneinander entfernt.

Er stoppte.

Sein Blick wanderte über mein Gesicht, meinen Körper herunter. »Bist du sicher?«

Ich legte ein klein bisschen Verletzlichkeit in meinen Blick. »Absolut.« Meine Stimme war heiser. Ich öffnete meine Lippen, schob mein Kinn vor und forderte ihn auf, mich zu küssen. Forderte ihn auf, sich zu nehmen, was er schon so lange gewollt hatte.

Mit seinen Händen berührte er meine Wangen, drehte sein Gesicht zu mir und schloss die Augen für den Bruchteil einer Sekunde, bevor seine Lippen meine berührten.

Den Bruchteil einer Sekunde, in dem ich ihm das Messer in den Magen rammte.

Kapitel 43

Der Detective

Eine halbe Stunde und zwei Beinahe-Zusammenstöße mit anderen Autos später riss ich an der Handbremse vor Samanthas Haus, bevor das Fahrzeug überhaupt vollständig zum Stehen gekommen war.

»Das ist DI Wilmotts Wagen.« Ronnie wies mit dem Kopf in Richtung des roten Audi A5 Convertible weiter vorn, während ich mich aus dem Auto schälte.

»Verflucht!«, murmelte ich und nahm die Vordertreppe immer zwei Stufen auf einmal.

Ich hämmerte gegen die Tür. Es war zu kompliziert, auf der Vordertreppe auf das ganze Samantha-/Alissa-Szenario einzugehen, also rief ich Alissas Namen. »Polizei, machen Sie auf!«

Nichts.

»Sie muss hier sein, wenn Wilmott hier ist«, konstatierte Ronnie. »Und ihr Mini ist auch hier.«

Erneut hämmerte ich gegen die Tür.

Immer noch keine Antwort. »Geh hinten herum«, wies ich Ronnie an. Neben dem Grundstück verlief eine Gasse. »Steig über den Zaun und sieh auf der Rückseite nach.«

Ronnie rannte los, während ich durch das Vorderfenster ins Wohnzimmer spähte. Die Vorhänge waren offen, aber es war niemand dort.

Ich schlug weiter gegen die Tür. Hörte einen dumpfen Aufprall, als Ronnie über den Zaun hinten kletterte.

»Wilmott? Sind Sie da drin?«, rief ich durch den Briefschlitz. Durch die kleine Öffnung konnte ich niemanden erkennen. Es kamen keine Geräusche von drinnen. Überhaupt keine Lebenszeichen.

»Sarge!«, schrie Ronnie von irgendwo hinten. »Ruf einen Krankenwagen! Wilmott liegt in der Küche auf dem Boden. Ich sehe eine Menge Blut. Ich verschaffe mir Zutritt.«

»Verdammt!« Ich rief die Leitstelle und meldete, dass ein Officer verletzt war und sie sofort einen Krankenwagen schicken sollten. Mit dem Funkgerät noch in der Hand rammte ich meine Schulter gegen die Vordertür.

Sie war stabil. Hartholz. Sie gab kein bisschen nach.

Ich hörte hinten Glas zerbrechen und lief die Gasse entlang. Als ich es geschafft hatte, über den Zaun zu klettern, lag eine Metallbank umgekippt da und die doppelverglaste Hintertür zur Küche war aufgebrochen.

Ronnie hockte über Wilmott gebeugt, der bewusstlos war. Blut strömte um das Messer herum, das aus seinem Bauch ragte, und erschuf ein rotes Muster auf seinem Hemd.

Vorsichtig stieg ich über die Glassplitter im Eingang. »Bleib bei ihm. Der Krankenwagen ist unterwegs. Ich durchsuche das Haus.« Ich erwartete nicht, dass Samantha sich hier irgendwo aufhielt und auf ein nettes Plauderstündchen mit Tee und Keksen wartete, aber ich überprüfte das Wohnzimmer und die

Toilette im Erdgeschoss, danach lief ich die Treppe hoch und schaute mich im Rest des Hauses um.

Sie war fort. Natürlich war sie das.

Ich lief wieder nach unten, funkte die Leitstelle an und gab ihnen den aktuellen Stand durch. Wenn Samantha nicht Alissas Wagen genommen hatte, konnte sie nicht weit gekommen sein. Es sei denn, sie hatte irgendwo ein anderes Fahrzeug versteckt, was ich nicht ausschließen würde. »Kontaktieren Sie die Einwanderungsbehörde und geben Sie ihre Details durch«, wies ich die Leitstelle an.

»Wessen? Die von Samantha Folds oder von Alissa Burbeck?«

»Beide! Ich will, dass die Betreiber der Sicherheitskameras informiert werden. Sie ist entweder zu Fuß unterwegs oder in einem anderen Fahrzeug. Sie kann nicht auf den Nahverkehr gewartet oder ein Taxi gerufen haben. Und wo bleibt der verdammte Krankenwagen? DI Wilmott ist in schlechtem Zustand.«

»Er ist unterwegs. Sollte bald da sein.«

Ich gab ein paar weitere Anweisungen durch und hockte mich dann neben Wilmott. Er sah nicht gut aus. Sein Gesicht war bleich. Nasses, klebriges Blut hatte sich auf dem Boden ausgebreitet. Seine Atmung war flach.

»Soll ich auf die Wunde drücken?«, fragte Ronnie mit Panik im Gesicht und der Stimme. »Ich weiß, dass das bei Blutverlust hilft, aber ich bin mir nicht sicher, wie es ist, wenn noch ein Messer drinsteckt.«

Wenn er starb, wäre es meine Schuld. Ich hätte ihm früher mitteilen sollen, dass ich an ihr dran war. Hätte ihm alles erzählen sollen. Eine kleine innere Stimme flüsterte mir zu, dass ich es versucht und er nicht hatte zuhören wollen, aber dennoch, im Augenblick fühlte ich mich deswegen nicht besser.

»Du schiebst es möglicherweise noch weiter rein, wenn du draufdrückst. Der Krankenwagen müsste bald hier sein. Warte auf ihn, ja? Ich fahre ein bisschen herum und sehe, ob ich sie irgendwo finden kann.«

Ohne eine Antwort abzuwarten, verließ ich das Haus durch die Vordertür, stieg ins Auto und suchte die Gegend ab.

»Wo bist du, du verrückte Schlampe?«

Kapitel 44

Die Andere

Ich wusste nicht, was schiefgelaufen war. Es gab keine Beweise, die mich mit Max' Ermordung in Verbindung bringen konnten. Das konnte einfach nicht sein. Aber vermutlich spielte das jetzt keine Rolle mehr. Wichtig war nur zu entkommen. Wenn sie damit begannen, weiter in meinem Leben herumzustochern, würde es nicht lange dauern, bis sie herausfanden, wer ich wirklich war. Was ich getan hatte.

Ich lachte vor mich hin, während ich in dem alten Ford Fiesta, den ich für ein paar Hundert Pfund gekauft hatte, auf der Autobahn Richtung Heathrow Airport fuhr. Ich hatte ihn ein paar Straßen von meinem gemieteten Haus entfernt geparkt. Das Auto war versteuert, also würde es niemandes Aufmerksamkeit erregen. Ich hatte bei demjenigen, von dem ich es gekauft hatte, einen falschen Namen und eine falsche Adresse angegeben und es nicht registriert. Wenn ihnen klar wurde, wohin ich geflüchtet war, würde ich längst in einem Flugzeug sitzen.

Das Dumme daran: Jetzt würde ich nicht mehr an Max' Geld gelangen. Immer wieder schlug ich mit der Handfläche gegen das Lenkrad. Dumm. Dumm. Dumm. Ich hatte Max etwas Geld abgeluchst, als wir aus Australien zurückgekommen waren. *Ja, natürlich muss ich die Caterer und Zeltaufbauer für den Empfang in bar bezahlen.* Ich hatte die Kosten übertrieben und einfach mal eben fünftausend Pfund bekommen. Und als er mich fest geküsst, das Geld aus dem Safe im Haus geholt und die Geldscheine abgezählt hatte, hatte ich mir die Kombination gemerkt.

Fünfzigtausend Pfund hatte er im Safe gehabt. Wer bewahrt so viel Bargeld im Haus auf?

Ich hatte auch immer wieder hier und da etwas von unserem Spar- und unserem aktuellen Konto abgehoben. Keine großen Beträge, die zu verdächtig gewirkt hätten. Dreihundert hier, zweihundert da. Insgesamt hatte ich siebzigtausend in bar angehäuft. Nicht so gut wie zehn Millionen, aber zumindest bedeutete das, dass ich wegkonnte. Ich konnte mich ernähren, bis ich entschieden hatte, was ich tun würde. Was mein nächstes Ziel war. Schon vor Monaten hatte ich ein Konto auf einer neuen Bank auf den Namen von Samantha Folds eröffnet. Dann hatte ich den Großteil des Geldes zu den Kaimaninseln transferiert. Ich hatte fünftausend in bar bei mir. Nicht genug, um an der Grenze irgendwelchen Alarm auszulösen.

Das Gute: Das wirklich Gute, eigentlich, das mir klar wurde, nachdem meine anfängliche Panik abgeebbt war, war, dass sie noch immer nicht genau wussten, *wer* ich war. In der SMS von Carter hatte Alissa Burbeck gestanden. *Nicht* Sam Folds. Nicht mein wahres Ich. Das Ich, für das ich noch den Pass hatte. Das Ich, nach dem niemand suchen würde, weil ich nicht *Alissa Erbärmlich Burbeck* war.

Es war nicht ideal. Das musste ich zugeben. Aber noch war auch nicht alles verloren. Im Leben ging es darum, sich anzupassen. Ich hatte das schon so viele Male zuvor getan, ich konnte das problemlos wieder machen.

Die neue Frage lautete: Wohin sollte ich als Erstes fliegen?

Die Antwort: Dorthin, wohin der erste verdammte Flug ging. *Check!*

Kapitel 45

Der Detective

Sie war verschwunden. Frust und Adrenalin durchfuhren mich, während ich in der Gegend herumfuhr und erfolglos nach irgendeinem Anzeichen von ihr suchte. Auch Streifenwagen waren unterwegs. Mittlerweile konnte sie überall sein.

Die Stimme von der Leitstelle, die mich über Funk rief, war das Schönste, was ich je gehört hatte.

»Reden Sie«, sagte ich eindringlich.

»Wir haben etwas. Ein Sicherheitskamerabetreiber hat die Aufzeichnungen durchgeschaut und gesehen, wie sie vor fünfundvierzig Minuten in einer Straße in der Nähe in einen schwarzen Ford Fiesta eingestiegen ist. Das Kennzeichen lautet Alpha Zwo Drei X-Ray Tango Bravo. Es wurde schon gemeldet. Die Autobahnkameras haben sie auf der M25 ausfindig gemacht. Bleiben Sie dran für weitere Informationen.«

Mit quietschenden Reifen machte ich eine Kehrtwendung in einer Anliegerstraße und fuhr in Richtung A1M, von der ich auf die M25 gelangen würde. Sie war unterwegs zum Flughafen, das war mir klar. Aber zu welchem? Heathrow oder Gatwick?

Mit rasendem Puls trat ich aufs Gas.

Die Leitstelle rief wieder an. »Einer unserer Betreiber redet mit der Verkehrspolizei. Sie haben das Fahrzeug soeben auf Kamera, wie es die M25 am Autobahnzubringer nach Heathrow verlässt.«

»Alarmieren Sie die Flughafenpolizei!«

»Erledigt.«

»Gibt es was Neues zu DI Wilmott?«

»Er ist im Krankenhaus. Zustand kritisch. Sie wissen nicht, ob er es schafft.«

Ich umklammerte das Lenkrad und drückte das Gaspedal durch.

Kapitel 46

Die Andere

Ich hatte keine Zeit gehabt, mich umzuziehen, bevor ich das Haus verließ. Ich hatte mir natürlich die Hände gewaschen, aber auf meinem Oberteil war Blut, daher hatte ich mir einfach nur eine schwarze Strickjacke gegriffen, sie übergezogen und bis oben zugeknöpft, um den Fleck zu verbergen. Ich konnte mir jederzeit etwas anderes in einem der Duty-free-Shops kaufen.

Ich ging zum Tresen von British Airways, vor dem zum Glück keine Schlange stand. »Hallo, ich habe Lust auf einen Spontantrip.« Ich lächelte freundlich. »Können Sie mir sagen, welche Ihrer Flüge bald gehen?«

Die Frau mit der übertriebenen Dauerwelle und zu viel Make-up zuckte nicht mal mit den Wimpern über meine seltsame Anfrage. Sie erwiderte mein Lächeln. »Das wollte ich auch schon immer mal machen. Einfach ein paar Wochen freinehmen und spontan irgendwohin fliegen. Ein Abenteuer erleben und bis zur letzten Minute nicht wissen, wohin es geht.« Sie beugte sich vor. »Die Sache ist, ich plane einfach zu viel voraus. Ich recherchiere gern Orte, damit ich genau weiß, was es dort zu sehen gibt, bevor ich hinreise. In der Theorie ist das toll, aber ich glaube, ich könnte es niemals wirklich durchziehen.«

Sehe ich so aus, als würde mich das interessieren?

Mein Lächeln war in Gefahr, festzufrieren. »Also, welche Flüge haben Sie im Angebot?«

Sie richtete ihre Aufmerksamkeit auf die Tastatur und plapperte immer weiter.

Halt verdammt noch mal die Klappe!

Ich schaute mich um und erblickte ein paar bewaffnete Polizisten, die mit den Händen in der Nähe ihrer Waffe herumspazierten. Ich wandte meinen Blick wieder der Frau zu.

»Ich suche nach Flügen, die in ungefähr zwei Stunden gehen, denn so lang brauchen Sie mindestens, um einzuchecken und durch die Sicherheitskontrolle zu kommen.«

Zwei Stunden?

Ich wippte mit dem Fuß. »Was ist mit Erste-Klasse-Tickets? Hat man da nicht Priority Boarding und Check-in?«

»Ja. Sie *könnten* auch einen Priority Pass kaufen, um schnell durch die Sicherheitskontrolle zu kommen, wenn Sie möchten.«

»Ja. Ich möchte das alles. Also, wie schnell kann ich einen Flug bekommen?«

Sie tippte weiter. »Unser nächster Flug geht nach Paris, in einer Stunde und fünf Minuten.«

»Dann nehme ich den, bitte.«

»Wundervoll! Ich bin ja so neidisch.« Sie kicherte. »Wie lautet Ihr Name?«

»Samantha Folds.«

Ich tippte mit dem Fuß, während sie mein Geld entgegennahm und mir verschiedene Blätter ausdruckte.

»Ich hoffe, Sie haben eine tolle Zeit. Ich hab gehört …«

Den Rest ihres nervigen Gebrabbels bekam ich nicht mehr mit. Ich lief bereits zum Check-in-Tresen von BA.

Zu meinem Glück befand sich niemand in der Schlange für die erste Klasse. Ich sauste durch den Check-in und eilte in Richtung Sicherheitsbereich. Die Leute standen in einer endlos wirkenden Schlange vor den Röntgengeräten. Panisch hielt ich Ausschau nach der Schnellschlange und atmete erleichtert durch. Dort warteten nur zwei Leute.

Ich stellte mich hinter sie, legte meine Tasche auf das Förderband und konnte sogar ein Lächeln aufbringen, als ich durch den Metalldetektor trat.

Bei der Passkontrolle scannten sie meinen Pass und überprüften mein Ticket, um zu gewährleisten, dass die Namen zueinanderpassten. Ich atmete tief durch. Es brachte nichts, jetzt Panik zu schieben und alles auffliegen zu lassen.

Der uniformierte Mann sah von meinem Pass hoch und musterte mich einen Augenblick mit strengem Blick. Er tippte ein paar Dinge in seinen Computer. Musterte mich erneut. Anschließend gab er mir Pass und Ticket zurück. »Gute Reise.«

In der Abflughalle schaute ich mich nach einem Klamottenladen um und entdeckte einen *Ted Baker*.

Ich betrat den stickigen Laden, marschierte direkt zu den Sommerkleidern und schob sie über die Stange, während ich die Größen durchforstete. Ich nahm das Erstbeste in meiner Größe, eilte zur Kasse und hielt es der Frau dahinter hin.

»Oh, das ist wirklich hübsch«, meinte sie. »Ich habe auch eins davon.«

»Wie nett!« Ich beobachtete, wie sie das Sicherheitsetikett entfernte. Ich tippte mit dem Fuß und spähte auf die Uhr.

»Haben Sie auch das in Rot gesehen?« Sie zeigte zu der Stange. »Die Farbe würde Ihnen wirklich stehen und es ist gerade im Angebot. Fünfzig Prozent Rabatt.«

»Ich hab's ehrlich gesagt ziemlich eilig. Mein Flug geht bald.« Ich zwang mich, sie nicht anzuschreien, dass sie sich beeilen solle, und legte ihr etwas Geld hin.

»Oh, tut mir leid.« Sie nahm das Geld entgegen, faltete das Kleid zusammen, steckte es in eine Papiertüte und reichte mir das Wechselgeld.

Ich warf einen schnellen Blick auf den Monitor mit den Abflugzeiten, suchte nach meinem Gate und ging dann schnellen Schrittes in diese Richtung. Als ich dort ankam und noch fünfundvierzig Minuten Zeit hatte, suchte ich die Toilette auf, zog Oberteil und Rock aus und warf sie in den Mülleimer. Ich stülpte mir hastig das Kleid über den Kopf. Ich hörte ein leichtes Reißen, als ich mich anzog. Hoffentlich hatte ich keinen größeren Schaden angerichtet. Ich hatte jetzt allerdings keine Zeit mehr, das zu prüfen. Ich warf mir wieder die Strickjacke über und hastete zu meinem Gate.

Beim Boarding der Normalos stand eine Schlange, aber die Reihe für die erste Klasse war leer. Ich wurde langsamer, atmete tief durch, trat ruhig zu dem uniformierten Mitarbeiter und setzte ein entspanntes Lächeln auf.

Er scannte mein Ticket, prüfte meinen Pass und voilà – wie man so schön in Paris sagt! – spazierte ich schon durch den Gang in Richtung meines Flugzeugs.

Kapitel 47

Der Detective

Meine Kontaktperson bei der Polizei von Heathrow war ein Detective namens DS Paul Browne. Er war aktuell über Funk mit dem Sicherheitspersonal des Flughafens in Kontakt und hatte Fotos von Samantha an Handys und Computer gemailt. Wir hatten festgestellt, dass sie die Ausweiskontrolle bereits durchschritten hatte, bevor wir Gelegenheit hatten, ihre Daten weiterzugeben.

Einige Mitarbeiter überprüften die Überwachungskameras, andere sahen Material durch, das bereits aufgezeichnet worden war. Weitere redeten mit den verschiedenen Fluglinien und versuchten herauszufinden, bei welcher sie ein Ticket gekauft hatte.

Jede Sekunde bewegten sich Tausende Menschen über den Flughafen. Es würde schwierig werden, sie in dieser Menschenmasse aufzustöbern.

Sie konnte jedoch nicht entkommen. Das würde ich nicht zulassen. Aber ich fühlte mich nutzlos, einfach nichts zu tun und es DS Brownes Team zu überlassen.

Ich ignorierte das Zwicken in meinem Rücken und die Anspannung in meinen Schultern, ballte die Fäuste und fragte mich, ob Wilmott es wohl schaffen würde. Im Augenblick wurde er operiert. Mehr wusste man noch nicht.

Schweißperlen bildeten sich auf meiner Stirn. Hoffnungslosigkeit überfiel mich. Was, wenn es ihr gelang, mir durch die Finger zu schlüpfen?

Kurze Zeit später hatten wir ein Ergebnis.

»British-Airways-Flug nach Paris, Abflug in … fünfundzwanzig Minuten«, informierte mich DS Browne. »Na los, gehen wir.«

DS Browne begann, per Funk mit dem Boardingpersonal zu reden, während wir zur Flughafenhalle eilten.

Ein paar Minuten später knackste es in Brownes Funk und eine Stimme am anderen Ende sagte: »Samantha Folds ist an Bord des Flugzeugs gegangen.«

»Okay, alle sollen sich von ihr fernhalten. Wir sind unterwegs.« Er gab jemand anderem per Funk noch ein paar andere Anweisungen, irgendetwas darüber, das Flugzeug aufzuhalten. Ich hörte nicht zu. Das Rauschen des Bluts in meinen Ohren übertönte alles andere und ich hatte nur einen Gedanken.

Erwischt!

Kapitel 48

Die Andere

»Champagner, Madam?« Die Stewardess hielt mir ein Tablett mit mehreren Gläsern Schampus entgegen.

Was für eine dumme Frage! Natürlich!

»Danke.« Ich nahm mir ein Glas und trank einen Schluck. Schade, dass es nur so klein war. Ich brauchte einen richtigen Drink. Aber sobald wir abgehoben hatten, würde ich mir noch etwas mehr gönnen.

Sie hielt das Tablett dem kahler werdenden Mann mittleren Alters neben mir hin, der sich eins nahm und dann mir zuwandte.

»Reisen Sie geschäftlich oder machen Sie Urlaub?«

Ich stöhnte innerlich. Ich wollte im Augenblick wirklich mit niemandem Konversation betreiben. Und dieser Spruch war ja so abgedroschen. Meine Gedanken rasten und machten das Denken schwerer.

»Urlaub«, murmelte ich und nahm die Flugzeitschrift vom Sitzhalter vor mir zur Hand. Ich blätterte sie durch und war mir nur zu bewusst, dass das Kleid, das ich gekauft hatte, vorn sehr tief ausgeschnitten war und für meinen Geschmack zu viel

Busen blitzen ließ. Im Moment wollte ich so unauffällig wie möglich sein.

Ohne aufzusehen war mir klar, dass der Mann meine Titten anstarrte, daher zog ich meine Strickjacke fester zusammen.

»Prost!« Er schob sein Glas näher an meins, fast schon vor mein Gesicht. Wie unhöflich. »Das ist doch immer eine schöne Art, eine Reise zu beginnen, finden Sie nicht auch?«

Bla, bla, bla. Halt einfach die Klappe und lass mich DENKEN!

Ich stieß mein Plastikglas gegen seins, versuchte ihn auszublenden und tat so, als würde ich die Worte auf der Seite lesen, wobei sie in Wahrheit doch alle ineinander vor meinen Augen verschwammen.

Wilmotts Gesicht, als die Klinge in seine Haut gedrungen war, blitzte in meinem Kopf auf. Der Ausdruck der Überraschung, das Keuchen, der weit aufgerissene Mund, der kurze Schock des Ganzen. Und dann, bevor er reagieren konnte, tat ich es erneut und noch mal. Er war an meinem Körper heruntergerutscht, hatte mit den Armen meine Hüfte umklammert, meine Oberschenkel, meine Waden, bis ich ihn weggetreten und auf dem Boden liegen gelassen hatte.

Fühlte ich mich deswegen schlecht? Nein. Nicht im Geringsten. Er hätte nicht solch ein jämmerlicher Idiot sein sollen. Sie hatten ihn mittlerweile garantiert gefunden, aber spielte das eine Rolle? Tat es das? Tat es das? Unsicher versuchte ich, die Frage zu durchdenken. Panik ließ meine Nerven flattern. Es bedurfte sämtlicher Anstrengung, meinen Körper vom Zittern abzuhalten.

Denk nach. Denk nach!

Nein, es spielte keine Rolle. Sie glaubten, Alissa hätte Max umgebracht, und nach ihr würden sie suchen. Sie wussten nichts von Sam Folds, also war ich sicher. Sie würden auf den Flügen von Großbritannien aus nicht nach diesem Namen suchen. Ja, sicher. Warum machte ich mir über das alles überhaupt Gedanken? Ah, diese Erleichterung.

Ich nahm einen weiteren Schluck vom Champagner und fühlte mich besser, während ich über mein neues Abenteuer grübelte. Wohin wollte ich von Paris aus gehen? Oder sollte ich eine Weile in der Stadt bleiben und etwas Sightseeing betreiben? Sollte ich einen anderen Ort anfliegen? Ein Auto mieten und nach Italien hinunterfahren? Die Toskana wäre nett. All der köstliche Wein und das Essen. Lecker. Eine Menge schöne Landschaften malen. Hoffentlich auch ein paar Tiere.

Ich blätterte in der Zeitschrift eine Seite weiter und ein Artikel über Santorini stach mir ins Auge. Mehrere Hochglanzfotos zeigten weißgetünchte Häuser an einer Klippe. Sie hatten blaue Fensterläden, die in starkem Kontrast zu den hellen Gebäuden und dem Sonnenschein standen.

Hmmm, das sieht schön aus. Etwas, das ich meiner Liste künftiger Möglichkeiten hinzufügen konnte. Ich konnte mich selbst auf einer Terrasse mit Blick aufs Meer sehen, wie ich eiskalten Retsina trank, Oliven und Mezze aß und einfach malte. Das Licht dort war sicherlich fantastisch. Vielleicht könnte ich wieder einen Stand aufstellen und meine Bilder an Touristen verkaufen. Oder Inselhopping machen. Ja, das Leben war gar nicht so übel, auch wenn ich es ziemlich vermasselt hatte und nicht all das Geld bekommen würde, das ich gewollt hatte. Aber ich war frei. Das war die Hauptsache.

Nachdenklich schaute ich aus dem Fenster. Da wurde mir plötzlich bewusst, dass wir schon ewig auf dem Rollfeld standen und keine anderen Passagiere an Bord gekommen waren. Ich sah zur Tür vorn im Flugzeug. Sie war noch immer geöffnet. Ich spähte auf meine Uhr und bemerkte einen Blutfleck auf dem Ziffernblatt. Ich wischte mit meiner Strickjacke darüber, aber er ging nicht ab, also kratzte ich mit dem Fingernagel daran herum. Wie lang würden wir hier noch warten? Wussten die nicht, dass ich es eilig hatte? Was war der Grund für diese Verzögerung?

Die Stewardess fing meinen Blick auf, als sie vorbeiging und die Fächer über uns schloss.

»Fliegen wir bald los?«, fragte ich.

»Ja, nicht mehr lange. Möchten Sie noch ein Glas Champagner, um die Wartezeit zu überbrücken?«

Ich schenkte ihr ein kultiviertes Lächeln. »Das wäre sehr nett, danke.«

»Ich auch.« Der Mann neben mir hielt sein Glas hin und glaubte anscheinend, dass dies sein Stichwort war, um wieder mit dem Reden zu beginnen.

»Wie heißen Sie?« Er beugte sich näher zu mir, sodass ich seinen widerlichen Knoblauchatem riechen konnte.

Ich schob mich weiter weg von ihm Richtung Fenster und wählte den ersten einfachen Namen, der mir einfiel, wobei ich nicht hochsah, um ihm in die Augen zu blicken. *Verstehst du keinen Wink mit dem Zaunpfahl?* »Sarah.«

»Schön, Sie kennenzulernen. Ich bin Bruce.« Er streckte mir seine Hand entgegen.

Ich nickte desinteressiert und schaute auch weiterhin nicht auf. Ein Schatten fiel über meine Zeitschrift und ich hielt meine Hand hin, damit die mit dem Champagner zurückkehrende Stewardess das Glas auffüllen konnte. Sie war sehr effizient. Ich mochte sie.

Als kein Champagner in meinem Glas erschien, blickte ich auf. Im Gang neben meinem Sitz standen DS Carter und ein anderer Mann in schwarzem Anzug.

Nein. Nein, nein, verdammt noch mal, nein!

Der Mann im schwarzen Anzug zeigte Bruce einen Ausweis. »Polizei. Bitte verlassen Sie Ihren Platz, Sir.« Mit einer Geste bedeutete er ihm, sich zu entfernen.

Bruce ließ sich nicht zweimal bitten – ziemlich schnell für so einen dicken Mann hastete er davon in Richtung des hinteren Flugzeugbereichs, bis er sich außerhalb meines Sichtfelds befand.

DS Carter fixierte mich mit einem leichten Grinsen im Gesicht.

In meinem Magen drehte sich alles und der Champagner stieg in meiner Kehle hoch. Ein Feuerwerk explodierte in meinem Schädel. Es fühlte sich an, als würden Fingernägel über meine Haut kratzen.

Nach einer quälenden Ewigkeit, so kam es mir jedenfalls vor, öffnete DS Carter den Mund: »Samantha Folds, ich verhafte Sie wegen des Verdachts des Mordes an Alissa Burbeck und Max Burbeck und versuchten Mordes an Richard Wilmott. Sie haben das Recht zu schweigen, aber es könnte Ihrer Verteidigung schaden, wenn Sie bei einer Befragung etwas verheimlichen, was Sie später vor Gericht aussagen. Alles, was Sie sagen, kann und wird vor Gericht gegen Sie verwendet werden.«

Die Welt drehte sich vor meinen Augen, den Rest seiner Worte hörte ich nicht mehr. Sie waren nur noch ein Rauschen.

Ein Rauschen, das an der Dunkelheit in meinem Kopf kratzte.

Teil 4

Liebe

Kapitel 49

Die Eine

Nein, nein, nein, so hätte es nicht enden dürfen. GANZ UND GAR NICHT! Man glaubt, man kennt die Menschen, und ich war die Person, die Alissa am besten kannte, aber … tja, das war schon seltsam. Ich schätze, ich hätte es merken müssen. Mir hätte etwas auffallen müssen. Aber Samantha war eine so gute Schauspielerin, dass ich keinen Verdacht geschöpft hatte. Für mich war die Betrügerin, die in ihrer Haut herumlief, immer noch die Alissa, die ich mehr liebte als alles auf der Welt. Meine Seelenpartnerin. Die, die mir gehörte. Ich hatte es nicht kommen sehen. Wer hätte das vorhersehen können? Wie sich herausgestellt hat, sind Samantha und ich uns sehr ähnlich, auch wenn ich den Gedanken nicht ertragen kann.

Wenn man darüber nachdenkt, sind wir doch alle Schauspieler und Schauspielerinnen, nicht wahr? Wir spielen alle eine Rolle. Und wir haben alle unsere Geheimnisse. Aber wenn unsere Geheimnisse aufeinandertreffen … bumm! Dann kommt es zur Katastrophe.

Beim Hochzeitsempfang hatte ich die Idee zum ersten Mal. Ich durfte nicht zulassen, dass dies das Ende war. Max verdiente Alissa nicht. Er durfte sie nicht haben. Sie gehörte mir. Ich liebte sie schon, seit wir sechs Jahre alt waren. Bevor ich überhaupt wusste, was Liebe war. Bevor ich wusste, wie einem jemand unter die Haut gehen und das eigene Herz in Besitz nehmen kann, wie ein Baum, der in der Erde wurzelt. Harte, solide, undurchdringliche, alles verzehrende Liebe.

Als sie langsam älter wurde, nahmen auch andere Leute Alissa wahr. Wie hätten sie es auch nicht tun können, so, wie sie aussah. Schon damals war sie so wunderschön. Aber sie fühlten nicht dasselbe wie ich. Sie waren neidisch auf sie. Verbreiteten Gerüchte über sie. Piesackten sie. Und natürlich stand ich für sie ein. Ich war jederzeit für sie da. Selbstverständlich war ich das. Das würde ich immer sein. Ich schlug einem der Anführer einmal ins Gesicht. Revanchierte mich auf viele verschiedene Arten. Es gab nichts, das ich nicht für mein Mädchen tun würde. Niemand konnte behaupten, ich sei nicht loyal. Dass ich nicht diejenigen schützte, die mir wichtig waren. Und für lange Zeit funktionierte das zu meinem Vorteil und brachte uns einander näher. Ich war diejenige, auf die sie sich verlassen konnte. Diejenige, die stets für sie da war, was auch geschah.

Bei unserem ersten Kuss waren wir elf. Die ganze Zeit hatte ich von der Seitenlinie aus zugeschaut, wie die Jungs sie ansahen. Sie wollten. Aber sie konnten sie nicht haben. Ich kannte sie besser als sie sich selbst. Es war ihr nur noch nicht bewusst. Nach der Schule saßen wir im Park an einer abgelegenen Stelle, wo uns niemand bemerken würde. Das Sonnenlicht strahlte hinter ihr und warf ein ätherisches Leuchten über ihre Haare. Sie sah aus wie ein Engel. Sie war *mein* Engel. Alissa plapperte fröhlich über Jungs und fragte sich, wie ein französischer Kuss wohl richtig ginge, wie es Teenagermädchen so tun. Sie machte sich Sorgen, dass sie peinlich berührt sein würde, wenn es zum ersten Mal passierte, und wollte nicht wie eine Idiotin dabei wirken. Sie hatte schon ein paar schlabbrige Küsse auf die

Wange von einigen Jungs bekommen, war aber noch nie zuvor richtig geküsst worden. Also schlug ich vor, das zu üben, damit wir es beherrschten, wenn die Zeit reif war.

Alissa kicherte. »Du meinst, aneinander üben?«

Ich zuckte mit den Schultern und lächelte, tat so, als wäre es das erste Mal, dass ich überhaupt darüber nachdachte, sie zu küssen. Ich dachte, wenn ich sie küsste, würde ich diese Obsession vielleicht aus meinem System bekommen. Aber ich wollte nicht irgendein Mädchen. Ich wollte sie. Immer sie. »Warum nicht?« Ich lachte auch.

Sie lächelte. »Ja, okay, warum nicht? Also, wie sollen wir …«

Ich rutschte näher zu ihr, sodass unsere Gesichter lediglich einen Zentimeter voneinander entfernt waren. Sie schaute so ernst aus, so konzentriert, als wolle sie sich jedes Detail einprägen, genau wie ich.

»Warte! Welche Seite nimmst du? Links oder rechts?«, fragte sie.

Ich neigte meinen Kopf nach rechts. »So.«

»Okay.« Sie beugte ihren Kopf nach links und kam näher, sodass ich den Erdbeerduft ihres Pflegestifts auf den einladenden Lippen riechen konnte.

Und dann passierte es. Der Moment, von dem ich geträumt hatte, so lange ich denken konnte. Meine Lippen berührten ihre weichen, vollen Lippen. Unsere Zungen vereinten sich. Ich hatte so lange darauf gewartet und die Realität war besser als die Fantasie. Eine Million Mal besser. Ich dachte: *So möchte ich den Rest meines Lebens verbringen – dich küssend!* Ich hielt die Augen offen, während ihre Lider geschlossen blieben und flatterten, wollte sicherstellen, dass das wirklich passierte, wollte jede Sekunde genießen. Aber dann zog sie sich plötzlich peinlich berührt zurück.

Sie kicherte wieder. »Oh mein Gott! Nicht zu glauben, dass wir das gerade getan haben!« Nervös blickte sie sich um, als hoffte sie, dass es niemand gesehen hatte.

Ich wollte ihr meine Seele entblößen, ihr erklären, wie wichtig sie mir sei. Dass ich auf sie aufpassen würde. Alles sein würde, was sie bräuchte. Ich stand kurz davor, ihr zu sagen, dass es vom Schicksal so gedacht war. Wie gut wir zusammen wären. Dass ich ewig für sie da sein würde. Sie beschützen würde. Ihr geben würde, was immer sie wollte. Ich lächelte ekstatisch und starrte ihr wunderschönes Gesicht an, wollte es mit meinen Fingerspitzen nachfahren, ihre Lider küssen, ihre Wangen, jeden Teil von ihr. Mein ganzer Körper pochte vor Verlangen. Und jetzt, da wir uns geküsst hatten, würde das sicherlich der Anfang für uns sein.

Aber nein.

Sie sprang auf die Füße, griff nach ihrer Schultasche, zog mich hoch und hakte sich bei mir unter, während sie mich aus dem Park zerrte.

Ich öffnete den Mund, um ihr zu erzählen, was ich fühlte, und die Worte brannten ein Loch in meine Zunge.

»Danke dafür«, sagte sie fröhlich. »Jetzt werde ich mich nicht wie ein völliger Depp fühlen, wenn ich einen Jungen küsse. Du bist ja so eine tolle Freundin.«

Die Worte in meinem Mund drohten, mich zu ersticken. Sie konnte mich noch nicht als die sehen, die ich war. Die Richtige für sie. Aber es spielte keine Rolle. Ich hatte alle Zeit der Welt, um ihr die Wahrheit zu zeigen.

Schließlich begann sie, sich mit Russell zu treffen. Ich ließ mir meine Gefühle nicht anmerken, aber ich wusste, dass er nicht der Richtige für sie war. Natürlich nicht. Ich wusste, dass sie es am Ende selbst erkennen würde und wir diesen Kuss und mehr teilen würden. Viel, viel mehr. Als sie sich trennten, konnte ich nicht schlafen, nicht essen. Die Aufregung, dass *jetzt* der richtige Moment für uns gekommen war. Klar hatte sie mit ihm experimentieren wollen – das war natürlich, normal. Aber jetzt, da es vorbei war, war endlich unsere Zeit angebrochen.

Nur, dass es nicht dazu kam.

Hätte Max sie mir nicht weggenommen, wäre das niemals passiert. Aber das hat er, also ist es passiert. In all den Jahren hatte ich geduldig darauf gewartet, dass sie sehen würde, was direkt vor ihr war, aber jetzt sah sie nur noch Max, und das konnte ich nicht zulassen. Auf keinen Fall. Sie gehörte mir, nicht ihm. Und wenn er aus dem Weg war, war der Weg frei für uns, das wusste ich. Sie würde es endlich verstehen.

Ich versuchte mit subtilen Mitteln, Max loszuwerden, aber das funktionierte nicht, also wartete ich ab, hoffte auf eine Gelegenheit, tat so, als wäre ich glücklich für sie beide. Ich wusste immer, dass er sie nicht haben konnte. Niemand durfte das. Es war nicht richtig. Nicht fair.

Die Wut staute sich auf. Alissa hatte nicht geahnt, was sie tat, indem sie ihn heiratete. Bei alldem würde ich das letzte Wort haben.

Von Anfang an spielte ich mit dem Gedanken, Russell zu beschuldigen, denn er war nach wie vor so besessen von ihr wie ich. Und wenn Max aus dem Weg war, würde sie wieder zu Russell gehen? Würde Russell mit ihr so glücklich werden, wie ich es nicht konnte, bis ich sie für mich selbst hatte? Mein Plan war, ihr beide zu nehmen, sodass sie niemanden mehr hatte außer mir.

Ich kannte Max' und Alissas Alltag in- und auswendig. Ich hatte es mir in den Jahren zur Aufgabe gemacht, ihn genau zu studieren. Ich wusste, dass er nie die Hintertür verriegelte oder die Alarmanlage aktivierte, bis er ins Bett ging. Wusste, dass die Vorhänge meistens offen blieben. Ich beobachtete das Haus aus dem Wald heraus, bemerkte das angeschaltete Licht im Büro, erkannte Max' Umriss, wie er dort arbeitete, hörte die Musik sogar durch das Fenster. Dann sah ich das Licht im Bad angehen – Alissas abendliches Bad, von dem sie mir erzählt hatte, bei dem sie jedes Mal einschlief. Ich wusste, dass sie aus dem

Weg sein würde, wenn es geschah, denn ich konnte nicht zulassen, dass sie verletzt wurde, und mein Plan sah vor, dass sie nicht schuldig wirken würde. Ich war mir sicher, dass die Polizei sie nicht verdächtigen würde, wenn es ihr gelang, vor dem Killer zu »fliehen«. Ich hatte Russell ebenso beobachtet und wusste, dass er jeden Sonntag nachts angeln ging. Allein. Es war perfekt. Die Antwort auf alles.

Der Tag des Hochzeitsempfangs war wie ein Geschenk. Alissa verließ allein den Wintergarten und schlenderte zum Teich. Ich wollte gerade zu ihr gehen, um mit ihr zu reden, als sich Russell näherte. Sie bemerkte nicht, wie er über den Zaun stürzte und seine Kappe fallen ließ, ich aber schon. Als sie nach dem Vorfall alle wieder im Zelt waren, sah ich Sasha aus irgendeinem Versteck heraus runter zum Garten gehen. Ich beobachtete, wie sie in den Wald lief, und fragte mich, was sie vorhatte, aber nach ein paar Minuten war sie zurück und verschwand im Haus. Dann ging ich selbst hinunter, hob Russells Kappe auf und stopfte sie in meine Tasche, in dem Wissen, dass die Haare darin noch nützlich werden würden.

DS Carter überprüfte nicht mal mein Alibi von jener Nacht, so überzeugt war er, dass das alles Samantha gewesen war. Und was soll's, wenn sie in Wahrheit nur diesen Inspektor und meine fantastische, süße Alissa umgebracht hatte? Wie geht dieser alte Song von Meat Loaf? »*Two Out of Three Ain't Bad*«? Samantha verdiente es, für das zu bezahlen, was sie getan hatte. Dafür, dass sie mir alles genommen hatte. Sie sollte dafür in der Hölle verrotten. Auch wenn sie genau wie sie aussah, war sie in ihrem Inneren nicht wunderschön, so wie Alissa.

Ich hatte gedacht, ich würde alles haben. Jetzt hatte ich nichts.

Das war das Ende, wohl wahr. Nur nicht das Ende, das ich so sorgsam geplant hatte.

Also war es Zeit zu gehen. Hier gab es nichts mehr für mich.

Kapitel 50

Der Detective

Zwei Wochen später

Ich saß im Schlafzimmer, umgeben von Stapeln von Denises Kleidung, und ging sie durch. Jedes Kleidungsstück erweckte eine Erinnerung – ein Wochenendausflug hier, ein Abend in einem Pub da, eine Geburtstagsfeier, Weihnachten. Ich war schon seit einer Woche dabei, da es jedes Mal nicht lange dauerte, bis mich ein Erstickungsgefühl zu überwältigen drohte und ich eine Pause einlegen musste. Aber es war endlich an der Zeit, das zu tun. Sie loszulassen. Die Geister auszutreiben.

Ich hatte das Haus zum Verkauf gestellt und schon in der ersten Woche einen Käufer gefunden. Jetzt musste ich alles ausräumen. Bei der Arbeit hatte ich meine Kündigung eingereicht. DI Nash und ich würden in acht Wochen bei der Nationalen Einheit zur Bekämpfung von Wilderei anfangen. Ein Teil von mir hatte Angst, war nervös, aber der andere Teil fühlte sich zum ersten Mal seit Langem wieder lebendig. Natürlich hatte DS Greene mich angefleht zu bleiben. Der Job als Acting DI würde mir gehören, hatte er versprochen. Ich hätte es verdient.

Mein flammender Ruhm war Realität geworden, aber der Sieg hatte sich hohl angefühlt. Wilmott war tot, und das war meine Schuld, auch wenn sonst niemand diese Meinung teilte. Natürlich fühlte ich mich schuldig. Denises Tod hätte mir zeigen sollen, dass das Leben zu kurz war, um kleinliche Eifersüchteleien und Streitigkeiten zuzulassen. Ich hätte mich mit Wilmott mehr anstrengen sollen, vielleicht wäre er dann noch am Leben. Jetzt musste ich damit leben, dass sein Tod auf meinem Gewissen lastete. Ob er nun das Ergebnis seiner Taten oder meiner war, spielte keine Rolle für mich. Denise hätte mir gesagt, ich müsse aufhören, dauernd nur alles aus meiner Perspektive zu sehen. Stattdessen solle ich einen Schritt nach hinten treten. Mir vorstellen, an seiner Stelle zu sein. Leider war es jetzt für mich und Wilmott zu spät. Aber es war nicht zu spät für eine Veränderung. Aus meinen Fehlern zu lernen und ein besserer Mensch zu werden.

Sam Folds wurde wegen aller drei Morde angeklagt und blieb bis zu ihrer Verhandlung in Haft. Bei der Befragung hatte sie große Befriedigung darin gefunden, mir zu erzählen, wie sie Alissa kennengelernt und dann ermordet hatte. Wie sie Wilmott kaltblütig erstochen hatte. Als sie erst einmal zu reden begonnen hatte, war es unmöglich gewesen, sie wieder zu stoppen. Sie wollte, dass ich alles wusste. Sie prahlte, brüstete sich damit. Den Mord an Max jedoch stritt sie vehement ab. Sie behauptete, sie hätte ihn geplant, aber jemand wäre ihr zuvorgekommen. Dass in jener Nacht tatsächlich alles so geschehen war, wie sie es beschrieben hatte. Es wurmte mich, warum sie den Mord an Max nicht gestehen wollte, wenn ihr Geständnis der anderen zwei doch praktisch in dem Augenblick aus ihr herausgesprudelt war, als sie verhaftet worden war. Aber ich dachte, dass sie bloß Spielchen spielte, die Oberhand behalten wollte, zu beweisen versuchte, wie clever und berechnend sie tatsächlich war.

Ich schüttelte die Gedanken ab und füllte einen weiteren schwarzen Plastiksack mit Denises Kleidung. Ich brachte ihn ins Auto zu den anderen fünf, die bereits darin lagen, und fuhr zum Krebshilfeladen in der Stadt. Ich war mir sicher, dass Denise das so gewollt hätte.

Ich parkte vor dem Gebäude und wuchtete zwei Tüten hinein. Die Frau hinter dem Tresen versah gerade ein paar Klamotten mit Preisen, die neben der Kasse ausgelegt waren.

»Ich habe ein paar Kleidungsstücke für Sie.« Ich stellte die Tüten neben dem Tresen ab.

»Oh, fantastisch, vielen Dank.«

»Ich gehe schnell und hole den Rest.«

Zwei Trips später hatte ich endlich alles abgeladen. Ich trat hinaus in die frische Luft, blieb auf dem Gehweg stehen und atmete ein paarmal tief durch, um die Schuldgefühle zu unterdrücken. Ich sah mich unter den Einkäufern um, die auf dem Gehweg unterwegs waren – Mütter, die Kinderwagen schoben, ein älteres Pärchen, das noch Händchen hielt, obwohl sie aussahen, als wären sie in ihren Achtzigern, der Rücken eines Manns weiter die Straße hoch, der eine Kappe trug, unter der struppige blonde Haare hervorlugten, und der die Hände in den Taschen seiner Jacke hatte. Leute, die ihrem Alltag nachgingen, ohne über all die schlechten Dinge in der Welt Bescheid zu wissen.

Ich fuhr mir mit einer Hand durch die Haare. Sie waren gewachsen, seit Vicky sie geschnitten hatte. Vielleicht sollte ich sie noch mal schneiden lassen, solange ich Zeit hatte, damit sie für meinen neuen Job ordentlich aussahen. Ich konnte gleich zwei Fliegen mit einer Klappe schlagen – mir die Haare schneiden lassen und sehen, wie es Vicky ging. Sie war am Boden zerstört gewesen, als sie erfahren hatte, dass Alissa tot war. Sie war untröstlich gewesen, als ich ihr genau erklärt hatte, was in Noosa passiert war. Wie Alissa gefunden wurde und was Samantha getan hatte.

A Snip in Time war gleich am anderen Ende der Straße und ich hatte es sowieso nicht eilig, nach Hause zu kommen, wo nun alle Spuren von Denises Besitztümern verschwunden waren.

Auf dem Weg die Straße herunter machte ich einen Schaufensterbummel und las im Schaufenster eines Buchladens. Vielleicht könnte ich ja auf dem Rückweg einen Thriller kaufen und den abends lesen. Als Nächstes kam ein kleiner Eisenwarenladen, bei dem Rasenmäher im Angebot waren. Ich besah mir das Fenster und betrachtete ein paar Spachtel und Spaten. Davon würde ich nichts brauchen, wenn ich in eine Mietwohnung in London zog. Vielleicht sollte ich jetzt auch das ganze Gartenzeug in meinem Schuppen loswerden. Einfach alles komplett ausräumen. Gnadenlos. Ich brauchte jedoch etwas Spachtelmasse und weiße Farbe. Als ich ein paar Fotos von Denise von der Wand genommen hatte, hatte ich Risse in der Wand bemerkt, wo ich vor all den Jahren die Nägel eingeschlagen hatte. Das sollte ich noch ausbessern, bevor die neuen Eigentümer kamen.

Ich ging einen Gang entlang, vorbei an Arbeitsschutzmasken sowie Handschuhen und Overalls, auf der Suche nach Spachtelmasse. Ich wollte gerade in den nächsten Gang wechseln, als mir eine Schachtel mit Plastiküberschuhen auffiel. Ich hob sie hoch und sah mir das Bild auf der Schachtel an. Sie waren blau. Dabei fiel mir die falsche Beschreibung des Killers ein, die Samantha in der Nacht von Max' Mord abgegeben hatte, und wieder dachte ich an all die Lügen, die sie erzählt hatte.

Ich schüttelte die Gedanken ab. Der Fall war abgeschlossen. Ich stellte die Schachtel zurück, fand Spachtelmasse und Farbe und ging zur Kasse.

Mit meinen Einkäufen in einer Plastiktüte spazierte ich weiter zu Vickys Laden. Die Glocke läutete, als ich die Tür öffnete. Es war mehr los als bei meinem letzten Besuch hier. Ein paar junge Frauen schnitten Haare, eine färbte den Haaransatz bei einer Frau. Dieselbe Rezeptionistin war da, die mir dasselbe Lächeln schenkte.

»Hallo.« Ich guckte mich um und suchte nach Vicky. »Ist es möglich, dass Vicky mich für einen Haarschnitt einschiebt?«

»Oh, tut mir leid, aber Vicky ist nicht mehr hier. Sie sind der Polizist, oder?«

»Ja.«

Sie blickte in das offene Terminbuch auf dem Tresen. »Tina kann das machen, wenn Sie ungefähr zwanzig Minuten warten wollen.« Sie sah mich wieder an.

»Wann hat Vicky denn aufgehört?«

Das strahlende Lächeln verwandelte sich in ein trauriges. »Na ja, sie ist nicht mehr wiedergekommen, nach dem, was mit ihrer besten Freundin passiert ist. Sie hat die Chefin angerufen und gekündigt. Sie hat gemeint, dass sie hier nichts mehr hält. Sie würde einen Neuanfang versuchen und irgendwo anders hinziehen wollen. Ich habe versucht, sie per Telefon zu erreichen, aber das schaltet sofort auf den Anrufbeantworter. Sie hat ein paar Sachen hier im Personalraum gelassen. Ich habe ihr deswegen ein paar Nachrichten hinterlassen, aber sie ist nicht hergekommen, um sie abzuholen.«

»Alles klar.« Ich nickte ihr zu und dachte, dass es wohl besser wäre, in ihrer Wohnung nach ihr zu sehen. »Sie war sehr verstört über das, was geschehen ist. Ich sollte sicherstellen, dass es ihr gut geht. Wollen Sie mir ihre Sachen geben? Ich bringe sie bei ihr vorbei.«

»Oh, sehr gut, danke. Die Chefin wollte, dass ich sie wegwerfe, wenn sie bis zu diesem Wochenende nicht vorbeikommt.

Ich habe ihr das in einer der Nachrichten mitgeteilt, aber vielleicht interessiert es sie auch nicht.« Sie verschwand hinter einer Tür mit der Aufschrift »Privat« und tauchte ein paar Minuten später mit einer großen weißen Tragetüte voller Sachen wieder auf. »Hier.«

Ich nahm die Tüte und ging zu meinem Auto. Als ich den Kofferraum öffnete, um die Tüte hineinzustellen, riss der Henkel. Ein Teil des Inhalts fiel heraus. Ein einzelner schwarzer Handschuh kam zum Vorschein, zusammen mit dem Ärmel einer schwarzen Daunenjacke. Ich starrte die Dinge eine Weile an und etwas, das Vicky gesagt hatte, blitzte in meiner Erinnerung auf.

Es ist schwer, Alissa nicht zu lieben.

Was hatte die Rezeptionistin mir gerade mitgeteilt? *Sie hat gesagt, dass sie hier nichts mehr halten würde.*

Ich schob alles zurück in die Tüte, schloss den Kofferraum und startete den Motor. Das Gefühl begann als kleines Nagen, wurde aber stärker, je näher ich Vickys Wohnung kam, je mehr meine Gedanken rasten. War es beim Mord an Max die ganze Zeit nicht um Geld und Täuschung und die Annahme einer falschen Identität gegangen? Drehte es sich in Wahrheit um Liebe? Hatte ich mich zu sehr auf Samantha konzentriert und alles falsch verstanden?

Ich parkte auf dem Gemeinschaftsparkplatz und drückte den Summer am Fernsprechsystem für Vickys Wohnung. Unbehagen überfiel mich.

Keine Antwort.

Ich sah mich auf dem Parkplatz um, ohne zu wissen, welches Auto sie fuhr, und fragte mich, ob es noch da war oder ob sie bereits verschwunden war.

Ich drückte noch mal.

Nichts.

Ich versuchte es bei ein paar anderen Wohnungen, und als jemand antwortete, sagte ich: »Polizei. Ich muss rein, um mit jemandem zu reden.«

»Und warum klingeln Sie dann nicht bei dem?«, fragte eine vorlaute männliche Stimme.

»Das habe ich ja getan.« Ich versuchte, meine wachsende Frustration zu unterdrücken. »Können Sie mich bitte einfach reinlassen?«

»Woher weiß ich, dass Sie wirklich von der Polizei sind und das kein Trick ist?«

»Wenn Sie zum Eingang runterkommen, zeige ich Ihnen meine Marke.«

Eine Pause am anderen Ende. Dann hatte die Person wohl entschieden, sich lieber rauszuhalten, und die Tür wurde geöffnet.

Ich schwang sie auf und nahm die Treppe zu Vickys Wohnung im zweiten Stock, anstatt den Fahrstuhl zu benutzen.

Ich lief den Gang entlang und klopfte an ihre Tür. Wartete.

Ich drückte mein Ohr gegen das Holz. Von drinnen kamen keine Geräusche. War ich zu spät? Hatte sie sich aus dem Staub gemacht?

Ich klopfte wieder. »Vicky? DS Carter hier.«

Es gab keinen Briefschlitz, denn die Briefkästen befanden sich unten im Flur. Nichts, durch das ich schauen konnte.

Ich klopfte wieder. »Vicky! Bitte öffnen Sie.«

Ich klopfte an die Tür ihrer Nachbarn und eine Frau in den Dreißigern öffnete.

»Hallo, ich bin DS Carter. Ich suche nach Vicky Saunders. Ihrer Nachbarin.« Ich deutete auf Vickys Tür. »Haben Sie sie kürzlich gesehen?«

Sie neigte den Kopf und dachte nach. »Äh … ja, gestern. Sie hat eine Menge Mülltüten nach draußen zu den Mülltonnen gebracht.«

»Wissen Sie, welches Auto sie fährt?«

»Nein, tut mir leid.«

»Okay, danke.« Ich ging wieder zu Vickys Tür und versuchte sie mit der Schulter einzudrücken, während mich die Nachbarin beobachtete.

Die Tür gab keinen Zentimeter nach.

»Hey! Dürfen Sie das überhaupt?«

Ich ignorierte sie und stemmte mich mit meinem ganzen Körpergewicht dagegen. Sie gab leicht nach, ließ sich aber nicht öffnen.

Ich zog mein Handy aus der Tasche, rief die Leitstelle an und bat um eine Einheit mit Türramme.

»Was ist denn los?« Die Nachbarin lehnte sich gegen ihren Türrahmen. »Hat sie Probleme oder so etwas?«

»Ich denke, Sie sollten lieber reingehen«, empfahl ich ihr. »Ich muss vielleicht später noch mal mit Ihnen reden.«

Sie stand noch ein paar Minuten da, bevor sie schließlich zögerlich wieder in ihre Wohnung schlenderte und die Tür schloss.

Ich wartete beim Eingang unten auf die Beamten und tigerte nervös auf und ab. Als sie endlich ankamen, liefen wir die Treppe nach oben und sie machten kurzen Prozess mit der Tür.

Der Geruch traf mich, sobald die Tür offen war. Ich erkannte den Gestank des Todes sofort. »Bleiben Sie hier!«, wies ich den jungen Constable an, der draußen im Gang verharrte.

Ich lief durch den schmalen Flur ins erste Zimmer, was offensichtlich das Wohnzimmer war.

Und da war sie. Lag in BH und Slip auf dem Sofa, genau wie Alissa zurückgelassen worden war. Vermutlich ihr finaler Tribut an die Frau, die sie geliebt hatte. Päckchen mit leeren Tabletten waren auf dem Boden und Kaffeetisch verstreut.

Ein Glas war ihr aus der Hand gefallen und ruhte an ihrem Oberschenkel. Ihre Augen waren glasig, tot.

Ich gab ein grunzendes Geräusch von mir.

»Haben Sie sie gefunden?«, rief der PC durch die Tür.

»Ja.« Ich seufzte. »Sieht nach Selbstmord aus.« Ich ging wieder zu ihm zurück. »Haben Sie Handschuhe dabei?«

Er öffnete eine Tasche an seinem Gürtel und zog ein Paar Latexhandschuhe hervor.

Ich streifte sie über. »Danke. Können Sie der Leitstelle Bescheid sagen?«

Ich ließ ihn den Funkspruch durchgeben, während ich in der Wohnung herumlief. Ich öffnete die Tür zu ihrem Schlafzimmer und blieb wie erstarrt stehen.

Überall eingerahmte Fotos von Alissa. An den Wänden, auf den Nachttischen. Es erinnerte mich an Russells Zimmer, in dem er vor Alissas Bild trainierte, nur noch schlimmer.

Wieder seufzte ich und öffnete dann den Wandschrank, um ihn zu durchsuchen.

In der Wohnung war nichts Belastendes zu finden. Nichts, das bewies, dass sie Max umgebracht hatte, abgesehen von der schwarzen Jacke und den Handschuhen in meinem Auto, von denen sie gedacht hatte, dass das Personal von *A Snip in Time* sie entsorgen würden. Natürlich nicht. Sie hatte Samantha die Schuld dafür zuschieben wollen – die ultimative Rache für den Mord an Alissa. Aber ich glaubte, genau zu wissen, wo ich suchen musste.

Ich rief die Tatortermittler, die fünfzehn Minuten später ankamen, während ich mehrere überquellende Mülltonnen auf dem Parkplatz in Augenschein nahm.

»Oh Gott.« Emma Bolton verzog das Gesicht, als ich ihr mitteilte, dass ich das alles überprüft bräuchte. »Ich hasse Müll. Ich beschäftige mich lieber mit einer Leiche als mit all diesem Mist.«

Eine Stunde später rief Emma mich zu einer Tüte, aus der sie den Inhalt herausgeholt hatte. »Ich glaube, das wollen Sie sehen.« Sie hielt eine Skimaske und eine schwarze Tarnhose mit einem winzigen Fragment jetzt getrockneten Farnkrauts um den Knopf einer Beintasche hoch. Farnkraut, von dem ich ohne Zweifel wusste, dass es aus dem Wald hinter The Orchard stammte. Dasselbe Zeug hatte sich an meiner Hose angesammelt, als ich durch den Wald zu Russells Haus gelaufen war. Sie tütete es als Beweismittel ein und holte dann eine offene Schachtel mit Überschuhen heraus. Dieselbe Verpackung, die ich im Eisenwarenladen in der Straße von Vickys Salon entdeckt hatte.

»Was ist das?«, fragte ich, als Emma ein schwarzes Buch von unten aus der Tüte zog.

Sie reichte es mir. Die Seiten waren feucht und fleckig, aber immer noch lesbar. Als ich es durchblätterte, fielen mir hier und da Worte ins Auge. *Sie muss mit mir zusammen sein … Max aus dem Weg räumen … Jetzt ist es nur noch eine Frage der Zeit … Ich liebe Alissa mehr als alles andere.* Ich blätterte bis zum letzten Eintrag.

Ich kann nicht mehr weitermachen, jetzt, wo sie nicht mehr da ist. Ich kann mich davon nicht erholen. Sie war meine Welt. Und ich will in keiner Welt ohne sie leben.

Dieses Gefühl kannte ich nur zu gut.

Ich hatte von Anfang an falschgelegen. Ja, ich hatte die Psychotante Sam geschnappt. Aber ich war so davon besessen gewesen zu beweisen, dass ich recht hatte, dass ich getäuscht worden war, genau wie Wilmott.

Mit einer Sache jedoch hatte ich recht. Liebe war sowohl Segen als auch Fluch. Liebe konnte einen zerstören. Wenn man es zuließ. Aber der vielleicht größte Fluch war es nicht, die Liebe zu verlieren, sondern, wenn die eigene Liebe niemals erwidert wurde.

Danksagung

Als Erstes möchte ich ein großes Dankeschön an meine Leser, Rezensenten und Buchblogger aussprechen, dass sie meine Bücher ausgewählt haben! Die Idee für »Hinterlist« kam zum ersten Mal auf, als ich über Identitätsdiebstahl nachdachte. Was wäre, wenn es einen Schritt darüber hinausging, die Onlinepräsenz oder Kreditkarten und Ausweise zu stehlen? Was wäre, wenn einem das Leben gestohlen werden würde? Ich sah nur eine Möglichkeit, wie jemandem solch eine Täuschung gelingen konnte, und das hat sich in dieser Geschichte abgespielt. Ich hoffe, ihr hattet Spaß an dem Ergebnis, und falls es euch gefallen hat, würde ich mich wirklich sehr freuen, wenn ihr euch die Zeit nehmt, eine Bewertung zu schreiben oder das Buch Familie und Freunden zu empfehlen. Ich höre immer gern von meinen Lesern, also schreibt mir E-Mails und Facebook-Nachrichten (die Kontaktdetails findet ihr auf meiner Website: www.sibelhodge.com). Sie versüßen mir immer wieder den Tag!

Für jeden, der mit Hertfordshire vertraut ist: Das Dorf Waverly ist lediglich ausgedacht! Es wäre vermutlich kein idealer Wohnort, wo doch ein Stalker und ein Mörder dort unterwegs sind!

Ein riesiges Dankeschön an meinen Mann, Brad, der mich unterstützt, mein Haupt-Testleser ist, Ideen mit mir austauscht und es erträgt, dass ich ihn ignoriere, wenn er mit mir reden will, mein Hirn jedoch bis zum Platzen mit der Handlung gefüllt ist.

Vielen Dank an D. P. Lyle, MD, für all die Informationen zu Messerwunden und die tollen Hinweise, die er Autoren auf seinem Blog und in seinen Büchern gibt.

Danke an Jenny Parrot für ihre Lektoratsvorschläge und an John Marr sowie Alex Higson, denen Dinge aufgefallen sind, die ich nicht bemerkt hatte. Mein großer Dank gilt auch Emilie Marneur für ihre Hilfe, ihren Rat und ihre Unterstützung in den letzten Jahren, ebenso wie Sammia, Sana, Hatty und dem Rest des Teams von Thomas & Mercer. Ich weiß das sehr zu schätzen.

Und schlussendlich ein großes Dankeschön an alle Leute von *The Book Club* auf Facebook, für euren Enthusiasmus, eure Freude und eure tolle Unterstützung der Autoren!